Uma Coisa de Nada

Obras do autor publicadas pela Editora Record

O estranho caso do cachorro morto
Uma coisa de nada

MARK HADDON

UMA COISA DE NADA

Tradução de
MARISA REIS SOBRAL

LUIZ ANTONIO AGUIAR
(colaboração)

EDITORA RECORD
RIO DE JANEIRO • SÃO PAULO
2008

CIP-Brasil. Catalogação-na-fonte
Sindicato Nacional dos Editores de Livros, RJ.

Haddon, Mark
H145c Uma coisa de nada / Mark Haddon; tradução Marisa Reis Sobral. – Rio de Janeiro: Record, 2008.

Tradução de: A spot of bother
ISBN 978-85-01-07846-8

1. Homens de meia-idade – Ficção. 2. Romance inglês. I. Sobral, Marisa. II. Título.

08-3273 CDD – 823
CDU – 821.111.3

Título original inglês:
A SPOT OF BOTHER

Ilustração de capa: Marc Boutavant

Editoração eletrônica: ô de casa

Direitos exclusivos de publicação em língua portuguesa somente para o Brasil adquiridos pela
EDITORA RECORD LTDA.
Rua Argentina 171 – Rio de Janeiro, RJ – 20921-380 – Tel.: 2585-2000
que se reserva a propriedade literária desta tradução

Impresso no Brasil

ISBN 978-85-01-07846-8

PEDIDOS PELO REEMBOLSO POSTAL
Caixa Postal 23.052
Rio de Janeiro, RJ – 20922-970

Para Minha Garota Continuísta

Com agradecimentos a Sos Eltis,
Clare Alexander, Dan Franklin
e Bill Thomas

1

Começou quando George estava experimentando um terno preto na Allders, uma semana antes do funeral de Bob Green.

Não havia sido a expectativa do funeral que o deixara intranqüilo. Nem a morte de Bob. Honestamente falando, ele sempre achara a ingênua bondade característica de Bob ligeiramente entediante e, intimamente, chegava a estar aliviado com o fato de que não jogariam squash de novo. Além disso, a maneira como Bob tinha morrido (um ataque de coração enquanto assistia à corrida de barcos na televisão) fora estranhamente serena. Susan havia voltado da casa da irmã e o encontrara deitado de costas no meio da sala com uma das mãos sobre os olhos, parecendo tão em paz que ela a princípio havia achado que estivesse tirando uma soneca.

É óbvio que devia ter sido doloroso. Mas sempre conseguimos suportar a dor. E as endorfinas deviam ter entrado em cena de imediato, seguidas pela sensação da vida passando diante dos olhos, o que o próprio George havia experimentado alguns anos antes, quando caíra de uma escada dobrável, quebrara o cotovelo na cadeira de balanço e desmaiara, uma sensação que, segundo se lembrava, não havia sido agradável (uma visão da ponte Tamar, de Plymouth, surgira em destaque por uma razão qualquer). A mesma coisa provavelmente valia para o tal túnel de luzes brilhantes nos olhos que se apagam, dado o número de pessoas que escutavam anjos chamando-as para casa e acordavam diante de um médico recém-formado com um desfibrilador.

Então... nada. Tudo acabado.

Foi muito cedo, é claro. Bob tinha 61 anos. E ia ser difícil para Susan e os garotos, ainda que Susan estivesse desabrochando, agora que conseguia terminar suas próprias frases. Mas, considerando tudo, parecia uma boa maneira de partir.

Não, fora a lesão que o derrubara.

Ele tinha tirado as calças e estava abotoando o botão do meio do terno quando notou uma pequena mancha oval de carne inchada em seu quadril, mais escura que a pele ao redor e descamando levemente. Seu estômago transbordou e ele foi forçado a engolir uma pequena quantidade de vômito que alcançou o fundo de sua boca.

Câncer.

Não havia se sentido assim desde que o *Fireball*, de John Zinewski, havia soçobrado muitos anos antes, e ele se vira preso debaixo d'água com o tornozelo enroscado numa laçada de corda. Mas tudo durara três ou quatro segundos, no máximo. E desta vez não havia ninguém para ajudá-lo a desvirar o barco.

Ele teria de se matar.

Não era um pensamento agradável, mas era uma coisa que ele podia fazer, e isso lhe permitiu se sentir um pouco mais no controle da situação.

A única questão era como.

Pular de um prédio alto era uma idéia apavorante... relaxar seu centro de gravidade na borda de um parapeito, a possibilidade de você mudar de idéia a meio caminho do chão. E a última coisa de que ele precisava a esta altura era mais medo.

Enforcar-se exigia equipamento e ele não tinha nenhum revólver.

Se bebesse uísque o suficiente, talvez conseguisse criar coragem para bater com o carro. Havia uma grande rocha na entrada da A16, deste lado de Stamford. Poderia enfiar o carro nela, sem dificuldade, a uma velocidade de mais de 140 quilômetros por hora.

Mas e se sua coragem sumisse de repente? E se ele ficasse bêbado demais para controlar o carro? E se alguém o arrancasse da direção? E se matasse alguém, ficasse paraplégico e acabasse morrendo na cadeia, numa cadeira de rodas?

— Senhor...? O senhor poderia acompanhar-me de volta à loja?

Um homem jovem de cerca de 18 anos olhava fixamente para George. Tinha costeletas ruivas e vestia um uniforme azul-marinho alguns números maior do que ele.

George percebeu que estava agachado na calçada do lado de fora da loja.

— Senhor...?

George olhou para seus pés.

— Lamento muito.

— O senhor poderia me acompanhar?

George olhou para baixo e viu que ainda estava usando as calças do terno com a braguilha aberta. Abotoou-a rapidamente.

— É claro.

Atravessando as portas ele voltou para dentro da loja e, então, seguiu por entre bolsas e perfumes em direção ao departamento de roupas masculinas, com o segurança em seus calcanhares.

— Parece que eu tive algum tipo de distúrbio.

— Receio que vá ter de conversar sobre isso com o gerente, senhor.

Os sombrios pensamentos que tinham ocupado sua mente até alguns segundos antes pareciam ter acontecido havia muito tempo. Verdade, ele continuava um tanto cambaleante, como alguém estaria se houvesse cortado o dedão do pé com um formão, por exemplo, mas estava se sentindo surpreendentemente bem, dadas as circunstâncias.

O gerente do departamento de roupas masculinas estava parado em pé atrás de uma prateleira de chinelos, as mãos cruzadas à altura da virilha.

— Obrigado, John.

O segurança assentiu respeitosamente com a cabeça, virou-se e se afastou.

— Agora, senhor...

— Hall. George Hall. Minhas desculpas. Eu...

Uma mulher apareceu trazendo as calças de George.

— Ele deixou isso aqui na cabine. A carteira dele está no bolso.

— Acho que tive algum tipo de distúrbio — insistiu George. — Eu realmente não queria causar nenhum problema.

Como era bom estar falando com outras pessoas. Escutá-las dizendo alguma coisa. Responder algo. O sólido movimento pergunta-resposta de uma conversa. Ele podia ter prosseguido nisso por toda a tarde.

— O senhor está bem?

A mulher colocou uma das mãos debaixo de seu cotovelo e ele escorregou para baixo e para o lado, desabando sobre uma cadeira que lhe pareceu a mais sólida, a mais confortável e a mais aconchegante de que se lembrava já haver experimentado.

As coisas tornaram-se levemente vagas por alguns minutos.

Então uma xícara de chá foi colocada em suas mãos.

— Obrigado.

Ele provou. Não era um bom chá, mas estava quente, estava numa xícara de porcelana decente e segurá-la era um alívio.

— Talvez devêssemos chamar um táxi para o senhor.

Provavelmente, pensou ele, era melhor mesmo voltar para o vilarejo e comprar o terno outro dia.

2

Decidiu não comentar o incidente com Jean. Ela não iria querer conversar sobre outra coisa, e esta não era uma perspectiva atraente.

Conversar era, na opinião de George, superestimado. Não se podia ligar a televisão atualmente sem ver alguém discutindo a sua adoção ou explicando por que tinha apunhalado o marido. Não que fosse avesso à conversa. Conversar era um dos prazeres da vida. E não havia quem, vez por outra, munido de uma caneca de Ruddles, não precisasse dizer o que pensava sobre colegas que não tomavam banho com a devida freqüência ou filhos adolescentes que tinham voltado para casa bêbados, já de madrugada, e vomitado na cama do cachorro. Mas isso não mudava nada.

O segredo da satisfação, achava George, consistia em ignorar muitas coisas completamente. Como alguém conseguia trabalhar no mesmo escritório por dez anos ou educar crianças sem deslocar certos pensamentos permanentemente para o fundo da mente era algo que estava além de sua capacidade de compreensão. E quando, na última etapa, sempre assustadora, você estava com uma sonda e sem dentes, perder a memória parecia ser uma manifestação da misericórdia divina.

Disse a Jean que não havia encontrado nada na Allders e que voltaria à cidade na segunda-feira, quando não tinha de compartilhar Peterborough com quarenta mil pessoas. Então, subiu as escadas até o banheiro e colocou um grande curativo sobre a lesão, de modo a tapá-la inteiramente.

Dormiu profundamente a maior parte da noite e só acordou quando Ronald Burrows, seu professor de geografia há muito morto, apertou uma tira adesiva contra sua boca e abriu um buraco na fortaleza de seu peito martelando um prego comprido de metal. Estranhamente, foi o cheiro o que mais o perturbou, como se fosse o cheiro de um banheiro público que não estivesse limpo o suficiente e houvesse sido recentemente usado por alguém muito doente, um cheiro penetrante e adocicado, um cheiro, e isso era o pior, que parecia estar vindo de uma ferida aberta em seu próprio corpo.

Fixou os olhos no abajur sobre sua cabeça e esperou que os batimentos de seu coração diminuíssem, como um homem puxado para fora de um prédio em chamas, ainda não totalmente capaz de acreditar que estivesse a salvo.

Seis horas.

Deslizou da cama e desceu as escadas. Colocou duas fatias de pão na torradeira e desceu a máquina de espresso que Jamie lhes tinha dado de Natal. Era uma engenhoca ridícula que eles mantinham à mostra por razões diplomáticas. Mas parecia bom agora, enchendo o reservatório com água, botando café no funil, ajeitando o lacre de borracha no lugar e acertando as seções de alumínio em suas posições. Estranha lembrança da máquina de vapor de Gareth com a qual permitiram a George brincar durante a infame visita a Poole em 1953. E algo bem melhor do que ficar sentado, observando as árvores no final do jardim balançando como monstros marinhos enquanto a chaleira fervia.

A chama azul suspirou debaixo da base de metal da máquina de café. Acampamento entre quatro paredes. Um gosto de aventura.

A torrada saltou.

Foi no fim de semana, é claro, quando Gareth botou fogo na rã. Que estranho, olhando para trás, que o curso de uma vida inteira devesse ser decifrado tão claramente em cinco minutos durante uma tarde de agosto.

Ele espalhou manteiga e geléia de laranja na torrada enquanto o café borbulhava. Serviu a bebida numa caneca e sorveu um pequeno gole. Estava forte de engasgar. Acrescentou leite até ficar da cor de chocolate escuro e então se sentou e pegou a revista de arquitetura *RIBA* que Jamie havia deixado em sua última visita.

A casa Azman Owen.

Persianas de madeira, portas de vidro deslizantes, cadeiras de jantar Bauhaus, um vaso solitário de lírios brancos na mesa. Deus amado. Algumas vezes ele tinha vontade de ver um par de cuecas numa fotografia da revista.

"Vibradores internos elétricos de alta freqüência e amplitude constante foram recomendados para a compactação, a fim de diminuir os orifícios de escape e produzir um esforço de redução uniforme..."

A casa parecia um bunker. O que se dizia sobre o concreto? Daqui a quinhentos anos as pessoas ficariam debaixo das pontes da rodovia M6 admirando as manchas?

Colocou a revista de lado e começou as palavras cruzadas do *Telegraph*.

Nanossegundo. Bizâncio. Madeixa.

Jean apareceu às 7h30 usando seu robe púrpura.

— Perdeu o sono?

— Acordei às 6 horas. Não consegui dormir de novo.

— Estou vendo que você usou a geringonça do Jamie.

— Para falar a verdade, é muito boa — replicou George, embora, na verdade, a cafeína tivesse lhe provocado um tremor na mão e a desagradável sensação que se tem quando se está esperando por péssimas notícias.

— Quer que eu prepare alguma coisa para você? Ou já não agüenta mais nada?

— Um pouco de suco de maçã cairia bem. Obrigado.

Havia manhãs em que ele olharia para ela e sentiria uma leve repulsa por aquela mulher envelhecida e roliça, com cabelo de bruxa e pelancas caídas. Então, em manhãs como esta... *Amor* talvez fosse a palavra errada, embora, fazia dois meses, houvessem surpreendido a si mesmos ao acordarem simultaneamente em um hotel em Blakeney e terem relação sexual antes mesmo de escovar os dentes.

Ele colocou o braço em torno dos quadris dela, que, preguiçosamente, acariciou-lhe a cabeça de um jeito que parecia afagar um cachorro.

Havia dias que ser um cachorro parecia uma coisa invejável.

— Eu me esqueci de dizer. — Ela se afastou. — Katie ligou ontem à noite. Eles estão vindo para almoçar.

— Eles?

— Ela, Jacob e Ray. Katie achou que seria bom passar um dia fora de Londres.

Maldição. Não faltava mais nada.

Jean curvou-se na geladeira.

— Pelo menos, tente ser civilizado.

3

Jean lavou as canecas listradas e colocou-as na prateleira.

Poucos minutos mais tarde, George reapareceu vestindo suas roupas de trabalhar em casa e foi para o jardim assentar tijolos sob a chuva fina.

Intimamente, ela estava orgulhosa dele. O marido de Pauline começou a decadência tão logo lhe deram aquela garrafa esculpida. Oito semanas mais tarde, estava no meio do gramado às 3 horas da manhã, depois de beber metade de uma garrafa de uísque, latindo como um cachorro.

Quando George mostrou a ela os planos para um estúdio, isso a fez lembrar-se dos planos de Jamie para construir uma máquina para pegar Papai Noel. Mas agora havia, no fim do gramado, fundações assentadas, cinco fileiras de tijolos e estruturas de janelas fincadas sob folhas de plástico azul.

Fosse com sete ou 57, eles precisavam de projetos. Tocar a vida para a frente. Montar a franquia de Wellingborough. Um almoço sólido, vinte minutos de recreio e estrelas de ouro para mostrar que alguém estava prestando atenção.

Ela desatarraxou a máquina de espresso e uma pequena porção de borra de café caiu no escoadouro, desintegrando-se.

— Merda.

Ela pegou um pano de limpeza do armário.

Daria para pensar que eles estavam voltando do Vietnã pela maneira como muitos deles falavam da aposentadoria. Nem ao menos um pensamento para as esposas. Não importava o quanto você amasse alguém. Trinta e cinco anos de casa, sozinha, e então de repente você tinha de dividir o espaço com... não exata mente um estranho...

Ela ainda conseguiria ver David. Com suas manhãs na escola primária e seu trabalho de meio expediente em Ottakar, na cidade, era bastante simples passar algumas horas a mais fora de casa sem que George notasse. Mas isso parecera menos uma trapaça quando ele estava trabalhando. Agora, ele almoçava em casa os sete dias da semana e algumas coisas estavam próximas demais uma da outra.

Felizmente, ele apreciava ficar sozinho em casa e, mais precioso ainda, tinha pouco interesse no que ela fazia quando estava em outro lugar. O que tornava tudo mais fácil. A culpa. Ou a falta dela.

Ela enxaguou o pano de limpeza, torceu-o e pendurou-o na torneira.

Estava sendo indelicada. Era essa história de Katie estar vindo para o almoço, provavelmente. De ela e Ray terem de ser educados, quando gostariam de atirar pedras e xingar.

George era um homem decente. Nunca ficou bêbado. Nunca bateu nela, nunca bateu nas crianças. Raramente erguia a voz. Só que na última semana ela o percebera um tanto alterado. Ele fechava os olhos, endireitava as costas e se concentrava, como se estivesse tentando escutar alguém chamá-lo de muito longe. E apenas uma multa por excesso de velocidade.

Talvez fosse esse o problema.

Ela se lembrou de que sentiu inveja de Katie quando ela começou com Graham. Sendo amigos. Sendo iguais. A expressão de George na hora do jantar quando estavam conversando sobre parto. Graham usando a palavra clitóris e George com o garfo cheio de pernil ou presunto pairando diante da boca aberta.

Mas este era o problema de serem amigos. Graham foi embora, de repente, um dia, deixando-a sozinha para tomar conta de Jacob. O que um homem como George nunca faria.

Ele estava certo sobre Ray, contudo. Ela não estava feliz em relação àquele almoço, não mais do que ele. Graças a Deus Jamie não ia aparecer. Um dia desses, ele ia acabar chamando Ray de

Sr. Cabeça de Batata no ouvido de Katie. Ou de Ray. E ela ia ter de levar alguém para o hospital.

Com metade do QI de Katie, Ray ainda a chamava de "minha maravilhosa pequena". No entanto, ele consertou a máquina de cortar grama um dia desses. O que não o fez ser mais estimado pelo George. Ele era íntegro, pelo menos. E era disso que a Katie precisava agora. Alguém que soubesse que ela era especial. Alguém com um bom salário e uma casca grossa.

Contanto que Katie não se casasse com ele.

4

George despejou argamassa no quadrado de compensado e verificou se não havia saliências, alisando-o com a lâmina de uma espátula.

Era como o medo de voar.

Pegou um tijolo, colocou argamassa na parte de baixo, assentou-a e espalhou-a delicadamente para os lados, para que se ajustasse bem no nível.

Não o aborrecera no início, aqueles passeios sacolejantes em aviões turboélice para Palma e Lisboa. Suas lembranças principais eram de um queijo suarento pré-embalado e daquele rugido que parecia uma privada se descarregando na estratosfera. Depois, o avião, na volta de Lyon em 1979, que tiveram de descongelar três vezes. Primeiro, ele percebera apenas que todo mundo no salão de embarque estava desviando sua atenção (Katie praticando erguer o corpo e equilibrar-se apoiando-se só nas mãos, Jean indo ao free shop depois que o número do seu portão havia sido chamado, o jovem em frente alisando excessivamente os longos cabelos como se fosse um desses bichos domésticos...). E quando embarcaram, alguma coisa no ar químico e enclausurado da cabine havia feito seu peito se apertar. Mas somente quando estavam taxiando para a pista de decolagem ele percebeu que o avião ia sofrer alguma catastrófica falha mecânica durante o vôo e ele ia rodopiar mergulhando em direção ao solo por vários minutos num largo tubo de aço com 200 estranhos que estariam gritando e se borrando, para em seguida morrerem numa bola de fogo laranja de aço torcido.

Ele se lembrou de Katie dizendo: "Mãe, acho que tem algum problema com o papai", mas ela parecia estar falando com uma voz tênue, que vinha de um disco diminuto de luz do sol na borda de um poço profundo no qual ele tinha caído.

Ele olhou, nervoso, para as costas do assento à frente, tentando desesperadamente fingir que estava sentado na sala de estar de casa. Mas a cada cinco minutos escutava uma campainha sinistra e via uma luz vermelha cintilante no mostrador à sua direita, informando secretamente à tripulação que o piloto estava enfrentando algum problema fatal na cabine de comando.

Não era que ele não pudesse falar, mas falar era algo que acontecia em outro mundo, do qual ele tinha somente a mais vaga lembrança.

Em certo momento, Jamie olhou para a janela e disse: "Acho que as asas estão se soltando." Jean sibilou: "Pelo amor de Deus, cresça!", e George, realmente, sentiu os rebites se projetando e a fuselagem caindo como uma tonelada de lastro.

Depois disso, por muitas semanas, ele já não podia ver um avião sobre sua cabeça sem ficar nervoso.

Era uma reação natural. Seres humanos não foram feitos para ficar confinados em latas e disparar no céu como foguetes movidos a ventiladores.

Ele colocou um tijolo no canto oposto, então estendeu um fio entre o topo dos dois tijolos para manter a posição certa.

Claro que ele ficou apavorado. Era o que a ansiedade fazia: persuadir você a fugir rapidamente de situações perigosas. Leopardos, aranhas gigantescas, homens estranhos atravessando o rio com lanças. Se havia algo errado, era com as outras pessoas, sentadas ali, lendo o *Daily Express* e chupando balas, como se estivessem num megaônibus.

Mas Jean gostava de sol. E ir de carro até o sul da França desperdiçaria o feriado antes mesmo que começasse. Então, ele precisava de uma estratégia para evitar o horror que predominava em maio e crescia desmesuradamente até chegar a uma espécie de ataque no aeroporto Heathrow em julho. Squash, longas caminhadas, cinema, Tony Bennett a todo volume, o primeiro copo de vinho tinto às 6 horas da tarde, um novo romance *Flashman*.

Ele escutou vozes e olhou para cima. Jean, Katie e Ray estavam em pé no pátio como dignitários esperando que ele atracasse em algum estranho cais.

— George...?

— Estou indo... —. Ele retirou o excesso de argamassa ao redor do tijolo recém-colocado, raspou o resto para o balde e recolocou a tampa. Depois, ergueu-se e atravessou o gramado, limpando as mãos num trapo de pano.

— Katie tem algumas novidades — avisou Jean, numa voz que ela costumava usar quando ignorava a artrite em seu joelho. — Mas ela não quer me dizer até que você esteja aqui.

— Ray e eu vamos nos casar — disse Katie.

George teve uma breve experiência extracorpórea. Estava olhando para baixo, a uma altura de cinco metros acima do pátio, vendo a si próprio beijar Katie e apertar a mão de Ray. Era como cair de uma escada. O modo como o tempo passou devagar. O jeito como o corpo sabia instintivamente que devia proteger a cabeça com os braços.

— Vou colocar champanhe no freezer — disse Jean, retornando para a casa.

George endireitou seu corpo.

— Final de setembro — disse Ray. — E achamos melhor um casamento simples. Para não perturbar demais a família.

— Que bom — disse George. — Muito bom.

Ele teria de fazer um discurso na recepção, um discurso em que diria coisas simpáticas sobre Ray. Jamie se recusaria a ir ao casamento. Jean se recusaria a deixar que Jamie se recusasse a ir ao casamento. Ray seria um membro da família. Eles o veriam toda hora. Até que morressem. Ou emigrassem.

O que Katie estava fazendo? Não se podia controlar os filhos, ele tinha consciência disso. Fazê-los comer vegetais já era uma lenha. Mas casar com Ray? Ela tirava notas boas em filosofia. E aquele cara que tinha entrado no carro dela em Leeds. Ela tinha dado à polícia uma parte da orelha dele.

Jacob apareceu no vão da porta brandindo uma faca de cozinha.

— Eu sou um *efelante* e vou pegar o trem e... e... e essa aqui é a minha... presa.

Katie ergueu as sobrancelhas.

— Acho que isso não vai dar certo...

Jacob correu de volta para a cozinha guinchando de alegria. Katie foi para o vão da porta, atrás dele.

— Venha aqui, Macaco-Biscoito.

E George ficou sozinho com Ray.

O irmão de Ray estava na prisão.

Ray trabalhava numa firma de engenharia que fazia máquinas ultra-especializadas de moagem com eixo came. George não tinha absolutamente nenhuma idéia do que era aquilo.

— Bem...

— Bem...

Ray cruzou os braços.

— Então, como vai o estúdio?

— Ainda não desmoronou. — George cruzou os braços, mas se deu conta de que estava imitando Ray e os descruzou. — Não que haja muita coisa ali para desmoronar.

Ficaram em silêncio por um tempo realmente longo. Ray rearrumou três pequenos seixos no pavimento com a ponta do sapato direito. O estômago de George soltou um ronco audível.

Ray disse:

— Sei o que você está pensando.

Por um breve e terrível momento, George pensou que Ray poderia estar dizendo a verdade.

— Sobre eu ser divorciado e tudo o mais... — Ele enrugou os lábios e balançou lentamente a cabeça. — Sou um cara de sorte, George. Sei disso. Vou tomar conta direito da sua filha. Você não precisa se preocupar a esse respeito.

— Que bom — disse George.

— Nós gostaríamos de pagar a despesa — disse George. — Quer dizer, a menos que você tenha objeções. É que... Bem, você já pagou essa conta uma vez.

— Não. Vocês não têm de pagar nada — disse George, contente por poder se impor um pouco. — Katie é nossa filha. Queremos ter certeza de que ela está partindo como se deve. — *Partindo*? Isso fez Katie parecer um navio sendo lançado ao mar.

— Muito gentil da sua parte — disse Ray.

Não era simplesmente por Ray ser da classe trabalhadora ou por falar com um forte sotaque do norte. George não era um esnobe, e qualquer que tivesse sido o seu passado, Ray sem dúvida havia se saído bem, a julgar pelo tamanho do seu carro e pelas descrições de Katie de sua casa.

George sentia que o problema principal era o tamanho de Ray. Ele parecia uma pessoa comum, que fora ampliado. Movia-se mais vagarosamente do que as outras pessoas, parecendo os grandes animais do zoológico. Girafas. Búfalos. Abaixava a cabeça para passar pelos vãos das portas e tinha o que Jamie indelicada, mas corretamente, descreveu como *mãos de estrangulador*.

Durante 35 anos trabalhando na indústria manufatureira, George havia lidado com homens grandalhões de todos os tipos. Homens enormes, homens que podiam abrir garrafas de cerveja com os dentes, homens que tinham matado pessoas enquanto estavam convocados para a ação militar, homens que, na frase interessante de Ted Monk, trepariam com qualquer uma que ficasse parada tempo suficiente para tanto. E embora Ray nunca tivesse se sentido inteiramente em casa na companhia deles, quase nunca se intimidava. Mas quando Ray vinha visitá-los, George se lembrava de como era ficar com os amigos de seus irmãos mais velhos quando tinha 14 anos, a desconfiança de que havia um código secreto de masculinidade o qual não lhe haviam contado.

— Lua-de-mel? — perguntou George.

— Barcelona — disse Ray.

— Bom — disse George, que por um instante não conseguiu lembrar em que país ficava Barcelona. — Muito bom.

— Tomara — disse Ray. — Deve estar um pouco mais fresco nesta época do ano.

George perguntou como o trabalho de Ray estava indo e Ray respondeu que estavam assumindo o controle de uma firma em Cardiff que fazia centros de máquinas horizontais.

OK, sem problemas. George podia replicar com um blefe qualquer sobre carros e esporte se pressionado. Mas era como ser um carneiro na encenação do Natal. Nenhum volume de aplauso faria o trabalho parecer dignificante nem evitaria que ele desejasse correr para casa para ler um livro sobre fósseis.

— Eles têm grandes clientes na Alemanha. A companhia estava tentando me fazer ficar indo e voltando de Munique. Ficou martelando isso na minha cabeça. Por razões óbvias.

A primeira vez que Katie o trouxera em casa, Ray passara o dedo ao longo da prateleira de CDs em cima da televisão e dissera:

— Então o senhor é um fã de jazz, Sr. Hall — e George sentira-se como se Ray tivesse desenterrado uma pilha de revistas pornográficas.

Jean apareceu na porta.

— Você quer tomar um banho e trocar de roupa antes do almoço?

George virou-se para Ray.

— Nos vemos mais tarde.

E se afastou, atravessando a cozinha, subindo as escadas e se abrigando no silêncio ladrilhado do banheiro trancado.

5

Eles odiaram a novidade. Como era previsível. Katie reparou muito bem.

Bem, teriam de conviver com isso. Já passara o tempo em que ela brigava por qualquer coisa. De fato, havia uma parte dela que sentia falta de ser uma pessoa que brigava por qualquer coisa. Como se suas bases estivessem escorregando. Mas sempre se chega a um ponto em que se conclui que é uma perda de energia tentar mudar a cabeça dos pais sobre alguma coisa, seja o que for.

Ray não era um intelectual. Não era o homem mais bonito que ela tinha conhecido. Mas o homem mais bonito que ela tinha conhecido havia feito uma cagada com ela, e das grandes. E quando Ray colocava os braços em torno dela, fazia com que se sentisse segura como havia muito não sentia.

Ela se lembrava do assustador almoço na casa de Lucy. Do venenoso *goulash* que Barry havia preparado. Do amigo bêbado dele apalpando a bunda dela na cozinha e Lucy tendo um ataque de asma. De olhar pela janela e ver Ray com Jacob nos ombros, brincando de cavalo, correndo pelo gramado, pulando sobre o carrinho de mão virado. E de chorar diante da idéia de voltar para o seu minúsculo apartamento com cheiro de bicho morto.

Então ele apareceu em sua porta com um buquê de cravos, o que a deixou um tanto assustada. Ele não queria entrar. Mas ela insistiu. Por puro embaraço, principalmente. Não queria pegar as flores e fechar a porta na cara dele. Ela fez um café para ele, Ray disse que não era bom de papo, e ela perguntou se ele queria ir direto para o sexo. Mas isso soou mais engraçado dentro da sua cabeça do que fora. E, na verdade, se ele tivesse dito OK talvez ela tivesse aceitado apenas porque era lisonjeiro sentir-se desejada, apesar das bolsas debaixo de seus olhos e da camiseta do Cotswold Wildlife Park com manchas de banana que ela usava. Mas ele tinha falado sério sobre o bate-papo. Ele era bom para consertar o toca-fitas, fazer cafés-da-manhã fritos e organizar expedições para museus de vias férreas, e preferia tudo a ficar conversando besteiras.

Ele tinha suas explosões. Havia arrebentado uma porta com a mão já mais para o final do seu primeiro casamento e rompera dois tendões do punho. Mas era um dos homens mais delicados que ela já havia conhecido.

Um mês mais tarde, ele os pegara para irem a Hartlepool, para visitar seu pai e sua madrasta. Eles moravam num bangalô com um jardim que Jacob pensou que fosse o paraíso por causa dos três gnomos em torno do pequeno lago ornamental e de uma coisa tipo um belvedere onde ele podia se esconder.

Alan e Barbara trataram-na como se fosse da nobreza, o que foi irritante, mas só até Katie perceber que provavelmente eles tratavam todos os estranhos da mesma maneira. Alan tinha trabalhado numa fábrica de doces quase a vida inteira. Quando a mãe de Ray morreu de câncer, ele começou a ir à igreja que freqüentava quando era criança e conheceu Barbara, que tinha se divorciado do marido, porque ele se tornara um alcoólatra (*deu de beber*, era a frase que ela usava, que soava mais como uma dança folclórica inglesa ou como começar a ter como hobby a construção de cercas vivas).

Katie os achava mais parecidos com avós (embora nenhum de seus avós tivesse tatuagens). Pertenciam a um mundo mais antigo, de deferências e deveres. Tinham coberto a parede da sala com fotos de Ray e Martin, o mesmo número de fotos para cada um, apesar da confusão horrível em que Martin havia transformado sua vida. Havia um pequeno armário de estatuetas chinesas na sala de jantar e um tapete felpudo em forma de U ao redor de um suporte para carteado.

Barbara fez um ensopado, mas depois grelhou alguns pedaços de peixe para Jacob quando ele reclamou dos "carocinhos".

Eles perguntaram o que ela fazia em Londres e ela explicou que estava colaborando com a organização de um festival de arte, mas isso soou excêntrico e algo pervertido. Em seguida ela contou a história do locutor de telejornal bêbado que haviam contratado no ano anterior, e então se lembrou, talvez um pouco tarde demais, da razão do divórcio de Barbara, mas nem mesmo assim conseguiu arranjar uma maneira graciosa de mudar de assunto; apenas fez uma pausa embaraçada. Então Barbara mudou de assunto perguntando o que os pais dela faziam, e Katie disse que papai recentemente havia se aposentado da gerência de uma pequena companhia. Ela ia ficar só nisso, mas Jacob disse: "Vovô faz balanços." E então ela teve de explicar que a Shepherds montava *playgrounds* de crianças, o que soou melhor do que organizar festivais de arte, embora não tão sólido quanto ela desejava.

E talvez há alguns anos ela tivesse se sentido desconfortável e morrendo de vontade de voltar para Londres o mais rápido possível, mas muitas de suas amigas de Londres sem filhos estavam começando a lhe parecer um pouco excêntricas e pervertidas também, e era bom passar um tempo com pessoas que criavam seus próprios filhos, ouviam mais do que falavam e achavam que jardinagem era mais importante do que ir a um cabeleireiro.

E eles até podiam ser gente de hábitos antigos. E Ray até podia ser um sujeito de hábitos antigos. Talvez até não gostasse de passar o aspirador de pó na casa. Talvez sempre colocasse de volta a caixa de tampões no armário do banheiro. Mas Graham fazia *t'ai chi* e acabou se revelando um cretino.

Ela não dava a mínima para o que seus pais pensavam. Além disso, mamãe estava trepando com um dos antigos colegas de papai, e papai estava fingindo que acreditava que os cachecóis de seda e o brilho no olhar dela eram apenas por causa de seu novo trabalho na livraria. Então, eles não estavam em posição de repreender ninguém sobre coisa alguma, ainda mais quando se tratava de relacionamentos.

Meu Deus! Ela nem mesmo queria pensar sobre toda essa confusão.

Tudo o que ela queria era ter um almoço sem atritos e evitar qualquer papo horrível de mulher-para-mulher na hora que ficassem juntas na pia lavando a louça.

6

O almoço correu bem, tudo certo até a sobremesa.

Houve um pequeno problema quando George estava tirando suas roupas de trabalho. Ele estava a ponto de tirar a camisa e as calças quando se lembrou do que as roupas estavam escondendo, e sentiu aquele arrepio de filme de terror que se sente quando a porta espelhada do guarda-roupa fechou sozinha para revelar o zumbi com uma foice bem às costas do herói.

Ele apagou as luzes, abaixou as persianas e tomou uma chuveirada no escuro, cantando "Jerusalém".

Como resultado, desceu as escadas sentindo-se não somente limpo, mas orgulhoso de ter reagido de maneira tão rápida e efetiva. Quando chegou à sala de jantar, já havia por lá vinho, conversa, e Jacob brincando de ser um helicóptero, e George finalmente estava apto a deixar a tensão um pouco de lado.

Seu medo era que Jean, sendo como era, fizesse algum comentário bem-intencionado, mas inapropriado, que fizesse Katie, sendo como era, se lançar a uma briga em que as duas se engalfinhariam como gatas selvagens. Katie falou sobre Barcelona (era na Espanha, é claro, lembrou-se ele agora), Ray elogiou a comida ("Delícia de sopa, Sra. Hall") e Jacob fez uma pista de aterrissagem com os talheres para que seu ônibus pudesse decolar — e ficou bastante chateado quando George disse que os ônibus não voavam.

Eles estavam na metade do creme de amoras-pretas, contudo, quando a lesão começou a coçar como um pé-de-atleta. A palavra *tumor* veio-lhe à mente e era uma palavra feia, que ele não queria estar alimentando, mas sentiu-se incapaz de removê-la da cabeça.

Ele podia senti-lo crescendo enquanto estava à mesa, devagar demais, talvez, para ser visto a olho nu, mas sempre crescendo, como o fermento de pão que ele certa vez deixara num vidro de geléia no peitoril da janela de seu quarto quando era garoto.

Estavam conversando sobre arranjos do casamento: fornecedores, fotógrafos, convites... Esta parte da conversa George entendeu. Então começaram a discutir se reservavam um hotel (a opção preferida de Katie e Ray) ou alugavam um toldo no jardim (opção preferida de Jacob, que adorou a idéia de uma tenda). Nesse ponto, George começou a se desconcentrar.

Katie virou-se para ele e disse alguma coisa como: "Quando o estúdio ficará pronto?", mas ela podia até estar falando húngaro. Ele conseguia ver a boca de Katie se movimentando, mas era incapaz de compreender o ruído que saía dela.

O acelerador estava sendo apertado até o chão dentro de sua cabeça. A máquina estava gritando, as rodas giravam e a fumaça saía dos pneus, mas ele não estava indo para lugar algum.

Ele não estava seguro quanto ao que havia acontecido a seguir, mas não fora nada elegante; envolvia danos à louça de barro e terminava com ele saindo rapidamente pela porta dos fundos.

7

Houve um barulho de pratos e Jean virou-se, só então percebendo que George havia desaparecido.

Depois de uns cinco segundos de um silêncio atônito, Jacob ergueu os olhos do seu ônibus e perguntou:

— Onde está o vovô?

— No jardim — disse Ray.

— Isso mesmo — disse Katie, seu maxilar endurecendo.

Jean tentou dirigir-se a ela.

— Katie...

Mas era tarde demais. Katie levantou-se e saiu da sala para ir ao encontro do pai. Houve um segundo de breve silêncio.

— Mamãe também está no jardim? — perguntou Jacob.

Jean olhou para Ray.

— Lamento muito tudo isso.

Ray olhou para Jacob.

— Sua mãe é meio feroz.

— O que é *feroz*? — perguntou Jacob.

— Do tipo fica com raiva fácil, certo? — completou Ray.

Jacob pensou por alguns momentos.

— Podemos levar o submarino lá para fora?

— Vamos lá, capitão.

Quando Ray e Jacob aterrissaram, Jean entrou na cozinha e ficou ao lado da geladeira, onde podia ver Katie sem ser vista.

— E a água sai do esguicho — gritou Jacob de cima das escadas.

— Não me importo com o que você acha, pai. — Katie estava andando para cima e para baixo no pátio, agitando os braços para todos os lados como uma pessoa maluca num filme. — É a minha vida. Vou me casar com Ray quer o senhor goste ou não.

Precisamente onde George estava ou o que ele estava fazendo, era difícil de dizer.

— Vocês não sabem nada sobre ele. Nada. Ray é generoso. Ray é carinhoso. E vocês têm direito às suas próprias opiniões. Mas se tentarem impedir, vamos cuidar de tudo sozinhos, sem vocês, entendeu?

Ela parecia estar olhando para o chão. Certamente George não estava deitado, ou estava?

Quando ele saiu às pressas da sala, Jean pensou que tivesse derramado creme nas calças ou sentido cheiro de gás, e que Katie havia simplesmente tirado conclusões precipitadas. O que seria absolutamente normal vindo dela. Mas era óbvio que alguma coisa mais séria estava acontecendo, e isso a preocupava.

— Então? — perguntou Katie do outro lado da vidraça.

Não houve resposta que Jean pudesse ouvir.

— Meu Deus! Eu desisto!

Katie fugiu da janela e ouviram-se passos descendo pela lateral da casa. Jean escancarou a porta da geladeira e pegou uma caixa de leite. Katie irrompeu pela porta e sibilou:

— Mas qual é o problema com esse sujeito? — e atravessou o vestíbulo com passadas pesadas.

Jean colocou o leite de volta na geladeira e esperou que George entrasse em casa outra vez. Como ele não entrou, ela colocou a chaleira no fogo e saiu.

Ele estava sentado no pátio com as costas apoiadas na parede e os dedos apertando os olhos, parecendo exatamente como um escocês que tivesse bebido cidra e acordado no gramado do tribunal de justiça.

— George? — Ela curvou-se diante dele.

Ele tirou as mãos do rosto.

— Oh, é você.

— Está sentindo alguma coisa? — perguntou Jean.

— Eu apenas... estava com dificuldade de conversar — disse ele. — E Katie estava gritando demais.

— Você está bem?

— Não me sinto lá muito bem, para ser sincero — disse George.

— O que há? — Ela se perguntou se ele havia chorado, mas isso pareceu ridículo.

— Eu apenas... estava com dificuldade para respirar. Precisava tomar um pouco de ar. Lamento.

— Não é com Ray, então?

— Ray? — perguntou George.

Ele parecia ter esquecido quem era Ray, e isso também era preocupante.

— Não — disse George. — Não é com Ray.

Ela pôs a mão no joelho dele. Sentiu algo estranho. George não gostava de compaixão. Ele queria era que lhe dessem um Lemsip, um cobertor e um quarto só para ele.

— Como você está se sentindo agora?

— Um pouco melhor. Conversando com você.

— Vamos ligar para o médico e marcar uma consulta para amanhã — disse Jean.

— Não! Médico, não — disse George, de modo um tanto insistente.

— Não seja bobo, George.

Ela estendeu a mão. Ele a pegou e, vagarosamente, levantou-se. Estava tremendo.

— Vamos para dentro.

Ela ficou preocupada. Tinham alcançado uma idade em que às vezes as coisas davam errado e nem sempre melhoravam. O ataque do coração de Bob Green. O rim de Moira Palmer. Mas, pelo menos, George estava deixando que ela tomasse conta dele, o que era uma mudança. Ela nem podia se lembrar da última vez que haviam andado de braços dados como agora.

Eles pararam na porta e encontraram Katie em pé no meio da cozinha, comendo creme numa tigela.

— Seu pai não está se sentindo muito bem — disse Jean.

Os olhos de Katie estreitaram-se.

Jean continuou.

— Isso não tem nada a ver com o seu casamento com Ray.

Katie olhou para George e falou com a boca cheia de creme.

— Bem, por que você não disse logo, merda?!

Jean conduziu George para o corredor.

Ele soltou a mão dela.

— Acho que vou subir e me deitar lá em cima.

As duas mulheres ficaram em pé esperando pelo estalido surdo da porta do quarto acima de suas cabeças. Então Katie jogou a tigela vazia na pia.

— Obrigada por me deixar falando sozinha feito uma idiota.

— Acho que você não precisa da minha ajuda para isso.

8

Ficar sozinho num quarto escuro não foi em nada tão confortável quanto George havia esperado. Ele se deitou na cama e observou uma mosca revoar sem rumo, no ar cinzento, manchado. Para sua surpresa, não se deu conta de que Katie havia gritado com ele. O ideal teria sido ele próprio gritar um pouco também. Isso talvez fosse uma boa terapia. Mas ele nunca tinha sido bom em gritar. O máximo que conseguiria era ser a pessoa com quem se grita.

A mosca veio descansar nas borlas do abajur.

Tudo ia ficar bem. Jean não ia conseguir fazê-lo ir ao médico. Ninguém podia obrigá-lo a fazer coisa alguma.

Bastava dizer a palavra *médico* em sua cabeça e ele sentia o cheiro de tubo de borracha e via o brilho fantasmagórico dos raios X contra a luz, a massa escura, médicos em quartos bege ao lado, sustentando pranchetas nos joelhos e sendo diplomáticos.

Ele precisava se distrair.

Os oito estados americanos que começavam com a letra M.

Maine. Missouri. Maryland. Havia um que todos esqueciam. Montana. Mississippi. Ou era apenas um rio?

A porta se abriu.

— Posso entrar na sua caverna, vovô?

Sem esperar resposta, Jacob entrou correndo no quarto, subiu na cama e cravou os joelhos no edredom.

— Daí, o grande... o grande... o grande monstruoso monstro-devorador amarelo não consegue pegar a gente.

— Acho que você está a salvo aqui — disse George. — Não temos muitos monstros amarelos por estes lados.

— É o monstruoso *monstro-devorador* amarelo — corrigiu Jacob, firme.

— O monstruoso monstro-devorador amarelo — disse George.

— O que é um *heffalump*? — perguntou Jacob.

— Bem, na verdade um *heffalump* não existe.

— Ele é peludo? — perguntou Jacob.

— Mas, ele não existe, então... não, não é peludo.

— Ele tem asas?

George sempre se sentira pouco à vontade com crianças pequenas. Sabia que não eram muito inteligentes. Era esse o problema. Era por isso que tinham de ir à escola. Mas podiam farejar o medo. Olhavam você no olho e pediam-lhe para ser um condutor de ônibus, e era difícil controlar a suspeita de que você estava sendo chamado a passar em algum teste demoníaco.

Isso não tinha importância quando Jamie e Kate eram novos. Não se esperava que os pais jogassem Peep-Bo nem colocassem as mãos numa meia para ser o Sr. Cobra-Cobrento (Jacob e Jean eram absurdamente amigos do Sr. Cobra-Cobrento). Pais construíam uma casa na árvore, administravam os conflitos e assumiam o controle da pipa sob ventos fortes. E só.

— Ele tem um jato ou um *totor*? — perguntou Jacob.

— O que teria um jato ou um *motor*? — perguntou George.

— Este avião tem um jato ou um totor?

— Bem, eu acho que você é que vai ter de me dizer isso.

— O que você acha? — perguntou Jacob.

— Bem, acho que provavelmente tem um motor a hélice.

— Não. É um jato.

Eles se deitaram de costas, lado a lado, olhando para o teto. A mosca tinha ido embora. Havia um tênue cheiro de um líquido fervente. Alguma coisa entre caldo de galinha e leite.

— Nós vamos dormir agora? — perguntou Jacob.

— Para dizer a verdade, eu preferiria ficar conversando.

— Você gosta de conversar, vovô?

— Às vezes — disse George. — Na maioria das vezes gosto de ficar quieto. Mas neste preciso momento acho que prefiro conversar.

— O que é *neste preciso momento*?

— Este preciso momento é agora. Depois do almoço. De tarde. Num domingo.

— Você é engraçado? — perguntou Jacob.

— Acho que a opinião geral seria que eu não sou engraçado.

A porta abriu novamente e a cabeça de Ray apareceu.

— Lamento, George. O pequerrucho fugiu correndo.

— Está tudo bem. Estamos conversando, não estamos, Jacob?

Sentiu-se bem por equilibrar as coisas com seu futuro genro numa das áreas em que Ray, reconhecidamente, era um especialista.

Mas então não foi tão bom, pois Ray entrou no quarto e sentou-se na ponta da cama. Na cama que era dele e de Jean.

— Gente, parece que vocês acertaram mesmo em como deveriam reagir... Mantendo a cabeça fria!

Ray deitou-se na cama.

E era nesse tipo de coisa aí que o problema da criança se sobrepunha ao problema de Ray. Às vezes se tinha a impressão de que partes do cérebro dele estavam realmente faltando, que sem o menor problema ele podia entrar num banheiro procurando por uma toalha enquanto você estava sentado na privada e não tinha a menor idéia do quanto isso podia ser inconveniente.

Jacob pulou de pé, meio desequilibrado.

— Vamos brincar de *ring-a-roses*.*

Era isso. O teste. Você começava uma conversa afável sobre *heffalumps* e, antes que percebesse, estava enredado em alguma charada humilhante.

— OK — disse Ray, ficando de joelhos.

"Minha mãe de Deus", pensou George. "Não é possível que achem que vou entrar nisso..."

---

*Uma brincadeira baseada numa cantiga folclórica de crianças, na qual os participantes giram, cantando, em círculo e, dado um sinal, se acocoram. (*N. do T.*)

— George?

Acham.

Ele ficou de joelhos. Jacob pegou sua mão esquerda e Ray pegou sua mão direita. Ele torceu fervorosamente para que nem Jean, nem Katie entrassem no quarto enquanto isso estivesse acontecendo.

Jacob começou a saltar.

— *Ring-a-ring-a-roses...*

Ray juntou-se.

— Um bolso cheio de narizes.

George mexia os ombros para cima e para baixo, no ritmo da música.

— *A-tishoo, A-tishoo*, nós todos caímos.

Jacob saltou no ar e caiu no edredom com Ray, gritando. George, tendo desistido de qualquer esperança de escapar com alguma dignidade, jogou-se para trás em seu travesseiro.

Jacob estava rindo. Ray estava rindo. E ocorreu a George que se ele conseguisse encontrar a maçaneta, seria capaz de abrir a porta secreta e cairia, deslizando, por uma passagem comprida, todo o tempo de costas, até a infância, quando alguém tomaria conta dele, que enfim se sentiria seguro.

— De novo — gritou Jacob, pondo-se de pé. — De novo, de novo, de novo, de novo, de novo...

9

Jamie pendurou o casaco nas costas da cadeira, afrouxou a gravata e, como ninguém estava olhando, fez uma pequena pirueta sobre o assoalho da cozinha, terminando em frente à geladeira.

— É isso aí.

Pegou uma garrafa de cerveja, fechou a geladeira, tirou um cigarro da gaveta sob a torradeira, atravessou as portas envidraçadas, sentou-se no banco e acendeu-o.

Tinha sido um bom dia. Contratos trocados na casa Miller. E os Owen iam entrar nessa. Podia-se ver isso nos olhos deles. Bem, dava para ver isso nos olhos dela. Era mais do que óbvio que era ela quem usava as calças. Além do mais, Carl estava sem trabalhar por causa do tornozelo quebrado, de modo que era Jamie que estava negociando com os Cohen e, como todos viam, não estava fazendo besteiras. Ao contrário de Carl.

O jardim estava lindo. Não era pouca merda, nada de trabalho de principiantes. Talvez o adubo estivesse funcionando. Tinha chovido no caminho para casa, de modo que os grandes seixos estavam limpos, escuros e brilhantes. Os dormentes curtos e grossos de ferrovia assentados ao redor dos canteiros. Forsítia, louro, lírios. Deus sabe por que as pessoas plantavam grama. A finalidade de se ter um jardim não era sentar nele e não fazer nada?

Ele podia ouvir uma fraca melodia de reggae uns poucos jardins adiante. Alto o suficiente para aquela sensação de um verão preguiçoso. Não tão alto que você quisesse que eles abaixassem.

Tomou um gole de cerveja.

Uma estranha bolha laranja apareceu na empena da casa oposta. Ela lentamente se transformou num balão de ar quente e flutuou para o lado oeste, atrás de uns galhos de cerejeira. Um segundo balão apareceu, vermelho desta vez, no formato de um extintor de incêndio gigante. Um a um, o céu encheu-se de balões.

Ele exalou uma pequena nuvem de fumaça de cigarro e observou-a afastando-se para o lado, mantendo a forma até desaparecer em cima da churrasqueira.

A vida estava perfeita. Ele tinha um apartamento. Ele tinha um jardim. Uma senhora idosa com uma saúde de ferro à esquerda. Cristãos à direita (sempre se podia perguntar por que gostava de cristãos, mas o caso é que eles não gritavam durante a trepada, como os alemães que tinham morado lá antes). Ginástica às terças e quintas. Tony em casa três vezes na semana.

Ele deu uma outra tragada no cigarro.

Havia um canto de pássaros, também, junto com o reggae. Ele teria reconhecido as espécies aos 10 anos. Agora, já não tinha a menor idéia. Não que isso o incomodasse. Era um bom som. Natural. Tranqüilizante.

Tony estaria aqui em meia hora. Iriam ao Carpenter para comer alguma coisa. Pegar um DVD na Blockbuster no caminho de volta. Se Tony não estivesse muito caído, podiam dar uma trepada.

Num jardim vizinho, um garoto chutava a bola contra a parede. *Doinc! Doinc! Doinc!*

Tudo parecia suspenso em algum tipo de balança. Obviamente, alguém viria e ferraria com tudo, porque era isso o que as pessoas faziam. Mas agora...

Ele sentiu um pouco de fome e perguntou a si mesmo se haviam sobrado batatas fritas. Levantou-se e entrou.

10

Por vezes Katie perguntava a si própria se sua mãe emitia opiniões apenas para enrolá-la.

Era óbvio que ela preferiria que o casamento não fosse adiante. Mas se fosse, queria um casamento grande e público. Katie salientou que era um segundo casamento. Mamãe disse que não queriam que pensassem que eles eram pães-duros. Katie disse que alguns restaurantes eram muito caros, muito mesmo. A mãe sugeriu uma benção na igreja. Katie perguntou por quê. A mãe disse que ficaria mais simpático. Katie contrapôs que se mostrar simpático não era o objetivo da religião. Sua mãe disse que ela devia providenciar um vestido sob encomenda. Katie disse que não queria saber de vestidos. A mãe disse-lhe para não ser ridícula. E Katie começou a dar-se conta de que eles deviam ter se casado em Las Vegas e contado para todo mundo depois.

No dia seguinte, Katie estava assistindo a *Brookside*, enquanto Ray e Jacob armavam uma espécie de abrigo primitivo com duas cadeiras de jantar e uma toalha de piquenique. Ela perguntou o que eles estavam fazendo, e Jacob disse que estavam montando uma tenda.

— Para o casamento...

E Katie pensou: "Dane-se!". Ela estava se casando com Ray. Seus pais iam dar uma festa. Eles estavam apenas fazendo ambas as coisas simultaneamente.

Ela ligou para a mãe e sugeriu um acordo. A mãe se encarregaria do toldo, das flores e do bolo. Katie se encarregaria da cerimônia civil, sem bênção religiosa, de um vestido sob encomenda.

No sábado seguinte, Ray e Jacob foram comprar um silencioso novo para o escapamento do carro, enquanto Katie foi encontrar Mona na cidade para comprar a roupa antes que a mãe a fizesse mudar de idéia.

Ela comprou um tomara-que-caia longo de seda na cor azul-celeste da Whistles. Não dava para correr com ele (Katie fazia questão de nunca comprar coisa alguma com a qual não pudesse correr), mas se o cartório pegasse fogo, ela achava que Ray poderia jogá-la sobre seus ombros. Comprou um par de sapatos de camurça de um suave azul-escuro com um salto baixo em algum lugar da Oxford Street, e foi bastante divertido bancar a dondoca por algumas horas com Mona, que podia brincar de ser dondoca até as vacas aprenderem a tossir.

Quando chegou em casa, deu uma girada para se exibir para os homens, e Jacob disse:

— Você parece uma lady — o que era estranho, mas delicado.

Ela se curvou e beijou-o (curvar-se não foi particularmente fácil).

— A gente devia comprar um conjuntinho de marinheiro para você usar no casamento.

— Não seja dura com esse camaradinha — disse Ray.

Jacob olhou para ela, sério.

— Quero usar a minha camiseta de *Bob, o Construtor.*

— Não sei o que vovó vai pensar disso — disse Katie.

— Mas eu quero usar a minha camiseta de *Bob, o Construtor* — insistiu Jacob.

Eles cuidariam disso no momento propício.

11

George sentou-se no carro do lado de fora da clínica, apertando o volante como um homem que estivesse dirigindo montanha abaixo.

A lesão parecia um poço de esgoto coberto de carne podre por debaixo de sua camisa.

Ele podia ver o médico, mas também podia ir embora. Sentiu-se mais calmo colocando a coisa dessa forma. Opção A ou Opção B.

Se visse o médico, poderia descobrir a verdade. Não queria que lhe contassem a verdade, mas a verdade não podia ser tão ruim como temia. A lesão podia ser benigna ou de um tamanho tratável. O Dr. Barghoutian, contudo, era apenas um clínico, o médico da família. George podia ter de se consultar com um especialista e precisar conviver com a expectativa dessa consulta por uma semana, duas semanas, um mês (era inteiramente possível que depois de sete dias sem comer nem dormir a pessoa ficasse completamente insana, e neste caso o problema seria retirado de suas mãos).

Se ele fosse embora, se fugisse, Jean lhe perguntaria onde havia estado. O médico ligaria para a casa deles para perguntar por que faltara à consulta. Ele podia não atender o telefone. Morreria de câncer. Jean descobriria que ele não tinha estado no médico e ficaria furiosa por saber que ele estava morrendo de câncer e não tinha feito nada sobre isso.

Por outro lado, se a lesão fosse benigna ou de um tamanho tratável e ele fugisse dali, mais tarde a coisa podia se transformar num grande câncer maligno e intratável, e talvez lhe contassem isso, e então ele teria de viver, mesmo que por um tempo breve, sabendo que estava morrendo em conseqüência direta de sua própria covardia.

Quando finalmente saiu do carro, foi porque não podia mais suportar sua própria companhia, ali, confinado.

A presença de outras pessoas na sala de espera do médico acalmou-o um pouco. Passou os olhos e encontrou um lugar para se sentar.

O que ele podia dizer sobre Ray no discurso da festa do casamento? Aquela era uma charada sobre a qual pensar.

Ray era bom com crianças. Bem, pelo menos era bom com Jacob. Sabia consertar coisas. Ou pensava que sabia. O cortador de grama havia quebrado de vez uma semana depois que ele o consertou. Mesmo assim, isso não era uma recomendação suficiente para se casar com alguém. Ele tinha dinheiro. Uma recomendação bastante boa, sem dúvida, mas do tipo que só se podia contabilizar como uma vantagem extra uma vez que se tivesse estabelecido que se gostava do cara.

Isto estava perturbando sua cabeça.

Ray estava apaixonado por Katie e Katie estava apaixonada por ele.

Estava mesmo? A mente da filha sempre fora um mistério para ele. Não que ela sentisse algum embaraço em manifestar suas opiniões. Sobre o papel de parede no quarto dela. Sobre homens com costas cabeludas. Mas suas opiniões eram tão violentas (será que papel de parede merecia tanto?), tão instáveis e tão nitidamente desligadas de uma visão de mundo coerente que ele às vezes se perguntava, durante a adolescência dela especialmente, se havia alguma coisa, sob o ponto de vista médico, errada.

Não. Ele tinha invertido tudo. Não era tarefa do pai da noiva gostar de seu futuro genro (ele podia sentir seu equilíbrio mental retornando enquanto formulava esse pensamento). Esta era uma tarefa do padrinho do noivo. A este respeito, se o padrinho de Ray fosse um aperfeiçoamento em relação ao bobalhão de seu último casamento, o consolo de George devia superar em muito sua apreensão sobre o casamento em si (“Então, telefonei para todas as ex-namoradas do Graham para descobrir no que Katie estava se metendo. E foi isto o que elas disseram...").

Ele voltou-se e viu um pôster numa parede distante. Eram duas grandes fotografias. A foto da esquerda mostrava um pedaço de pele queimada de sol, com os seguintes dizeres: *Você gosta do meu bronzeado*? A fotografia à direita exibia as palavras: *Você gosta do meu câncer de pele*? E mostrava o que parecia um grande furúnculo comprimido como cinza de cigarro.

Ele quase vomitou e percebeu que havia conseguido se controlar apertando o minúsculo ombro de uma mulher índia à sua direita.

— Desculpe — disse, endireitando-se.

O que, em nome de Deus, eles pretendiam colocando um cartaz como aquele em todos os lugares? Ele se dirigiu para a saída.

— Sr. Hall?

Estava a meio caminho da porta quando ouviu a recepcionista repetir seu nome, mais severa desta vez. Ele se voltou.

— O Dr. Barghoutian vai ver o senhor agora.

Ele estava fraco demais para desobedecer e se viu andando pelo corredor, para onde o Dr. Barghoutian o esperava de pé junto à porta aberta, sorrindo.

— George — disse o Dr. Barghoutian.

Eles se cumprimentaram.

O Dr. Barghoutian conduziu George para dentro, fechou a porta às suas costas, sentou-se e reclinou-se com um toco de um lápis apertado como um cigarro entre o primeiro e o segundo dedos da mão direita.

— Então, no que posso ajudá-lo hoje?

Havia um modelo de plástico barato da Torre Eiffel numa prateleira atrás da cabeça do Dr. Barghoutian e uma fotografia de sua filha num balanço.

Era isso.

— Eu tive um mal-estar — disse George.

— Que tipo de mal-estar?

— No almoço. Estava com muita dificuldade para respirar. Derrubei algumas coisas no chão. Depois, fugi correndo para fora.

Um mal-estar. Foi tudo. Por que ele tinha ficado tão perturbado?

— Dor no peito? — perguntou o Dr. Barghoutian.

— Não.

— Você caiu?

— Não.

O Dr. Barghoutian olhou para ele e balançou a cabeça, com expressão séria. George não achou aquilo bom. Era como a cena já perto do fim do filme, depois do assassino russo e do misterioso incêndio no escritório e do membro do Parlamento com inclinação por prostitutas. E tudo se reduziu, afinal, a um Velho Etoniano na biblioteca do clube de Londres, que sabia tudo e podia eliminar as pessoas com um único telefonema.

— Do que você estava tentando fugir? — perguntou o Dr. Barghoutian.

George não foi capaz de encontrar nenhuma resposta concebível para isso.

— Estava com medo de alguma coisa?

George assentiu de cabeça. Ele se sentiu como um garoto de 5 anos.

— E do que você estava com medo? — perguntou o Dr. Barghoutian.

Tudo bem. Era bom ser um garoto de 5 anos. Os garotos de 5 anos eram bem-cuidados. O Dr. Barghoutian tomaria conta dele. Tudo o que ele tinha de fazer era segurar as lágrimas.

George levantou a camisa e abriu o zíper das calças.

Com uma lentidão infinita, o Dr. Barghoutian pegou os óculos sobre a mesa, colocou-os e curvou-se até junto da lesão:

— Muito interessante.

Interessante? Deus do Céu. Ele ia morrer de câncer cercado por estudantes de medicina e professores de dermatologia visitantes.

Um ano pareceu se passar.

O Dr. Barghoutian tirou os óculos e voltou a se sentar em sua cadeira:

— Eczema discóide, a menos que eu esteja muito enganado. Uma semana de creme esteróide deve acabar com isso. — Ele parou e bateu de leve alguma cinza imaginária de seu lápis, deixando-a ir ao chão. — Já pode se vestir agora.

George pegou sua camisa de volta e colocou as calças.

— Vou passar uma receita.

Atravessando a área da recepção, ele passou por uma coluna de raio de sol caindo de uma janela alta sobre o tapete verde manchado. Uma mãe estava amamentando seu bebê. Ao lado dela, um homem idoso com bochechas vermelhas e botas Wellington curvava-se sobre uma bengala e parecia olhar intensamente para além dos carrinhos de bebê e das revistas com os cantos das folhas dobrados, para os campos cultivados onde sem dúvida havia passado, a maior parte de sua vida, trabalhando. Um telefone tocou como sinos de igreja.

Ele escancarou as portas duplas de vidro e retornou ao dia.

Havia canto de pássaros. De fato, não havia canto de pássaros, mas parecia uma manhã que mereceria canto de pássaros. Sobre sua cabeça, um avião estava abrindo um zíper branco bem no meio do céu azul, transportando homens e mulheres para Chicago e Sydney, para conferências e universidades, para reuniões familiares e quartos de hotel com toalhas felpudas e uma vista para o oceano.

Ele parou na escada e aspirou o cheiro agradável de fumaça de fogueira e de chuva recente.

Quinze metros adiante, no extremo oposto de uma bem aparada cerca viva de alfeneira que lhe chegava à cintura, o Volkswagen Polo estava esperando por ele como um cachorro fiel.

Ele estava indo para casa.

12

Jamie comeu a sétima batata Pringles, botou a lata de volta no armário, entrou na sala de estar, escorregou no sofá e apertou o botão da secretária eletrônica.

"Oi, Jamie. É mamãe. Achei que ia encontrar você. Bem, não tem problema. Tenho certeza de que você já sabe da novidade, mas Katie e Ray estiveram aqui no domingo e vão se casar. Isso foi meio surpresa, como você pode imaginar. Seu pai ainda está se recuperando. Ora, bem... Terceiro fim de semana de setembro. Vamos fazer a festa aqui. No jardim. Katie disse que você traria alguém. Mas vamos enviar os convites, tudo direitinho, mais perto do casamento. De qualquer modo, seria muito bom conversar com você quando você puder. Muito amor."

Casamento? Jamie sentiu-se um pouco zonzo. Escutou de novo a fita para o caso de ter ouvido errado. Não tinha.

Deus, sua irmã tinha feito algumas besteiras quando era mais nova, mas essa era a campeã. Ray era para ser apenas alguém de passagem. Katie falava francês. Ray lia biografias de personalidades do esporte. Era só lhe pagar alguns copos de cerveja e ele provavelmente começaria a bradar sobre *Our colored brethren.*

Eles estavam morando juntos havia...? Seis meses?

Ele ouviu a mensagem pela terceira vez, depois foi para a cozinha e pegou um sorvete de chocolate da geladeira.

Isso não deveria irritá-lo. Ultimamente, era raro ver Katie. E quando via, ela estava com Ray a reboque. Que diferença fazia se eles fossem casados? Um pedaço de papel, mais nada.

Então por que estava perturbado com isso?

Havia um maldito gato no jardim. Ele pegou um pedregulho do degrau, mirou e atirou-o.

Droga. Respingou sorvete em sua camisa por causa do recuo para tomar impulso.

Ele removeu-o com uma esponja molhada.

Ouvir as notícias de segunda mão. Era isso o que o irritava. Katie não ousara contar para ele. Sabia o que ele diria. Ou o que pensaria. Então ela havia passado o trabalho para mamãe.

Para resumir, os outros eram sempre o problema. Eles vinham e ferravam as coisas. Você estava dirigindo pela Streatham cuidando da própria vida, e eles entravam pela sua porta do carona enquanto conversavam em seus celulares. Você ia para Edimburgo para um fim de semana prolongado, e eles afanavam seu laptop e trepavam no seu sofá.

Ele olhou para fora. O maldito gato estava de volta. Deixou o sorvete de chocolate de lado e atirou outra pedra, com mais força dessa vez. A pedra ricocheteou num dos dormentes, passou por cima do muro na extremidade do terreno e foi parar no jardim adjacente, onde bateu em algum objeto invisível fazendo um alto *crack*.

Ele fechou as portas envidraçadas, pegou o sorvete de chocolate e saiu de vista.

Dois anos atrás, Katie não teria dado a Ray nem um bom-dia.

Ela estava exausta. Era esse o problema. Ela não estava pensando direito. Cuidar de Jacob e dormir seis horas por noite, morando naquela porcaria de apartamento havia dois anos. Então Ray aparece com dinheiro, uma casa grande e um carro reluzente.

Ele tinha de telefonar para ela. Ele colocou o sorvete de chocolate no peitoril da janela.

Talvez tivesse sido Ray quem falara com seus pais. Decididamente, era uma possibilidade. E a cara do Ray. Entrar calçando suas botas tamanho 48. Depois levar uma bronca de Katie no caminho de casa por ter falado o que não devia.

Ele discou. O telefone tocou do outro lado.

O fone foi levantado, Jamie imaginou que poderia ser Ray e por muito pouco não desligou:

— Merda.

— Alô? — Era Katie.

— Graças a Deus — disse Jamie. — Opa, desculpe. Eu não quis dizer isso. É o Jamie.

— Olá, Jamie.

— Mamãe acabou de me dar a notícia. — Ele tentou parecer animado e despreocupado, mas ainda estava sobressaltado por causa do pânico em relação a Ray.

— É mesmo... Nós só decidimos contar no caminho para Peterborough. Então voltamos, e Jacob começou a dar um trabalhão. Eu ia ligar para você esta noite.

— Então... parabéns.

— Obrigada — disse Katie.

Então houve uma pausa desconfortável. Ele queria que Katie dissesse: *Me ajude, Jamie, eu estou cometendo um terrível engano*, o que obviamente ela não ia fazer. E ele queria dizer: *Que droga você está fazendo*? Mas, se dissesse isso, ela nunca mais falaria com ele.

Ele perguntou o que Jacob estava fazendo e Katie disse que ele estava desenhando um rinoceronte e fazendo cocô no banheiro, então ele mudou de assunto e perguntou:

— Tony vai ganhar um convite, então?

— É claro.

E de repente se calou. Um convite para o casal. Por merda nenhuma ele ia levar Tony para Peterborough.

Depois de desligar, ele pegou o sorvete de chocolate, limpou a gota marrom do peitoril da janela e voltou para a cozinha para fazer um pouco de chá.

Tony em Peterborough. Deus do céu. Ele não sabia o que era pior. Mamãe e papai fingirem que Tony era um dos colegas de Jamie no caso de os vizinhos descobrirem. Ou eles ficarem sofridamente aflitos com a situação.

A combinação mais provável, é claro, era mamãe ficar aflita e papai fingir que Tony era um dos colegas de Jamie. E mamãe ficar irritada com papai por fingir que Tony era um dos amigos de

Jamie. E papai ficar zangado com mamãe por ela ficar sofridamente aflita.

Ele nem sequer queria pensar nos amigos de Ray. Conhecera Ray o bastante na faculdade. Oito copos de cerveja bastavam para que eles ficassem prestes a linchar o homossexual mais próximo por puro divertimento. Sem falar nos que ainda estavam dentro do armário. Havia sempre um sujeito dentro do armário. E mais cedo ou mais tarde, eles ficavam de porre e sorrateiramente se sentavam ao seu lado no bar e contavam tudo para você, então ficavam irritados se você não os levava para o seu quarto para tocar uma punheta para eles.

Ele se perguntou por onde andaria Jeff Weller ultimamente. Um casamento sem sexo em Saffron Walden, provavelmente, com alguns exemplares atrasados da *Zipper* escondidos atrás do aquecedor de água.

Jamie havia gastado uma grande parte de seu tempo e energia organizando sua vida precisamente como a queria. Trabalho. Casa. Família. Amigos. Tony. Exercício. Relaxamento. Alguns compartimentos podiam se misturar. Katie e Tony. Amigos e exercício. Mas os compartimentos estavam ali por uma razão. Era como no zoológico. Você podia misturar chimpanzés e papagaios. Mas remova todas as jaulas, e vai se ver com um banho de sangue nas mãos.

Ele não contaria a Tony sobre o convite. Esta era a resposta. Era simples.

Olhou para a casquinha do sorvete de chocolate. O que ele estava fazendo? Tinha comprado os sorvetes para consolá-lo depois da discussão sobre os binóculos. Devia ter se livrado deles no dia seguinte.

Jogou o resto do sorvete no lixo, pegou as outras quatro casquinhas na geladeira e enfiou-as também na lixeira.

Botou "Born to Run" no CD player e preparou um bule de chá. Limpou e lavou o escorredor. Serviu uma xícara de chá, acrescentou um pouco de leite desnatado e fez um cheque para a conta de gás.

Bruce Springsteen estava parecendo particularmente presunçoso esta tarde. Jamie o descartou e leu o *Telegraph*.

Pouco depois das 8 horas, Tony apareceu de ótimo humor, gingando no vestíbulo, deu uma mordida na nuca de Jamie, atirou-se ao comprido no sofá e começou a enrolar um cigarro.

Jamie às vezes se perguntava se Tony teria sido um cachorro numa vida passada e, nesse caso, se teria deixado de fazer a transição corretamente. O apetite. A energia. A falta de boas maneiras. A obsessão com cheiros (Tony colocava o nariz no cabelo de Jamie, cheirava-o e dizia: "Oh, onde você esteve?").

Jamie deslizou um cinzeiro para Tony na ponta da mesa de centro e sentou-se. Ergueu as pernas de Tony para cima de seu colo e começou a desamarrar suas botas.

Havia vezes em que tinha vontade de estrangular Tony. Na maioria das ocasiões, por falta de dotes domésticos. Então ele dava uma olhada através da sala, via aquelas longas pernas e aquele vigoroso andar de fazendeiro e sentia-se exatamente como se sentira na primeira vez. Alguma coisa no buraco do estômago, quase dor, a necessidade de ser agarrado por aquele homem. E ninguém jamais o fizera sentir-se assim.

— Dia bom no trabalho? — perguntou Tony.

— Foi, de fato.

— Então por que o Sr. Glum está tão nervosinho?

— O Sr. Glum está nervosinho? — perguntou Jamie.

— A boca de peixe, a testa enrugada.

Jamie recostou-se bruscamente no sofá e fechou os olhos:

— Você se lembra do Ray...

— Ray...?

— O namorado de Katie, Ray.

— Hum-hum.

— Ela vai se casar com ele.

— Tá... — Tony acendeu seu cigarro. Um pequeno filamento de tabaco aceso pousou em seu jeans e caiu. — Podemos enfiá-la à força num carro e trancá-la dentro de uma fortaleza em algum lugar de Gloucestershire...

— Tony... — disse Jamie.

— O que foi?

— Vamos tentar de novo, certo?

Tony levantou as mãos simulando uma rendição.

— Me desculpe.

— Katie vai se casar com o Ray — disse Jamie.

— O que não é bom.

— Não.

— Então você vai tentar impedi-la — disse Tony.

— Ela não o ama — disse Jamie. — Só o que ela quer é alguém com um emprego fixo e uma casa grande que possa ajudá-la a tomar conta do Jacob.

— Há razões piores para se casar com alguém.

— Você ia odiar o Ray — disse Jamie.

— E daí? — perguntou Tony.

— Ela é minha irmã.

— E você vai fazer... o quê? — perguntou Tony.

— Deus sabe.

— A vida é dela, Jamie. Você não pode afugentar Anne Bancroft com um crucifixo e jogá-la para debaixo de um ônibus que esteja passando na hora.

— Eu não estou tentando impedi-la. — Jamie estava começando a lamentar ter entrado neste assunto. Tony não conhecia Katie. Não conhecia Ray. Na verdade, Jamie queria apenas que ele dissesse: *Você está absolutamente certo.* Mas Tony nunca diria isso para ninguém, sobre coisa nenhuma. Nem mesmo bêbado. Especialmente quando bêbado. — O problema é dela. Obviamente. Mas é só que...

— Ela é adulta — disse Tony. — Tem o direito de agir errado.

Nenhum dos dois disse coisa alguma por alguns momentos.

— Então, eu estou convidado? — Tony soltou uma pequenina pluma de fumaça em direção ao teto.

Jamie esperou uma fração de segundo longa demais antes de responder, e Tony fez aquela coisa desconfiada com suas sobrancelhas. Então Jamie teve de mudar de tática no ato.

— Sinceramente, eu espero que isso não vá acontecer.

— Mas e se...?

Não havia razão para brigar por causa disso. Não agora. Quando as testemunhas-de-jeová bateram à porta, Tony convidou-as para um chá. Jamie deu um profundo suspiro.

— Mamãe falou em levar alguém.

— Alguém? — disse Tony. — Interessante.

— Você realmente não quer ir, quer?

— Por que não? — perguntou Tony.

— Colegas de engenharia de Ray, minha mãe inquieta com você...

— Você não está ouvindo o que eu estou falando, está? — Tony segurou o queixo de Jamie e apertou-o, da mesma maneira que as tias fazem quando a gente é criança. — Eu gostaria. De ir. Ao casamento de sua irmã. Com você.

Um carro de polícia passou pela extremidade do beco sem saída com a sirene ligada. Tony ainda estava segurando o queixo de Jamie.

— Vamos conversar sobre isto mais tarde, tá bem? — disse Jamie.

Tony apertou ainda mais, puxou Jamie na sua direção e farejou:

— O que você está comendo?

— Sorvete de chocolate.

— Meu Deus. Esta coisa realmente deprimiu você, não foi?

— Joguei o resto fora — respondeu Jamie.

Tony esmagou o cigarro.

— Vá lá e pegue um para mim. Não como sorvete de chocolate desde... Meu Deus, Brighton, 1967.

Jamie foi para a cozinha, resgatou um dos sorvetes de chocolate da lixeira, enxaguou a embalagem para limpá-la de ketchup e levou-o para a sala.

Se tivesse sorte, Katie atiraria uma torradeira em Ray antes de setembro e não haveria casamento nenhum.

13

George espalhou uma camada generosa de creme de esteróide no eczema, mudou de roupa em seu closet, colocando suas roupas de trabalho, e então desceu, quando esbarrou com Jean que voltava carregada do Sainsbury's.

— Como foi no médico?

— Bem.

— Então...? — questionou Jean.

George decidiu que era mais simples mentir.

— Insolação, provavelmente. Desidratação. Trabalhar no sol sem chapéu. Beber pouca água.

— Bem, é um alívio.

— É mesmo — disse George.

— Liguei para o Jamie.

— E...?

— Não estava — disse Jean. — Deixei recado. Avisei que nós mandaríamos um convite para ele. Disse que ele podia trazer alguém se quisesse.

— Excelente.

Jean interrompeu-se.

— Você está bem, George?

— Sim, de verdade.

Ele a beijou e foi para o jardim.

Raspou o conteúdo do balde, lançando os dejetos na lixeirinha, depois o lavou com a mangueira, preparou um pouco de argamassa fresca e começou a assentar tijolos. Mais duas fileiras, e ele já poderia pensar em cimentar a moldura da porta no lugar.

Ele não tinha nada contra os homossexuais. Homens fazendo sexo com homens. Até se podia imaginar, se é que alguém se ocupava em imaginar coisas assim, que havia situações nas quais isso podia acontecer, situações nas quais eram negadas alternativas normais aos caras. Campos militares. Longas viagens marítimas. Uma pessoa poderia até não ter a intenção de continuar nessa, mas poderia achar que seria divertido. Descarregar energia. Espírito para cima. Apertos de mão e um banho quente depois.

Era pensar em homens escolhendo móveis juntos que o perturbava. Homens trocando carícias. Fazendo coisas dentro de banheiros públicos. Isso lhe dava a desagradável sensação de que havia uma fragilidade na própria textura do mundo. Como ver um homem bater numa mulher na rua. Ou, de repente, não se lembrar da cama que você tinha quando criança.

Ainda assim, as coisas mudavam. Telefones sem fio. Restaurantes tailandeses. Você tinha que permanecer flexível ou se tornava um fóssil triste, prestes a ser descartado. Além disso, Jamie era um jovem sensível e se trouxesse alguém, também seria um jovem sensível.

O que Ray faria então, só Deus sabia.

Interessante. Era o que seria.

Ele assentou mais um tijolo.

"A menos que eu esteja muito enganado", dissera o Dr. Barghoutian.

Apenas para se proteger, sem dúvida.

14

Jean despiu-se enquanto David tomava banho e enfiou-se na camisola que ele tinha tirado para ela. Caminhou até a janela da sacada e sentou-se no braço da cadeira.

Fazia-a se sentir atraente. Só estar naquele quarto. As paredes na cor creme. O chão de madeira. O grande peixe gravado numa moldura de metal. Era como uma daquelas salas que você via nas revistas e que faziam você pensar em viver uma vida diferente.

Ela olhou atentamente para o gramado oval. Três arbustos em grandes vasos de pedra de um lado. Três do outro. Uma espreguiçadeira de madeira.

Ela gostava de fazer amor, mas apreciava isto também. Poder parar para pensar aqui, sem o resto de sua vida apressando-a e empurrando-a.

Jean raramente falava sobre seus pais. As pessoas simplesmente não entendiam. Eles eram adolescentes quando começaram a compreender que tia Mary, vizinha de porta, era namorada de seu pai. Todos imaginavam uma espécie de novela-dramalhão. Mas não houve intrigas, nem tumultos incendiários. Seu pai trabalhou no mesmo banco por quarenta anos e fazia casas de madeira para pássaros no porão. E o que quer que sua mãe sentisse sobre o bizarro arranjo doméstico deles, nunca falou nada sobre isso, nem mesmo depois que o pai de Jean morreu.

Seu palpite era que a mãe nunca havia falado sobre o assunto, nem mesmo enquanto seu pai estava vivo. Aconteceu. As aparências foram mantidas. Fim.

Jean sentia-se envergonhada. Qualquer pessoa sã se sentiria. Se você mantivesse silêncio sobre isso, sentia-se um mentiroso. Se você contasse a história, sentia-se como uma criatura de circo.

Não era de admirar que os filhos tivessem saído de casa tão cedo e em diferentes direções. Eileen para a religião. Douglas para veículos de carga articulados. E Jean para George.

Conheceram-se no casamento de Betty.

Havia alguma coisa formal nele, quase militar. Beleza, mas de um tipo que os jovens estavam longe de possuir atualmente.

Todos estavam se comportando estupidamente (o irmão de Betty, aquele que morreu num horrível acidente na fábrica, tinha feito um chapéu de guardanapo e estava cantando "Eu tenho um belo cacho de cocos", de maneira hilariante). Jean podia perceber que George estava achando tudo aquilo um tanto entediante. Ela queria dizer a ele que também estava entediada, mas ele não parecia alguém com quem se pudesse começar a conversar assim sem mais nem menos.

Dez minutos mais tarde, ele estava ao seu lado, oferecendo-se para pegar outro drinque para ela, que fez papel de boba pedindo uma limonada, para mostrar que estava sóbria e era sensível, depois pediu vinho porque não queria parecer infantil, então mudou de opinião pela segunda vez porque ele realmente estava muito atraente e ela estava um pouco aturdida.

Ele a convidou para jantar na semana seguinte e ela não quis ir. Sabia o que iria acontecer. Ele era honesto e totalmente leal e ela se apaixonaria por ele, e quando ele descobrisse como era sua família, desapareceria numa nuvem de fumaça. Como Roger Hamilton. Como Pat Lloyd.

Então, ele contou a ela sobre seu pai bebendo até ficar em estado de estupor e desabar de cara para o gramado. E sua mãe chorando no banheiro. E seu tio enlouquecendo e terminando num hospital horrível. E a essa altura ela só pôde segurar o rosto dele e beijá-lo, uma coisa que nunca tinha feito com homem nenhum.

E não era que ele tivesse mudado depois de todos esses anos. Ele ainda era honesto. Ele era ainda leal. Mas o mundo tinha mudado. E ela também.

Se houve qualquer coisa, foi naqueles vídeos franceses (foram um presente de Katie? Ela realmente não conseguia se lembrar). Eles estavam indo para Dordogne e ela tinha tempo livre.

Poucos meses mais tarde, estava numa loja em Bergerac comprando pão, queijo e aquelas pequenas tortas de espinafre, e a mulher estava se lamentando pelo tempo, e Jean se viu iniciando uma conversa verdadeira, enquanto George permanecia sentado num banco do outro lado da rua contando as mordidas de mosquito. E nada aconteceu lá na ocasião, mas quando ela foi para casa, esta pareceu-lhe um pouco fria, um pouco pequena, um pouco inglesa.

Através da parede, escutou o som tênue da porta do chuveiro sendo aberta.

Que fosse David, entre todas as pessoas do mundo, era algo que ainda a surpreenderia. Ela havia cozinhado espaguete à bolonhesa para ele, certa vez. Conversara um pouco sobre o novo conservatório e sentira-se sensivelmente estúpida, mas gratamente invisível. Ele usava um blazer de linho e suéter de gola rulê pêssego e azul-celeste e fumava cigarros pequenos. Morara em Estocolmo por três anos e, quando ele e Mina se separaram amigavelmente, isso apenas aumentou a sua impressão de que ele era um pouco moderno demais para Peterborough.

Ele se aposentou cedo, George perdeu contato com ele, e ela nunca mais pensou em David até o dia em que ergueu os olhos da sua caixa registradora em Ottakar e viu-o segurando um exemplar do *The Naked Chef* e uma caixa de lápis da Maisie Mouse.

Tomaram um café do outro lado da rua e quando ela lhe falou sobre ir a Paris com Ursula, ele não zombou dela, como Bob Green costumava fazer. Nem estranhou que duas senhoras de meia-idade pudessem sobreviver num longo fim de semana numa cidade estranha sem que fossem assaltadas, nem estranguladas, nem vendidas no comércio de escravas brancas, como George havia dito.

E não era que ele a atraísse fisicamente (ele era mais baixo do que ela e havia um bocado de pêlos negros saindo dos punhos de sua camisa). Mas ela nunca conhecia homens com mais de 50 anos que ainda estivessem interessados no mundo ao redor deles, em pessoas novas, novos livros, novos países.

Era como conversar com uma amiga. Exceto que ele era homem. E que se conheciam havia apenas 15 minutos. O que era muito embaraçoso.

Na semana seguinte, estavam na ponte para pedestres sobre a estrada de mão dupla, e aquela sensação a emocionou. A mesma que tinha com o mar às vezes. Barcos desembarcando, gaivotas guinchando na esteira das popas, aqueles piados fúnebres. A certeza de que você podia fazer-se ao mar e começar tudo de novo num novo lugar.

Ele pegou a mão dela e segurou-a, e ela ficou desapontada. Ela tinha encontrado uma alma gêmea e ele estava a ponto de arruinar tudo com uma cantada. Mas ele apertou-a, soltou-a e disse:

— Vamos. Você vai chegar tarde em casa — e ela quis pegar a mão dele de volta.

Mais tarde, ela ficou assustada. De dizer sim. De dizer não. De dizer sim e depois perceber que devia ter dito não. De dizer não e depois perceber que devia ter dito sim. De ter ficado nua diante de outro homem quando seu corpo, algumas vezes, fazia com que sentisse vontade de chorar.

Então, contou a George. Sobre ter encontrado David na loja e ter tomado café do outro lado da rua. Mas não sobre as mãos e a ponte. Ela queria que ele ficasse aborrecido. Queria que ele tornasse sua vida simples novamente. Mas ele não reagiu. Ela mencionou David durante a conversa mais algumas vezes, mas não obteve nenhuma reação. A falta de preocupação de George começou a parecer-lhe um estímulo.

David havia tido outros casos. Ela sabia. Mesmo antes de ele lhe contar. O jeito como ele colocou a mão ao redor de sua nuca naquela primeira vez. Ela ficou aliviada. Não queria fazer isso com alguém deslizando em águas inexploradas, especialmente depois da história de horror de Glória sobre o encontro com aquele homem de Derby estacionado do lado de fora de sua casa certa manhã.

E Jean estava certa. Ele era mesmo muito cabeludo. Quase como um macaco. O que tornava tudo melhor ainda. Porque mostrava que não era realmente o sexo. Embora, durante os últimos meses, ela tivesse ficado cada vez mais apaixonada por aquele tato sedoso sob seus dedos quando acariciava as costas dele.

A porta do banheiro estalou ao abrir e ela fechou os olhos. David avançou pelo tapete e deslizou seus braços em torno dela. Ela pôde sentir o cheiro de sabonete de alcatrão de hulha e pele limpa. Pôde sentir a respiração dele em sua nuca.

— Acho que encontrei uma mulher bonita em meu quarto — disse ele.

Ela riu com a infantilidade daquilo. Estava muito longe de ser uma mulher bonita. Mas era bom fingir. Quase melhor do que a coisa de verdade. Como ser uma criança de novo. Conseguir esta proximidade com outro ser humano. Subir em árvores e beber a água do banho. Saber como as coisas são e experimentá-las.

Ele virou-a e beijou-a.

Ele queria fazê-la sentir-se bem. Ela não podia se lembrar da última vez que alguém tinha feito isso.

Ele fechou as cortinas e levou-a para a cama, deitou-a e beijou-a novamente, depois puxou sua camisola pelos ombros, e ela estava se derretendo na escuridão por debaixo de suas pálpebras, do modo como a manteiga se derrete no pão quente, do modo como você se derrete outra vez no sono depois de acordar à noite, apenas deixando que o sono tome conta de você.

Ela colocou as mãos em torno do pescoço dele e sentiu os músculos sob a pele e aqueles minúsculos pêlos onde o barbeiro tinha passado a lâmina de barbear perto. E as mãos dele, devagar, desceram por seu corpo, e ela pôde ver os dois do outro extremo do quarto, fazendo essas coisas que a gente só vê pessoas bonitas fazendo nos filmes. E talvez ela acreditasse nisso agora, que era bonita, que ambos eram bonitos.

Seu corpo estava balançando num vaivém com o movimento dos dedos dele, um passeio num balanço que a levava cada vez mais alto e mais rápido a cada movimento, até que ela se sentiu sem peso em ambos os extremos, chegando tão alto que pôde avistar os jardins, os barcos na baía e as montanhas verdes do outro lado da superfície da água.

Ele disse:

— Meu Deus, como eu amo você! — e ela o amava também, por fazer isso, por entender uma parte dela que ela nunca soube que existia. Mas ela não podia dizer isso. Não agora. Não podia dizer nada. Ela apenas apertou o ombro dele, querendo dizer: *Continue.*

Ela envolveu o pênis dele com a mão e moveu-a num vaivém, e isso não lhe pareceu mais estranho, nenhuma parte do corpo dele, mais como uma parte do dela, as sensações fluindo num círculo inquebrável. E ela pôde se ouvir arquejando de novo, como um cachorro, mas não se importou.

E ela percebeu o que ia acontecer e se ouviu dizer:

— Isso, isso, isso.

E mesmo escutar o som da própria voz não quebrou o encantamento. E jorrou sobre ela como uma onda deslizando na areia, depois caindo e deslizando sobre a areia de novo e caindo de volta.

Imagens vinham à sua cabeça como fogos de artifício. O cheiro de coco. Cães de latão ornamentando lareiras. O travesseiro em formato de rolo na cama dos pais. Um cone quente de grama cortada. Ela estava se partindo em milhares de minúsculos pedaços, como a neve ou as faíscas de uma fogueira, revolvendo-se no ar, então começando a cair, tão vagarosamente que mal se via que estava caindo.

Ela agarrou o pulso dele para deter sua mão e ficou lá com os olhos fechados, tonta e sem respiração.

Estava chorando.

Era como descobrir seu corpo de novo depois de cinqüenta anos e perceber que vocês eram velhos amigos e, de repente, entender por que você havia se sentido sozinha durante todo esse tempo.

Ela abriu os olhos. David estava olhando para ela, e ela sabia que não precisava explicar nada.

Ele esperou alguns minutos.

— E agora — disse ele —, acho que é a minha vez.

Ele ficou de joelhos e colocou-se entre as pernas dela. Abriu-a gentilmente com os dedos e colocou-se dentro dela. E dessa vez ela ficou observando-o, enquanto ele se movia para frente, apoiando-se nos braços, até que ficou repleta dele.

Às vezes ela se deliciava com o fato de ele estar fazendo isto com ela. Às vezes, divertia-se com o fato de que ela estava fazendo isto com ele. Hoje a distinção não parecia existir.

Ele começou a se mover mais rápido, seus olhos se estreitaram de prazer e finalmente se fecharam. Então, ela também fechou os olhos, agarrou-se nos braços dele e deixou-se sacudir para trás e para frente, e finalmente ele alcançou o clímax e agarrou-se nela e fez o pequeno animal tremer. E quando ele abriu os olhos, estava respirando pesadamente e sorrindo.

Ela também sorriu para ele.

Katie estava certa. A gente passava a vida toda dando tudo para outras pessoas, para que elas pudessem ir embora, para a escola, para o trabalho, para Hornsey, para Ealing. Tão pouco do amor volta.

Ela tinha ganhado isso. Merecia sentir-se como alguém num filme.

Ele deitou-se gentilmente ao seu lado e encostou a cabeça dela em seu ombro, de modo que ela pôde ver pequenas gotas de suor na linha que descia até o centro do peito dele e ouvir-lhe o coração bater.

Ela fechou os olhos novamente e, na escuridão, pôde sentir o mundo todo se revolvendo.

15

— Senhor, deixe-me saber do meu fim e o número dos meus dias: que eu possa ter certeza de quanto tempo tenho de vida.

Bob estava pouco abaixo dos degraus do altar, num caixão preto e polido que parecia um grande piano desse ângulo.

— Porque o homem caminha numa vã escuridão e perde o sossego em vão.

Havia ocasiões em que George invejava essas pessoas (as 48 horas entre experimentar as calças na Allders e a consulta ao Dr. Barghoutian, por exemplo). Não essas pessoas especificamente, mas os habituais, aqueles que você vê durante os serviços religiosos de Natal.

Mas você ou tinha fé ou não tinha. Nenhum retorno, nada de restituição. Como quando seu pai lhe disse que os mágicos serravam as senhoras ao meio. Você não tinha como devolver esse conhecimento, nem querendo.

Ele voltou o olhar para os cordeiros no vitral e para o modelo em tamanho natural do Cristo crucificado, e pensou como tudo isso era ridículo, esta religião deserta transportada por inteiro para os condados ingleses. Gerentes de banco e professores de educação física escutando histórias sobre cítaras, matanças e pão de cevada como se fosse a coisa mais natural do mundo.

— Ó, poupe-me um pouco para que eu possa recuperar a minha força: antes que eu siga adiante e não seja mais visto.

O vigário caminhou até o púlpito e proferiu o panegírico.

— Um homem de negócios, um desportista, um homem de família. *Trabalhar duro, jogar duro.* Este era seu lema.

Era evidente que ele sabia alguma coisa sobre Bob.

Por outro lado, se você nunca foi à igreja quando estava vivo, dificilmente poderia esperar que demonstrassem tanta empolgação assim quando estivesse morto. E ninguém queria a verdade ("Ele era um homem incapaz de ver uma mulher de seios grandes sem fazer alguma observação infantil. Nos últimos anos, o hálito dele não era dos melhores.")

— Robert e Susan teriam completado quarenta anos de casamento agora em setembro. Eram namorados já quando crianças e se conheceram quando eram ambos alunos da escola secundária St. Botolph.

Ele se lembrou do seu próprio trigésimo aniversário de casamento. Bob atravessando cambaleante o gramado, passando o braço, bêbado, em torno do ombro dele e dizendo: "O mais engraçado nisso é que se você a tivesse assassinado, agora estaria solto."

— Eis que eu lhe mostrei um mistério: Não dormiremos, mas, sim, seremos transformados num relance, num piscar de olhos...

O discurso terminou e Bob foi levado da igreja. George e Jean saíram com o resto da congregação e se reuniram em torno do túmulo sob uma luminosidade abafada e cinza que prometia uma tempestade antes da hora do chá. Susan ficou do lado oposto ao buraco, parecendo impaciente e abatida entre seus dois filhos. Jack mantinha o braço ao redor da mãe, mas não era alto o suficiente para sustentar o gesto com segurança. Ben parecia estranhamente entediado.

— O homem que nasce da mulher tem somente um curto tempo para viver, e um tempo sempre repleto de tristezas.

Bob foi baixado à sepultura por quatro rijas correias de juta. Susan, Jack e Ben atiraram cada qual uma rosa branca sobre o caixão e a paz foi arruinada por um idiota qualquer que passou de carro próximo ao cemitério com o som a toda altura.

— ... Nosso Senhor Jesus Cristo; que transformará nosso corpo desprezível que talvez seja como seu corpo glorioso...

Ele olhou para os carregadores do féretro e percebeu que nunca tinha visto nenhum deles usando barba. Perguntou-se se seria uma norma, como acontece com os pilotos, para que eles possam dispor de uma selagem hermética quando a máscara de oxigênio cai. Alguma coisa sobre higiene, talvez.

E quando a hora deles chegasse? Trabalhar com todos aqueles corpos tornava-os corajosos? Claro, eles só viam as pessoas depois. Tornar-se um cadáver, essa era a pior parte. A irmã de Tim trabalhou num hospício por 15 anos e ainda assim se matou na garagem com o motor ligado quando descobriram aquele tumor em seu cérebro.

O vigário pediu que rezassem o pai-nosso juntos. George proferiu somente as passagens com que concordava em voz alta ("Dai-nos o pão de cada dia... não nos deixeis cair em tentação") e engrolou as referências a Deus.

— A graça de Nosso Senhor Jesus Cristo, o amor do Pai e o companheirismo do Espírito Santo fiquem conosco eternamente. Amém... E agora, senhoras e senhores — um alerta, um tom de tropa de escoteiros dominou a voz do vigário —, gostaria, em nome de Susan e do restante da família Green, de convidar vocês a compartilhar um pouco de alimento e bebida no salão público, que vocês encontrarão na rua bem ao lado do estacionamento.

Jean tremeu teatralmente.

— Eu realmente odeio essas coisas.

Foram envolvidos pela maré das pessoas vestidas sombriamente, conversando baixo agora, desceram a trilha curva de cascalhos, atravessaram o portão coberto e depois a estrada.

Jean pegou no braço dele e disse:

— Vá na frente. Eu o alcanço em alguns minutos.

Ele se virou para perguntar aonde ela estava indo, mas ela já estava voltando na direção da igreja.

Ele virou-se de novo e viu David Symmonds andando na direção dele, rindo, a mão estendida.

— George.

— David.

David tinha deixado a Shepherds quatro ou cinco anos antes. Jean havia esbarrado com ele em algumas poucas ocasiões, mas George dificilmente o via. Não era de fato uma antipatia. Na realidade, se todos no escritório tivessem sido como David, o trabalho teria sido bem mais agradável. Nenhuma trapaça por disputa de promoções. Ninguém passando a responsabilidade para outro. Um cara brilhante, também. Havia um cérebro por trás dele. Ele se vestia um pouco bem demais também. Provavelmente essa era a melhor maneira de pôr a coisa. Loção de barbear cara. CDs de ópera no carro.

Quando anunciou que estava se aposentando antes do tempo, todos se afastaram. Animal doente no rebanho. Todos se sentiram meio que insultados. Como se ele estivesse naquele trabalho como se fosse um hobby, esta coisa à qual eles haviam devotado a vida. E sem planos reais, tampouco. Fotografia. Férias na França. Um reluzente distintivo de Ouro C.

Tudo isso parecia diferente agora que George seguira o mesmo caminho, e quando ele se lembrava de John McLintock dizendo que David nunca tinha sido realmente "um de nós", dava para se escutar a história das *uvas verdes*.

— Bom ver você. — David apertou a mão de George. — Ainda que as circunstâncias não sejam boas.

— Susan não pareceu bem.

— Ah, eu acho que Susan vai ficar bem.

Hoje, por exemplo, David estava usando um terno preto e um suéter cinza de gola rulê. Outras pessoas podiam achar que isso era um desrespeito, mas agora George enxergava ali agora simplesmente uma forma diferente de fazer as coisas. Não fazer mais parte da multidão.

— O que você anda fazendo? — perguntou George.

David riu.

— Acho que a vantagem de se aposentar é não fazer coisa nenhuma.

George riu.

— Tem razão.

— Bem, acho que temos de cumprir nossa obrigação aqui. — David voltou-se para a entrada do salão público.

Raramente George sentia vontade de prolongar uma conversa com alguém, mas David, ele percebeu, estava no mesmo barco que ele, e era bom conversar com alguém no mesmo barco. Certamente melhor do que comer pãezinhos de salsicha e conversar sobre a morte.

— Já terminou os cem melhores romances do mundo?

— Você tem uma memória impressionantemente boa. — David riu de novo. — Desisti de Proust. Muito difícil de ler. No lugar dele, peguei Dickens. Já matei sete, faltam oito.

George falou sobre o estúdio. David falou sobre o seu recente passeio de férias pelos Pireneus ("Três mil metros acima do nível do mar e havia borboletas por todo lado.") Eles se congratularam por deixar a Shepherds antes que Jim Bowman terceirizasse a manutenção e que aquela menina em Stevenage perdesse o pé.

— Vamos — disse David, empurrando George para as portas duplas. — Ficaremos em apuros se nos encontrarem nos divertindo aqui fora.

Escutaram-se pisadas no cascalho, George virou-se e viu Jean se aproximando.

— Esqueci minha bolsa.

— Eu encontrei David — disse George.

Jean pareceu um pouco perturbada.

— Olá, David.

— Jean — disse David, estendendo a mão. — Bom ver você.

— Eu estava pensando... — disse George — seria uma ótima idéia convidar David para jantar conosco uma noite dessas.

Jean e David pareceram um pouco surpresos, e ele percebeu que bater palmas e saudar alegremente uma idéia tão boa talvez não fosse conveniente, dada a solenidade da ocasião.

— Ah — murmurou David —, não quero Jean presa a um forno quente por minha causa.

— Estou certo de que Jean vai adorar se aliviar um pouco da minha companhia. — George colocou as mãos nos bolsos da calça. — E se você quiser arriscar a vida, eu próprio posso fazer um risoto passável.

— Bem...

— Que tal no fim de semana depois deste? Sábado à noite?

Jean lançou a George um olhar que o fez se perguntar se havia algum fato importante sobre David que em seu entusiasmo ele não tivesse se dado conta... que ele fosse vegetariano, por exemplo, ou que não tivesse dado descarga na privada numa visita anterior.

Mas ela deu um profundo suspiro, riu e disse:

— OK!

— Não tenho certeza se estou livre no sábado — disse David. — É uma ótima idéia...

— Domingo, então — disse George.

David enrugou os lábios e assentiu.

— Domingo, então.

— Muito bom. Eu o aguardarei ansiosamente. — George manteve as portas duplas abertas. — Vamos nos juntar aos outros.

16

Katie deixou Jacob com Max e os dois ficaram brincando de luta de espada com colheres de madeira na cozinha de June.

Então, ela e Ray se dirigiram à cidade e tiveram um pequeno desentendimento na gráfica. Ray achava que o número de floreados dourados num convite era uma medida de quanto você gostava de alguém, o que era estranho para um homem que achava que meias coloridas eram para garotas. Enquanto isso, os preferidos de Katie pareciam convites para seminários de contabilidade.

Ray defendeu seu design favorito e Katie disse que parecia um convite para uma festa do tipo "O Príncipe Encantado Sai do Armário". A esta altura, o homem atrás do balcão disse:

— Bem, não quero estar perto quando vocês dois forem escolher o menu.

As coisas foram mais fáceis no joalheiro. Ray gostou da idéia de eles terem o mesmo anel e não havia maneira de ele aceitar usar qualquer coisa mais do que uma aliança lisa e simples. O joalheiro perguntou se eles queriam inscrições e Katie ficou temporariamente perturbada. Anéis de casamento tinham inscrições?

— Na parte interna, normalmente — respondeu o homem. — A data do casamento. Ou talvez algum tipo de declaração. — Era evidente que ele era um homem que passava a ferro sua roupa de baixo.

— Ou o endereço de casa — disse Katie. — Como se faz com os cachorros.

Ray riu, porque o homem pareceu constrangido, e porque não gostava de homens que passavam a roupa de baixo.

— OK, vamos ficar com duas delas.

Almoçaram no Covent Garden e fizeram um esboço da lista de convidados, enquanto comiam pizza.

A de Ray foi curta. Ele de fato não tinha amigos. Era do tipo que conversava com estranhos no ônibus e tomava uma cerveja com quase qualquer um que aparecesse. Mas nunca segurava as pessoas por muito tempo. Quando ele e Diana terminaram, ele se mudou do apartamento, deu tchau para os amigos mútuos e candidatou-se a um novo emprego em Londres. Estava sem ver seu padrinho de casamento havia três anos. Um amigo antigo do rúgbi, ao que parecia, o que não a deixava mais tranqüila.

— A polícia parou-o no acostamento da M5 uma vez — disse Ray. — Surfando no rack do teto de um Volvo.

— Surfando?

— Tá tudo bem — disse Ray. — Ele é um dentista agora. — O que era preocupante, se bem que de outro modo.

A lista dela era mais complexa, amigos em excesso, todos os quais tinham com ela algum tipo de ligação inviolável que lhes dava direito a um convite (Mona estava presente quando Jacob nasceu; Sandra hospedou-os por um mês quando Graham a deixou; Jenny tinha esclerose múltipla, o que significava que você sempre se sentia um merda se não a convidava para as coisas mesmo que, na verdade, ela fosse uma pessoa difícil de lidar...). Para receber toda essa gente seria necessário um hangar de aviões, e toda vez que ela acrescentava um nome ou riscava outro, imaginava o grupo todo se reunindo para confrontar informações.

— Faça overbooking — sugeriu Ray —, como as companhias de aviões. Presuma que 15 por cento não compareça. Isso acrescenta uns assentos.

— Quinze por cento? — perguntou Katie. — É esse o padrão de não-comparecimento para casamentos?

— Não — disse Ray. — Eu apenas gosto de dar a impressão de que sei do que estou falando.

Ela apertou uma pequena dobra de carne pouco acima de sua cintura.

— Há no mínimo uma pessoa em sua vida que sabe quando você está falando besteiras.

Ray roubou uma azeitona da pizza dela:

— Isso é um elogio, certo?

Discutiram sobre despedidas de solteiro e de solteira. Na vez anterior, ele havia sido atirado nu no canal Liverpool e Leeds, ela fora bolinada por um bombeiro vestido apenas com um tapa-sexo, e ambos haviam vomitado no banheiro de um restaurante indiano. Eles decidiram sair para um jantar à luz de velas. Apenas os dois.

Estava ficando tarde e seus padrinhos chegariam para jantar às 8 horas. Por isso, foram para casa, pegando Jacob no caminho. Ele estava com um ferimento na testa, onde Max o havia acertado com um espremedor de alho. O caso é que Jacob tinha rasgado a camisa de tarântula de Max. Sem dúvida, os dois continuavam amigos, e assim Katie decidiu deixar por isso mesmo.

De volta a casa, ela arrumou os peitos de frango numa bandeja de assar, colocou sal e se perguntou se Sarah tinha sido uma boa escolha. Para ser escrupulosamente sincera, ela tinha sido escolhida como um ato de vingança. Uma advogada que não fechava a boca era páreo para jogadores de rúgbi.

Katie estava começando a compreender que retaliação não devia ser o melhor motivo para escolher uma madrinha.

Mas quando Ed chegou, ele pareceu muito nervoso. Um homem grande, com as bochechas coradas, mais fazendeiro que dentista. Engordara um bocado desde que tirara aquela foto do time de rúgbi que estava no escritório de Ray, e era difícil imaginá-lo subindo no teto de um volvo estacionado, que dirá num em movimento.

Ele ficava pouco à vontade com Jacob, o que fez Katie se sentir um pouco superior. Então ele disse que sua esposa tinha se submetido a quatro tratamentos de fertilização *in vitro*. Daí, Katie sentiu-se uma cretina.

Quando Sarah apareceu, ele simplesmente esfregou as mãos e disse:

— Certo, então. É a minha competição — e Katie imediatamente se serviu de uma taça de vinho, por precaução.

O vinho foi uma providência sábia.

Ed era charmoso e um pouco fora de moda. Isso não fez Sarah se interessar por ele. Ela contou a ele sobre o dentista que tinha costurado sua gengiva na luva de borracha do assistente. Ele contou a ela sobre o advogado que tinha envenenado o cachorro da sua tia. O frango não estava bom. Ed e Sarah discordavam sobre ciganos. Especificamente sobre recolhê-los e colocá-los em campos de concentração. Sarah quis que Ed fosse colocado num campo de concentração. Ed, que considerava as opiniões das mulheres meramente decorativas, decidiu que Sarah era *gostosinha*.

Ray tentou mudar o rumo da conversa para algo mais seguro relembrando os dias de rúgbi, e os dois começaram a lembrar histórias supostamente hilariantes, todas envolvendo bebida pesada, vandalismos praticados por menores de idade e o ato de tirar a calça de alguém.

Katie bebeu mais duas taças de vinho.

Ed disse que ele começaria seu discurso dizendo: "Senhoras e senhores, esta tarefa é mais ou menos como pedir a alguém para fazer sexo com a rainha. É uma honra, obviamente, mas não é uma tarefa que se cumpra com satisfação."

Ray achou isso realmente muito engraçado. Katie se perguntou se deveria se casar com outra pessoa, e Sarah, que jamais gostou de homens monopolizando as luzes da ribalta, contou que tinha ficado tão bêbada no casamento de Katrina que desmaiara e se mijara toda no vestíbulo de um hotel em Derby.

Uma hora mais tarde, Katie e Ray se deitaram juntos na cama, vendo o teto girar vagarosamente e escutando Ed lutar, sem sucesso, com o sofá-cama do outro lado da parede.

Ray pegou a mão dela.

— Lamento isso tudo.

— Isso o quê?

— Essa coisa lá embaixo.

— Achei que você estava se divertindo — disse Katie.

— Eu estava. Mais ou menos.

Nenhum deles disse coisa alguma.

— Acho que ele estava um pouco nervoso — disse Ray. — Acho que nós todos estávamos um pouco nervosos. Bem, com exceção de Sarah. Eu não acho que ela estivesse nervosa.

Houve um pequeno grito no quarto ao lado quando Ed prendeu alguma parte de si próprio no mecanismo do sofá-cama.

— Vou conversar com o Ed — prometeu Ray. — Sobre o discurso.

— E eu vou conversar com Sarah — disse Katie.

17

Explodiu no sábado à tarde.

Tony acordou cedo e foi para a cozinha fazer o seu café-da-manhã. Quando Jamie entrou lá, vinte minutos mais tarde, Tony estava sentado à mesa, emanando vibrações ruins.

Era evidente que Jamie havia feito alguma coisa errada.

— O que aconteceu?

Tony chupou a bochecha para dentro e tamborilou na mesa com uma colher de chá.

— Esse casamento... — disse Tony.

— Olha — disse Jamie. — Eu próprio não estou querendo ir. — Ele consultou o relógio. Tony tinha de sair em vinte minutos. Jamie percebeu que deveria ter ficado na cama.

— Mas você vai — disse Tony.

— Não tenho muita escolha.

— Então, por que não quer que eu vá com você?

— Porque você vai achar muito chato — disse Jamie —, e eu também vou achar muito chato. Mas tudo bem eu achar chato e estar ali, porque eles são minha família, e não há o que eu possa fazer a respeito. Então, de vez em quando, tenho de cerrar os dentes e agüentar uma chateação dessas em prol do bem maior. Mas eu preferia que você não fosse lá se chatear por minha culpa. Isso ia piorar tudo.

— É apenas uma merda de um casamento — disse Tony. — Não é uma corrida de transatlânticos. Será que pode chatear tanto assim a gente?

— Não é apenas uma merda de um casamento — disse Jamie. — É que minha irmã está se casando com a pessoa errada.

Pela segunda vez da vida dela. Só que agora nós já sabemos disso. É duro o motivo da celebração.

— Eu não dou a mínima sobre com quem ela está se casando — disse Tony.

— Bem, eu dou — disse Jamie.

— Com quem ela está se casando não é a questão — disse Tony.

Jamie chamou Tony de um merda pouco solidário. Tony chamou Jamie de mulherzinha egocêntrica. Jamie recusou-se a continuar a discutir o assunto. Tony enfureceu-se.

Jamie fumou três cigarros, fritou duas fatias de pão com ovo e percebeu que não ia conseguir fazer nada de construtivo, de modo que podia muito bem ir para Peterborough e ouvir a história do casamento em primeira mão de mamãe e papai.

18

George estava instalando as molduras da janela. Havia seis carreiras de tijolos acima do peitoril de cada lado. Tijolos o bastante para segurá-las firmemente. Ele espalhou a argamassa e encaixou a primeira no lugar.

Na verdade, não era apenas o vôo. As próprias férias não estavam mais na lista de ocupações favoritas de George. Visitar anfiteatros, passear pela estrada costeira de Pembrokeshire, aprender a esquiar. Ele podia compreender a racionalidade por trás de tais atividades. Uma tristonha quinzena na Sicília quase passara a valer a pena por conta dos mosaicos da Piazza Armerina. O que ele não conseguia compreender era ter de fazer malas para viajar para um país estrangeiro para perambular por piscinas, comer comida sem graça e beber vinho ordinário tornado de alguma maneira glorioso pela vista de uma fonte e um garçom com pouco domínio do inglês.

Eles sabiam o que estavam fazendo na Idade Média. Dias santos. Peregrinações. Canterbury e Santiago de Compostela. Trinta difíceis quilômetros por dia, hotéis simples e alguma coisa para se almejar.

A Noruega talvez tivesse sido bacana. Montanhas, tundra, litoral acidentado. Mas tinha de ser Rhodes ou Córsega. E, ainda por cima, no verão; e então aquele inglês sardento teria de se sentar debaixo do toldo lendo o *Sunday Times* da semana anterior enquanto o suor escorria por suas costas.

Agora que estava pensando no assunto, ele tinha tido uma insolação durante a visita à Piazza Armerina e do que mais se lembrava dos mosaicos era da pilha de postais que havia comprado na loja antes de se recolher ao carro alugado com uma garrafa de água e um pacote de Nurofen.

A mente humana não era projetada para banho de sol e romances leves. Não em dias consecutivos, pelo menos. A mente humana era projetada para fazer coisas. Fabricar lanças, caçar antílopes...

O Dordogne, em 1984, fora o nadir. Diarréia, mariposas mais parecendo hamsters voadores, o calor infernal. Acordar às 3 da tarde num colchão úmido e encaroçado. Então a tempestade. Como alguém martelando folhas-de-flandres. Iluminando de modo tão brilhante que atravessava o travesseiro. Pela manhã, sessenta ou setenta rãs mortas revirando-se vagarosamente no lago. E, mais distante, alguma coisa maior e peluda, um gato, talvez, ou o cachorro de Franzetti, que Katie estava cutucando com um tubo de respiração para mergulhador.

Ele precisava de um drinque. Voltou pelo gramado e estava tirando as botas sujas quando viu Jamie na cozinha, descarregando sua mochila e botando a chaleira no fogo.

Ele parou e ficou observando, do jeito que podia parar e ficar observando se houvesse um veado no jardim, o que acontecia vez por outra.

Jamie era uma criatura um pouco calada. Não que escondesse coisas. Mas era reservado. Mais exatamente um sujeito um tanto fora de moda, agora que George vinha pensando no assunto. Roupas diferentes e estilo de cabelo, e era como se você pudesse vê-lo acendendo um cigarro numa estreita alameda de Berlim ou quase encoberto pela fumaça de uma plataforma de estação de trem.

Diferente de Katie, que não sabia o significado da palavra *reserva*. A única pessoa que ele conhecia que era capaz de trazer à baila o tema da menstruação durante um almoço. E mesmo assim dava para adivinhar que ela vivia escondendo coisas, coisas que iam desabar sobre os outros em intervalos aleatórios. Como o casamento. Na próxima semana ela, sem dúvida, anunciaria que estava grávida.

Bom Deus. O casamento. Jamie deve ter vindo para saber do casamento.

Ele bem era capaz disso. Se Jamie quisesse uma cama de casal, ele diria que o quarto de hóspedes ia ser usado por outras pessoas e o colocaria num bed-and-breakfast em algum lugar próximo. Contanto que George não tivesse de usar a palavra *namorado*.

Ele saiu devagar do seu devaneio e percebeu que Jamie estava acenando de dentro da cozinha e parecendo um pouco preocupado pela falta de resposta de George.

Ele acenou de volta, tirou a outra bota e entrou.

— O que traz você a este fim de mundo?

— Ah, apenas dando uma passada — respondeu Jamie.

— Sua mãe não mencionou nada.

— Eu não telefonei.

— Não importa. Eu acho que ela pode fazer o almoço dar para três.

— Tudo bem. Eu não estava planejando ficar. Chá? — perguntou Jamie.

— Obrigado. — George pegou os digestivos enquanto Jamie colocava um saquinho numa segunda caneca.

— Então. Este casamento — disse Jamie.

— E daí? — perguntou George, tentando fazer parecer que o assunto ainda não havia lhe ocorrido.

— O que você acha?

— Eu acho... — George sentou-se e ajustou a cadeira para que ficasse precisamente na distância correta em relação à mesa. — Acho que você deveria trazer alguém.

Bom. Até se poderia dizer que soara bastante natural.

— Não, papai — disse Jamie, aborrecido. — Estou falando de Katie e Ray. O que você acha de eles se casarem?

Era verdade. Realmente não havia nenhum limite para as maneiras como você podia dizer a coisa errada para seus filhos. Você oferecia um ramo de oliveira, e era um ramo de oliveira errado, na hora errada.

— Então? — perguntou Jamie novamente.

— Para ser honesto, estou tentando manter um desligamento budista da coisa toda para evitar que isso me tire dez anos de vida.

— Mas é sério, hein?

— Sua irmã é séria em tudo. Se continuará séria quanto a isso daqui a 15 dias, ninguém sabe.

— Mas o que ela diz?

— Apenas que vão se casar. Sua mãe pode pôr você a par do lado emocional das coisas. Receio que tenha me distraído na hora, conversando com Ray.

Jamie pôs uma caneca de chá diante de George e ergueu as sobrancelhas.

— Aposto que houve uma tensãozinha por aqui.

E houve, aquela pequena porta, abrindo brevemente.

Eles nunca haviam feito o gênero pai-filho. Alguns poucos sábados à tarde na pista da corrida Silverstone. Ou montar o toldo juntos no jardim. Era tudo.

Por um outro lado, ele viu amigos fazendo a droga do gênero pai-filho e, pelo que pôde observar, a coisa era pouco mais do que se sentar lado a lado nas partidas de rúgbi e trocar piadas vulgares. Mães e filhas, isso tinha lógica. Vestidos. Fofocas. Em todos os aspectos, provavelmente não fazer a droga do gênero pai-filho nunca era algo para ser contado como uma espécie de bênção.

Ainda assim, havia momentos como este em que ele via como ele e Jamie eram parecidos.

— Ray é, eu confesso, um tanto difícil de lidar — disse George. — Em minha longa e lamentável experiência — ele molhou o biscoito —, tentar mudar a cabeça de sua irmã é um esforço sem sentido. Suponho que a estratégia do jogo seja tratá-la como uma pessoa adulta. Manter o lábio superior retesado. Ser simpático com Ray. Se tudo for por água abaixo em dois anos, bem, nós temos alguma prática neste departamento. A última coisa que quero fazer é deixar sua irmã saber que nós desaprovamos o casamento e assim ter Ray como um genro desagradável pelos próximos trinta anos.

Jamie bebeu seu chá.

— Eu apenas...

— O quê?

— Nada. Provavelmente você está certo. Nós devemos deixá-la em paz.

Jean apareceu na porta carregando uma cesta de roupas sujas.

— Olá, Jamie. Que ótima surpresa.

— Oi, mãe.

— Bem, aqui está sua segunda opinião — disse George.

Jean esvaziou a cesta na máquina de lavar.

— Sobre o quê?

— Jamie estava se perguntando se nós deveríamos salvar Katie de um imprudente e desaconselhável casamento.

— Pai... — disse Jamie, irritado.

E era aí onde Jamie e George se separavam. Jamie não era capaz de suportar brincadeiras, não quando era ele o motivo da piada. Ele era, para ser honesto, um pouco delicado demais.

— George. — Jean encarou-o acusadoramente. — O que você andou dizendo?

George recusou-se a morder a isca.

— Eu só estou preocupado com Katie — disse Jamie.

— Nós todos estamos preocupados com Katie — disse Jean, começando a encher a máquina de lavar roupa. — Ray também não seria o meu genro preferido. Mas é isso, e pronto. Sua irmã é uma mulher que cuida da própria vida.

Jamie levantou-se.

— Acho melhor eu ir andando.

Jean parou de encher a máquina de lavar.

— Você acabou de chegar.

— Eu sei. Devia ter telefonado antes, verdade. Só queria saber o que Katie tinha dito. É melhor eu ir embora.

E ele foi.

Jean virou-se para George.

— Por que você sempre tem de tratá-lo da pior maneira possível?

George segurou a língua. Novamente.

— Jamie? — Jean foi para o vestíbulo.

George lembrava-se muito bem do quanto odiara seu pai. Um ogro amistoso que tirava moedas do ouvido dos outros e fazia esquilos em origami, que murchou ao poucos, ao longo dos anos, até se tornar um homenzinho pequeno e bêbado que achava que agradar crianças tornava-as fracas e nunca admitiu que seu próprio irmão era esquizofrênico, e que continuou encolhendo, de modo que na época em que George, Judy e Brian amadureceram o suficiente para tomar conta dele, ele havia realizado o mais impressionante dos truques, transformando-se numa figura artrítica de dar pena, demasiadamente sem substância para ser o alvo da raiva de qualquer um.

Talvez o melhor que se pudesse esperar fosse não fazer a mesma coisa com seus próprios filhos.

Jamie era um bom rapaz. Não o mais robusto dos caras. Mas eles iam bem como eram.

Jean voltou para a cozinha.

— Ele já foi. O que aconteceu?

— Só Deus sabe. — George levantou-se e deixou a caneca vazia na pia — O mistério dos filhos nunca terá fim.

19

Jamie afastou-se e estacionou no acostamento nos limites da cidade.

Eu acho que você devia trazer alguém.

Deus do céu. Você evita o assunto por vinte anos, então a coisa passa zunindo a toda velocidade para logo a seguir sumir numa nuvem de descarga.

Será que durante todo esse tempo ele estivera errado sobre seu pai? Seria possível que ele pudesse ter saído do armário com 16 anos sem precisar agüentar toda a merda que havia agüentado? *Nenhum desentendimento. Mais um cara na escola. Que gosta de outros caras. E que terminou jogando críquete em Leicestershire.*

Jamie estava irritado. Embora fosse difícil descobrir precisamente com quem estava irritado. Ou por quê.

Era o mesmo sentimento que ele tinha toda vez que visitava Peterborough. Toda vez que via fotografias suas de quando era criança. Toda vez que sentia o cheiro de plastilina ou o gosto de iscas de peixe fritas. E lá se via novamente com 9 anos. Ou 12. Ou 15. E não tinha nada a ver com seus sentimentos por Ivan Dunne. Ou a falta de entusiasmo pelas dançarinas do programa de TV *Pan's People*. Era a doentia e chocante sensação de que tinha desembarcado no planeta errado. Ou na família errada. Ou no corpo errado. A sensação de que ele não tinha nenhuma alternativa, a não ser ir levando como podia até que conseguisse ir embora e construir um pequeno mundo por sua própria conta no qual se sentisse seguro.

Katie era seu apoio. Dizendo a ele para ignorar a gang de Greg Pattershall. Dizendo que grafites na parede só contavam se fossem soletrados corretamente. E ela estava certa. Eles realmente acabaram reduzidos a vidinhas de merda, viciados em injetar heroína em alguma traseira de Van em Walton.

Provavelmente ele era o único garoto da escola que tinha aprendido autodefesa com sua irmã. Havia experimentado uma vez com Mark Rice, que caiu numa moita e sangrou horrivelmente, assustando tanto Jamie que ele nunca mais feriu ninguém.

Agora ele tinha perdido sua irmã. E ninguém entendia. Nem mesmo Katie.

Queria sentar-se na cozinha dela, fazer caretas para Jacob, beber chá, comer muito bolo de tâmara e nozes da Marks & Spencer e... nem mesmo falar. Nem mesmo precisar conversar.

Foda-se. Se ele dissesse a palavra *lar*, ia começar a chorar.

Talvez se tivesse se empenhado mais em manter contato. Talvez se tivesse comido um pouco mais de bolo de tâmara e nozes. Se ele a tivesse convidado e a Jacob para visitá-lo com mais freqüência. Se tivesse emprestado dinheiro para ela...

Mas nada disso agora fazia sentido.

Ele girou a chave na ignição, deixou o acostamento e por pouco não foi morto por uma Van verde.

20

A chuva estava escorrendo pela janela da sala de estar. Jean tinha ido para a cidade havia uma hora e George estava prestes a sair para o jardim quando uma maciça nuvem preta surgiu, vindo de Stamford, e transformou o gramado num lago.

Tudo bem. Ele podia desenhar um pouco.

Isso não fazia parte do plano. O plano era terminar o estúdio, depois ressuscitar suas habilidades artísticas adormecidas. Mas não havia nenhum mal em praticar um pouco, antecipadamente.

Cavucou no armário do quarto de Jamie e desenterrou um bloco de papel de aquarela debaixo de uma bicicleta ergométrica quebrada. Encontrou dois lápis em condições de uso numa gaveta da cozinha e apontou-os da maneira mais rudimentar, com a faca de churrasco.

A seguir, fez uma caneca de chá, instalou-se na mesa de jantar e ficou se perguntando, por alguns momentos, por que deixara isso de lado por tanto tempo. O cheiro de madeira aparada, a textura de bronze-batido do papel creme. Lembrou-se de que se sentava num canto de sua cama aos 7 ou 8 anos com um bloco sobre os joelhos, desenhando retorcidos castelos góticos com passagens secretas e mecanismos para derramar óleo fervente sobre os invasores. Viu as parreiras no papel de parede e lembrou-se da surra que levou por colori-las com uma caneta esferográfica. Pôde sentir o pequeno remendo de veludo cotelê em suas calças verdes que ele tinha alisado de tanto roçar e que seus dedos ainda procuravam em tensos encontros vinte, trinta anos mais tarde.

Começou desenhando grandes círculos pretos na primeira folha. "Solte as mãos", dizia o Sr. Gledhill.

Quantas vezes já havia sentido isso, esse isolamento furtivo, magnífico? No banho algumas vezes, talvez. Embora Jean não conseguisse entender sua necessidade de um isolamento periódico e, esmurrando a porta para que pudesse entrar e pegar pasta ou fio dental, geralmente o arrastasse de volta à terra meio encharcado.

Ele começou a desenhar a seringueira.

Estranho pensar que, antigamente, era isso o que ele queria fazer na vida. Não seringueiras, especificamente. Mas arte em geral. Cenários urbanos. Cestas de fruta. Mulheres nuas. Aqueles estúdios grandes e brancos com clarabóias e banquetas. Ridículo agora, é claro. Embora na época possuísse todo o poder de um mundo para o qual seu pai não tinha a chave.

Não era um desenho muito bom de uma seringueira. Na verdade, parecia o desenho de uma seringueira feito por uma criança. Alguma coisa nas linhas quase-paralelas-mas-não-o-bastante das hastes levemente afuniladas o havia iludido.

Ele virou outra folha e começou a esboçar a televisão.

Seu pai estava certo, é claro. Pintar não era uma boa profissão. Não se você quisesse um salário decente e um casamento sem problemas. Até mesmo os bem-sucedidos, aqueles sobre os quais a gente lia nos jornais no fim de semana, bebiam como gambás e estavam, em sua maioria, envolvidos nos casamentos mais desajustados.

Desenhar a televisão trouxe o problema exatamente oposto. As linhas eram todas estreitas. Desenhe uma curva qualquer e provavelmente você vai conseguir encontrá-la em algum lugar da seringueira. Desenhe qualquer linha estreita e... para ser franco, muitas de suas linhas estariam mais apropriadas para o desenho de uma seringueira. Valia usar uma régua? Bem, o Sr. Gledhill há muito tinha morrido. Talvez se ele traçasse as linhas com a régua bem de levinho e depois as cobrisse para lhes conferir caráter...

Podia usar a borda da *Radio Times*.

Sua mãe achava que ele era Rembrandt e freqüentemente dava-lhe blocos de rascunho baratos que trazia junto com as compras de casa, com a condição de que ele não contasse ao pai. George o havia desenhado uma vez, enquanto ele adormecia numa poltrona depois de um almoço de domingo. Mas ele havia acordado de repente, agarrara o pedaço de papel, examinara-o, rasgara-o em pedaços e atirara-o no fogo.

Pelo menos ele e Brian tinham escapado. Mas pobre Judy. O pai deles morre e seis meses depois ela se casa com outro mau-caráter, um alcoólatra de espírito mesquinho.

Que teria de ser convidado para o casamento. Ele tinha esquecido isso. Ah, bem. Com alguma sorte, o infame Kenneth passaria rapidamente para o estado de coma no que ele desse o primeiro gole, e eles poderiam colocá-lo num armário de malas junto com um balde.

Os botões da televisão estavam errados. Tinha sido um equívoco tentar serrilhar os lados. Linhas demais num espaço pequeno. O gabinete inteiro, na verdade, parecia uma superfície algo irregular, possivelmente extraída, de suas lembranças obscurecidas das regras de perspectiva e da flexibilidade da *Radio Times*.

Neste ponto, um homem de menor valor poderia ter permitido que pensamentos negativos entrassem em sua mente, dado que estava gastando oito mil libras para construir um aposento no qual planejava desenhar e pintar objetos bem mais complexos do que seringueiras e televisões. Mas este era o ponto. Educar a si mesmo. Manter a mente viva. E o reluzente distintivo de Ouro C não era realmente o seu ideal.

Ele ergueu os olhos e fixou-os na janela que dava para o jardim. A bolha estourou e ele percebeu que, na sua ausência, a chuva tinha cessado, o sol tinha aparecido e o mundo se tornara limpo.

Tirou o desenho do bloco, rasgou-o cuidadosamente em pequenos pedaços e ajeitou-os no fundo da lata de lixo da cozinha. Deixou o bloco e os lápis fora de vista no fundo da cômoda, colocou as botas e saiu.

21

Jean encontrou Ursula na cafeteria da Marks & Spencer.

Ursula mordeu o pequeno biscoito sobre o cappuccino para evitar que as migalhas caíssem na mesa.

— Na verdade, eu não deveria saber nada sobre isso.

— Eu sei — disse Jean —, mas você sabe. E eu preciso de um conselho.

Ela realmente não precisava de conselho. Não de Ursula. Ursula apenas balbuciava *Sim* e *Não* (Ela havia percorrido todo o Museu Picasso dizendo somente: "Sim... Não... Não... Sim", como se estivesse decidindo quais obras iriam para sua sala de estar). Mas Jean tinha de conversar com alguém.

— Continue, então — disse Ursula, comendo metade do seu biscoito.

— David está indo jantar lá em casa. George o convidou. Nós o encontramos no funeral de Bob Green. David não teve como recusar.

— Bem... — Ursula dispôs as mãos sobre a mesa, como se estivesse aplanando um grande mapa.

E era isso o que Jean gostava em Ursula. Nada a perturbava. Ela tinha fumado um cigarro de maconha com a filha ("Fiquei com vontade de vomitar, então joguei fora). E, de fato, um homem tentou mesmo assaltá-las em Paris. Ursula caiu sobre ele aos tapas como se fosse um cachorro bravo, e ele bateu em retirada rapidamente. No entanto, quando Jean pensou sobre o assunto mais tarde, achou possível que ele estivesse simplesmente pedindo informações.

— Eu, realmente, não vejo problema — disse Ursula.

— Ah, não? — reclamou Jean.

— Vocês não estão planejando ficar de namorico um com o outro, estão? — Ursula engoliu a segunda metade do seu biscoito. — Claro que você vai se sentir pouco à vontade. Mas, francamente, se você não consegue suportar um pouquinho de desconforto, não deveria embarcar nesse tipo de aventura.

Ursula estava certa. Mas Jean voltou para o carro com maus pressentimentos. É claro que o jantar correria bem. Eles tinham sobrevivido a jantares mais incômodos. Aquela tarde terrível com os Ferguson, por exemplo, quando ela encontrou George no banheiro ouvindo críquete no rádio.

O que Jean não gostava era a forma como todas as coisas estavam ficando soltas, confusas e escapando, vagarosamente, do seu controle.

Ela virou na esquina próxima da casa de David sabendo que teria de retirar o convite feito por George, ou repreendê-lo por aceitá-lo, ou fazer uma terceira coisa qualquer que não podia adivinhar qual seria.

Mas justamente quando ela entrou, David estava falando ao telefone com a filha.

Seu neto estava sendo internado para uma cirurgia. David queria ir para Manchester para ajudá-la. Mas Mina tinha conseguido chegar primeiro. Então, a coisa mais generosa que ele podia fazer era manter distância. O que Mina, sem dúvida, ressaltaria como mais uma prova de seu fracasso como pai.

E Jean percebeu que todos tinham uma vida bagunçada. A não ser Ursula, talvez. E George. E que se você decide viver uma aventura, qualquer que seja, vai passar por desconfortos vez por outra.

Então ela abraçou David, e eles se agarraram um ao outro, e ela percebeu que esta era a terceira coisa que ela não conseguira adivinhar qual seria. Era a coisa que tornava tudo certo.

22

— A história do Hotel Derby — disse Katie. — Não é realmente verdade, é?

— Claro que não — disse Sarah. — Embora eu tenha vomitado tanto que saiu até pelo meu nariz. Algo que eu, sinceramente, não recomendo.

— Normalmente, Ray não é assim — disse Katie.

— Fico satisfeita de ouvir isso.

— Vamos lá... — Katie estava um pouco irritada porque Sarah não mostrava o apoio fraternal requisitado. — Normalmente, você também não é assim... Espere um segundo. — Katie levantou-se e caminhou até a caixa de brinquedos para separar uma briga entre Jacob e outra criança por causa de um Action Man de uma perna só.

Ela voltou e sentou-se de novo.

— Lamento — disse Sarah. — Foi meio sem pensar. — Ela lambeu a colher de chá. — E esta agora também vai ser meio sem pensar. Mas, agüente, se puder. Vou perguntar uma coisa... É para valer, certo? Não é apenas um relacionamento tipo remendo, é?

— Deus do Céu, Sarah, você é minha madrinha de casamento, não minha mãe.

— Então sua mãe não gosta dele — disse Sarah.

— Nem um pouco.

— Bem, ele não é o consultor pediátrico com o Daimler.

— Ah, acho que eles desistiram disso há um bom tempo — disse Katie.

Sarah tentou equilibrar sua colher na beirada da caneca.

— Ele é uma boa pessoa — disse Katie. — Jacob o adora. E eu o amo. — Ficou achando que era a ordem errada de dizer a coisa, por alguma razão. Mas mudar isso a faria ficar na defensiva. — Ele também fez Ed prometer mostrar o discurso para a gente antes.

— Fico satisfeita — disse Sarah.

— Com o Ray? Ou o Ed? — perguntou Katie.

— Com o Ray — disse Sarah. — E você?

Ela abaixou a colher de chá e elas esperaram o clima para esquentar de novo.

— A propósito — disse Sarah. — O que anda fazendo seu irmãozinho ultimamente? Não o vejo faz tempo.

— Bem. Comprou um apartamento em Hornsey. Também não o tenho visto muito, para ser sincera. Está com um namorado direito também. Isto é, com um ser humano de verdade, ajustado e bem simpático. Você com certeza vai encontrá-lo no casamento.

Elas ficaram imóveis por alguns momentos, observando Jacob meter-se numa espécie de combate aéreo entre o incapacitado Action Man e um polvo feito de feltro azul.

— Estou fazendo a coisa certa — disse Katie.

— Ótimo — disse Sarah.

23

Jean voltou às 4 da tarde. Seu longo almoço com Ursula fez funcionar a mágica habitual. O desastre de Jamie foi esquecido e George agradeceu aos céus por um jantar de ensopado irlandês durante o qual conseguiram lamentar-se um com o outro por conta do casamento iminente.

— Alguém gosta dos cônjuges de seus filhos? — Ele passou um triângulo de torrada ao redor da tigela para raspar o caldo remanescente.

— O marido de Jane Riley pareceu simpático.

Jane Riley? George sempre ficava surpreso com a habilidade que as mulheres têm de se lembrar das pessoas. Elas percorriam uma sala cheia e guardavam tudo. Nomes. Rostos. Filhos. Empregos.

— A festa de John e Marilyn — disse Jean. — O cara alto que havia perdido o dedo numa máquina.

— Ah, sim... — Ele lembrava vagamente. Talvez o sistema de recordações dos homens tivesse falhas. — O contador.

— Fiscal.

Depois de lavar os pratos, ele se retirou para a sala de estar com o *Sharpe's Enemy* e leu as últimas vinte páginas ("Dois corpos marcaram este inverno. Aquele cujos cabelos foram espalhados nas neves do Portal de Deus, e agora este. Obadiah Hakeswill, sendo erguido no caixão, morto..."). Ficou tentado a começar outro de seus ainda não-lidos presentes de Natal. Mas era necessário deixar a atmosfera de um romance se dissipar antes de se lançar ao próximo, e assim ele ligou a televisão e encontrou um documentário médico já começado sobre o último ano de vida de um homem que estava morrendo de algum tipo de câncer abdominal.

Jean fez algum comentário cáustico sobre o seu gosto horripilante e retirou-se para algum outro canto, a fim de escrever cartas.

Ele poderia ter escolhido um outro programa qualquer, se houvesse algum aceitável. Mas um documentário deixa você, no mínimo, edificado. E qualquer coisa era melhor do que um melodrama de mau gosto num salão de cabeleireiro.

Na tela, o camarada trabalhava languidamente no seu jardim, fumava cigarros e passava uma grande parte do tempo debaixo de uma manta escocesa no sofá, conectado a vários tubos. No mínimo, era levemente tedioso. Uma mensagem um tanto alentadora, se alguém pensasse no assunto.

O camarada saiu de casa e teve alguns problemas ao se curvar para alimentar as galinhas.

Jean reclamava demais; esse era o problema. *Como se morre* podia não ser uma boa opção para todo mundo ler na cama. Mas Jean lia livros sobre pessoas que haviam sido seqüestradas em Beirute ou sobrevivido por oito semanas num bote salva-vidas. E se todo mundo morria mais cedo ou mais tarde, poucas pessoas precisavam saber como repelir tubarões.

A maioria dos homens na idade de George achava que viveria para sempre. A maneira como Bob tinha se conduzido deixava evidente que ele não tinha a percepção do que aconteceria dali a cinco segundos, muito menos ali a cinco anos.

O cara da televisão foi levado para o litoral. Ficou sentado na praia de seixos, numa cadeira dobrável, até que sentiu frio e voltou para a van adaptada para acampamento.

Obviamente seria bom adormecer serenamente. Mas adormecer serenamente era uma noção alimentada pelos pais para tornar as mortes dos avôs e dos hamsters menos traumáticas. E, sem dúvida, algumas pessoas morriam calmamente durante o sono, mas a maioria só partia depois de muitos embates com o Sombrio Ceifador.

Suas saídas preferidas eram rápidas e decisivas. Outros podiam querer tempo para fazer as pazes com filhos brigados e dizer à esposa onde ficava o registro de água. Ele, em particular, queria que as luzes se apagassem sem nenhum aviso e com um mínimo de pessoas assistindo para evitar confusão. Morrer já era ruim o bastante sem ter de tornar isso mais fácil para as outras pessoas.

Ele foi para a cozinha durante o intervalo comercial e voltou com uma xícara de café. Encontrou o sujeito entrando em suas últimas duas semanas, quase sempre abandonado no sofá, gemendo um pouco durante a madrugada. E se George tivesse desligado a televisão a esta altura, a tarde poderia ter continuado de uma maneira agradavelmente sossegada.

Mas ele não desligou a televisão, e quando o gato do cara escalou a manta xadrez que estava em seu colo para ser acariciado, alguém desatarraxou um painel ao lado da cabeça de George, meteu a mão lá dentro e arrancou um punhado de instalação elétrica muito importante.

Ele sentiu-se violentamente mal. O suor estava escorrendo sob seu cabelo e das costas de suas mãos.

Ele estava morrendo.

Talvez não neste mês. Talvez não neste ano. Mas de algum modo, em algum momento, de uma maneira qualquer e numa velocidade que não era da sua escolha.

O chão parecia ter desaparecido, revelando um grande poço aberto debaixo da sala.

Com ofuscante claridade, ele percebeu que todos estavam brincando numa campina, em meio ao verão, cercados por uma floresta escura e impenetrável, esperando por aquele dia implacável quando todos seriam arrastados para as trevas além das árvores e mortos um a um.

Como, em nome de Deus, ele havia deixado de notar isso antes? E como os outros não notavam? Por que não foram encontrados torcidos no pavimento, uivando? Como podiam atravessar seus dias sem perceber esse fato indigesto? E como, uma vez que a verdade fosse mostrada, era possível esquecê-la?

Inexplicavelmente, ele agora estava de quatro entre a poltrona e a televisão, balançando-se para trás e para a frente, enquanto tentava se tranqüilizar fazendo o som de uma vaca.

Pensou em atrever-se a erguer a camisa, desabotoar as calças e examinar a lesão. Uma parte de sua mente sabia que ela estaria tranqüilamente inalterável. Outra parte de sua mente sabia com igual certeza que estaria em carne viva. E uma terceira parte de sua mente sabia que a natureza precisa do que ele descobriria era irrelevante para este novo problema, que era enorme e consideravelmente menos passível de solução do que a saúde de sua pele.

Ele não estava acostumado a ter a mente ocupada por três vozes aparentemente autônomas. Havia tanta pressão em sua cabeça que parecia possível que seus olhos se incendiassem.

Tentou mover-se até a poltrona, para pelo menos tentar se sentar de novo, mas não conseguiu, como se os pensamentos terríveis que agora o estavam assombrando fossem trazidos por algum vento feroz que era parcialmente bloqueado pelos móveis.

Ele continuou a se balançar para trás e para a frente e resignou-se a manter o mugido em volume tão baixo quanto possível.

24

Jamie estacionou na esquina da casa de Katie e se recompôs.

Você nunca escapava, é claro.

A escola podia ter sido uma merda, mas pelo menos era simples. Se você pudesse se lembrar da tabuada de nove, se ficasse afastado de Greg Pattershall e desenhasse caricaturas da Srta. Cox com grandes dentes caninos e asas de morcego, já era mais do que suficiente.

Nenhuma dessas coisas levavam você muito longe aos 33 anos.

O que eles não conseguiam ensinar na escola era que todo aquele negócio de ser humano ficava mais enrolado e muito mais difícil conforme você ficava mais velho.

Você podia dizer a verdade, ser educado, ter consideração pelos sentimentos de todos e mesmo assim precisar enfrentar a merda que os outros faziam. Tanto aos 9 quanto aos 90.

Ele conheceu Daniel na faculdade. E, no início, foi um alívio encontrar alguém que não ficava trepando com todo mundo com quem esbarrava só porque agora estava longe de casa. Depois, quando a emoção de ter um namorado firme diminuiu, percebeu que estava vivendo com um observador de pássaros fã do Black Sabbath, e um pensamento horrível lhe ocorreu: que talvez ele fosse feito da mesma farinha, que mesmo sendo um pária sexual aos olhos dos bons cidadãos de Peterborough, havia falhado em fazer-se interessante ou charmoso.

Tentara o celibato. O único problema era a falta de sexo. Depois de alguns meses, você se metia em qualquer furada e acabava sendo chupado atrás de um arbusto no topo do Heath, o que era bom até você gozar, o pó mágico se evaporar, e você se dar conta de que o Príncipe Encantado ceceava e tinha um estranho sinal na orelha. E havia as tardes de domingo, quando ler um livro era como extrair os dentes, então você comia uma lata de leite condensado com uma colher diante do *French and Saunders* e alguma coisa tóxica filtrava-se por debaixo da guilhotina da janela e você começava a se perguntar, em nome de Deus, qual era a importância disso tudo.

Ele não queria muito. Companhia. Interesses comuns. Um pouco de espaço.

O problema era que ninguém mais sabia o que queria.

Ele tinha se saído bem em três relacionamentos razoavelmente decentes depois de Daniel. Mas alguma coisa sempre mudava depois de seis meses, depois de um ano. Eles queriam mais. Ou menos. Nicholas achava que eles deviam apimentar a vida amorosa dormindo com outras pessoas. Steven achava que ele devia morar com ele. Incluindo os gatos dele. E Olly caiu numa depressão profunda depois que seu pai morreu, então Jamie passou de companheiro para algum tipo de psicólogo.

Seis anos depois, ele e Shona estavam num pub depois do trabalho quando ela disse que ia tentar arrumá-lo com um empreiteiro atraente que estava decorando os apartamentos da Prince Avenue. Mas ela estava bêbada, e Jamie não conseguia imaginar como Shona, entre todas as pessoas do mundo, poderia distinguir corretamente a orientação sexual de uma pessoa da classe trabalhadora. Então ele esqueceu o papo completamente até o dia em que eles estavam em Muswell Hill, e Jamie estava fazendo um passeio de reconhecimento, avaliando as dimensões interiores e tendo uma vaga fantasia sexual com o cara que pintava a cozinha, quando Shona veio e disse: "Tony, este é Jamie. Jamie, este é Tony", e Tony se virou e riu, e Jamie percebeu que Shona, na verdade, tinha como mérito ser um pássaro muito mais antigo e sábio do que ele fora capaz de reconhecer.

Ela se afastou mansamente, e ele e Tony conversaram sobre condomínios, ciclismo e a Tunísia, com uma sutil referência aos lagos de Heath para tornar absolutamente certo que eles estavam cantando no mesmo tom, e Tony tirou um cartão de visita do bolso de trás e disse: "Se você precisar de alguma coisa...", e Jamie precisou, e muito.

Ele esperou algumas noites para não parecer desesperado, então o encontrou para um drinque no Highgate. Tony contou uma história sobre tomar banho nu com amigos perto de Studland e que tinham esvaziado as latas de lixo e transformado os sacos pretos em saiotes rudimentares para voltar para Poole, visto que suas roupas haviam ficado arruinadas. E Jamie confessou que relia *O senhor dos anéis* todos os anos. Mas isso caiu bem. A diferença. Como duas peças encaixadas de um quebra-cabeça.

Depois de um refeição indiana, eles foram para o apartamento de Jamie, e Tony fez pelo menos duas coisas com ele no sofá que ninguém tinha feito antes, depois voltou na noite seguinte, e eles fizeram essas coisas de novo, e, de repente, a vida tornou-se realmente boa.

Ele não gostava de ser arrastado para jogos de futebol em Chelsea. Deixava-o contrariado ter de insistir tanto para conseguir que voassem para Edimburgo para passar um fim de semana prolongado. Mas Jamie precisava de alguém que o contrariasse. Porque ficar confortável demais era a ponta mais fina de uma cunha cujo lado mais grosso significava ficar igual ao seu pai.

E, é claro, se um corrimão quebrasse ou a cozinha precisasse de uma nova mão de pintura, bem, aquilo compensava pelo Clash a todo volume e pelas botas de trabalho na pia.

Tinham suas discussões. Ninguém conseguia passar um dia que fosse na companhia de Tony sem uma discussão. Mas Tony achava que as discussões faziam parte da graça das relações humanas. Tony também gostava de sexo como uma forma de fazer as pazes depois. Na verdade, Jamie às vezes se perguntava se Tony não começava as discussões apenas para que eles pudessem fazer as pazes depois. Mas não podia se queixar, sendo o sexo tão bom.

E agora eles estavam um apertando a garganta do outro por causa de um casamento. Um casamento que não tinha nada a ver com Tony e, para ser honesto, não muito a ver com Jamie.

Ele estava com um torcicolo.

Ergueu a cabeça e percebeu que havia estado com a testa encostada no volante nos últimos cinco minutos.

Saiu do carro. Tony estava certo. Ele não podia fazer com que Katie mudasse de idéia. Aquilo era culpa, realmente. Por não ter estado ao lado da irmã para ouvir.

Não havia sentido em se preocupar agora. Tinha de consertar as coisas. Então, poderia parar de se sentir culpado.

Droga. Ele devia ter comprado bolo.

Tudo bem. Bolo não era realmente a questão.

Duas e meia. Tinham o resto da tarde antes de Ray voltar para casa. Chá. Bate-papo. Colocar Jacob nos ombros e brincar de avião. Se tivessem sorte, o menino tiraria uma soneca e eles poderiam ter uma conversa decente.

Ele seguiu em frente e tocou a campainha.

A porta se abriu e ele deu com o vestíbulo bloqueado por Ray usando um macacão salpicado de tinta e com um tipo qualquer de furadeira elétrica nas mãos.

— Então, nós dois tirando o dia de folga — disse Ray. — Vazamento de gás no escritório. — Ele ergueu a furadeira e apertou o botão, fazendo-a zumbir um pouco. — Você recebeu as notícias, então.

— Isso mesmo — assentiu Jamie. — Parabéns.

Parabéns?

Ray estendeu-lhe uma mãozorra e Jamie viu sua mão sugada para um campo gravitacional.

— Isso é um alívio — disse Ray. — Achei que talvez você tivesse vindo para me pôr a nocaute.

Jamie armou um sorriso.

— Não seria motivo para uma briga, seria?

— Não. — O riso de Ray foi ruidoso e mais relaxado. — Você vai entrar?

— Vou. Katie está aí?

— Em Sainsbury. Com Jacob. Estou consertando algumas coisas. Deve voltar em uma hora e meia.

Antes que Jamie pudesse pensar num compromisso do qual estivesse a caminho, Ray fechou a porta atrás dele.

— Vamos tomar um café enquanto eu coloco a porta de volta no armário.

— Eu preferiria chá, se não tiver problema — disse Jamie. A palavra chá não soou muito masculina.

— Chá, claro.

Jamie sentou-se à mesa da cozinha não se sentindo diferente da forma como tinha se sentido na traseira daquele Cessna antes do infeliz salto de pára-quedas.

— Fico contente que você tenha vindo aqui. — Ray deixou de lado a furadeira e lavou as mãos. — Queria perguntar uma coisa a você.

Uma imagem horrível lhe veio à mente, na qual Ray ia pacientemente deixando fermentar vagas de ódio, uma sobre a outra, ao longo dos últimos oito meses, esperando pelo momento em que ele e Jamie estivessem finalmente a sós.

Ray botou a chaleira no fogo, recostou-se na pia, enfiou as mãos bem fundo nos bolsos da calça e olhou para o chão.

— Você acha que eu deveria me casar com Katie?

Jamie não estava certo de ter escutado direito. E há certas perguntas que a gente simplesmente não responde, se há a possibilidade de ter entendido completamente errado (Neil Turner no chuveiro depois do futebol naquele tal verão, por exemplo).

— Você a conhece melhor do que eu. — Ray tinha no rosto a mesma expressão que Katie tinha com 8 anos quando tentava dobrar colheres com o poder da mente. — Você...? Quer dizer, pode parecer estúpido, mas você acha que ela realmente me ama?

Jamie ouviu esta pergunta com uma clareza horripilante. Ele agora estava sentado na porta do Cessna com quatro mil pés de coisa nenhuma entre seus pés e Hertfordshire. Em cinco segundos, estaria caindo como uma pedra, desmaiando e enchendo seu capacete de vômito.

Ray desviou o olhar para o teto. Havia um silêncio na cozinha como o silêncio num estábulo ermo num filme de horror.

Fôlego profundo. Dizer a verdade. Ser educado. Levar os sentimentos de Ray em consideração. Negociar com a merda.

— Eu não sei. Juro, não sei. Eu e Katie não temos conversado muito neste último ano. Tenho estado ocupado, ela tem ficado com você... — Ele brecou.

Ray parecia ter encolhido até o tamanho de um ser humano inteiramente normal.

— Ela às vezes fica tão irritada.

Jamie não estava com tanta vontade assim de tomar chá, era apenas alguma coisa para segurar.

— Quer dizer, eu fico irritado — disse Ray. Ele colocou saquinhos de chá em duas canecas e derramou água. — Nem precisa me dizer. Mas Katie...

— Eu sei — disse Jamie.

Ray estaria ouvindo? Era difícil saber. Talvez ele apenas precisasse de alguém a quem dirigir as palavras.

— É como esta nuvem escura — disse Ray.

Como Ray fazia aquilo? Num momento ele estava dominando a sala como se fosse um caminhão pesado. No minuto seguinte, estava no fundo de um buraco, e pedindo-lhe ajuda. Por que ele não podia sofrer de uma forma que todos pudessem se divertir assistindo a uma distância segura?

— Não é só com você. — disse Jamie.

Ray encarou-o.

— Verdade?

— Bem, talvez aconteça com você. — Jamie fez uma pausa. — Mas ela fica irritada conosco, também.

— Tudo bem... — Ray abaixou-se e introduziu buchas nos quatro buracos que havia aberto no armário. — Tudo bem... — Ele ergueu-se e retirou os saquinhos de chá. O clima ficou um pouco mais leve, e Jamie começou a aguardar ansiosamente por uma conversa sobre futebol ou isolamentos de sótãos. Mas quando Ray colocou o chá diante de Jamie, perguntou:

— Então, como estão você e Tony?

— Como assim?

— Como estão você e Tony?

— Não sei se entendi — disse Jamie.

— Você o ama, certo?

Deus Poderoso! Se Ray tinha o hábito de fazer perguntas como esta, não era de admirar que Katie ficasse irritada.

Ray enfiou mais algumas buchas na porta do armário.

— Katie costumava achar que você era muito sozinho. Então, você conheceu este cara e... você sabe... Bingo.

Seria humanamente possível sentir-se tão pouco à vontade como ele estava se sentindo neste momento? Suas mãos estavam tremendo e havia pequenas ondas no chá como no *Jurassic Park* quando o T-rex estava se aproximando.

— Katie disse que ele é um cara decente.

— Por que nós estamos conversando sobre eu e Tony?

— Vocês às vezes discutem, certo? — perguntou Ray.

— Ray, não é da sua conta se nós discutimos ou não.

Querido Deus. Ele estava pedindo a Ray para parar. Jamie nunca pediu a ninguém para parar. Ele se sentiu como na ocasião em que Robbie North atirou aquela lata de gasolina na fogueira, sabendo que uma coisa ruim aconteceria logo em seguida.

— Desculpe. — Ray levantou as mãos. — Esta coisa de gay é um pouco estranha para mim.

— Mas isso não tem absolutamente nada a ver com... Deus meu! — Jamie colocou a xícara de chá na mesa para que não derramasse. Estava um pouco tonto. Inspirou profundamente e falou devagar.

— Sim. Tony e eu discutimos de vez em quando. Sim, eu amo Tony. E...

Eu amo Tony.

Ele havia dito que amava Tony. E havia dito isso para Ray. Nem mesmo havia dito isso para si próprio.

Ele amava Tony?

Cristo Vivo.

Ray disse:

— Olhe...

— Não. Espere. — Jamie apoiou a cabeça nas mãos.

Era aquela coisa da vida/escola/outras pessoas de novo neste momento. Você vai à casa de sua irmã com a melhor das intenções, você se encontra conversando com alguém que não consegue compreender a mais básica das regras da conversa humana e, de repente, há uma auto-estrada inteira atravessando sua cabeça.

Ele conseguiu se firmar.

— Talvez nós devêssemos apenas conversar sobre futebol.

— Futebol? — perguntou Ray.

— Coisas de homem — Chegou-lhe uma idéia bizarra de que eles poderiam ser amigos. Talvez não amigos. Mas pessoas que podiam sair juntas. *Natal nas trincheiras* e coisas assim.

— Você está debochando de mim? — indagou Ray.

Jamie respirou profundamente.

— Katie é um amor. Mas ela é fogo. Ninguém consegue forçá-la a fazer absolutamente nada contra a vontade. Se ela vai casar com você, é porque quer casar com você.

A furadeira escorregou da mesa e bateu nos ladrilhos do chão de pedra, soando como um projétil mortal sendo disparado.

25

Alguma coisa tinha acontecido com George.

Começou naquela tarde quando ela voltou para a sala de estar e deu com ele enfiado embaixo da poltrona procurando pelo controle remoto da TV. Ele se pôs de pé e perguntou-lhe o que ela estava fazendo.

— Escrevendo uma carta.

— Para quem?

— Anna. Em Melbourne.

— O que você escreveu para ela? — perguntou George.

— Escrevi sobre o casamento. Sobre seu estúdio. Sobre a extensão que os Khan acrescentaram à antiga casa dela.

George não conversava sobre a família dela, nem sobre os livros que ela estava lendo, nem se eles deveriam comprar um sofá novo. Mas durante todo o resto da tarde, ele ficou querendo saber o que ela pensava sobre todas essas coisas. Quando finalmente adormeceu, provavelmente foi devido à exaustão. Ele não sustentava uma conversa tão longa havia vinte anos.

O dia seguinte continuou do mesmo jeito. Quando ele não estava trabalhando nos fundos do jardim nem escutando Tony Bennett no dobro do volume normal, ficava seguindo-a de quarto em quarto.

Quando ela perguntou se ele estava bem, ele insistiu em que era bom conversar e que eles não faziam isso o suficiente. Ele estava certo, é claro. E talvez ela devesse ter dado um pouco mais de atenção a ele. Mas era amedrontador.

Querido Deus, houve tempos em que ela rezara para ele se abrir um pouco. Mas não da noite para o dia. Não como se ele tivesse levado uma pancada na cabeça.

Havia um problema prático, também. Ver David quando George não demonstrava interesse no que ela estava fazendo era uma coisa. Ver David quando ele ficava seguindo todos os seus movimentos era outra.

Só que ele não era muito bom nisso. Escutar com atenção, demonstrar interesse. Ele fazia com que ela se lembrasse de Jamie aos quatro anos. *Froggy quer conversar com você no telefone... Vamos pro trem do sofá, ele já vai sair!* Qualquer coisa para prender a atenção dela.

Exatamente antes de irem para a cama, ele havia saído do banheiro com passos incertos, segurando um cotonete, para perguntar se ela achava normal ter tanta cera nos ouvidos.

David fazia isso bem. Escutar com atenção, demonstrar interesse.

Na tarde seguinte, estavam sentados na sala de estar com as janelas francesas abertas. Ele estava falando sobre selos.

— Emissões da ocupação da II Guerra Mundial, de Jersey. O Zululand verde-escuro de 1888, valendo um xelim. Perfurado. Não-perfurado. Marcas d'água invertidas... Deus sabe o que eu pensei que estava conseguindo. Mais fácil do que crescer, suponho. Ainda os tenho guardados em algum lugar.

A maioria dos homens quer ensinar a você o que eles sabem. O caminho para Wisbech. Como conseguir que uma acha de lenha pegue fogo. David fazia com que ela se sentisse alguém que sabia coisas.

Ele acendeu um cigarro e ficaram ali sentados, tranqüilamente, observando os pardais na mesa de pássaros e um céu coberto de pequenas nuvens que se moviam vagarosamente da direita para a esquerda por trás dos choupos. E estava gostoso. Porque ele sabia ficar em silêncio também. E, em sua experiência, havia poucos homens que sabiam ficar em silêncio.

Ela saiu atrasada e pegou um engarrafamento causado por consertos nas estradas junto à B&Q. Começou a se preocupar com o que ia dizer a George para explicar o seu atraso quando lhe ocorreu que ele já sabia sobre David. Que sua conduta de agora era uma tentativa de consertar as coisas, ou de competir, ou de fazê-la sentir-se culpada.

Mas quando ela largou as bolsas na cozinha, deu com ele sentado à mesa com duas canecas de café quente, remexendo num jornal dobrado.

— Você estava falando sobre os garotos de Underwood. Bem, parece que uns cientistas na Califórnia estavam estudando gêmeos idênticos...

A loja esteve extraordinariamente quieta na semana seguinte. Assim, sua paranóia começou a crescer. E como Ursula estava em Dublin, não havia ninguém com quem ela pudesse discutir seus temores.

As manhãs no St. John eram somente descanso, sentada no Jungle Corner com Megan, Callum e Sunil lendo *Winnie*, a bruxa e *Mr. Gumpy's Outing.* Especialmente Callum, que não conseguia ficar quieta e se manter olhando para a mesma direção por cinco segundos (tristemente, ela não se permitia suborná-la com biscoitos como fazia com Jacob). Mas tão logo ela atravessava a saída principal do estacionamento, começava a ser importunada pela preocupação que se agarrava nela novamente.

Na quinta-feira, George anunciou que havia contratado a firma de toldos e que combinara uma reunião com dois fornecedores de bufê. Isto de um homem que esquecia os aniversários dos filhos. Ela ficou surpresa que nem mesmo reclamou que ele não a tivesse consultado.

Mais tarde, naquela noite, uma voz sinistra em sua cabeça começou a perguntar se ele a estava tornando dispensável. Pronto para quando ela o abandonasse. Ou para quando ele dissesse a ela para ir embora.

À medida que o dia do jantar com David se aproximava, ele ficava inexplicavelmente cada vez mais alegre. Passou o dia fazendo compras e preparando o risoto de um jeito macho tradicional, tirando todos os utensílios das gavetas e ajeitando-os como instrumentos cirúrgicos, então decantando todos os ingredientes em pequenas tigelas para aumentar a necessidade de lavagem.

Ela ainda não podia evitar a suspeita de que ele estivesse planejando algum tipo de desmascaramento, e no que a tensão cresceu durante a tarde, ela se viu brincando com a idéia de inventar algum tipo de doença. Quando a campainha da porta finalmente tocou logo depois das 7h30 da noite, ela correu para a escada, tentando chegar à porta primeiro, tropeçou numa dobra do tapete solto e torceu o tornozelo.

No que ela alcançou o último degrau, George já estava no vestíbulo, enxugando as mãos no avental de listras, e David estava lhe estendendo uma garrafa de vinho e um buquê de flores.

David percebeu-a mancando um pouco.

— Você está bem? — Instintivamente ele avançou para confortá-la, então se segurou e deu um passo para trás.

Jean colocou a mão no braço de George e curvou-se para alisar o tornozelo. Não estava doendo tanto assim, mas ela queria escapar do olhar de David, e o medo de que ele pudesse ter percebido qualquer coisa naquela fração de segundo fazia com que ela se sentisse tonta.

— Foi grave? — perguntou George. Graças aos céus ele parecia não ter notado nada.

— Não muito — disse Jean.

— Você devia sentar-se e colocar o pé para cima — disse David. — Para não inchar. — Ele pegou as flores e o vinho de volta para que George pudesse ajudá-la.

— Ainda estou preparando a comida — disse George. — Que tal se eu deixar vocês dois com uma taça de vinho na sala de estar?

— Não — disse Jean, um tanto ríspida. Ela parou para se acalmar. — Vamos para a cozinha com você.

George instalou-os à mesa, puxou uma terceira cadeira para o tornozelo de Jean, do que ela realmente não precisava, encheu duas taças de vinho e voltou a ralar o parmesão.

Aquela sempre era uma ocasião estranha, quem quer que fosse o convidado. George não gostava de outras pessoas em seu canil. Assim, ela percebeu que a conversa seria mirrada. Quando ela o arrastava para as festas, invariavelmente o encontrava parado, desconsolado, num círculo de homens que conversavam sobre rúgbi e devoluções de impostos de renda, com uma expressão de dó no rosto, como se ele estivesse sofrendo de dor de cabeça. Ela esperava que pelo menos David fosse capaz de preencher os silêncios.

Mas, para sua surpresa, foi George quem mais estimulou a conversa. Ele parecia genuinamente alegre por ter companhia. Os dois homens congratularam-se pelo declínio da fortuna dos Shepherd depois da saída deles. Conversaram sobre férias percorrendo trilhas na França. David falou sobre seu planador. George conversou sobre seu medo de voar. David sugeriu que aprender a voar num planador poderia resolver o problema. George disse que David, evidentemente, subestimava seu medo de voar. David confessou ter fobia de cobras. George pediu-lhe para imaginar uma anaconda em seu colo por algumas horas. David riu e disse que George tinha razão.

O medo de Jean diminuiu e foi substituído por alguma coisa mais estranha, mas igualmente desconfortável. Era ridículo, mas ela não queria que eles se dessem tão bem. George estava mais afetuoso e engraçado do que quando estavam sozinhos juntos. E David parecia mais simples.

Será que era assim que eles se comportavam no trabalho? E se era assim, por que George não tinha mencionado David desde que ele havia deixado a companhia? Ela começou a se sentir bastante culpada por ter pintado um quadro tão triste de sua vida doméstica para David.

Quando foram para a sala de jantar, George e David pareciam ter mais em comum entre eles do que ela tinha com cada um deles. Era como estar na escola de novo. Ver sua melhor amiga se enganchar num relacionamento com outra e ser largada no desamparo.

Ela se forçou a se manter na conversa, tentando reconquistar para si alguma atenção. Mas de novo havia entendido errado. Falando como se estivesse muito interessada em *Grandes esperanças*, quando assistira apenas à adaptação na série de TV. Sendo bastante rude com os desastres culinários anteriores de George quando o risoto estava realmente muito bom. Era fatigante. E no fim pareceu-lhe mais fácil tomar o assento de trás, deixá-los conversar e dar a sua opinião apenas quando solicitada.

Só que em determinada altura George pareceu ter perdido as palavras. David estava conversando sobre o fato da esposa de Martin Donnelly ter ido ao hospital fazer exames. Ela se virou e viu George sentado com a cabeça entre os joelhos. Seu primeiro pensamento foi que ele tinha envenenado todo mundo com a comida e agora estava a ponto de vomitar. Mas ele se sentou, estremecendo e coçando a perna, desculpando-se pela interrupção, então se dirigiu para fazer alguma coisa na cozinha para aliviar o espasmo muscular.

No fim da refeição, ele tinha bebido uma garrafa inteira de vinho tinto e estava algo cômico.

— Corro o perigo de irritar Jean com uma velha história, mas há algumas semanas nós pegamos nossas fotos. Mas não eram nossas fotos. Eram fotos de um rapaz com sua namorada. Em trajes de Adão. Jamie sugeriu para escrevermos *Vocês querem uma cópia?* atrás delas, antes de devolvermos.

No café, David falou sobre Mina e as crianças, e no momento em que, de pé nos degraus, eles o observavam afastar-se numa pequena nuvem de fumaça rosa, George disse:

— Você jamais me deixaria, não é?

— É claro que não.

Ela esperava que ele colocasse o braço em torno dela, no mínimo. Mas ele apenas juntou as mãos e disse:

— Certo. Lavar a louça — e entrou de volta na casa como se lavar a louça fosse simplesmente a próxima parte da brincadeira.

26

Katie teve uma merda de semana.

Os programas do festival chegaram na segunda-feira e Patsy, que ainda não conseguia soletrar *programa*, chocou a todos por saber de um fato: que a foto de Terry Jones, na página sete, era, na verdade, a foto de Terry Gilliam. Aidan repreendeu Katie, pois admitir que ele tinha feito confusão não era uma das habilidades que ele tinha aprendido no MBA. Ela pediu demissão. Ele se recusou a aceitar sua demissão. E Patsy chorou porque as pessoas estavam gritando.

Ela saiu cedo para pegar Jacob na creche e Jackie disse que ele tinha mordido duas outras crianças. Ela levou-o para um canto e fez um sermão sobre o malvado crocodilo maldoso de *A kiss like this*. Mas Jacob não estava para sermões naquele dia. Então, ela resolveu poupar seu fôlego e levou-o para casa, onde suspendeu o iogurte dele até que pudessem conversar sobre mordidas, o que gerou o mesmo tipo de frustração que o Dr. Benson provavelmente sentiu quando estavam estudando Kant na universidade.

— O trator era meu — disse Jacob.

— Na verdade, o trator é de todo mundo — disse Katie.

— Eu estava brincando com ele.

— E Ben não devia ter tirado ele de você. Mas isso não lhe dá o direito de mordê-lo.

— Eu estava brincando com o trator.

— Se você está brincando com alguma coisa e alguém tenta tomá-la, você tem de gritar e falar com Jackie ou Susie.

— Você disse que é errado gritar.

— É certo gritar se alguém está tentando de verdade, de verdade mesmo, passar você para trás. Mas você não pode morder ninguém. Nem machucar ninguém. Você não vai querer que outras pessoas mordam nem machuquem você, vai?

— Ben morde as pessoas — disse Jacob.

— Mas você não quer ser como Ben.

— Posso tomar o meu iogurte agora?

— Não até que você entenda que morder pessoas não é lega .

— Já entendi — disse Jacob.

— Dizer que você entendeu não é a mesma coisa que entendimento.

— Mas ele tentou pegar meu trator.

Ray chegou neste momento e fez uma sugestão tecnicamente correta: que era contraproducente ela abraçar Jacob enquanto ralhava com ele... e então ela teve a chance de demonstrar uma situação em que era válido gritar com alguém se você fosse realmente, realmente mesmo, provocado.

Ray permaneceu exasperadamente calmo até que Jacob disse a ele para não deixar mamãe zangada porque "Você não é o meu pai de verdade", quando então se dirigiu à cozinha e partiu o tabuleiro do pão em dois pedaços.

Jacob fixou nela um olhar de alguém com 35 anos e disse, mordazmente: "Vou tomar meu iogurte", então se afastou para tomar seu iogurte diante de *Thomas e seus amigos*.

Na manhã seguinte, ela cancelou a consulta ao dentista e, no seu dia de folga, teve de levar Jacob para o escritório, onde ele passou a agir como um chimpanzé demente, enquanto ela e Patsy inseriam quinhentas erratas. Pela hora do almoço, ele já havia tirado a corrente da bicicleta de Aidan, esvaziado um fichário de dados de clientes e derramado chocolate quente nos seus sapatos.

Veio a sexta-feira e, pela primeira vez em dois anos, ela ficou de fato aliviada quando Graham chegou para tirá-lo de suas mãos por 48 horas.

Ray foi jogar futebol de salão no sábado de manhã e ela cometeu o engano de se meter a limpar a casa. Estava esfregando o sofá para tirar o pó e partes de brinquedos da parte debaixo do móvel quando alguma coisa se distendeu na parte inferior de suas costas. De repente, ela estava com muita dor e andando como o mordomo de um filme de vampiro.

Ray botou alguma coisa para jantar no microondas e eles tentaram dar uma trepada ortopédica e de baixo impacto, mas aparentemente o antiinflamatório deixara todo o seu corpo dormente e inerte.

No domingo, ela se rendeu e estirou-se no sofá, mantendo a culpa por ser uma merda de mãe a distância com vídeos de Cary Grant.

Às 6 da tarde, Graham chegou com Jacob.

Ray estava no chuveiro, então ela mesma abriu a porta para eles e cambaleou de volta para a cadeira na cozinha.

Graham perguntou o que ela tinha, mas Jacob estava muito ocupado contando-lhe sobre o maravilhoso passeio ao Museu de História Natural.

— E tinha... tinha esqueletos de elefantes e rinocerontes e... e... os dinossauros eram fantasmas de dinossauros.

— Estavam pintando uma das salas — disse Graham. — Tudo estava debaixo de lençóis para evitar a poeira.

— E papai me disse que eu podia dormir tarde. E nós comemos... nós comemos... ovos mexidos. E torrada. E eu comi um estegossauro de chocolate. Do museu. E tinha um esquilo morto. No... no jardim do papai. Tinha vermes. Nos olhos.

Katie ergueu os braços.

— Venha dar um grande abraço na mamãe!

Mas Jacob estava a toda.

— E... e... e nós tomamos um ônibus de dois andares e eu guardei as passagens.

Graham agachou-se.

— Pare um pouco, pequeno. Acho que sua mãe se machucou. — Ele colocou um dedo nos lábios de Jacob e virou-se para Katie. — Você está bem?

— Destruí minha coluna. Arrastando o sofá.

Graham lançou um olhar sério para Jacob.

— Você vai ser bonzinho com a mamãe, OK? Não a obrigue a correr atrás de você. Promete?

Jacob olhou para Katie.

— Suas costas não estão boas?

— Não muito. Mas um abraço de meu Garoto Macaco faria minhas costas melhorarem muito.

Jacob não se mexeu.

Graham endireitou-se.

— Bem, está ficando tarde.

Jacob começou a reclamar:

— Eu não quero que papai vá embora.

Graham desarrumou seu cabelo:

— Lamento, garoto. Tenho de ir.

— Venha, Jacob. — Katie ergueu os braços novamente. — Dê um abraço na mamãe.

Mas Jacob estava num estado de verdadeiro desespero operístico, socando o ar e dando pontapés na cadeira mais próxima.

— Não vá. Não vá.

Graham tentou segurá-lo para evitar que ele se machucasse.

— Ei, ei, ei... — Normalmente ele teria simplesmente saído. Eles haviam aprendido, a duras penas, que era assim que deviam fazer. Mas normalmente ela também teria conseguido puxar Jacob para seus braços e o abraçado enquanto Graham batia em retirada.

Jacob batia os pés.

— Ninguém... ninguém escuta... eu quero... eu odeio...

Depois de três ou quatro minutos, Ray apareceu no vão da porta com uma toalha em torno da cintura. Ela ficou mais do que preocupada com o que ele podia dizer e como Graham podia reagir. Ele andou em direção a Jacob, colocou-o em cima dos ombros e desapareceu.

Não houve tempo para reagir. Eles ficaram apenas olhando, escutando os gritos fiarem cada vez mais baixos à medida que Ray e Jacob subiam as escadas.

Graham endireitou o corpo. Por um momento ela achou que ele ia fazer algum comentário cáustico e não se sentiu segura de que suportaria algo assim. Mas ele disse:

— Vou fazer um pouco de chá — e foi a coisa mais simpática que ele disse a ela depois de um longo período.

— Obrigada.

Ele colocou a chaleira no fogo.

— Você está com um olhar estranho.

— A camisa. Foi a que eu comprei para você no Natal.

— É. Merda. Eu não quis...

— Não. Eu não estava tentando... — Ela estava chorando.

— Você está bem? — Ele se esticou para tocar nela, mas deteve-se.

— Estou. Sinto muito.

— As coisas estão indo bem? — perguntou Graham.

— Nós vamos nos casar. — Ela estava chorando de verdade agora. — Ah, droga. Eu não devia estar...

Ele lhe deu um lenço de papel.

— É uma ótima notícia.

— Eu sei. — Ela assoou o nariz, atrapalhadamente. — E você? Como está?

— Oh, sem muitas novidades.

— Conte — disse Katie.

— Eu estava saindo com alguém lá do trabalho. — Ele pegou o lenço ensopado e deu-lhe um limpo. — Não foi pra frente. Quer dizer, ela era ótima, mas... Usava uma touca de natação no banho para manter o cabelo seco.

Ele pegou alguns biscoitos de figo e conversaram sobre assuntos seguros. Ray aproximando-se de Jamie. A avó de Graham posando para um catálogo de artigos de malha.

Depois de dez minutos, ele se despediu. Ela ficou triste. Isso a surpreendeu, e ele se deteve apenas o tempo suficiente para sugerir que sentia a mesma coisa. Houve um breve momento durante o qual cada um deles poderia ter dito alguma coisa inapropriada. Ele cortou a cena.

— Cuide-se, tá bem? — Graham beijou-a gentilmente no alto da cabeça e saiu.

Ela se sentou, quieta, por uns poucos minutos. Jacob tinha parado de chorar. Ela percebeu que não havia sentido dor enquanto ela e Graham estavam conversando. Mas que agora a dor tinha voltado como se estivesse se vingando. Ela engoliu mais dois antiinflamatórios com um copo d´água, depois subiu as escadas. Eles estavam no quarto de Jacob. Ela parou do lado de fora e ficou olhando da porta.

Jacob estava deitado na cama, rosto abaixado, olhando para a parede. Ray estava sentado perto dele, afagando seu bumbum e cantando "Ten Green Bottles" muito sereno e completamente fora de tom.

Katie estava chorando novamente. E não queria que Jacob visse. Nem Ray. Então, ela se voltou e, silenciosamente, retornou para a cozinha.

27

Antes de mais nada, aquilo parecia profundamente injusto.

George não era ingênuo. Coisas ruins aconteciam a pessoas boas. Ele sabia disso. E vice-versa. Mas depois que os Benn foram roubados pelo namorado da filha e que a primeira mulher de Brian precisou extrair os implantes dos seios, não dava mais para evitar pensar que algum tipo de justiça elementar estava sendo realizada.

Ele conhecia homens que haviam tido amantes durante toda a sua vida de casados. Conhecia homens que tinham falido e registrado a mesma companhia sob um nome diferente no mês seguinte. Conhecia um sujeito que tinha quebrado a perna do próprio filho com uma pá. Por que não eram castigados por isso?

Ele havia passado trinta anos produzindo e instalando equipamento de playgrounds. Um bom equipamento de playground. Nada barato como Wicksteed ou Abby Leisure; coisa muito melhor.

Ele tinha cometido equívocos. Devia ter posto Alex Bamford no olho da rua quando o encontrou quase inconsciente no chão do banheiro do escritório. E ele devia ter pedido provas por escrito do problema das costas de Jane Fuller em vez de esperar até que ela aparecesse no jornal fazendo aquelas gracinhas.

Ele tinha feito com que 17 pessoas se tornassem dispensáveis, mas todos haviam conseguido um acordo decente e a melhor carta de referência que ele pôde escrever sem prestar falso testemunho. Não era uma cirurgia cardíaca, mas também não era nenhuma fábrica de armas. De um jeito modesto, ele tinha aumentado a felicidade de uma pequena parte da população.

E agora isso tinha sido despejado em seu prato.

Mesmo assim, não fazia sentido se queixar. Ele havia passado a vida resolvendo problemas. Agora, tinha de resolver um outro.

Sua mente estava funcionando mal. Tinha de mantê-la sob controle. Já havia feito isso antes. Para começar, tinha convivido na mesma casa que sua filha por 18 anos sem atritos graves. Quando sua mãe morreu, voltou ao escritório na manhã seguinte para se assegurar de que o negócio de Glasgow não fracassaria.

Ele precisava de uma estratégia, assim como precisava se Jean tivesse reservado férias para dois na Austrália.

Achou uma folha de papel cor de creme grossa para escrever, redigiu uma lista de regras, depois a escondeu no cofre para dinheiro à prova de fogo atrás do armário com sua certidão de nascimento e as tarefas da casa:

1. Manter-se ocupado
2. Fazer longas caminhadas
3. Dormir bem
4. Tomar banho e trocar-se no escuro
5. Beber vinho tinto
6. Pensar em alguma coisa mais
7. Conversar

Quanto a se manter ocupado, o casamento era uma benção. Na vez anterior, ele tinha deixado a organização com Jean. Agora que tinha tempo de sobra, podia manter-se ocupado e ganhar pontos na barganha.

Andar era uma verdadeira delícia. Especialmente pelas trilhas de Nassington e Fotheringway. Isso o mantinha em boa forma e o ajudava a dormir bem. Verdade, havia momentos difíceis. Uma tarde, na represa, na extremidade oriental do Rutland Water, escutou uma sirene industrial disparando e as imagens de desastres de refinaria e de ataque nuclear o fizeram sentir-se repentinamente muito longe da civilização. Mas conseguiu correr de volta para o carro cantando alto para si próprio, depois botou para tocar *Ella Ao Vivo em Montreux* para animá-lo no caminho para a casa.

Apagar as luzes para tomar banho de chuveiro e se trocar era simples bom senso. E com exceção da manhã em que Jean entrara no banheiro, acendera a luz e gritara quando o vira se enxugando no escuro, era algo muito fácil de fazer.

O vinho tinto, sem dúvida, era algo contrário a todo conselho médico, mas duas ou três taças daquele Ridgemont Cabernet era bom para o seu equilíbrio mental.

Pensar em alguma coisa mais era a tarefa mais difícil da lista. Ele estaria cortando as unhas dos dedos do pé ou lubrificando um par de tesouras, e aquilo surgiria das profundezas submarinas como uma silhueta escura num filme de tubarão. Quando ele estava na cidade, era possível distrair-se olhando meio de esguelha para uma senhora jovem e atraente e imaginando-a nua. Mas ele encontrava poucas senhoras jovens e atraentes durante o seu dia normal. Se fosse mais descarado e morasse sozinho, podia comprar revistas pornográficas. Mas não era descarado e Jean limpava metodicamente todos os esconderijos. Então, se ajeitou com as palavras cruzadas.

Conversar, no entanto, foi a revelação. Mal sabia ele que, ao revolver o interior de sua mente, acrescentaria vida nova ao seu casamento. Não que seu casamento fosse sem graça ou sem amor. Longe disso. Eles viviam bem melhor do que muitos casais que conheciam, que tocavam uma vida de provocações de baixo nível e silêncios mal-humorados simplesmente porque isso era mais fácil do que se separar. Ele e Jean raramente discutiam, graças em grande parte aos poderes de automoderação dele. Mas tinham seus silêncios.

Portanto, foi uma grata surpresa descobrir que podia dizer o que lhe ia na mente e obter de Jean uma resposta com comentários freqüentemente interessantes. Na realidade, havia tardes em que este tipo de conversa lhe transmitia um bem-estar tão profundo que ele se sentia como se estivesse se apaixonando por ela novamente.

Algumas semanas depois de embarcar em seu próprio regime auto-imposto, George atendeu a uma ligação de Brian.

— A mãe de Gail está conosco por duas semanas. Então, pensei em ir para o chalé. Para me assegurar de que operários estão fazendo o trabalho deles. Gostaria de ir comigo? Será um pouco primitivo. Camas de acampamento, sacos de dormir. Mas você é um sujeito corajoso.

Normalmente, ele não teria desejado passar mais do que algumas horas na companhia do irmão. Mas havia alguma coisa de menino, algo de excitação na voz dele. Ele soava como um menino de 9 anos que queria mostrar sua nova casa na árvore. E pensar em uma longa viagem de trem, caminhadas ao vento por Helford e canecas de cerveja ao redor do fogo no pub local o atraía bastante.

Ele podia levar um caderno de rascunho/desenho. E aquele grande Peter Ackroyd que Jean lhe tinha dado de Natal.

— Vou, sim.

28

Jamie passou o aspirador de pó nos tapetes e limpou o banheiro. Por um breve intervalo, pensou em lavar as capas acolchoadas, mas, sinceramente, Tony não perceberia nem que estivessem cobertas de lama.

Na tarde seguinte, abreviou a visita aos apartamentos da Creighton Avenue, telefonou para o escritório para dizer que podia ser contatado pelo celular, depois foi para casa via Tesco.

Salmão, depois morangos. O suficiente para mostrar que havia se empenhado, mas não o suficiente para empanturrar-se a ponto de se sentir gordo demais para o sexo. Colocou uma garrafa de Pouilly Fumé na geladeira e um vaso de tulipas na mesa de jantar.

Sentiu-se idiota. Estava ficando transtornado com a idéia de perder Katie e, ao mesmo tempo, não estava fazendo nada para manter a pessoa mais importante de sua vida.

Ele e Tony deviam estar vivendo juntos. Ele devia estar vindo para casa, para janelas iluminadas e o som de uma música não-familiar. Devia ficar deitado na cama aos sábados pela manhã, sentindo o cheiro do bacon e ouvindo o tilintar da louça de cerâmica através da parede.

Ele ia levar Tony ao casamento. Todas aquelas besteiras sobre intolerância provinciana. Era de si próprio que estava com medo. Ficar velho. Fazer escolhas. Estar comprometido.

Seria horrível. É claro que seria horrível. Mas não importava o que os vizinhos pensassem. Não importava que mamãe atormentasse Tony como se fosse um filho pródigo. Não importava que seu pai ficasse cheio de dedos sobre se iria colocá-los ou não no mesmo quarto. Não importava que Tony insistisse em dançar junto ao som de "Three Times a Lady", de Lionel Richard.

Queria compartilhar sua vida com Tony. As coisas boas e as coisas ruins.

Soltou um profundo suspiro e sentiu, por vários segundos, como se ele estivesse pisando não no assoalho de pinho de sua cozinha, mas em algum ermo promontório escocês, a ressaca retumbando e o vento em seu cabelo. Nobre. Mais alto.

Ele subiu as escadas, tomou banho e sentiu os restos de alguma coisa suja sendo enxaguada e enviada em rodopio pelo ralo.

Estava tendo uma crise de escolha de camisa quando a campainha tocou. Escolheu a laranja pálida e desceu as escadas.

No que abriu a porta, seu primeiro pensamento foi que Tony havia recebido más notícias. Sobre seu pai, talvez.

— O que houve?

Tony soltou um profundo suspiro.

— Bem, entre — disse Jamie.

Tony não se mexeu.

— Precisamos conversar.

— Entre e a gente conversa.

Tony não quis entrar. Sugeriu que caminhassem pelo parque no fim da rua. Jamie agarrou suas chaves.

Aconteceu próximo à pequena caixa vermelha para cocô de cachorro.

Tony disse:

— Está acabado.

— O quê?

— Nós. Acabou.

— Mas...

— Você realmente não quer ficar comigo — disse Tony.

— Eu quero — disse Jamie.

— Tá bem. Talvez você queira ficar comigo. Mas você não quer ficar comigo o bastante. Este casamento estúpido. Sabe, me fez perceber... Meu Deus, Jamie. Eu não sou bom o suficiente para os seus pais? Ou eu não sou bom o suficiente para você?

— Eu amo você. — Por que isso estava acontecendo justamente agora? Era tão injusto, tão idiota.

Tony olhou para ele.

— Você não sabe o que é o amor.

— Sei, sim! — Ele parecia Jacob.

A expressão de Tony não mudou.

— Amar alguém significa correr o risco que eles possam foder direitinho com sua vidinha bem-arrumada. E você não quer foder sua vidinha bem-arrumada, quer?

— Você conheceu outra pessoa?

— Você não está ouvindo uma palavra do que eu estou dizendo.

Ele devia ter explicado. O salmão. Passar aspirador de pó na casa. As palavras estavam lá na sua cabeça. Mas ele simplesmente não conseguia deixá-las sair. Ele o magoou demais. E havia alguma coisa doentia e reconfortante na idéia de voltar para casa sozinho, despedaçar as tulipas da mesa e depois se atirar no sofá para beber uma garrafa de vinho inteira.

— Eu sinto muito, Jamie. De verdade. Você é um cara legal. — Tony pôs as mãos nos bolsos para mostrar que não haveria um abraço de despedida. — Espero que você encontre alguém que faça você se sentir assim.

Ele deu as costas e foi embora.

Jamie ficou parado no parque por alguns minutos, depois foi para o apartamento, esmagou as tulipas da mesa, tirou a rolha do vinho, jogou-se no sofá e chorou.

29

Ray virou-se para Katie na cama e falou:

— Tem certeza de que quer se casar comigo?

— É claro que eu quero me casar com você.

— Você fala comigo se mudar de opinião, tá?

— Ora, minha nossa, Ray — disse Katie. — O que está havendo?

— Você não iria em frente só porque contou para todo mundo que ia se casar comigo, iria?

— Ray...

— Você me ama? — perguntou ele.

— Por que você está falando sobre isso assim de repente?

— Você me ama como amou Graham?

— Não, realmente, não — respondeu Katie.

Por um segundo ela pôde enxergar uma dor genuína no rosto dele.

— Eu estava tolamente enfeitiçada por Graham. Achava que ele era um presente de Deus. Não estava vendo nada direito. E quando descobri como ele era realmente... — Ela cobriu uma das faces de Ray com a mão. — Eu conheço você. Conheço todas as coisas que são maravilhosas em você. Conheço todos os seus defeitos. E eu ainda quero me casar com você.

— Mas quais são os meus defeitos?

Esse não era trabalho dela. Era ele quem deveria cuidar de reconfortá-la.

— Venha cá. — Ela apoiou a cabeça dele em seu peito.

— Eu amo tanto você. — Ele soava fraco.

— Não se preocupe. Eu não vou dar um fora em você no altar.

— Sinto muito. Estou bancando o idiota.

— É o nervosismo do casamento. — Ela acariciou os pêlos do antebraço dele. — Você se lembra da Emily?

— Quem?

— Aquela que vomitou na sacristia.

— Merda.

— Tiveram de arranjar um enorme buquê para ela entrar na igreja, para esconder a mancha. O pai do Barry achou que o cheiro era do Roddy. Você sabe, depois da despedida de solteiro, na noite anterior.

Eles dormiram e acordaram às 4 horas com Jacob chorando:

— Mamãe, mamãe, mamãe...

Ray fez menção de se levantar da cama, mas ela insistiu em ir.

Quando chegou ao quarto de Jacob, ele ainda estava meio adormecido, tentando não encostar em uma grande mancha diarréica de cor laranja no meio da cama.

— Venha cá, esquilinho. — Ela o levantou e sua cabeça adormecida encaixou-se em seu ombro.

— Está tudo... meio... molhado.

— Eu sei. Eu sei. — Com todo o cuidado, ela tirou as calças do pijama do menino, enrolou-as para que a sujeira ficasse por dentro, depois as atirou no corredor. — Vamos limpar você, Bebê Biscoito. — Ela pegou uma bolsa de fraldas, uma fralda limpa e um pacote de lenços de papel umedecidos na gaveta do armário e, gentilmente, limpou o bumbum dele.

Colocou a fralda nova nele, tirou uma calça de pijama limpa da cesta e conduziu as desajeitadas pernas dele para dentro da calça:

— Assim. Agora você vai se sentir melhor.

Ela sacudiu o edredom do Ursinho Pooh para conferir se estava limpo, então o dobrou no tapete.

— Você vai ficar aqui por um segundo enquanto eu arrumo a cama.

Jacob chorou no que ela deixou-o no chão.

— Não quero... Me deixa...

Mas quando ela deitou a cabeça dele no edredom, seu polegar escorregou para dentro da boca e seus olhos se fecharam de novo.

Ela amarrou as pontas da bolsa de fraldas e atirou-a no depósito. Tirou as roupas de cama, jogou os lençóis sujos no corredor e virou o colchão. Pegou lençóis novos no armário e apertou-os contra o rosto. Deus, era tão gostoso sentir a maciez do algodão grosso e usado e o cheiro do sabão em pó. Ela fez a cama, prendendo as pontas amarradas para que o lençol ficasse esticado.

Depois, ajeitou o travesseiro, abaixou-se e botou Jacob na cama.

— Minha barriga está doendo.

Ela colocou-o no colo.

— Vamos tomar um pouco de Calpol em um minuto.

— Remédio rosa — disse Jacob.

Ela envolveu-o nos braços. Não conseguia fazer muito isso. Não quando ele estava acordado. Trinta segundos no máximo. Então aconteciam helicópteros e pulos no sofá. Verdade, dava-lhe orgulho vê-lo num círculo ouvindo Bella ler um livro na creche ou conversando com outras crianças no playground. Mas ela sentia falta da época em que ele era uma parte de seu corpo, a época em que ela podia ajeitar tudo apenas envolvendo-o totalmente. Mesmo agora, podia imaginá-lo saindo de casa, a distância aumentando, seu bebê tornando-se uma pequena pessoa.

— Tô com saudades do pai.

— Ele está dormindo lá em cima.

— Meu pai de verdade — disse Jacob.

Ela colocou a mão em torno de sua cabeça e beijou seu cabelo.

— Eu sinto falta dele também, às vezes.

— Mas ele não vai voltar.

— Não. Ele não vai voltar.

Jacob ficou chorando baixinho.

— Mas eu nunca deixarei você. Você sabe disso, não sabe? — Ela limpou o muco de seu nariz com a manga de sua blusa e balançou-o.

Ela olhou para o cartaz de *Bob, o Construtor* e para o móbile de barco à vela girando silenciosamente na penumbra. Em algum lugar embaixo do chão um cano d'água estalou.

Jacob parou de chorar.

— Posso tomar a bebida de urso polar amanhã?

Ela tirou o cabelo dos olhos dele.

— Não sei se você vai estar bem para ir à creche amanhã. — Seus olhos se umedeceram. — Mas se estiver, podemos tomar a bebida do urso polar no caminho de casa, tá bem?

— Tá.

— Mas se você tomar a bebida do urso polar, não vai comer pudim no jantar. Combinado?

— Tá combinado.

— Agora, você vai tomar um pouco de Calpol.

Ela deitou-o nos lençóis limpos e pegou o vidro e a seringa no banheiro.

— Bem aberta.

Ele estava quase dormindo de novo. Ela esguichou o remédio em sua boca e retirou um pingo de seu queixo com a ponta do dedo, que lambeu para limpar.

Depois beijou a bochecha do menino.

— Vou voltar para a cama agora, pequenino.

Mas ele não queria soltar a mão dela. E ela não queria que ele a soltasse. Ela se sentou olhando-o dormir por uns cinco minutos, então se deitou ao lado dele.

Isso compensou tudo, o cansaço, a raiva, o fato de que ela não lia um romance havia seis meses. Era assim que Ray a fazia se sentir.

Era assim que Ray devia fazê-la se sentir.

Ela acariciou a cabeça de Jacob. Ele estava a quilômetros de distância, sonhando com sorvete de framboesa, uma máquina de escavar a terra e com o período Cretáceo.

Quando recobrou a consciência das coisas, já havia amanhecido e Jacob estava entrando e saindo do quarto, na correria, vestido com sua roupa de Homem-Aranha.

— Acorde, amor. — Ray afastou o cabelo do rosto dela. — Tem ovos fritos esperando por você lá embaixo.

Depois da creche, ela e Jacob chegaram em casa mais tarde por conta de terem parado para tomar a bebida do urso polar, e Ray já estava de volta do escritório.

— Graham telefonou — disse ele.

— Para quê?

— Não me disse.

— Alguma coisa importante? — perguntou Katie.

— Não perguntei. Disse que ia tentar ligar mais tarde.

Um telefonema misterioso de Graham por dia era bem o limite de Ray. Então, depois de colocar Jacob na cama, ela usou o telefone do quarto.

— É Katie.

— Oi, você me ligou de volta.

— Então, qual é o grande segredo?

— Não há nenhum grande segredo, eu apenas estou preocupado com você. E isso não pareceu o tipo de recado para deixar com Ray.

— Sinto muito. Eu não estava em boa forma quando você apareceu aqui naquela tarde, com problema nas costas e tudo mais.

— Você está conversando com alguém? — perguntou Graham.

— Você quer dizer profissionalmente?

— Não, quero dizer apenas conversando.

— É claro que estou conversando — disse Katie.

— Você sabe o que eu quero dizer.

— Graham. Olhe...

— Se você quiser que eu desapareça — disse Graham —, eu desapareço. E não estou querendo falar nada contra o Ray. Juro que não. Apenas fiquei pensando se você não quer se encontrar para um café e um papo. Ainda somos amigos, certo? Tá bem, talvez não sejamos amigos. Mas você pareceu estar precisando desabafar alguma coisa. E não necessariamente coisas ruins. — Ele parou. — Para dizer a verdade, eu também gostei de ter conversado com você naquela tarde.

Deus sabe o que poderia ter acontecido com ele. Ela não o escutava tão solícito havia anos. Se era ciúme, não parecia. Talvez a mulher com touca de natação tivesse partido seu coração.

Ela brecou. Era um pensamento maldoso. As pessoas mudavam. Ele estava sendo gentil. E ele estava certo. Ela não estava conversando muito com ninguém.

— Eu termino mais cedo na quarta-feira. Poderia vê-lo por uma hora antes de pegar Jacob.

— Ótimo.

30

Escova de dentes. Blusa de flanela. Aparelho de barbear. Blusão de lã.

George começou a fazer a mala, depois decidiu que não estava suficientemente ousada. Então desencavou do espaço do sótão uma velha mochila de Jamie. Estava um tanto puída, mas mochilas costumam mesmo ficar surradas.

Três pares de calças de baixo. Duas camisetas. O Ackroyd. Calças de jardinagem.

Era de um feriado desses que ele gostava.

Tinham tentado uma vez. Snowdonia em 1980. Uma tentativa desesperada de sua parte para permanecer depois dos horrores do vôo para Lyon no ano anterior. E talvez, se ele tivesse filhos mais corajosos ou uma esposa menos dedicada aos confortos humanos, tivesse funcionado. Não havia nada errado em pegar chuva. Era parte e parcela de voltar a entrar em contato com a natureza. E o tempo havia acalmado em certas tardes, quando então puderam se sentar em esteiras de camping fora das barracas e cozinhar o jantar em um fogareiro rudimentar. Mas qualquer sugestão dele para que eles fossem para Skye ou os Alpes nos anos subseqüentes fora rebatida com a réplica: "Por que não vamos acampar em Gales?", e uma sucessão de risadas impiedosas.

Jean deixou-o no centro da cidade logo depois das 9 horas e ele foi direto para Ottakar, onde comprou um mapa de Ordnance Survey Landranger, o nº 204: *Truro, Falmouth e arredores*. Então, entrou na Smith e comprou uma grande variedade de lápis (2b, 4b e 6b), um bloco de desenho e uma boa borracha. Estava prestes a comprar um apontador quando se lembrou de que a loja de montanhismo ficava apenas algumas ruas adiante. Ele entrou e adquiriu um canivete suíço. Ele podia apontar seus lápis com aquilo e estar preparado para cortar gravetos e remover pedregulhos dos cascos dos cavalos, se houvesse necessidade.

Chegou à estação com 15 minutos de antecedência, apanhou sua passagem e sentou-se na plataforma.

Um hora para King's Cross. Linhas Hammersmith e City para Paddington. Quatro horas e meia para Truro. Vinte minutos para Falmouth. Então um táxi. Supondo que a reserva de assento funcionaria entre Paddington e Truro e que se não se visse obrigado a enfiar a mochila junto do banheiro, poderia tentar ler umas duzentas páginas.

Pouco depois que o trem chegou, lembrou-se de que não tinha trazido seu creme de esteróide.

Não que ele se importasse. Era um tratamento para eczema. Eczema era uma coisa trivial. Ele podia ficar completamente coberto pela tal coisa e não seria um problema.

A frase *coberto pela tal coisa* e a imagem correspondente não eram algo que ele deveria ter permitido que entrasse em seu pensamento.

Olhou para o monitor para ver quanto tempo tinha antes do trem chegar, mas em vez disso um mendigo desfigurado sentado no banco ao lado. A face virada para ele estava completamente coberta de feridas, como se alguém o tivesse atacado com um caco de garrafa recentemente ou como se algum tipo de tumor estivesse comendo um pedaço de sua cabeça.

Ele tentou afastar o olhar. Não conseguiu. Era como uma vertigem. Do mesmo modo como a queda chama a gente.

Pensar em outra coisa.

Abaixou a cabeça e forçou-se a ficar concentrado em cinco massinhas cinza de goma de mascar grudadas no chão perto de seus pés.

"Eu fiz uma viagem de trem e pensei em você." Ele cantou a estrofe baixo, quase sem som. "Eu pensei numa alameda sombreada e pensei em você."

O mendigo desfigurado ficou em pé.

Deus querido do céu, ele está vindo nesta direção.

George conservou a cabeça baixa. "Dois ou três carros estacionados sob as estrelas, uma corrente de vento, a lua brilhando..."

O mendigo passou por George e ziguezagueou devagar pela plataforma.

Estava muito bêbado. O suficiente para ziguezaguear sobre a linha férrea. Bêbado demais para subir de volta para a plataforma. George ergueu a vista. O trem chegaria em um minuto. Ele viu o mendigo emborcando na borda de concreto, ouviu o guincho dos freios, a pancada molhada e viu o corpo sendo erguido dos trilhos, as rodas cortando-o como presunto.

Ele tinha de parar o mendigo. Mas parar o mendigo envolvia tocar no mendigo, e George não queria tocar no mendigo. A ferida. O cheiro.

Não. Ele não tinha de parar o mendigo. Havia outras pessoas na plataforma. Havia empregados da estrada de ferro. O mendigo era da responsabilidade deles.

Se ele fosse para o outro lado da estação, para a outra plataforma, não teria de ver o mendigo morrendo. Mas se fosse para a outra plataforma, poderia perder o trem. Por outro lado, se o mendigo morresse debaixo do trem, o trem se atrasaria. George, então, perderia a conexão para Truro e teria de se sentar junto do banheiro por quatro horas e meia.

O Dr. Barghoutian tinha diagnosticado equivocadamente o apendicite de Katie. Havia dito que era dor de estômago. Três horas mais tarde, eles estavam em meio a uma emergência, e Katie estava numa mesa de operação.

Deus do céu, como George pudera esquecer?

O Dr. Barghoutian era um idiota.

Ele estava passando um creme químico inadequado para um câncer. Um creme de esteróide. Esteróides fazem a pele crescer mais rápido e com mais força. Ele estava passando um creme que fazia a pele crescer mais rápido e com mais força diretamente num tumor.

O tumor no rosto do mendigo. George ia parecer como ele. Por toda parte.

O trem se deteve na estação.

Ele agarrou sua mochila e se lançou na porta aberta do primeiro vagão. Se ao menos conseguisse que a viagem começasse rapidamente, poderia deixar de lado os pensamentos malignos da plataforma.

Jogou-se no assento. Seu coração estava batendo como se tivesse vindo correndo desde casa. Estava encontrando muita dificuldade para se sentar quieto. Havia uma mulher com um casaco cor de malva sentada diante dele. George não estava em condições de se importar com o que ela poderia estar pensando dele.

O trem começou a se movimentar.

Ele olhou pela janela e imaginou-se voando num pequeno avião paralelo ao trem, como fazia quando era garoto, puxando o joystick para passar por cima de cercas e pontes, desviando o avião para a esquerda e para a direta para desviar de barracões e postes telegráficos.

O trem recomeçou mais rápido. Sobre o rio. Sobre a A605.

Ele sentiu-se nauseado.

Estava numa cabine virada de cabeça para baixo de um navio afundando cheio de água. A escuridão era total. A porta agora estava em algum lugar acima dele. Não importava onde. A porta apenas levava a outros lugares nos quais também se morreria.

Ele estava debatendo-se loucamente, tentando manter a cabeça num pirâmide de ar viciado que se encolhia onde as duas paredes encontravam o teto.

Sua boca estava submergindo.

Havia somente água oleosa em sua traquéia.

Ele colocou a cabeça entre as pernas.

Estava quase vomitando.

Sentou-se outra vez.

Seu corpo ficou frio e o sangue foi drenado de sua cabeça.

Colocou a cabeça entre as pernas novamente.

Sentia-se como se estivesse numa sauna.

Endireitou-se no assento e abriu a pequena janela.

A mulher de casaco cor de malva encarou-o.

A ferida o estrangularia numa lentidão diabólica, um prolongamento maligno incrustado alimentando-se de seu próprio corpo.

"Dei uma olhadela na fenda, espiei a trilha, aquela que ia voltando..."

Camas de camping? Caminhadas por Helford? Cerveja junto ao fogo com Brian? O que, em nome de Deus, dera nele? Seria o inferno na terra.

Ele saltou em Huntingdon, tomou o assento mais próximo, sentou-se e refez as palavras cruzadas do *Telegraph* daquela manhã em sua cabeça. Genuflexão. Caneca. Cavalo de bronze...

Estava se esgotando um pouco.

Estava morrendo de câncer. Era um pensamento horrível. Mas se ao menos pudesse estocar isso mais para lá, nos "Pensamentos sobre Morrer de Câncer", ele poderia ficar OK.

Gazela. Avarento. Papaia.

Tinha de pegar o primeiro trem para casa. Conversar com Jean. Tomar uma xícara de chá. Colocar uma música para tocar. Sua própria casa. Seu próprio jardim. Todas as coisas exatamente onde tinham de estar. Sem Brian. Sem mendigos.

Havia um monitor à sua direita. Ele foi andando cautelosamente e movimentou-se para a frente a fim de poder lê-lo.

Plataforma 2. Vinte minutos.

Encaminhou-se para as escadas.

Estaria em casa em uma hora.

31

Jean deixou George, foi para o assento da direção e guiou o carro de volta para a cidade.

Jamais tinha passado quatro dias sozinha em sua vida inteira. Ontem, estava aguardando ansiosamente por isso. Mas agora que estava acontecendo, sentia-se amedrontada.

Ela se viu calculando o número preciso de horas em que ela estaria sozinha entre trabalhar em Ottakar e ir para St. John's.

No domingo, passaria a tarde com David. Mas de repente a tarde de domingo pareceu distante demais.

Foi a esta altura que estacionou em frente de casa, olhou e viu David em pessoa, em pé na entrada de carros, conversando com a Sra. Walter, sua vizinha de porta.

O que, em nome de Deus, estaria ele fazendo aqui? A senhora Walker reparou quando eles começaram a encomendar suco de laranja do leiteiro. Deus sabe o que a mulher estava pensando agora.

Ela saiu do carro.

— Ah, Jean. Estou com sorte, apesar de tudo. — David riu para ela. — Não sabia se pegaria George em casa. Esqueci meus óculos de leitura naquela noite em que vim jantar.

Óculos de leitura? Deus, o homem podia mentir jurando pela Inglaterra. Jean ficou sem saber se era para ficar impressionada ou aterrorizada. Olhou para a Sra. Walker. Pelo menos a mulher parecia encantada.

— Eu e o Sr. Symmonds estávamos conversando — disse ela. — Ele me contou que George fez um ótimo risoto. Achei que ele estava caçoando.

— É estranho, mas é verdade — disse Jean. — George cozinha. Exatamente a cada cinco anos. — Ela se virou para David. — Ele ficará desapontado. Acabei de deixá-lo na cidade. Foi visitar o irmão. Em Cornwall.

— É uma pena — disse David.

Ele parecia tão relaxado que Jean começou a se perguntar se ele realmente tinha esquecido os óculos de leitura.

— Bem, acho que é melhor você entrar.

Ele virou-se para a Sra. Walker.

— Prazer em conhecê-la.

— Igualmente.

Entraram.

— Lamento — disse David. — Cheguei um pouco cedo.

— Cedo?

— Achei que você já estaria de volta da estação. Dar de cara com sua vizinha não era parte do plano. — Ele tirou o casaco e pendurou-o na cadeira.

— O plano? David, esta é a nossa casa. Você não pode aparecer por aqui quando sente vontade.

— Ouça — Ele pegou a mão dela e levou-a para a mesa da cozinha. — Tenho uma coisa para conversar com você. — Ele fez com que ela se sentasse, pegou seus óculos de leitura do casaco e colocou-os na mesa. — Para acenar com eles para sua vizinha quando eu sair.

— Você já usou essa desculpa antes.

— Esta? — Ele não riu. — É uma coisa que eu nunca tinha feito.

Ela de repente se sentiu muito pouco à vontade. Estava querendo fazer chá, lavar, qualquer coisa. Mas ele tinha pegado sua mão direita e colocado sua outra mão sobre a dela, como se estivesse segurando um animal pequeno e não quisesse deixá-lo escapar.

— Preciso dizer uma coisa. E preciso dizer isso frente a frente. E preciso dizer isso com tempo de você pensar a respeito depois. — Ele parou. — Sou um homem velho...

— Você não é velho.

— Por favor, Jean. Venho treinando isso há várias semanas. Apenas me deixe prosseguir sem achar que estou maluco.

Ela nunca o havia visto tão nervoso antes.

— Desculpe.

— Quando se chega à minha idade, não se tem segundas chances. Tá, talvez você consiga segundas chances. Talvez esta seja a minha segunda chance. Mas... — Ele olhou para as mãos dela. — Eu amo você. Quero viver com você. Você me faz muito feliz. Sei que é egoísmo. Mas eu quero mais. Quero ir para a cama com você à noite e quero acordar com você de manhã. Por favor, me deixe terminar. Isso é fácil para mim. Eu vivo sozinho. Não tenho de levar outras pessoas em consideração. Posso fazer o que eu quiser. Mas é diferente para você. Eu sei. Eu respeito George. Eu gosto de George. Mas já ouvi você falar sobre ele e já vi vocês dois juntos e... Você provavelmente vai dizer não. E se você disser isso, vou entender. Mas se eu nunca perguntar, vou lamentar pelo resto da minha vida.

Ela estava tremendo.

— Por favor. Pense sobre isso. Se você disser sim, faço qualquer coisa que esteja ao alcance para cuidar disso sem dor e tornar tudo o mais fácil possível para você... Mas se for impossível, vou fingir que essa conversa nunca aconteceu. A última coisa que eu quero fazer é amedrontar você. — Ele olhou para cima e encontrou os olhos dela de novo. — Diga-me se eu estraguei tudo.

Ela colocou a mão em cima da dele, assim suas quatro mãos fizeram uma pequena pilha na mesa.

— Você sabe...

— O quê? — Ele parecia realmente preocupado.

— É a coisa mais gentil que alguém já me disse.

Ele suspirou.

— Você não tem de me dar uma resposta agora.

— Não vou dar.

— Apenas pense sobre isso.

— Vou ter problemas para pensar em qualquer outra coisa. — Ela riu um pouco. — Você está sorrindo. Você não sorriu desde que entrou por aquela porta.

— Alívio. — Ele apertou a mão dela.

Ela empurrou a cadeira para trás, deu a volta na mesa, sentou-se em seu colo e beijou-o.

32

Katie e Graham não conversaram sobre Ray. Não conversaram nem mesmo sobre o casamento. Eles conversaram sobre *Bridget Jones*, sobre o petroleiro ancorado perto de Westway que apareceu no noticiário da TV daquela manhã e sobre o cabelo realmente bizarro da mulher na outra ponta da cafeteria.

Era exatamente o que Katie precisava. Era como colocar um macacão velho. Confortável no corpo. Um cheiro familiar.

Ela tinha acabado de pedir à garçonete a conta, no entanto, quando viu Ray entrando no café e vindo na direção deles. Por meio segundo ela se perguntou se tinha acontecido algum tipo de emergência. Então, viu o olhar no rosto dele e ficou lívida.

Ray parou junto da mesa e olhou para Graham.

— O que houve? — perguntou Katie.

Ray não disse nada.

Calmamente Graham colocou sete libras em moedas no pequeno prato de aço inoxidável e enfiou os braços no casaco.

— É melhor eu ir. — Ele levantou-se. — Obrigada pelo papo.

— Sinto muito por isso. — Ela se virou para Ray: — Pelo amor de Deus, Ray. Cresça.

Por um terrível momento, ela achou que Ray ia bater em Graham. Mas ele não fez isso. Apenas observou enquanto Graham caminhava calmamente para a porta.

— Bem, foi encantador, Ray. Simplesmente encantador. Quantos anos você tem?

Ray olhou para ela.

— Você vai dizer alguma coisa ou vai apenas ficar aqui em pé com esse olhar idiota no rosto?

Ray deu-lhe as costas e saiu do café.

O garçom voltou para recolher o pequeno prato de aço inoxidável e Ray apareceu na calçada pela vidraça. Ele ergueu uma lata de lixo acima da cabeça, rugiu como um vadio enlouquecido e depois a arremessou na calçada.

33

Quando George chegou em casa, estava se sentindo bem mais calmo.

O carro estava estacionado do lado de fora. Conseqüentemente, ele ficou surpreso e um pouco desapontado por encontrar a casa vazia. Por outro lado, estar em seu próprio vestíbulo era reconfortante. O bloco de notas em forma de leitão na mesa de telefone. O tênue cheiro de torrada. Aquela coisa de pinho que Jean costumava usar nos tapetes. Ele tirou a mochila e dirigiu-se para a cozinha.

Estava pegando a chaleira quando notou que uma das cadeiras estava caída no chão. Curvou-se e colocou-a de volta no lugar.

Viu-se pensando, por um instante, em navios-fantasmas, como todas as coisas estariam precisamente quando um desastre ocorresse, refeições pela metade, anotações não-terminadas em diários.

Então se deteve. Era apenas uma cadeira. Ele encheu a chaleira, tampou-a, apoiou as mãos na superfície de fórmica, exalou vagarosamente e deixou os loucos pensamentos escapulirem.

E foi então que escutou aquele barulho, de algum lugar acima de sua cabeça, como alguém mexendo em móveis pesados. A princípio, achou que fosse Jean. Mas era um som que nunca tinha escutado na casa antes, uma batida rítmica, quase mecânica.

Ele esteve muito próximo de gritar. Então, decidiu que não. Queria saber o que estava acontecendo antes de anunciar sua presença. Podia precisar do elemento surpresa.

Atravessou o vestíbulo e começou a subir as escadas. Quando chegou ao andar de cima, percebeu que o barulho estava vindo de um dos quartos.

Desceu o corredor um pouco. A porta do antigo quarto de Katie estava fechada, mas a porta dele e de Jean estava levemente entreaberta. Era de onde o barulho estava vindo.

Olhando ao redor, ele viu os quatro grandes ovos de mármore na cesta de frutas sobre a arca. Pegou o preto e ajeitou-o na mão.

Não era muito uma arma, mas era extremamente pesado, e ele se sentiu mais seguro com aquilo na mão. Revirou-o algumas vezes, deixando-o cair pesadamente na palma da mão.

Era muito possível que estivesse prestes a encarar um viciado em drogas revistando suas gavetas. Deveria estar amedrontado, mas as atividades matinais pareciam ter esvaziado aquele tanque específico.

Parou junto à porta e tocou-a levemente para abri-la.

Duas pessoas estavam tendo relações sexuais na cama.

Ele nunca tinha visto duas pessoas tendo relações sexuais antes, não na vida real. Não parecia atraente. Seu primeiro impulso foi recuar rapidamente para evitar o embaraço. Então lembrou que aquele era o seu quarto. E a sua cama.

Estava a ponto de perguntar aos dois, em voz alta, que diabo de brincadeira era aquela, quando reparou que eram pessoas velhas. Então, a mulher fez o barulho que ele ouvira lá embaixo. E não era apenas uma mulher. Era Jean.

O homem estava estuprando-a.

Ele levantou o punho com o ovo de mármore e avançou novamente, mas ela disse "isso, isso, isso, isso", e ele então pôde ver que o homem nu entre suas pernas era David Symmonds.

Sem avisar, a casa inclinou-se para um lado. Ele recuou alguns passos e apoiou as mãos no vão da porta para evitar tombar.

O tempo passou. Precisamente quanto tempo passou era difícil de dizer. Alguma coisa entre cinco segundos e dois minutos.

Ele não se sentia nada bem.

Puxou a porta para sua posição original e firmou-se no corrimão. Silenciosamente, recolocou o ovo de mármore na cesta e esperou que a casa voltasse ao ângulo normal, como um grande navio apanhado numa onda enorme.

Quando isso aconteceu, ele desceu as escadas, pegou a mochila, caminhou para a porta da frente e fechou-a às suas costas.

Havia um som em sua cabeça como o som que ele talvez ouvisse se estivesse deitado numa ferrovia e um trem expresso estivesse passando sobre ele.

Começou a andar. Andar era bom. Andar clareava as idéias.

Um carro azul passou por ele.

Desta vez, era a calçada que estava se inclinando para um lado. Ele se deteve, abaixou-se e vomitou ao pé do poste de iluminação.

Mantendo a posição para evitar sujar as calças, pegou um antigo lenço de papel no bolso e limpou a boca. Por alguma razão parecia errado jogar fora o papel na rua, e ele estava quase botando-o de volta no bolso quando o peso da mochila mudou inesperadamente, ele esticou a mão para se agarrar no poste de iluminação, errou o alvo e caiu sobre uma cerca viva.

Ele estava comprando uma torta de cottage e uma salada de frutas no Knutsford South Services, na M6, quando foi perturbado pelo som de um cão latindo, e abriu os olhos e se viu observando uma grande área de céu nublado por entre folhas e galhos.

Ele fitou o céu nublado por um momento.

Sentiu um forte cheiro de vômito.

Aos poucos, ficou claro que estava deitado sobre a cerca viva. Havia uma mochila nas suas costas. Ele lembrou-se agora. Havia vomitado na rua e sua esposa estava tendo relações sexuais com outro homem a alguns metros de distância.

Ele não queria ser visto caído sobre a cerca.

Levou alguns segundos para lembrar-se precisamente de como se comandava um dos membros. Quando conseguiu, tirou um galho do cabelo, enfiou os braços na mochila e seguiu adiante.

Uma mulher estava em pé do outro lado da rua observando-o com algum interesse, como se ele fosse um animal de um safári num parque. Ele contou até cinco, deu um profundo suspiro e botou a mochila nos ombros.

Arriscou um passo.
E deu outro, menos hesitante agora.
Ele conseguiria andar.
Assim, encaminhou-se para a estrada principal.

34

Katie se desculparia na segunda-feira.

Ela estava em pé no meio da sala de aula com Jacob balançando-se em seu cachecol, enquanto Ellen tentava falar com ela sobre o Dia da Consciência Mundial, na semana seguinte. Mas havia tanta merda relacionada a Ray na cabeça de Katie, que ela não estava conseguindo conversar sobre mais nada. E a imagem que vinha à sua mente era aquela do filme de zumbis, a cabeça de Ellen sendo arrancada com uma tábua e o sangue jorrando de seu pescoço cortado.

Quando pegaram o ônibus, ela tentou tirar Ray da cabeça perguntando a Jacob o que ele andava fazendo na creche. Mas ele estava cansado demais para conversar. Enfiou um polegar na boca e deslizou uma das mãos por dentro do casaco para acariciar a lã felpuda.

O motorista do ônibus estava tentando quebrar algum tipo de recorde de velocidade. Estava chovendo e ela podia sentir o cheiro do suor da mulher à sua direita.

Ela queria quebrar alguma coisa. Ou ferir alguém.

Colocou o braço em torno de Jacob e tentou absorver um pouco da tranqüilidade dele.

Deus, se fosse para passar por toda aquela merda, ela podia ter levado Graham para o hotel mais próximo e ter trepado até apagar as luzes do cérebro dele.

O ônibus parou. Violentamente.

Eles saltaram. Foi quando Katie disse ao motorista que ele era um babaca. Infelizmente, Jacob estava catando um pedaço interessante de barro no momento, assim Katie tropeçou nele, o que, por alguma razão, diminuiu o efeito da cena.

Quando abriram a porta da frente, Ray já estava lá. Ela adivinhou. As luzes do corredor estavam apagadas, mas havia alguma coisa soturna e quebrada no ar, como se tivessem entrando numa caverna no fundo da qual havia um ogro mastigando uma tíbia.

Entraram na cozinha. Ray estava sentado à mesa.

Jacob disse:

— Nós voltamos de ônibus. Mamãe disse uma palavra feia. Para o motorista.

Ray não disse nada.

Ela abaixou-se e falou com Jacob:

— Você vai lá para cima e brinca um pouco, tá bom? Eu e Ray precisamos conversar.

— Eu quero brincar aqui agora.

— Você pode descer e brincar aqui mais tarde — disse Katie. — Por que você não pega seu caminhão Playmobil? — Ela precisava que ele aceitasse cooperar nos próximos cinco segundos ou uma gaxeta ia explodir.

— Não quero — disse Jacob. — É chato.

— Estou falando sério. Você vai subir agora. Eu logo vou ficar com você. Deixe-me tirar seu casaco.

— Quero meu casaco. Quero a bebida do monstro.

— Pelo amor de Deus, Jacob — gritou Katie. — Suba. Agora.

Por um momento, ela achou que Ray ia executar sua famosa rotina diplomática e persuadir Jacob a subir as escadas usando o poder da mente, e ela ia ficar apoplética diante da pura hipocrisia cruel disso tudo. Mas Jacob simplesmente sapateou e disse:

— Eu odeio você — e fugiu com o capuz do casaco puxado sobre a cabeça, parecendo um gnomo muito furioso.

Ela virou-se para Ray:

— Nós estávamos tomando um café juntos. Ele é o pai do meu filho. Eu queria conversar. E se você acha que eu vou me casar com alguém que me trata da forma que você me tratou hoje, então é melhor você desistir.

Ray olhou para ela sem dizer uma palavra. Então, se pôs de pé, caminhou soturnamente até o vestíbulo, pegou seu casaco e bateu a porta da frente às suas costas.

Meu Deus.

Ela foi para a cozinha, agarrou-se na extremidade da pia e pressionou-a com toda força por cinco minutos, para não assustar Jacob gritando nem quebrando alguma coisa.

A seguir, tomou um gole de leite da geladeira e subiu as escadas. Jacob estava sentado numa beirada da cama, ainda com o casaco de capuz, muito tenso, do jeito que ficava depois das discussões dos pais, esperando por um táxi para o orfanato.

Ela sentou-se na cama e puxou-o para o seu colo.

— Desculpe, fiquei com raiva. — Ela ficou enternecida quando os pequenos braços do menino a enlaçaram. — Você às vezes fica com raiva, não fica?

— Fico — disse ele. — Fico com raiva de você.

— Mas eu ainda amo você.

— Eu amo você também, mamãe.

Ficaram abraçados por alguns segundos.

— Onde papai Ray foi? — perguntou Jacob.

— Saiu. Ele não gosta muito de discussões.

— Nem eu.

— Eu sei — disse Katie.

Ela tirou o capuz da cabeça dele, removeu alguns resíduos de caspa de seu cabelo e depois o beijou.

— Eu amo você, pequeno esquilo. Amo você mais do que qualquer coisa neste imenso mundo.

Ele procurou desvencilhar-se.

— Quero brincar com meu caminhão.

35

George pegou um ônibus para a cidade e registrou-se no Hotel Catedral.

Jamais gostara de hotéis caros. Devido à gorjeta, principalmente. A quem dar gorjeta, em que ocasiões e quanto? As pessoas ricas ou faziam isso instintivamente ou pouco se importavam se ofendiam as pessoas em situação inferior. Pessoas comuns como George agiam errado e, sem dúvida, terminavam com cuspe em seus ovos mexidos.

Desta vez, entretanto, ele não sentiu nada daquela ansiedade costumeira. Estava chocado. Haveria aborrecimentos mais tarde. Não tinha dúvida sobre isso. Mas, no momento, era bastante cômodo ficar chocado.

— Seu cartão de crédito, senhor.

George pegou seu cartão de volta e botou-o na carteira.

— E sua chave do quarto. — O recepcionista voltou-se para um camareiro que rondava por ali. — John, você pode mostrar o quarto ao Sr. Hall?

— Eu mesmo posso encontrá-lo — disse George.

— Terceiro andar. Vire à esquerda.

No quarto, esvaziou sua mochila na cama. Pendurou as camisas, os suéteres e as calças no guarda-roupa e dobrou suas roupas de baixo na gaveta de cima. Tirou da mochila as coisas pequenas e arrumou-as cuidadosamente na mesa.

Acalmou-se, lavou as mãos, mergulhou-as numa toalha gostosamente felpuda, então a pendurou de volta no gancho.

Estava se saindo muito bem, considerando as circunstâncias.

Tirou o invólucro higiênico do copo de plástico e encheu-o com uísque de uma pequena garrafa do minibar. Pegou um saquinho de amendoins e consumiu-os, ambos, na janela, em pé, lançando os olhos por sobre o cenário algo confuso de telhados acinzentados.

Não podia ser mais simples. Uns poucos dias num hotel. Então, ele arrumaria algum lugar para alugar. Um apartamento na cidade, talvez, ou uma pequena propriedade num vilarejo próximo.

Ele terminou o uísque e colocou mais seis amendoins na boca.

Depois disso, podia viver sua própria vida. Ele seria capaz de decidir o que fazer, a quem ver, como passar o seu tempo.

Encarando tudo objetivamente, podia ser algo positivo.

Ele fechou a parte de cima do saco de amendoins e deixou-o na mesa, depois lavou o copo, secou-o com um dos lenços de papel que ainda tinha e recolocou-o junto da pia.

Dezoito para uma.

Um almoço rápido e depois um passeio.

36

Quando David saiu, Jean foi para a cozinha usando seu roupão.

Todas as coisas brilhavam um pouco. As flores do papel de parede. As nuvens amontoadas no céu no fundo do jardim como neve movida pelo vento.

Ela fez café e um sanduíche de presunto e tomou dois analgésicos para seu joelho.

E o brilho começou a diminuir um pouco.

Lá em cima, com David mantedo-a em seus braços, parecia possível. Abandonar tudo. Começar uma nova vida. Mas agora que ele tinha ido embora, isso parecia ridículo. Uma idéia enlouquecida. Algo que as pessoas só faziam na televisão.

Ela olhou para o relógio da parede. Olhou para as contas na prateleira da torradeira e para o prato de queijo com desenhos de hera.

De repente, viu toda a sua vida exposta, como fotos num álbum. Ela e George em pé do lado de fora da igreja em Daventry, o vento soprando as folhas das árvores como confetes cor de laranja, a celebração verdadeira começando apenas quando eles saíram das casas de suas famílias na manhã seguinte e se dirigiram para Devon no Austin verde-garrafa de George.

Enfiada no hospital por um mês depois que Katie nasceu. George vindo vê-la todos os dias, com peixe e batatas fritas. Jamie em seu triciclo vermelho. A casa em Clarendon Lane. Gelo nas janelas no primeiro inverno e flanelas congeladas que você tinha de quebrar. Tudo isso parecia tão sólido, tão normal, tão bom.

Você olha a vida de alguém dessa forma e nunca percebe o que poderia estar faltando.

Ela lavou o prato do sanduíche e colocou-o na pilha da prateleira. A casa de repente parecia um tanto largada. O descascado na base das torneiras. As rachaduras do sabão. O cacto triste.

Talvez ela quisesse demais. Talvez todo mundo quisesse demais ultimamente. Uma máquina de lavar. Um modelo de biquíni. As sensações que tinha quando estava com 21 anos.

Ela foi para o andar de cima e, no que trocava de roupa, pôde se sentir deslizando de novo para dentro de seu eu de sempre.

Eu quero ir para a cama com você à noite e quero acordar com você de manhã.

David não entendia. Você podia dizer que não. Mas não se podia ter aquele tipo de conversa e fingir que nada tinha acontecido.

Ela sentiu falta de George.

37

George leu o livro de Peter Ackroyd num longo almoço numa pizzaria cheia e ligeiramente inferior à média em Westgate.

Sempre havia achado os comensais solitários tristes. Mas agora que ele era um comensal solitário, na verdade se sentia superior. Devido ao livro, principalmente. Aprendendo alguma coisa enquanto todo mundo estava desperdiçando tempo. Era como trabalhar à noite.

Depois do almoço, foi dar uma volta. O centro da cidade não era o melhor lugar para passear e parecia um pouco absurdo chamar um táxi e saltar de repente no meio de lugar nenhum, de modo que começou a caminhar rumo oeste em direção ao anel rodoviário.

Teria de pegar seu carro em algum momento. À noite, talvez, para diminuir a chance de esbarrar com Jean. Mas era o seu carro? A última coisa que queria era uma discussão inconveniente. Ou pior, ser acusado de roubo. Talvez, no final das contas, fosse melhor comprar um carro novo.

Estava andando na direção errada. Devia caminhar para o leste. Mas caminhar para o leste o teria levado em direção a Jean. E não queria ser levado em direção a Jean, não importava o quanto fosse pitoresca a vizinhança próxima a ela.

Atravessou o anel rodoviário, contornou as propriedades industriais e viu-se andando com passadas largas, finalmente, entre os campos verdes.

Por um momento, sentiu-se revigorado pelo ar frio e o céu aberto, e parecia que ele estava obtendo todos os benefícios de uma boa caminhada por Helford, mas sem a companhia de Brian e sem as seis horas de trem.

Então uma fábrica antiga apareceu à esquerda. Chaminés enferrujadas. Tubulações. Depósitos alimentadores sujos. Não era nada bonito. Como também não era bonita aquela geladeira quebrada largada no acostamento adiante.

O cinzento do céu e a implacável monotonia dos arredores começaram a pesar sobre ele.

Ele queria estar trabalhando no estúdio.

Percebeu que não poderia mais trabalhar no estúdio.

Teria de se envolver em algum outro projeto. Um pequeno projeto. Um projeto mais barato. Pensamentos importunos invadiram sua mente e tiveram de ser rapidamente afugentados.

Xadrez. Andar. Nadar. Trabalhar para a caridade.

Ele ainda podia desenhar, é claro. E desenhar era uma coisa que se podia fazer em qualquer lugar e com pouca despesa.

Ocorreu-lhe que Jean poderia querer deixar a casa. Para viver em algum outro lugar. Com David. Neste caso, ele ainda poderia voltar a trabalhar na construção do estúdio.

E foi este pensamento alegre que o fez voltar e começar a caminhar energicamente de volta para a cidade.

Quando alcançou o Centro, estava começando a escurecer. Mas não parecia tarde o suficiente para retornar ao hotel e jantar no restaurante. Por sorte, estava passando por um cinema e deu-se conta de que não assistia a um filme numa tela grande havia alguns anos.

Dia de treino parecia ser um thriller policial comum. *Pequenos espiões* era, obviamente, para expectadores jovens, e *Uma mente brilhante*, ele se lembrou, era sobre alguém que enlouquecia e, portanto, era melhor evitá-lo.

Comprou um ingresso para *O senhor dos anéis: a sociedade do anel*. As críticas tinham sido favoráveis, e ele se lembrou de que gostara do livro em alguma época do seu passado distante e enevoado. Seu ingresso foi perfurado e ele se viu num assento no meio da sala.

Uma adolescente sentada com um grupo de outras adolescentes na fileira da frente virou-se para ver quem estava sentado atrás delas. George olhou em volta e percebeu que era um solitário homem mais velho sentado num cinema cheio de gente jovem. Não era a mesma coisa que ficar perambulando perto de um playground, mas isso o fez se sentir desconfortável.

Ele se levantou, refez seu caminho por entre as cadeiras e encontrou um lugar no meio da fila da frente, onde a tela ficaria maior e mais nítida e ninguém poderia acusá-lo de alguma coisa inconveniente.

O filme era muito bom.

Quarenta minutos depois, contudo, a câmera demorou-se no rosto de Christopher Lee, que estava interpretando o diabólico Saruman, e George notou uma pequena área escura em sua bochecha. Isso poderia não tê-lo levado a pensar coisa alguma, mas lembrou-se de ter lido um artigo de jornal sobre o fato de Christopher Lee ter morrido recentemente. Do que ele havia morrido? George não conseguia se lembrar. Era improvável que tivesse sido câncer de pele. Mas podia ter sido. E se tivesse sido câncer de pele, então ele estava assistindo à lenta morte de Christopher Lee diante de seus olhos.

Ou talvez fosse em Anthony Quinn que ele estivesse pensando.

Quebrou a cabeça tentando se lembrar dos obituários que ele tinha lido nos últimos meses. Auberon Waugh, Donald Bradman, Dame Ninette de Valois, Robert Ludlum, Harry Secombe, Perry Como... Podia vê-los enfileirados como os soldados de infantaria no filme, aqueles que sempre eram sacrificados facilmente em uma dessas grandes guerras contra forças elementares completamente fora do seu controle, todos sendo irremediavelmente empurrados em direção à borda de um altíssimo precipício num cruel jogo cósmico, fichas de pouco valor sendo despejadas, onda após onda desaparecendo por sobre a extremidade e um grito da queda no abismo.

Quando olhou para a tela de novo, viu-se observando um close depois do outro dos rostos magnificamente grotescos, em todos se destacando algo peculiar crescendo ou uma região de pigmentação anormal, todos com um melanoma em curso.

Ele não estava se sentindo bem.

Então os orcs reapareceram, e agora ele pôde vê-los como eram — criaturas subumanas de cujas cabeças a pele tinha sido puxada para trás, de modo que não tinham mais lábios nem narinas, seus rostos inteiramente em carne viva. E se era porque a aparência deles sugeria ser o efeito de alguma doença maligna da pele, ou se era porque não tendo pele eles eram imunes ao câncer de pele, ou se essa característica os tinha tornado antinaturalmente propensos a isso e, como crianças albinas do Saara, estavam morrendo de câncer desde o momento em que haviam entrado no mundo, ele não sabia, mas era mais do que conseguia engolir.

Não se importando muito com que os outros membros da sala pensassem dele, ficou em pé e caminhou em ziguezague pela ala central até a porta, abrindo-a para uma luz chocante e um hall de espera vazio, cambaleou pelas grandes portas giratórias e viu-se na relativa escuridão da rua.

38

Jean estava se acomodando com uma taça de vinho para ver as notícias da noite quando Brian ligou para dizer que George não tinha chegado. Concluíram que provavelmente ele estava sentado numa estação perto de Exeter xingando os trens Virgin. Jean desligou o telefone e esqueceu a conversa.

Ela desencavou um hambúrguer de peru da geladeira, colocou a chaleira para ferver e começou a descascar cenouras.

Comeu seu jantar assistindo a alguma bobagem romântica estrelada por Tom Hanks. Os créditos estavam aparecendo quando Brian ligou novamente para dizer que George ainda não tinha chegado. Disse que ligaria de novo em uma hora se ele não aparecesse.

De repente a casa pareceu realmente vazia demais.

Ela abriu outra garrafa de vinho e bebeu uma taça um pouco depressa demais.

Estava sendo idiota. Acidentes não aconteciam com pessoas como George. E se acontecessem (como quando aquele pedaço de vidro se enfiou em seu olho, em Norwich), ele ligaria para casa imediatamente. Se fosse parar num hospital, havia uma folha de papel no bolso do seu casaco com o número do telefone de Brian, o endereço da cabana e muito provavelmente um mapa desenhado à mão.

Por que ela ainda estava pensando em tais coisas? Passara anos demais preocupada com filhos adolescentes indo a festas e usando drogas. Anos demais também se lembrando de aniversários e tirando da tomada aparelhos aquecidos de encaracolar cabelos deixados nos tapetes dos quartos.

Encheu outra taça de vinho e tentou voltar a ver televisão, mas não conseguia mais ficar parada. Lavou a louça. Depois esvaziou a geladeira. Limpou a sujeira de um pequeno reservatório na parte de trás, lavou as prateleiras com água quente e sabão, esfregou as laterais e secou-as com um pano de prato.

Amarrou a parte de cima do saco de lixo e levou-o para o jardim. Em pé ao lado da lata de lixo, escutou o *vap-vap-vap* de um helicóptero da polícia. Olhou para cima e viu a silhueta preta no topo de um cone comprido de um raio de luz no céu laranja sujo acima do centro da cidade. Não pôde evitar a estúpida idéia de que estavam procurando George.

Entrou, trancou a porta e deu-se conta de que se não tivesse notícias na próxima hora, teria de chamar a polícia.

39

Jamie passou os dias que se seguiram como um zumbi e perdeu uma mansão no Park Dartmouth para John D. Wood por estar tendo sonhos acordado de autopiedade sobre Tony em vez de sugar os proprietários idosos.

No terceiro dia, fez de si mesmo motivo de piada no escritório executando um preguiçoso *copy & paste* e anunciando um pequeno apartamento de terceiro andar com uma piscina no *PrimeiraLocação*.

A essa altura, resolveu aplicar em si mesmo um tratamento de choque. Encontrou um CD do Clash no porta-luvas do carro, colocou-o bem alto e fez uma lista mental de todas as coisas sobre Tony que o irritavam (fumar na cama, falta de habilidades culinárias, nenhuma vergonha em peidar, a mania de batucar com colheres, a capacidade de conversar por meia hora sobre as complexidades de instalar uma janela de marca Velux...).

Já em casa, ele, com todos os rituais, quebrou o CD ao meio e atirou-o na lata de lixo.

Se Tony quisesse voltar, o primeiro movimento teria de partir dele. Jamie não ia rastejar. Ia ficar solteiro. E ia se divertir.

40

A atmosfera no centro da cidade estava ficando perceptivelmente mais tumultuada com os jovens começando a se encontrar para uma noite de muita bebida. Então George retornou pela Bridge Street até o rio, desejando um pouco de paz e tranqüilidade e uma explicação para a revoada do helicóptero.

Quando alcançou a lateral do cais, percebeu que o que quer que estivesse acontecendo era mais sério e mais interessante do que havia imaginado. Uma ambulância estava estacionada na estrada e o carro da polícia estava atrás, sua luz azul revolvendo o ar frio.

Normalmente, teria se afastado para não parecer um desses curiosos sádicos. Mas hoje não era um dia normal.

O helicóptero estava tão baixo que ele podia sentir o barulho como uma vibração em sua cabeça e seus ombros. Ficou em pé junto da cerca baixa de correntes perto de um restaurante chinês, esquentando as mãos nos bolsos da calça. Um raio de luz da base do helicóptero estava se movimentando em ziguezague sobre a superfície da água.

Alguém tinha caído no rio.

Uma rajada de vento trouxe um breve estalido de um transmissor-receptor portátil em sua direção, depois sumiu novamente.

De um modo todo macabro, era maravilhoso. Era como um filme. Do jeito que a vida raramente era. O pequeno amarelo oblongo da janela da ambulância, as nuvens deslizando, a água picada sob o ar agitado pelo helicóptero, tudo mais brilhante e mais intenso do que o usual.

Mais distante, embaixo do rio, dois paramédicos de jaquetas amarelas fluorescentes percorriam, metodicamente, o caminho, jogando fachos de luz na água e cutucando objetos submersos com uma vara comprida. Procurando por um corpo, provavelmente.

Ouviu-se uma sirene, que foi imediatamente desligada. Uma porta de carro bateu.

Ele baixou a vista para a água à sua frente.

Na verdade, nunca havia olhado para o rio de tão perto antes. Não à noite. Nem quando estava em cheia. Sempre tinha presumido que não teria problemas se caísse na água. Era um nadador razoável. Quarenta voltas toda manhã em qualquer hotel que ficassem e que tivesse uma piscina. E quando o *Fireball*, de John Zinewski, soçobrou, tinha ficado alarmado por poucos instantes, mas nunca lhe ocorreu que poderia se afogar.

Mas isso era diferente. Nem sequer parecia água. Movia-se ligeiro demais, enroscando-se, fazendo redemoinhos e revirando-se sobre si mesma como um grande animal. Acima do rio, na ponte, empilhava-se em frente dos espeques como lava negociando uma pedra. Acima dos espeques desaparecia num ralo fundo e escuro.

De repente ele conseguia perceber o quanto a água era realmente pesada quando se movia em massa, como piche ou melado. Poderia sugar você ou triturá-lo contra uma parede de concreto, e não haveria nada que pudesse ser feito para evitá-lo, mesmo que você fosse um bom nadador.

Alguém tinha caído no rio. Ele subitamente percebeu o que isso significava.

Imaginou o primeiro choque do frio violento, então a luta desesperada para agarrar-se com uma das mãos à margem, as pedras escorregadias de musgo, as unhas se quebrando, as roupas ficando rapidamente encharcadas.

Mas talvez fosse isso que quisessem. Talvez tivessem se atirado de propósito. Talvez não tivessem feito nenhuma tentativa para sair da água, e a única luta tivesse sido se deixar arrastar para o silêncio faminto de luz e vida.

Ele imaginou-os tentando nadar no escuro. Lembrou-se da cena de afogamento em *Como morremos*. Viu-os tentando respirar água, a traquéia fechando-se em espasmos para proteger o tecido macio dos pulmões. Com a traquéia fechada, eles se tornavam incapazes de respirar. E quanto mais tempo passassem sem respirar, mais fracos ficariam. Começariam a engolir água e ar. A água e o ar se agitariam numa espuma, e o horrível processo levaria um momento sem fim. A espuma os faria engasgar (esses detalhes haviam se fixado de forma bastante viva em sua memória). Eles vomitariam. O vômito lhes encheria a boca, e neste engasgo terminal, quando a falta de oxigênio na corrente sanguínea finalmente relaxasse o espasmo da traquéia, não teriam opção senão engolir água, ar, espuma, vômito, tudo junto.

Ele tinha parado na margem do rio uns cinco minutos atrás. Tinha visto o helicóptero havia dez minutos. Deus sabe quanto tempo levara para o alarme ser dado ou para o helicóptero chegar. Quem quer que fossem, certamente estariam quase mortos agora.

Sentiu o mesmo horror que havia sentido no trem, mas dessa vez não foi dominado pela sensação de pavor. Na realidade, foi algo compensado por uma espécie de alívio. Ele podia se imaginar fazendo isso. O drama. Do mesmo modo que alguém podia se imaginar morrendo em paz se apenas o trecho certo da música estivesse tocando. Como aquele adágio de Barber que sempre parecia tocar no Clássico FM quando estava de carro.

Parecia tão violento, suicídio. Mas aqui, agora, próximo, parecia diferente, mais uma forma de fazer violência ao corpo que mantinha você algemado a uma vida intolerável. Cortar isso, soltar e libertar.

Ele olhou para baixo novamente. Dezoito metros acima, seus dedos na água pesavam e escorregavam, agora azuis, agora pretos na luz refletida do carro de polícia.

41

Jean ligou para Jamie e não teve nenhuma resposta. Ligou para Katie, mas Katie obviamente estava ocupada, e Jean não queria escutar que estava sendo paranóica, de modo que desligou antes que tivessem uma discussão.

Ligou para o hospital. Ligou para a Virgin. Ligou para a Wessex Trains e a GNER. Ligou para a polícia e disseram para ligar novamente pela manhã se ele ainda estivesse desaparecido.

Ela tinha provocado isso. Por pensar em deixá-lo.

Tentou dormir, mas cada vez que começava a mergulhar no sono, imaginava uma batida à porta e um jovem policial em pé no degrau encarando-a sombriamente, e sentiu-se mal, atordoada e amedrontada, como se alguém estivesse a ponto de cortar um de seus membros.

Finalmente, pegou no sono às 5 horas da manhã.

42

George não estava com disposição para sentar-se num restaurante. Então, parou num quiosque e comprou um sanduíche ordinário, uma laranja e uma banana meio amassada.

Voltou para o quarto no hotel, fez um café instantâneo e jantou. Tendo feito isso, percebeu que não tinha nada para fazer e que era apenas uma questão de tempo para que sua mente perdesse a âncora e começasse a flutuar à deriva.

Abriu o minibar e estava quase tirando uma lata de cerveja quando parou. Se acordasse de madrugada e tivesse de afastar as forças da escuridão, ia precisar de sua lucidez. Trocou a cerveja por uma barra de chocolate e procurou o canal do Eurosport na televisão.

Cinco jovens apareceram numa região montanhosa, usando capacetes e mochilas nas obrigatórias cores cintilantes agora usadas pelos jovens nos grandes anúncios.

George estava tentando entender como aumentar o volume com o controle remoto quando um dos jovens inesperadamente se virou, correu em direção ao precipício ao fundo e lançou-se no vazio.

George saltou para a televisão numa tentativa de agarrar o rapaz.

A cena mudou e George viu o homem mergulhando junto a uma vasta superfície de rocha. Um, dois, três segundos. Então o pára-quedas se abriu.

O coração de George ainda estava martelando. Ele mudou de canal.

No canal 45, um cientista recebeu um choque elétrico, seu cabelo ficou em pé e seu esqueleto tornou-se visível por um instante. No 46, um grupo de mulheres com seios imensos e usando biquíni dançava ao som de uma música pop. No 47, a câmera correu sobre o cenário de um ataque terrorista num país de idioma incompreensível. No 48, havia um anúncio de uma joalheria barata. No 49, um programa sobre elefantes. No 50, alguma coisa em preto-e-branco com alienígenas dentro.

Se houvesse somente quatro canais, ele poderia ser obrigado a assistir a um deles, mas a enorme quantidade era viciante, e ele ficava remexendo o controle até o final e voltando vezes seguidas, parando por alguns segundos em cada imagem até sentir náusea.

Abriu o Ackroyd, mas ler parecia uma tarefa penosa a essa hora da noite, então se encaminhou para a porta ali perto e começou a preparar um banho.

Estava tirando a roupa quando se lembrou de que havia partes de seu corpo que não queria ver. Apagou as luzes do banheiro, Despiu-se, mas manteve a camiseta e as roupas de baixo, pretendendo tirá-las apenas pouco antes de realmente entrar no banho.

Mas quando se sentou na beirada da cama para tirar as meias, viu, no seu bíceps esquerdo, uma constelação de minúsculos pontos vermelhos. Seis ou sete, talvez. Esfregou-os, pensando que pudesse ser algum tipo de mancha ou pêlo de roupa, mas não era nada disso. Nem eram crostas minúsculas. E esfregá-los não os removia.

No que o chão desapareceu numa fenda larga e voraz, como agora começava a lhe parecer familiar, por um instante ele consolou-se com a idéia de que não estaria pensando em Jean e David durante algum tempo.

O câncer estava se espalhando. Ou era isso ou alguma nova variedade de câncer tinha se formado agora que o primeiro havia enfraquecido seu sistema imunológico.

Ele não tinha idéia de há quanto tempo os pontos estavam lá. Ele não se lembrava de já ter examinado seu bíceps minuciosamente antes. Havia uma voz em sua cabeça dizendo-lhe que provavelmente estavam lá havia anos. Havia uma outra voz em sua cabeça dizendo que isso significava que eram sintomas de um processo que já tinha feito seu trabalho letal sob a superfície.

A posição agachada o estava incomodando, fazendo pesar o sanduíche, a banana, a laranja e, em particular, a barra de chocolate. Ele não queria vomitar de novo, principalmente num hotel. Então, mantendo os olhos fechados, obrigou-se a juntar os pés e a balançar-se para a frente e para trás entre a janela e a porta, esperando repetir o efeito calmante do passeio da tarde. Depois de fazer isso duzentas vezes, de alguma forma o ritmo conseguiu aliviar o pânico.

Contudo, foi então que escutou a água caindo no chão de ladrilhos. Levou alguns segundos para entender o que poderia estar produzindo aquele barulho de água caindo sobre chão de ladrilhos. Quando afinal entendeu, abriu os olhos e correu para o banheiro, tropeçando no canto da cama e batendo com a cabeça na beirada da cama.

Levantou-se e caminhou cambaleante para o banheiro, indo mais devagar para evitar escorregar de novo no chão inundado. Fechou as torneiras, atirou todas as toalhas disponíveis no chão, removeu devagar a tampa do ralo e ajoelhou-se ao lado da privada para normalizar a respiração.

A dor em sua cabeça era considerável, mas isso trazia algum alívio, sendo mais um tipo habitual de dor que definhava e refluía de uma forma previsível.

Ele levou a mão à testa. Estava quente e úmida. E realmente não queria abrir os olhos para descobrir se por causa de sangue ou água do banho.

Deu um piparote com o pé, para fechar a porta fechada atrás de si de modo que a escuridão se adensou.

Luzes cor-de-rosa borradas flutuaram por trás de suas pálpebras como um povoado longínquo de duendes.

Não precisava passar por isso. Não justamente hoje.

Quando normalizou sua respiração, levantou-se devagar e conseguiu chegar ao quarto, mantendo os olhos fortemente cerrados. Apagou as luzes e voltou a vestir suas roupas. Abrindo os olhos, tirou algumas latas, garrafas e petiscos do minibar e voltou para a cadeira diante da televisão. Abriu uma lata de cerveja, encontrou um canal de videoclipes e esperou por mais dançarinas peitudas, focalizando as mulheres na esperança de que elas pudessem estimular uma fantasia sexual que o dominasse o suficiente para que se esquecesse de onde estava, de quem era e do que tinha acontecido com ele nas últimas 12 horas.

Comeu biscoitos crocantes.

Sentiu-se como uma criancinha depois de um dia muito, muito longo. Esperou que alguém grande e forte o levasse para uma cama quente, onde poderia cair num sono profundo e ser transportado suavemente para o começo de uma nova manhã na qual todas as coisas estariam bem, seriam limpas e simples de novo.

A mulher cantando na televisão parecia ter 12 anos. Não tinha peitos o bastante para se falar deles e estava usando jeans e uma camiseta rasgada. Teria sido algo insípido observá-la se ela não parecesse tão terrivelmente zangada, saltando em frente vez por outra durante a cantoria e berrando direto sobre as lentes. George lembrou-se da Katie jovem em um de seus estados de espírito voláteis.

A música era rouca e desafinada, mas no que a bebida começou a fazer efeito, ele percebeu por que os jovens se embebedavam ou usavam drogas que alteram a mente, e achou que poderia achar aquilo divertido. O ritmo contagiante, a melodia simples. Era como observar uma tempestade de relâmpagos da segurança de uma sala de estar. A idéia de que havia alguma coisa ainda mais violenta acontecendo afastada de sua cabeça.

A jovem mulher estava acompanhada por dois homens negros cantando sob uma batida insistente. Estavam usando calças largas e bonés de baseball e falavam algum tipo de gíria de gueto impenetrável. Superficialmente, pareciam um pouco menos lamentáveis do que a jovem mulher do videoclipe anterior, mas davam a impressão bastante nítida de que, diferente da garota zangada, não pensariam duas vezes em assaltar uma casa.

Tinham três cantoras no coro, que estavam usando roupas muito curtas.

Ele abriu uma pequena garrafa de vodca.

Por volta da meia-noite, tinha se embebedado e estava estuporado, perguntando a si mesmo por que não tinha feito isso antes. Sentia-se suficientemente relaxado e continuava sem lembrar onde estava. O que era bom.

Foi ao banheiro, aliviou-se, voltou cambaleante para o quarto e desmoronou em cima do edredom. Seu cérebro ficou mais vazio do que tinha ficado em qualquer momento dos últimos meses. Ocorreu-lhe o pensamento de que poderia se tornar um alcoólatra. E preciso neste momento esta parecia uma solução bastante razoável para os seus problemas.

Então passou para a inconsciência.

No meio da noite, viu-se fazendo uma aterrissagem final no aeroporto. Heathrow, possivelmente. Ou Charles de Gaulle. Estava num avião que também podia ser um helicóptero e a mulher sentada perto dele carregava um cachorrinho, o que não ocorria nos vôos reais.

Sentiu-se estranhamente sereno. Na realidade, o avião, ou helicóptero, parecia os braços daquela pessoa grande e forte que ele tinha imaginado carregando-o para a cama.

Olhou pela janela para a escuridão. A vista era de tirar o fôlego, o tráfego bem lá embaixo pulsando como lava nas fissuras de uma grande pedra preta.

Havia música tocando, em sua mente ou nos fones de ouvido grátis, alguma coisa exuberante, orquestral e infinitamente serena. E o estampado do tecido do estofamento do assento diante dele vagava suavemente, como pequenas ondas batendo na murada de um porto e retornando, cruzando com elas mesmas, formando uma grade reluzente de luz do sol úmida.

Então o avião, ou helicóptero, bateu em alguma coisa.

Houve um estrondo enorme e todas as coisas se deslocaram vários metros de lado. Isso foi seguido por um segundo de silêncio estonteante. Então, o avião mudou de direção, indo para a direita; as pessoas começaram a gritar, de repente o ar ficou cheio de comida e malas de mão e o cãozinho estava sendo lançado no ar como um balão, preso por sua guia.

George tentou desesperadamente desafivelar seu cinto de segurança, mas seus dedos duros e entorpecidos se recusavam a obedecer aos seus comandos. Ele via, através da portinhola de plexiglass, combustível de avião queimando e uma grossa fumaça preta se espalhando por baixo da asa direita.

De repente, o teto do avião rompeu-se como a tampa de uma lata de sardinhas e um vento monstruoso começou a fazer rodopiar no ar as criancinhas e a tripulação da cabine, tragando-as para a escuridão.

Um carrinho de bebidas desceu a ala central, desequilibrado, e despedaçou a cabeça de um homem sentado à direita de George.

Então ele não estava mais no avião. Estava num trenó em Lunn Hill com Brian. Estava ajudando Jean a tirar o salto do sapato dela de uma grade em Florença. Estava na aula da Srta. Amery tentando soletrar *parallel* repetidamente e as pessoas riam dele.

Então estava de volta ao interior do avião e, simultaneamente, em pé em seu próprio jardim no meio da noite, olhando para o quarto e se perguntando o que estava provocando aquele estranho barulho de gemidos que vinha lá de dentro, quando o exterior da casa foi iluminada por uma forte luz laranja e ele virou-se e viu aquilo vindo, como uma onda gigantesca de destroços, mas vindo do ar, iluminado por um meteoro de gasolina em seu centro.

O chão estremeceu. A loja em frente foi salpicada por galões de plástico preto queimando. Um assento reclinável zuniu pela rua residencial abaixo, soltando uma cauda de pavão de fagulhas brancas. A mão de um ser humano caiu num carrossel de um playground de crianças.

A ogiva mergulhou num estacionamento de carros de várias lojas, George acordou e viu-se com roupas ensopadas numa cama grande num quarto que ele não reconheceu, com um gosto nauseante na boca, uma dor como um metal afiado enfiado em um lado de sua cabeça e a sensação de que o sonho não tinha terminado, que ele ainda estava lá, despencando na noite, aguardando em desespero o impacto final que apagaria as luzes para sempre.

43

Jean foi acordada às 9 horas com o telefone tocando. Pulou da cama, correu para o vestíbulo e pegou o fone.

— Jean. Sou eu. — Era David.

— Desculpe, pensei que fosse...

— Você está bem? — perguntou David.

Então ela lhe contou sobre George.

— Eu não me preocuparia — disse David. — Ele administrava uma empresa. Se precisar de ajuda, sabe como conseguir. Se não entrou em contato, é porque não quer preocupá-la. O mais provável é que haja uma explicação perfeitamente razoável.

Ela percebeu que devia ter ligado para David na noite anterior.

— Além disso — disse ele —, você está sozinha em casa. Depois que Mina e eu nos separamos, fiquei sem dormir direito por um mês. Olhe. Por que você não fica aqui no domingo à noite? Deixe eu tomar conta de você.

— Obrigada. Eu gostaria muito.

— Não precisa me agradecer — disse David. — Por nada.

44

Quando Jamie chegou em casa do trabalho no dia seguinte, finalmente sua solteirice parecia mais uma oportunidade do que um desafio. Ele colocou o U2 para tocar, aumentou o volume, fez uma caneca de um sóbrio chá e passou suas calças a ferro.

Calças prontas, foi para o banheiro e tomou uma chuveirada, parando depois de lavar o cabelo para uma rápida punheta, imaginando um garoto alto canadense com bíceps exuberantes e cabelos curtos afilando-se num louro V na parte inferior das costas, que surgiu flutuante no banheiro da pousada de esqui, deixou cair sua toalha branca e macia, entrou no cubículo, curvou-se, botou o pau de Jamie na boca e enfiou um dedo em seu rabo.

Caindo no sono cerca de meia hora mais tarde, depois de ler um artigo sobre epilepsia no *Observer*, sentiu-se como se estivesse embarcando numa nova vida.

45

Katie não conseguia entender o que sentia.

Ray não havia voltado. Ou estava perambulando pelas ruas ou estava dormindo no sofá de alguém. Apareceria de manhã com um buquê de flores ou uma caixa de chocolates ordinários, comprados num posto de gasolina, e ela teria de ceder porque ele pareceria atormentado. E ela não conseguia encontrar as palavras para dizer o quanto isso a irritaria.

Por outro lado, ela e Jacob haviam ficado com a casa só para eles.

Assistiram a *Ivor, a máquina,* leram *Winnie, a bruxa* e encontraram o desenho animado de canto de página que Jamie havia feito no bloco de desenho de Jacob, um cachorro sacudindo o rabo e fazendo cocô, e o cocô crescendo e se transformando num homenzinho que saía correndo. Jacob insistiu em que eles deviam fazer um desenho animado deles, e ela conseguiu rabiscar um curto desenho animado de um cachorro malfeito numa ventania, três quadros dos quais Jacob depois coloriu.

Na hora do banho, ele manteve os olhos fechados por seis segundos inteiros enquanto ela passava o xampu em seu cabelo, e então eles tiveram uma discussão sobre o quão grande era um arranha-céu e o fato de que ainda assim podia caber no mundo mesmo que o arranha-céu fosse dez vezes maior, pois o mundo era enorme de verdade e não era apenas a Terra, era a lua, o sol, os planetas e todo o espaço.

Eles se encheram de massa com molho pesto no final da tarde e Jacob perguntou:

— Nós ainda vamos para Barcelona?

E Katie respondeu:

— É claro. — E foi somente mais tarde, depois que Jacob tinha ido para a cama, que ela começou a duvidar. Era verdade o que ela tinha dito para Ray? Ela se recusaria a se casar com um homem que a tratava dessa forma?

Ela perderia a casa. Jacob perderia outro pai. Teriam de se mudar para algum pequeno apartamento velho. Deixar de trabalhar toda vez que Jacob ficasse doente. Discutir com Aidan para se agarrar a um emprego que ela odiava. Nada de carro. Nada de férias.

Mas e se ela fosse adiante? Eles discutiriam como seus pais e acabariam se afastando? Ela terminaria tendo algum caso vulgar com o primeiro cara que aparecesse?

E não era tanto o pensamento de viver dessa forma que a deprimia. Alguns poucos anos vivendo como mãe solteira em Londres era tudo o que bastava para você aprender a lidar com qualquer coisa. Era o compromisso que doía, a perspectiva de se livrar de todos os princípios que já tivera. Que ainda tinha. A idéia de escutar os presunçosos sermõezinhos de sua mãe sobre as jovens mulheres que queriam tudo, sem conseguir dar uma resposta.

Aquilo ia ter de acabar numa merda de uma caixa de chocolates bem grande.

46

A ressaca tirou os demais problemas da mente de George quase tão eficazmente quanto o álcool havia feito.

Vez por outra ele havia se excedido na bebida quando tinha seus 20 anos, mas não conseguia se lembrar de nada parecido com aquilo. Parecia haver grãos de areia de verdade entre seu globo ocular e o entorno da órbita. Tomou dois analgésicos, vomitou e percebeu que teria de esperar até a dor diminuir por si mesma.

Teria preferido não tomar banho, mas tinha se urinado enquanto dormia. Também tinha cortado a cabeça na beirada da cama e quando deu uma olhada em seu rosto no espelho, não parecia diferente do mendigo que havia visto na plataforma da estação na véspera.

Fechou as cortinas, virou a torneira para o quente, fechou os olhos, tirou a roupa, entrou no jato d'água, passou xampu cautelosamente no crânio, então se virou devagar, como um *kebab*, para se lavar.

Somente quando saiu do chuveiro lembrou-se do estado encharcado em que deixara as toalhas. Meio às cegas, voltou como pôde até o quarto, tirou sua toalha da mochila, secou-se devagar, então, cuidadosamente, inseriu seu corpo num conjunto limpo de roupas.

Uma parte dele queria ficar sentado na beirada da cama por algumas poucas horas sem se mexer. Mas ele precisava de ar fresco e precisava sair para comer.

Colocou as toalhas molhadas no banheiro e enxaguou a boca com um pouco de pasta de dentes e água quente.

Arrumou a mochila, então descobriu que se curvar estava além de suas forças e foi obrigado a se estender no tapete para amarrar os cadarços.

Pensou em fazer a cama, mas esconder as manchas parecia pior do que deixá-las visíveis. No entanto, passou um pedaço de papel higiênico úmido no sangue da parede do banheiro para removê-lo.

Jamais poderia voltar a esse hotel.

Colocou o casaco, verificou se não tinha perdido a carteira, então se sentou para juntar forças por alguns minutos antes de içar a mochila para as costas. A mochila parecia conter tijolos, e a meio caminho do içamento teve de se apoiar na parede do corredor e esperar que o sangue retornasse à sua cabeça.

Na portaria, foi saudado pelo homem do balcão com um agradável *Bom-dia, Sr. Hall.* Continuou andando. Eles tinham os dados do seu cartão de crédito. Não queria dizer a eles o que havia feito no quarto nem ter de evitar dizer a eles o que havia feito no quarto. Não queria ficar em frente da mesa mostrando-se cambaleante e com uma misteriosa ferida na cabeça.

Um porteiro abriu a porta, ele penetrou no barulho e no brilho da manhã e começou a caminhar.

O ar parecia estar preenchido com cheiros escolhidos especificamente para pôr seu estômago à prova até o limite: fumaça de carro, cafés-da-manhã, fumaça de cigarro, alvejante... Ele respirava pela boca.

Estava indo para casa. Precisava conversar com alguém. E Jean era a única pessoa com quem podia conversar. Quanto à cena no quarto, eles podiam tratar disso mais tarde.

Na realidade, a esta altura, tratar da cena do quarto parecia um problema menor do que pegar um ônibus. A caminhada de cinco minutos para o ponto foi como atravessar o Alpes, e quando seu ônibus chegou, ele se viu apertado num confinado espaço com trinta pessoas malcheirosas, onde chacoalhou vigorosamente por 25 minutos.

Tendo desembarcado no vilarejo, sentou-se por alguns minutos no banco do ponto de ônibus para se esticar e deixar o latejar triturante em sua cabeça diminuir um pouco.

O que ele ia dizer? Sob circunstâncias normais, nunca contaria a Jean que estava ficando maluco. No entanto, sob circunstâncias normais, ele não estaria ficando maluco. Com sorte, seu estado lastimável geraria solidariedade sem que ele tivesse de se explicar muito.

Endireitou-se, pegou a mochila, deu um profundo suspiro e dirigiu-se para casa.

Quando entrou pela porta da frente, ela estava na cozinha.

— George.

Ele botou a mochila nos degraus e esperou até que ela chegasse no corredor. Ele falou bem calmo para manter a dor no mínimo.

— Acho que estou enlouquecendo.

— Onde você esteve? — perguntou Jean em voz bastante alta. Ou talvez tenha apenas soado alto. — Nós ficamos aflitos.

— Fiquei num hotel — respondeu George.

— Um hotel? — disse Jean. — Mas você parece como se...

— Eu estava me sentindo... Bem, como eu estava dizendo, acho que talvez eu esteja...

— O que é isso na sua cabeça? — perguntou Jean.

— Onde?

— Aqui.

— Ah, isso aí.

— Isso mesmo — disse Jean.

— Eu caí e me feri na beirada da cama — explicou George.

— Na beirada da cama?

— No hotel.

Jean perguntou se ele tinha bebido.

— Bebi, sim. Mas não quando bati com a cabeça. Sinto muito. Você pode falar um pouco mais baixo?

— Por que diabos você estava num hotel?

Não pretendia que acontecesse dessa maneira. Era ele que, gentilmente, estava deixando certos problemas de lado. Era o único que merecia o benefício da dúvida.

Sua cabeça doía demais.

— Por que você não foi para Cornwall? — perguntou Jean. — Brian ficou ligando, perguntando o que havia acontecido.

— Eu preciso me sentar. — Ele conseguiu chegar até a cozinha e encontrou uma cadeira que guinchou horrivelmente nos ladrilhos. Sentou-se e passou a mão na testa.

Jean seguiu-o.

— Por que você não me ligou George?

— Você estava... — Ele quase disse. Por despeito, principalmente. Felizmente, não achou as palavras. O ato sexual era como se alguém estivesse indo à privada. Não era algo sobre o que se pudesse conversar em sua própria cozinha às 9h30 da manhã.

E no que ele se esforçava e fracassava em encontrar as palavras, a imagem vinha de novo, o saco escrotal do tal homem, suas coxas flácidas, suas nádegas, o ar quente, os gemidos. E ele sentiu alguma coisa parecida com um soco na barriga, uma profunda, profunda injustiça, um pouco de medo, um pouco de desgosto, algo um pouco além de tudo isso, algo tão perturbador quanto a sensação que talvez tivesse experimentado se olhasse pela janela e visse que sua casa estava cercada pelo oceano.

Não queria encontrar as palavras. Se descrevesse aquilo para outro ser humano, nunca se livraria da imagem. E com esse entendimento veio-lhe um tipo de alívio.

Não havia necessidade de descrever aquilo para outro ser humano. Ele podia esquecer aquilo. Podia empurrar aquilo para o fundo de sua mente. Se ficasse quieto ali por tempo suficiente, diminuiria e perderia o poder.

— George, o que você estava fazendo num hotel?

Ela estava irritada com ele. Já tinha ficado irritada com ele antes. Esta era sua antiga vida. Sentiu-se confortável. Era alguma coisa com que ele podia lidar.

— Estou com medo de morrer. — Pronto. Havia dito.

— Que absurdo.

— Sei que é absurdo, mas é verdade. — Ele sentiu um ânimo que nunca esperou sentir, nesta manhã entre todas as manhãs de sua vida. Estava conversando com Jean mais francamente do que jamais tinha feito.

— Por quê? — perguntou ela. — Você não está morrendo. — Ela parou. — Está?

Ela ficou amedrontada. Bem, talvez fosse bom para ela sentir-se um pouco amedrontada. Ele começou a desabotoar a camisa, exatamente como tinha feito na sala do consultório do Dr. Barghoutian.

— George...? — Ela equilibrou-se com uma das mãos atrás da cadeira. Ele levantou a camiseta e abaixou o cós da calça.

— O que é isso...? — perguntou ela.

— Eczema.

— Não estou entendendo, George.

— Eu acho que é um câncer.

— Mas não é um câncer.

— O Dr. Barghoutian disse que era um eczema.

— Então por que você está preocupado?

— E há pequenas manchas vermelhas em meu braço.

O telefone tocou. Nenhum dos dois se moveu por alguns segundos. Então Jean atravessou a sala numa velocidade surpreendente, dizendo:

— Não se preocupe. Eu atendo. — Isso, apesar de George não ter mostrado nenhuma intenção de mover-se de onde estava.

Ela pegou o telefone.

— Alô... Sim. Alô... Não posso falar agora... Não, nenhum problema... Ele está aqui agora... sim. Falo com você mais tarde. — Ela desligou. — Era... Jamie. Liguei para ele na noite passada. Quando estava me perguntando onde você estaria.

— Você ainda tem algum daqueles analgésicos? — perguntou George.

— Acho que sim.

— Estou com uma ressaca muito pesada.

— George?

— Sim?

— Você acha que podia ser uma boa idéia ir para a cama? Você ficaria melhor em poucas horas.

— Sim. Sim, talvez seja uma boa idéia.
— Vamos subir as escadas — disse Jean.
— E a codeína. Acho que eu preciso mesmo do analgésico.
— Vou achar um comprimido para você.
— E talvez não na cama. Talvez eu fique apenas no sofá.

47

Ray não ligou na manhã seguinte. Nem na noite seguinte. Katie estava com raiva demais para ligar para o escritório. Era Ray quem tinha de fazer o pedido de paz.

Mas como ele não ligou no dia seguinte, ela se deu por vencida e telefonou para ele, já que somente assim poderia descansar a cabeça. Ele estava numa reunião. Ela ligou uma hora mais tarde. Ele estava fora do escritório. Perguntaram se ela queria deixar recado, mas as coisas que ela queria dizer não eram coisas que quisesse revelar a uma secretária. Ligou uma terceira vez, ele estava fora de sua mesa, e ela começou a se perguntar se ele não teria deixado instruções sobre não desejar falar com ela. Não tornou a ligar.

Além disso, estava gostando de ter a casa só para si e não estava com vontade de perder isso até que fosse necessário.

Na quinta-feira à tarde, ela e Jacob montaram o trem Brio no tapete da sala. A ponte, o túnel, o guindaste de carga, o trilho largo com as extremidades engatadas. Jacob conseguiu acomodar um crocodilo nos trilhos atrás de Thomas, então o fez colidir com uma pilha de peças de armar. Katie colocou as árvores, a estação e fez uma montanha como pano de fundo com o cachecol de Jacob.

Ela havia desejado uma menina. Isso parecia ridículo agora. A idéia de que isso importava na época. Além do mais, não podia se imaginar ajoelhada no tapete reunindo entusiasmo para uma visita de Barbie ao cabeleireiro.

— Plam, bateu. Cortou o motorista... Cortou... Cortou o braço do motorista fora — disse Jacob. — Nii-nau, nii-nau, nii-nau...

Ela não sabia nada sobre motores movidos à gasolina nem espaço cósmico (Jacob queria ser um piloto de corrida quando crescesse, de preferência em Plutão), mas, para dali a 12 anos, ela preferia a expectativa de odor corporal e *Death Metal* do que banhos de loja e distúrbios dietéticos.

Depois que Jacob foi para a cama, ela preparou um gim-tônica e deu uma folheada no último livro de Margaret Atwood sem lê-lo realmente.

Eles ocupavam espaço demais. Era esse o problema com os homens. Não era apenas espalhar as pernas e descer as escadas pesadamente. Era a demanda constante por atenção. Você se sentava numa sala com outra mulher e conseguia pensar. Os homens tinham aquele pequeno holofote permanente sobre a cabeça. *Olá. Sou eu. Ainda estou aqui.*

E se Ray não voltasse mais?

Ela parecia estar olhando para o lado e vendo sua vida passar. Como se estivesse acontecendo com outra pessoa.

Talvez fosse a idade. Aos 20, a vida era como lutar com um polvo. Tudo era muito importante. Aos 30, era passear pelo campo. A maior parte do tempo sua mente estava em outro lugar. Mas quando se chegava aos 70, provavelmente era como assistir um jogo de bilhar pela televisão.

Sexta-feira, e nenhum sinal de Ray.

Jacob disse que queria ir ver vovô, o que lhe pareceu um programa tão bom quanto qualquer outro. Ela poderia pôr os pés para cima enquanto a mãe ficava um pouco com o trabalho de cuidar da criança. Papai e Jacob poderiam fazer alguma daquelas coisas de homem no aeródromo. Mamãe perguntaria sobre Ray, mas, pela experiência de Katie, ela jamais ficava muito tempo neste assunto.

Ela ligou para casa e a mãe pareceu estranhamente animada com a visita.

— Além do mais, temos de tomar algumas decisões sobre o menu e planejar os lugares para os assentos. Temos seis semanas, certo?

O coração de Katie se apertou.

Pelo menos, Jacob estaria feliz.

48

Jean ligou para Brian. Disse que George não estava se sentindo bem e tinha voltado para casa. Ele perguntou se era sério. Ela disse que achava que não. E ele ficou tão aliviado que não fez mais perguntas, pelo que ela agradeceu muitíssimo.

Ele permanecera profundamente adormecido no sofá durante as últimas cinco horas.

Era sério? Ela não tinha absolutamente nenhuma idéia do que pensar.

Ele havia aparecido às 9h30 daquela manhã com um corte na cabeça e uma aparência de quem havia dormido numa vala. Ela perguntou por que ele não tinha ligado para evitar que ela se preocupasse, mas ele não respondeu. Obviamente, tinha bebido. Dava para sentir o cheiro de álcool nele. Ficou muito irritada quanto a isso.

Então ele disse que estava morrendo e ela percebeu que ele não estava bem.

Ele explicou que estava com câncer. Só que não era câncer. Era eczema. Ele insistiu em mostrar-lhe uma erupção no quadril. Ela realmente tinha começado a se perguntar se ele não estaria mesmo ficando maluco.

Ela quis ligar para o médico, mas ele se mostrou inflexível, não permitindo que ela fizesse isso. Explicou que já tinha estado no médico. Não havia mais nada que o médico pudesse dizer.

Ela ligou para Ottakar e para o escritório da escola e disse que faltaria ao trabalho alguns dias.

Depois, ligou para David do telefone do andar de cima. Ele ouviu a história toda e disse:

— Talvez não seja tão estranho. Você não pensa que vai morrer vez por outra? Naquelas noites em que você acorda às 3 horas da madrugada e não consegue voltar a dormir? E a aposentadoria faz coisas engraçadas com a gente. Todo o tempo do mundo à nossa disposição...

George começou a se reanimar por volta da hora do chá. Ela fez chocolate e torrada, e ele pareceu um pouco mais humano. Ela tentou fazê-lo falar, mas ele não conseguia dizer nada que fizesse mais sentido do que o que havia dito antes, pela manhã. E ela percebeu que ele se sentia mal conversando sobre aquele assunto, de modo que pouco depois desistiu.

Ela lhe disse para ficar onde estava e pegou seus livros e CDs favoritos. Acima de tudo, ele parecia exausto. Uma hora e pouco mais tarde ela fez o jantar e levou-o para ele, então puderam comer juntos na mesinha de centro diante da televisão. Ele comeu tudo e pediu outro analgésico, e ficaram assistindo ao programa de David Attenborough sobre macacos.

O pânico começou a retroceder.

Era como voltar o relógio trinta anos. Jamie com sua febre glandular. Katie com seu tornozelo quebrado. Sopa de tomate e soldados-torrada. Vendo *Crown Court* juntos. *Doutor Dolittle* e *Robinson Suíço.*

No dia seguinte, George anunciou que ia se recolher ao quarto. Levou a televisão para cima e instalou-se na cama, e, para dizer a verdade, Jean ficou um pouco triste com isso.

Ela aparecia a cada meia hora para verificar se ele estava OK, mas ele parecia bastante auto-suficiente. O que era uma das coisas que ela sempre havia admirado nele. Ele nunca foi de gemer quando estava doente. Nunca achou que devia ser o centro da atenção. Apenas se recolhia à sua cesta, como um pobre filhote de cachorro, e enroscava-se em si mesmo até estar pronto para sair atrás de gravetos de novo.

À noite, ele disse que já ficaria bem sozinho, então ela foi para a cidade na manhã seguinte, vendeu livros por quatro horas e almoçou com Ursula. Ela começou a contar para a outra o que estava acontecendo, então percebeu que não podia realmente explicar sem falar sobre o câncer e o eczema e o medo de morrer e o álcool e o corte na cabeça, e ela não queria fazer com que ele parecesse louco; portanto, disse que ele havia cancelado a viagem a Cornwall por conta de um problema grave de estômago, e Ursula contou a ela sobre a alegria de ficar em Dublin com sua filha e as quatro crianças dela, enquanto seu marido construtor estava pondo o banheiro abaixo.

49

Obviamente, é uma surpresa descobrir que alguém está enlouquecendo. Mas o que mais surpreendeu George foi o quanto isso era doloroso.

Isso nunca havia lhe ocorrido antes. Seu tio, aquelas pessoas sujas que gritavam nos ônibus, Alex Bamford naquele Natal... *Maluco* era uma palavra que ele sempre tinha usado. Como em *calçamento maluco* ou *golfe maluco.* Todas as coisas misturavam-se, enguiçavam e eram engraçadas.

Parecia menos divertido agora. Na verdade, quando pensou em seu tio enfiado no St. Edward por dez anos sem uma visita sequer da família ou naquele homem desgrenhado que sapateava por um trocado na Church Street, pôde sentir os cantos de seus olhos formigando.

Se lhe fosse dada a escolha, preferiria que alguém tivesse lhe quebrado a perna. A gente não tinha de explicar qual era o problema por causa de uma perna quebrada. Nem ninguém espera que seja algo que se cure com força de vontade.

O terror ia e vinha em ondas. Quando uma onda o cobria, sentia-se como há vários anos, quando viu um menino pequeno correr na estrada perto de Jacksons e quase ser atingindo pelo pára-choque de um carro, que freou bem em cima.

Entre uma onda e outra, ele reunia forças para a próxima e tentava desesperadamente não pensar nisso, visto que pensar a respeito poderia trazer a nova onda mais depressa.

O que mais sentia era um medo implacável, triturador, que ribombava, trovejava e fazia o mundo escurecer, como aquelas naves espaciais dos filmes de ficção científica cujas fuselagens chamuscadas pelas batalhas deslizavam na tela sem parar porque eram realmente muitas centenas de vezes maiores do que você esperaria quando tudo o que você podia ver era a ponta do nariz.

A idéia de estar mesmo com câncer estava começando a parecer quase um alívio, a idéia de ir para um hospital, ter tubos colocados em seu braço, médicos e enfermeiros dizendo-lhe o que fazer, não precisar mais lutar com o problema de como sobreviver aos próximos cinco minutos.

Ele havia desistido de tentar conversar com Jean. Ela tentou muito, mas ele parecia incapaz de fazê-la entender.

Não era culpa dela. Se alguém chegasse para ele com problemas similares há um ano, ele teria reagido da mesma forma.

Parte do problema era que Jean não ficava deprimida. Ela se preocupava. Ficava triste. E sentia todas aquelas coisas mais fortemente do que ele jamais tinha sentido (quando ele limpou o porão, por exemplo, e colocou aquela velha casa de passarinho numa fogueira, ela socou-o para valer). Mas eram estados de ânimo que sempre desapareciam em um dia ou dois.

No entanto, ela lhe fazia companhia, cozinhava suas refeições e lavava suas roupas, e ele ficava muito grato por todas essas coisas.

E também pelos fortes analgésicos. A caixa estava quase cheia. Uma vez que ele tivesse se livrado do horror de acordar, podia fixar a mente naqueles dois comprimidos na hora do almoço, sabendo que o manteriam numa névoa macia até que pudesse abrir uma garrafa de vinho no jantar.

Havia tentado passar aquela primeira noite no sofá, mas era desconfortável, e Jean era da opinião de que aquele comportamento louco encorajava idéias loucas. Então, ele se realojou no andar de cima. Na hora, não foi tão ruim quanto ele tinha esperado, sendo na cama na qual ele havia visto aquela coisa acontecer. Quando se pensava sobre isso, coisas ruins aconteciam com freqüência em todos os lugares: assassinatos, estupros, acidentes fatais. Ele sabia, por exemplo, que uma senhora idosa tinha morrido queimada na casa dos Farmere em 1952, mas isso não era algo que se pudesse sentir quando se ia lá para tomar uns drinques.

Logo percebeu que estar no andar de cima tinha seus benefícios. Um deles era que não tinha de atender à porta estando de cama, não havia visitas inesperadas e podia fechar as cortinas sem começar uma discussão. Então, ele conectou a televisão e o vídeo no quarto e fechou as escotilhas.

Depois de alguns dias, preparou-se para a luta e se aventurou numa ida à locadora, para alugar vídeos.

E se ele acordasse à noite e os orcs, rostos sem pele, queimados, o estivessem esperando em silêncio às centenas nos jardins enluarados, descobriu que podia obter uma trégua indo ao banheiro, enfiando-se entre a privada e a banheira e cantando muito tranqüilamente as músicas que cantava quando era criancinha.

50

Katie e Jacob atravessaram a porta com passos arrastados e despejaram suas bagagens.

Mamãe beijou os dois e disse:

— Seu pai está de cama. Não está muito bem.

— O que ele tem?

— Para ser sincera, eu não sei. Acho que está tudo na cabeça dele. — Ela estremeceu levemente ao dizer as palavras *tudo na cabeça*, como se tivesse acabado de abrir um barril de alguma coisa que havia desaparecido.

— Então, ele não está doente de verdade? — perguntou Katie.

— Ele está com eczema.

— Posso ver o meu vídeo de *Bob, o Construtor*? — perguntou Jacob.

— Lamento, mas o vovô pegou o vídeo e levou lá para cima — disse mamãe.

— Ninguém tem de ir para a cama por estar com eczema — disse Katie. Ela estava com aquela coisa que freqüentemente sentia quando estava com seus pais: que alguma coisa estava sendo escondida dela; um sentimento que ficava mais sinistro à medida que eles envelheciam.

— Posso ver meu vídeo com o vovô? — perguntou Jacob, puxando a calça de Katie.

— Deixe eu terminar de conversar com a vovó — disse Katie.

— Ele diz que está com medo de morrer — disse mamãe, fingindo um cochicho.

— Mas eu quero ver agora — disse Jacob.

— Dois minutos — pediu Katie.

— Você sabe como ele é — disse mamãe. — Não tenho a menor idéia do que passa pela cabeça dele.

— Vovô está morrendo? — perguntou Jacob.

— Vovô está muito bem — respondeu mamãe.

— Só que na verdade não está — replicou Katie.

— Quero um biscoito — disse Jacob.

— Ora, acontece que eu comprei bolos Jaffa hoje de manhã — disse mamãe para Jacob. — Não é uma coincidência?

— Mãe, você não está me ouvindo — disse Katie.

— Posso pegar dois? — perguntou Jacob.

— Você está muito *pidão* hoje — disse mamãe.

— Por favor, posso pegar dois biscoitos? — disse Jacob, virando-se para Katie.

— Mãe... — Katie conteve-se. Não queria nenhuma confusão antes mesmo de tirar o casaco. Ela nem sequer sabia direito com o que estava irritada. — Olhe, leve o Jacob para a cozinha. Dê a ele um biscoito. Somente um. Vou subir e conversar com papai.

— Está bem — disse mamãe, numa entonação alegremente cantarolada. — Você quer um pouco de suco de laranja com o biscoito?

— A gente veio num trem — disse Jacob.

— Foi mesmo? — disse mamãe. — Que tipo de trem?

— Era um trem monstro.

— Deve ser um trem muito interessante. Você quer dizer que parecia com um monstro ou que havia monstros nele?

Os dois desapareceram na cozinha e Katie começou a subir as escadas.

Havia algo errado nisso de ir para a cabeceira do pai. Papai não combinava com doença. Nem dele nem de outras pessoas. Ele ficava mesmo meio que sem fazer nada às vezes, perturbando a concentração dos outros. Mas papai ter um colapso por estresse estava na mesma categoria de ele ir ao cabeleireiro.

Ela bateu e entrou.

Ele estava deitado no meio da cama com um cachecol cobrindo-lhe o queixo, como uma velha senhora amedrontada num conto de fadas. Ele desligou a televisão quase imediatamente, mas pelo que ela pudera ver, ele parecia estar assistindo... Poderia mesmo ser *Máquina mortífera*?

— Alô, minha jovem. — Ele parecia menor do que ela se lembrava. Os pijamas não o favoreciam.

— Mamãe disse que você não está se sentindo muito bem. — Ela não sabia onde se acomodar. Sentar na cama era muito íntimo, ficar em pé era muito médico e sentar na poltrona implicaria tocar na camiseta que ele pusera ali para lavar.

— Não muito. Não...

Eles ficaram em silêncio por alguns momentos, ambos contemplando o quadro verde e alongado da tela da TV com uma pequena barra oblíqua da janela refletida.

— Você quer conversar sobre isso? — Ela não podia acreditar que estivesse dizendo isso para o pai.

— Na verdade, não.

Ela nunca o havia escutado dizer algo tão direto e teve a assustadora sensação de que estavam tendo uma comunicação de verdade pela primeira vez na vida. Era como encontrar uma nova porta na parede da sala de estar. Não era algo totalmente agradável.

— Receio que sua mãe não esteja entendendo direito — disse papai.

Katie não tinha idéia do que dizer.

— É o tipo de coisa que não é muito com ela.

Meu Deus. Os pais deviam resolver essas drogas deles com eles mesmos.

Ela não queria ter de engolir isso. Não agora. Mas ele precisava de alguém para conversar, e evidentemente mamãe não se sentia muito entusiasmada com esse tipo de tarefa.

— O que não é muito com ela?

Ele deu um suspiro longo e tranqüilo:

— Eu estou com medo. — Ele voltou os olhos para a televisão.

— De quê?

— De morrer... Estou apavorado com a morte.

— Há alguma coisa que você não está dizendo para a mamãe? — Dava para ver uma pilha de vídeos junto da cama. *Volcano*, *Independence Day*, *Godzilla*, *Teoria da conspiração*...

— Eu acho... — Ele parou e franziu os lábios. — Acho que eu estou com câncer.

Ela ficou atordoada, sentiu-se um pouco fraca.

— E está?

— O Dr. Barghoutian disse que é eczema.

— E você não acredita nele.

— Não — respondeu ele. — Sim. — Ele pensou melhor. — Não. Na verdade, não.

— Talvez você devesse consultar um especialista.

Papai franziu as sobrancelhas.

— Não ia conseguir fazer isso.

Ela quase disse: *Deixe-me dar uma olhada*. Mas a idéia, por muitas razões, era nojenta.

— Esse seu problema tem mesmo a ver com câncer? Ou é alguma outra coisa?

Meio que em vão, papai esfregou um pouco uma mancha de geléia no cachecol.

— Acho que estou ficando maluco.

Lá embaixo, Jacob estava gritando, enquanto mamãe o perseguia pela cozinha.

— Talvez você devesse conversar com alguém.

— Sua mãe acha que eu estou sendo idiota. O que é verdade, é claro.

— Algum tipo de terapia — disse Katie.

Papai ficou com o rosto vazio.

— Tenho certeza de que o Dr. Barghoutian poderia lhe indicar alguém.

Papai continuou inexpressivo. Ela imaginou-o sentado numa pequena sala com uma caixa de lenços de papel na mesa e um jovem do tipo agitado, vestindo um cardigã, e compreendeu o que ele estava lhe dizendo. Mas não queria ser a única pessoa a escutar isso tudo.

— Você precisa de ajuda.

Houve um barulho vindo da cozinha. Depois um gemido. Papai não reagiu a nenhum dos ruídos.

Katie disse:

— Preciso ir.

Ele tampouco reagiu a isso. Disse, muito tranqüilo:

— Eu desperdicei a minha vida.

— Você não desperdiçou a sua vida — disse ela numa voz que, normalmente, reservava para Jacob.

— Sua mãe não me ama. Passei trinta anos num trabalho que não significava nada para mim. E agora... — Ele estava chorando. — Isso dói muito.

— Papai, por favor.

— Tem umas pequenas manchas vermelhas em meu braço — disse papai.

— O quê?

— Não consigo nem mesmo me forçar a olhar para elas.

— Papai, escute... — Ela colocou as mãos nas laterais da cabeça para ajudá-la a se concentrar. — Você está ansioso. Está deprimido. Você... sei lá. Não tem nada a ver com mamãe. Nada a ver com o seu trabalho. Está acontecendo dentro da sua cabeça.

— Desculpe... — disse papai. — Não devia ter dito nada.

— Meu Deus do céu, papai. Você tem uma boa casa. Tem dinheiro. Tem um carro. Tem alguém para tomar conta de você... — Ela estava zangada. Era a raiva que vinha guardando para Ray. Mas realmente não podia fazer nada quanto a isso, não agora que a tampa havia sido retirada. — Você não desperdiçou a sua vida. Que babaquice!

Ela não dizia *babaquice* para o pai havia dez anos. Precisava sair do quarto antes que as coisas começassem a ir ladeira abaixo de vez.

— Às vezes não consigo respirar. — Ele não fez nenhuma tentativa de enxugar as lágrimas do rosto. — Começo a suar e sei que alguma coisa assustadora está prestes a acontecer, mas não faço idéia do que seja.

Então ela se lembrou. Daquele almoço. Ele correndo e sentando-se no pátio.

Lá embaixo, Jacob parou de chorar.

— Isso se chama ataque de pânico — disse ela. — Todo mundo tem essas coisas. Tá bom, talvez nem todo mundo. Mas muita gente. Você não é estranho. Nem especial. Nem diferente. — Estava levemente alarmada com o tom de sua própria voz. — Há remédios para isso. Há maneiras dessas coisas sumirem. Você tem de sair e consultar alguém. Não é uma coisa que afete somente você. Você tem de fazer alguma coisa. Tem de parar de ser egoísta.

Ela parecia ter se desviado do caminho em algum momento.

— Talvez você esteja certa — disse ele.

— Não tem talvez nisso. — Ela esperou sua pulsação baixar um pouco. — Vou falar com a mamãe. Vou fazê-la tomar alguma providência para resolver esse problema.

— Certo.

Era o pátio de novo. A forma como ele absorvia tudo e não respondia assustava-a. Fazia com que ela pensasse naqueles velhos arrastando os pés no hospital, rosto com barba por fazer e sacos de urina em suportes com roda. Ela disse:

— Vou descer agora.

— Está bem.

Por um breve momento, ela pensou em abraçá-lo. Mas já tinham feito coisas novas o suficiente para uma única manhã.

— Posso lhe trazer um café?

— Não precisa. Tenho uma térmica aqui.

— Não faça nada que eu não faria — disse ela num sotaque escocês cômico totalmente inapropriado, principalmente por agora se sentir aliviada. Então, fechou a porta atrás de si.

Quando alcançou a cozinha, Jacob estava sentado nos joelhos de mamãe, tomando sorvete de chocolate numa tina. Para servir de anestésico, sem dúvida. Em cima de biscoitos de chocolate, presumivelmente.

Mamãe ergueu a vista e disse, numa voz enérgica:

— Então, como seu pai lhe pareceu?

A habilidade das pessoas velhas em fracassar totalmente quando se comunicavam com o outro nunca deixava de surpreendê-la.

— Ele precisa se consultar com alguém.

— Tente dizer isso a ele.

— Eu disse — respondeu Katie.

— Eu caí — disse Jacob.

Ela abaixou-se e o abraçou. Havia sorvete em suas sobrancelhas.

— Bem, como você sem dúvida descobriu — disse mamãe —, tentar obrigar seu pai a fazer alguma coisa é difícil.

Jacob conseguiu libertar-se e começou a revirar sua mochila de Batman.

— Não fique de papo com ele — disse Katie. — Apenas faça o que tem de fazer. Converse com o Dr. Barghoutian. Encaminhe papai para um cirurgião. Peça ao Dr. Barghoutian para vir aqui. Qualquer coisa!

Dava para ver a expressão de deboche da mãe. E também dava para ver Jacob indo para o corredor com *A Christmas to Remember* em suas mãos grudentas.

— Aonde você está indo, Macaquinho Doido?

— Vou ver *Bob, o Construtor* com o vovô.

— Não sei se é uma boa.

Jacob pareceu desolado.

Talvez ela devesse deixá-lo ir. Papai estava deprimido. Não estava comendo lâmpadas elétricas. A distração podia ser boa para ele.

— Vá então. Mas seja simpático com ele. Ele está se sentindo muito cansado.

— Está bem — disse Jacob.

— E... Jacob?

— O que foi?

— Não pergunte se ele vai morrer.

— Por que não? — perguntou Jacob.

— É indelicado.

— Tá bom. — Jacob caminhou vacilante.

Ela esperou, depois se virou para a mãe.

— Eu falo sério. Sobre o papai. — Ela esperou que a mãe dissesse *Olhe aqui, mocinha...* mas ela não disse. — Ele está com depressão.

— Já percebi isto — disse mamãe, acidamente.

— Eu estou dizendo... — Katie interrompeu-se e baixou a voz. Precisava ganhar a discussão. — Por favor. Leve papai ao médico. Ou consiga que o médico venha aqui. Ou vá com ele a uma clínica. Ele não pode sair sozinho. Nós temos um casamento chegando e...

Mamãe suspirou e balançou a cabeça.

— Você está certa. Não vamos querer que ele faça uma maluquice na frente de todo mundo, não é?

51

Mel Gibson estava pendurado numa corrente de um chuveiro rudimentar e um oriental o torturava com terminais elétricos.

George estava tão concentrado que quando escutou a batida na porta, seu primeiro pensamento foi que Katie tinha conseguido uma visita de emergência do Dr. Barghoutian.

Quando a porta se abriu, era Jacob.

— Quero ver o meu vídeo — disse Jacob.

Mel Gibson gritou, depois sumiu.

— *Bob, o Construtor* — disse Jacob.

— Tudo bem — De repente George se lembrou da última vez que Jacob tinha entrado no seu quarto. — Seu pai está com você?

— Qual pai? — perguntou Jacob.

George sentiu-se um pouco atordoado.

— Graham está aqui? — Parecia ser um dia em que qualquer coisa era possível.

— Não. E papai Ray não está aqui. Ele foi... ele foi embora e não voltou mais.

— Sei... — disse George. Ele se perguntou o que Jacob queria dizer. Provavelmente era melhor não perguntar. — Esse vídeo...

— Eu posso ver?

— Claro. Pode ver — disse George.

Jacob tirou *Máquina mortífera*, inseriu *Bob, o Construtor* e rebobinou com a habilidade natural de um técnico no Controle de Missão.

Era assim que os jovens haviam tomado conta do mundo. Lidando com tudo o que significasse novas tecnologias. Você acordava um dia e percebia que suas capacidades eram ridículas. Trabalhar com madeira. Aritmética mental.

Jacob avançou a fita para pular os anúncios, parou o vídeo, subiu na cama e acomodou-se próximo de George. Ele cheirava melhor desta vez, biscoito e doces.

Ocorreu a George que Jacob não ia conversar sobre ataques de pânico nem lhe fazer sugestões sobre terapia. E este era um pensamento tranqüilizador.

Elas nunca ficam malucas, as crianças? Insanas, propriamente dizendo, não apenas sofrendo de incapacidade física e mental como a garota Henderson. Ele não tinha certeza. Talvez ainda não houvesse cérebro suficiente para que começasse a funcionar mal até que alcançassem a universidade.

Jacob estava olhando para ele.

— Você tem de apertar o *Play*.

— Desculpe. — George apertou o *Play*.

Uma música animada soou e os créditos começaram a aparecer contra uma paisagem nevada de brinquedo iluminada pelas estrelas. Duas renas de plástico saíram trotando de uma floresta de pinheiros e um homem de brinquedo rugiu a toda em seu jet ski de neve.

O jet ski tinha um rosto.

Jacob enfiou o polegar na boca e segurou o dedo indicador de George com a mão livre.

Tom, o supracitado homem de brinquedo, entrou na Estação de Área Polar e atendeu ao telefone que tocava. A tela se dividiu para mostrar seu irmão, Bob, do outro lado da linha, chamando de um canteiro de obras na Inglaterra.

Um rolo compressor, um guindaste e uma escavadeira estavam esperando do lado de fora do escritório.

O rolo compressor, o guindaste e a escavadeira também tinham rostos.

George concentrou-se em Dick Barton, os Goon, Lord Snooty e Biffo, o Urso. Ao longo dos últimos anos, tudo parecia ter ficado mais forte, brilhante, rápido e simples. Nos próximos cinqüenta anos, as crianças teriam a capacidade de atenção de pardais e absolutamente nenhuma imaginação.

Bob estava dançando em torno de um canteiro de obras, cantando: "Tom está vindo passar o Natal aqui! Tom está vindo passar o Natal aqui...!"

Talvez George estivesse se fazendo de tolo. Talvez as pessoas mais velhas sempre se fizessem de tolas, fingindo que o mundo estava indo para o inferno a bordo de um carrinho de mão porque isso é mais fácil do que admitir que estavam ficando para trás, que o futuro ia se afastando da praia e que elas estavam paradas em suas pequenas ilhas dizendo *já foi tarde*, sabendo em seu íntimo que não havia o que pudessem fazer, a não ser arriar sentadas nos seixos e esperar que as grandes enfermidades saíssem de trás de seus esconderijos.

George concentrou-se na tela.

Máquina mortífera era muito banal também, quando se pensava direito.

Bob estava ajudando a preparar a praça da cidade para o concerto anual de véspera de Natal executado por Lenny e The Lasers.

Jacob apertou-se mais contra ele e segurou a mão de George.

Enquanto Bob trabalhava 24 horas por dia para fazer com que o concerto ocorresse sem problemas, Tom parou para salvar uma rena de uma fenda na estrada a caminho da estação de barcas e perdeu o barco. A reunião do Natal estava acabada.

Bob ficou muito triste.

Inexplicavelmente, George ficou um tanto triste também. Especialmente durante o flashback da infância, no qual Tom ganhara um elefante de brinquedo no Natal, quebrou-o e chorou, e Bob consertou o brinquedo para ele.

Pouco depois, Lenny (dos Lasers) soube dos apuros de Bob e voou até o Pólo Norte em seu avião particular para trazer Tom de volta a tempo da véspera de Natal, e quando Tom e Bob se reuniram para o concerto, havia lágrimas sinceras escorrendo pelo rosto de George.

— Você está triste, vovô? — perguntou Jacob.

— Sim — disse George. — Sim, eu estou.

— É porque você está morrendo? — perguntou Jacob.

— Sim — respondeu George. — É por isso. — Ele colocou o braço ao redor de Jacob e puxou-o para perto.

Depois de alguns minutos, George se remexeu inquieto e soltou-se.

— Tenho de fazer xixi — Ele saiu da cama e deixou o quarto.

O vídeo terminou e a tela se encheu com ruídos de estática.

52

Katie puxou uma cadeira.

— Vamos alugar um toldo grande. — Mamãe colocou os óculos e abriu o catálogo. — Vai caber. Realmente. Mas as estacas terão de ficar no canteiro de flores da lateral. Agora... — Ela tirou uma folha A4 que mostrava a planta baixa da tenda. — A mesa principal pode ser redonda ou alongada. São oito por mesa e um máximo de vinte mesas, o que dá um total de...

— Noventa e seis — disse Katie.

— ... incluindo a mesa principal. Você trouxe sua lista de convidados?

Katie não tinha trazido.

— Honestamente, Katie. Não posso fazer tudo sozinha.

— Tudo tem estado um pouco agitado ultimamente.

Ela devia ter contado à mãe sobre Ray. Mas não podia suportar a idéia da mãe fazendo ironias a respeito. Já chegava ter tido de falar com papai. E agora que estavam discutindo sobre uma saborosa musse de chocolate versus tiramisu era tarde demais.

Ela rabiscou uma lista de convidados tirada de sua cabeça. Se faltasse uma tia, o desgraçado do Ray podia ele próprio dar suas explicações. Isso, se houvesse casamento. Ah, bem, nisso ela ia pensar depois.

— Eu disse que Jamie poderia trazer alguém, não disse? — perguntou mamãe.

— O nome dele é Tony, mamãe.

— Sinto muito. Estava apenas... Você sabe, eu não quero tirar conclusões precipitadas.

— Eles vivem juntos há mais tempo do que eu e Ray.

— E você já o conheceu — disse a mãe.

— Você quer saber se papai será capaz de suportar isso.

— Mas ele é simpático?

— Eu só o vi uma vez.

— E...? — perguntou a mãe.

— Bem, se você não reparar no short de couro e na peruca loura esquisita...

— Você está me gozando, não está?

— Estou.

Mamãe ficou séria de repente.

— Eu só quero que vocês sejam felizes. Os dois. Vocês ainda são minhas crianças.

Katie pegou a mão da mãe.

— Jamie é um sujeito sensato. Provavelmente ele vai saber escolher um homem melhor do que nós duas.

— Você está feliz com Ray, não está? — perguntou mamãe.

— Estou, mamãe. Estou feliz com o Ray.

— Isso é bom... — Sua mãe reajustou o óculos. — Agora... as flores.

Depois de uma hora ou mais, escutaram passos, Katie virou-se e viu Jacob rindo no vão da porta, suas calças e a fralda vindo arrastadas numa perna.

— Fiz cocô. Fiz, sim. No banheiro. Eu sozinho.

Katie examinou o perfeito tapete bege à procura de nacos marrons.

— Muito bem, querido. — Ela levantou-se e aproximou-se dele. — Mas você devia mesmo ter me chamado primeiro.

— Vovô disse que não queria limpar meu bumbum.

Depois de colocar Jacob na cama, Katie desceu as escadas e encontrou a mãe com duas taças de vinho, que disse:

— Tem uma coisa que eu preciso conversar com você.

Katie pegou o vinho, torceu que fosse alguma coisa trivial e as duas foram para a sala de estar.

— Sei que você está com um monte de coisas neste momento e sei que eu não devia estar dizendo isso a você. — Mamãe sentou-se e sorveu um grande gole de vinho. — Mas você é a única pessoa que realmente entende.

— Está bem... — disse Katie, rindo.

— Nos últimos seis meses... — a mãe colocou as mãos juntas como se fosse rezar. — Nos últimos seis meses, eu tenho saído com alguém.

A mãe disse o trecho *saindo alguém* muito devagar, como se fosse em francês.

— Eu sei — disse Katie, que na verdade, na verdade, na verdade não queria estar conversando sobre isso.

— Não, acho que você não sabe — disse mamãe. — Quer dizer... eu tenho visto outro homem. — Ela se interrompeu e disse: — Um homem que não é seu pai — apenas para tornar tudo absolutamente claro.

— Eu sei — repetiu Katie. — É David Symmonds, não é? O cara que trabalhou com papai.

— Mas, meu Deus, como você...? — Mamãe fechou os dedos no braço no sofá.

Por um instante chegou a ser engraçado, ter pego a mãe no contrapé. Mas depois não, porque sua mãe tinha uma expressão aterrorizada.

— Bem... — Katie concentrou-se de novo na conversa. — Você disse que o encontrou numa loja. Ele está separado da mulher. É um homem atraente. Para a idade dele. Daí, você disse que encontrou com ele de novo. E começou a comprar roupas mais caras. E você estava... você estava se portando de uma forma diferente. Pareceu muito evidente para mim que você estava... — Ela deixou a frase em suspenso.

A mãe ainda estava apertando o braço no sofá.

— Você acha que seu pai sabe?

— Ele disse alguma coisa?

— Não.

— Então acho que você está a salvo — disse Katie.

— Mas se você percebeu...

— Radar de garota, — disse Katie.*Radar de garota*? Aquilo soou errado no momento em que saiu de sua boca. Mas a mãe estava relaxando visivelmente.

— Não se preocupe, mamãe — disse Katie. — Não vou brigar com você. Está tudo bem.

O que está bem? Katie não tinha certeza. Parecia um pouco diferente agora que estava tudo às claras. Contanto que mamãe não quisesse sugestões sobre sexo.

— Só que não está tudo bem — cortou a mãe, teimando no assunto.

Por um curto e perturbado momento, Katie se perguntou se a mãe não estaria grávida.

— Por que não?

Ela verificou o esmalte de suas unhas.

— David me pediu para deixar seu pai.

— Ah, foi? — Katie ficou observando a trêmula luz laranja que vinha do falso carvão em brasa e lembrou-se de Jamie, anos atrás, tirando o falso carvão para examinar as pequenas hélices de metal cheias do ar quente que vinha das lâmpadas.

— Na verdade — disse a mãe —, é injusto com David. Ele disse que quer que eu vá viver com ele. Mas ele acredita que talvez eu possa não estar querendo isso. Que talvez não seja possível.

Agora, foi Katie a ser pega no contrapé.

— Ele não quer me apressar. E está satisfeito com as coisas do jeito que estão. Apenas quer… passar mais tempo comigo. E eu quero passar mais tempo com ele. Mas isso é muito, muito difícil. Como você pode imaginar.

Meu Deus, ele não andou fumando aqueles cigarros esquisitos de senhoras, andou?

— E papai?

— Bem, é mesmo, tem isso também — respondeu mamãe.

— Ele está no meio de um colapso nervoso.

— Claro que ele não está muito bem.

— Ele não consegue sair do quarto.

— Na verdade, ele desce, sim, vez por outra — replicou mamãe. — Para fazer chá e ir até a loja de vídeos.

Katie disse de maneira tranqüila, mas firme.

— Você não pode deixar o papai. Não neste momento. Não enquanto ele estiver assim.

Katie nunca havia defendido o pai. E sentiu-se estranhamente nobre e adulta, colocando os seus preconceitos de lado.

— Não estou planejando deixar seu pai — disse mamãe. — Eu só queria... Só queria contar a você. — Ela se curvou e pegou a mão de Katie por uns poucos momentos. — Obrigada. Eu me sinto melhor por ter tirado isto do meu peito.

Ficaram paradas em silêncio. A luz laranja bruxuleou sob os carvões de plástico e Katie ouviu distantes disparos de arma de fogo hollywoodiana lá de cima.

A mãe endireitou-se no sofá.

— E melhor eu ir ver se ele está precisando de alguma coisa.

Katie ficou sentada por alguns minutos, observando a gravura da raposa na parede oposta. A tempestade sobre a montanha. O cachorro na fazenda deitado de lado. O cavaleiro caído que, ela podia ver agora, estava a ponto de ser esmagado pelos cascos dos cavalos que pulavam a cerca atrás dele.

Ela tinha visto aquilo todos os dias por 18 anos e nunca, de fato, olhara com atenção.

Katie encheu outra taça de vinho.

O que assustava era como as duas se pareciam. Ela e a mãe. Deixando de fora a coisa com David por um momento. Deixando de fora a coisa com Ray por um momento.

Mamãe estava apaixonada.

Ela repetiu as palavras em sua cabeça e percebeu que deveria se sentir tocada. Mas o que estava sentindo? Somente tristeza por aquele cavaleiro caído cuja aproximação da morte nunca percebera antes.

Ela estava chorando.

Deus do céu, sentia falta de Ray.

53

No fim de semana seguinte, Jamie foi a Bristol para ficar com Geoff e Andrew. Era mais uma coisa que podia fazer agora, visto que estava solteiro de novo. Ele e Geoff haviam se visto bastante, todos os meses, desde a faculdade. Então, Jamie cometeu o engano de levar Tony junto.

Deus do céu, a última visita ficaria gravada a fogo em sua memória para sempre. Andrew conversando sobre números imaginários e Tony achando que ele estava se exibindo. Apesar de Andrew de fato ministrar conferências de matemática. Tony livrando a cara com a tal história da pasta de dentes KY e uma idiotice teatral qualquer. Então Jamie, já de volta a Londres, tivera de mandar flores e uma longa carta.

Geoff ganhara um pouco de peso desde o último encontro e tinha voltado a usar óculos. Parecia uma coruja sábia de uma história infantil. Também estava em um novo emprego, cuidando das finanças de uma firma de software que fazia alguma coisa totalmente incompreensível. Ele e Andrew tinham se mudado para uma casa um tanto grande em Clinfton e adotado um terrier Highland chamado Jock que subiu no colo de Jamie tão logo eles se sentaram no jardim para tomar chá e fumar.

Então Andrew chegou, e Jamie ficou chocado. A diferença de idade nunca tinha parecido relevante. Andrew sempre fora o mais esbelto e elegante. Mas parecia velho agora. Não era apenas a bengala. Qualquer um com 18 anos também podia quebrar um tornozelo. Era a maneira como se movia. Como se esperasse cair.

Ele estendeu a mão para Jamie.

— Lamento, estou atrasado. Fui pego num maldito comitê. Você parece bem.

— Obrigado. — disse Jamie, querendo retribuir o elogio, mas sem ser capaz.

Jamie e Geoff foram de bicicleta até um pub pitoresco mais para o interior, enquanto Andrew e Jock seguiram de carro.

Num primeiro momento pareceu lamentável, a maneira como a vida de Geoff estava sendo limitada pela doença de Andrew. Mas Geoff parecia tão devotado como sempre fora e feliz em fazer qualquer coisa para ajudar Andrew. E isso fez Jamie ficar triste de uma forma diferente.

Ele simplesmente não entendia. Porque de repente ele pôde compreender o ponto de vista de Tony. Andrew era um homem generoso. Mas não jogava conversa fora e não fazia perguntas. Quando a conversa saía da sua esfera, ele se recolhia e esperava que voltasse.

Andrew foi para a cama cedo. Jamie e Geoff foram para o jardim para terminar uma garrafa de vinho.

Jamie falou sobre Katie e Ray e tentou explicar por que o relacionamento o preocupava. A maneira como Ray estragava o refinamento dela. O abismo entre eles. E somente quando já estava dizendo isso percebeu o quanto do que estava falando se aplicava a Geoff e Andrew. Então, tentou mudar de assunto.

Geoff pôde lê-lo como se fosse um livro aberto. Talvez todas as conversas acabassem mais cedo ou mais tarde girando em torno desse tema.

— Eu e Andrew temos uma boa vida juntos. Nós nos amamos. Tomamos conta um do outro. Não temos mais sexo como tínhamos. Para ser honesto, não temos feito sexo nenhum. Mas, sem entrar em detalhes, há formas de lidar com isso.

— Andrew sabe?

Geoff não respondeu à pergunta.

— Estarei sempre com ele. Sempre. Até o fim. É isso o que ele sabe.

Uma hora mais tarde, Jamie deitou-se na cama retrátil, olhando para o rolo de tapetes, para a máquina de esquiar e para a caixa do violoncelo e sentiu aquela dor sem raiz que ele sempre sentia em hotéis a trabalho e em quartos de hóspedes, a pequenez da vida quando se retiram as estacas que a sustentam.

Isso o perturbou, Geoff e Andrew. E ele não sabia bem por quê. Era porque Geoff fazia sexo com outros homens e Andrew sabia e não sabia? O que pensava Geoff enquanto via seu amor ficando velho? Era porque Jamie queria o amor incondicional que eles tinham? Ou porque o amor incondicional parecia tão desestimulante?

Na semana seguinte, ele passou três dias fazendo entrevista para a nova secretária e separando os papéis do atendente. Compareceu à despedida de Johnny. Viu *Uma mente brilhante* com Charlie. Foi nadar pela primeira vez em dois meses. Comeu um prato de comida chinesa para viagem no banho com "*The Dark Side of the Moon*" tocando para os nove andares. Leu *The Farewell Symphony*, e o fato de ter terminado em três dias quase o recuperou da fantástica depressão em que se encontrava.

Ele precisava de alguém.

Não para sexo. Não ainda. Pela experiência que tinha, isso viria algumas semanas mais tarde. Você começava achando garotos feios atraentes. Depois, começava a achar garotos héteros atraentes. Então, era hora de fazer alguma coisa rapidamente, pois quando você começasse a se dispor a fazer sexo com uma de suas amigas, já estaria a meio caminho para arranjar um monte de encrencas.

Ele precisava... A palavra *companheiro* sempre o fazia pensar nos teatrólogos velhos em smoking de seda isolados em cidades costeiras italianas com seus bonitos secretários. Como Geoff, mas com mais glamour.

Ele queria... Havia aquele sentimento quando você tinha alguém, ou quando alguém tinha você. Aquela coisa que deixava o corpo relaxado. Como ter um cachorro em seu colo.

Ele precisava ficar próximo de alguém. Não era o que todo mundo queria?

Estava ficando um pouco velho para essa coisa de ar livre e os clubes sempre haviam lhe parecido noites de despedida de solteiro, com os hormônios fluindo na direção oposta. Homens fazendo o que eles tinham feito desde que haviam descido das árvores, reunindo-se em bandos para beber e falar besteiras, qualquer coisa para evitar o pesadelo de ficar sério ou de não ter nada para fazer.

Além disso, a trajetória de Jamie, segundo registrara, não havia sido boa. Simon, o padre católico. Garry e seus objetos nazistas. Meus Deus, era para se achar que as pessoas ou confessavam essas coisas de frente ou evitavam de todo mencioná-las, em vez de anunciá-las no café-da-manhã.

Na metade das compras no Tesco's, colocou uma lata de leite condensado com adoçante em sua cesta, mas caiu em si na saída e sorrateiramente deslizou-a para o lado da esteira transportadora quando ninguém estava olhando.

De volta para casa, ficou deitado no sofá, zapeando à toa entre a Turnê de *The Antiques* e alguma coisa sobre a Grande Muralha da China, quando teve a idéia de ligar para Ryan.

Então, foi pegar sua caderneta de telefones.

54

Às 4 horas da tarde do dia seguinte, Katie cometeu o erro de dizer a Jacob:

— Bem, amigão, daqui a meia hora voltaremos para Londres.

Lágrimas escorrendo e gemidos se fizeram ouvir em alto volume.

— Eu odeio você.

— Jacob...

Ela tentou conversar com ele, mas o menino estava muito agitado. Então ela o pôs na sala de estar, fechou a porta e disse que ele podia sair quando se acalmasse.

Mamãe apareceu quase do nada, já dizendo:

— Não seja má com ele.

Dois minutos mais tarde, ele estava comendo Maltesers na cozinha.

Qual era o problemas dos avós? Trinta anos antes eram palmadas e cama sem chá. Agora era mais um pedaço de pudim e brinquedos na mesa de jantar.

Ela colocou as coisas no carro e disse tchau para o pai. Quando lhe disse que a mãe estava vendo um médico, ele pareceu petrificado, mas ela tinha esgotado toda a sua solidariedade algumas horas atrás. Beijou-o na testa e fechou o quarto silenciosamente atrás de si.

Enfiou um esperneante Jacob no carro e *Abracadabra!*, tão logo o menino viu que a resistência era inútil, baixou a guarda, silencioso e exausto.

Duas horas e meia mais tarde, estacionaram em frente da casa. A luz do corredor estava acesa e as cortinas estava fechadas. Ray estava lá. Ou tinha estado.

Jacob estava em coma, então ela o suspendeu do assento e carregou-o para a porta da frente. O vestíbulo estava silencioso. Ela levou-o para cima e deitou-o na cama dele. Talvez ele dormisse direto. Se Ray estivesse se escondendo, ela não ia querer uma discussão enquanto lidava com uma criança despertando. Tirou os sapatos e as calças de Jacob e cobriu-o com um edredom.

Então, escutou um barulho e desceu.

Ray apareceu no vestíbulo trazendo a maleta de viagem azul e a mochila do Batman de Jacob do carro. Ele se deteve brevemente, ergueu os olhos e disse:

— Desculpe. — Então levou tudo para a cozinha.

Ele estava mesmo sentido. Ela podia ver isso. Havia alguma coisa perturbada, partida nele. Ela percebeu o quão raro era escutar alguém dizer *desculpe* e ser realmente sincero.

Ela o seguiu e sentou-se no lado oposto da mesa.

— Eu não devia ter feito aquilo. — Ele fazia uma caneta esferográfica girar em pequenos círculos, empurrando-a com o dedo. — Fugir. Foi estúpido. Você pode sair para tomar café com quem você quiser. Não é da minha conta.

— É da sua conta — disse Katie. — E eu teria dito a você...

— Mas eu teria ficado com ciúmes. Eu sei. Olhe... não estou culpando você por nada...

A raiva dela tinha ido embora. Ela percebeu que ele era mais sincero e mais capaz de reconhecer seus erros do que qualquer membro de sua própria família. Como ela não tinha percebido isso antes?

Ela tocou a mão dele. Ele não reagiu.

— Você disse que não podia se casar com alguém que tratava você daquela maneira.

— Estava com raiva — disse Katie.

— Bem, mas você estava certa — disse Ray. — Você não pode se casar com alguém que a trata daquela maneira.

— Ray...

— Ouça. Eu tenho pensado muito nos últimos dias. — Ele parou por um instante. — Você não deve mesmo se casar comigo.

Ela tentou interrompê-lo, mas ele segurou sua mão.

— Não sou a pessoa certa para você. Seus pais não gostam de mim. Seu irmão não gosta de mim...

— Eles não conhecem você. — Naqueles três dias sozinha na casa ela tinha ficado satisfeita com todo o espaço e o silêncio. Agora, ela podia vê-lo indo embora uma segunda vez e isso a apavorava. — Mas isso não tem nada a ver com eles.

Ele estreitou um pouco os olhos enquanto ela estava falando, deixando a coisa passar por ele todo, como uma dor de cabeça.

— Não sou tão inteligente quanto você. Não sou bom em lidar com as pessoas. Nós não gostamos do mesmo tipo de música. Não gostamos dos mesmos livros. Não gostamos dos mesmos filmes.

Era verdade. Mas estava tudo errado.

— Você fica com raiva e eu não sei o que dizer. E, claro, a gente se dá bem. E eu gosto de cuidar do Jacob. Mas... eu não sei... Em um ano, em dois, em três anos...

— Ray, isso é ridículo.

— É?

— É — disse ela.

Ele olhou diretamente nos olhos dela.

— Você não me ama de verdade, ama?

Katie não disse nada.

Ele continuou olhando para ela.

— Vamos lá, diga isso. Diga: *Eu amo você.*

Ela não conseguiu.

— Vê, eu a amo. E esse é o problema.

O aquecimento central foi ligado.

Ray endireitou-se.

— Preciso ir para a cama.

— São apenas 8 horas.

— Não dormi nos últimos dias. Quer dizer, dormi mal. Desculpe.

Ele subiu as escadas.

Ela olhou ao redor da sala. Pela primeira vez, desde que ela e Jacob tinham se mudado para lá, ela conseguiu ver o que era aquele lugar. A cozinha de outra pessoa com um pouco de seus pertences espalhados aqui e ali. O microondas. A caixa de pão esmaltada. O trem de alfabeto de Jacob.

Ray estava certo. Ela não conseguia dizer aquilo. Fazia tempo que não dizia aquilo.

Só que parecia errado, colocando a coisa dessa forma.

Havia uma resposta, em algum lugar. Uma resposta para tudo o que Ray tinha dito, uma resposta que não fazia com que ela se sentisse egoísta, nem estúpida, nem maldosa. Estava solta por aí. Se pelo menos ela conseguisse ver esta resposta...

Ela pegou a caneta esferográfica com a qual Ray estivera brincando e alinhou-a com o risco do tampo da mesa. Talvez se ela conseguisse colocar a caneta com absoluta precisão, sua vida não se partisse em pedaços.

Tinha de fazer alguma coisa. Mas o quê? Desfazer as malas? Jantar? Tudo parecia realmente sem sentido.

Ela foi até a cômoda. Três passagens de avião para Barcelona estavam apoiadas no porta-torradas. Abriu a gaveta e tirou os convites, os envelopes, a lista de convidados e a lista de presentes. E as cópias dos mapas, as recomendações de hotéis e os blocos de selos. Levou tudo para a mesa. Escreveu nomes no alto dos convites e colocou-os nos envelopes com as folhas de A4 dobradas. Fechou-os, selou-os e arrumou-os em três pilhas brancas bem arrumadas.

Quando tudo ficou pronto, pegou as chaves de casa e levou os envelopes até o fim da rua, onde os pôs no correio, sem saber se estava tentando fazer com que tudo desse certo com pensamento positivo ou se estava se punindo por não amar Ray o bastante.

55

Jean marcou uma consulta e levou George ao médico depois da escola.

Não era algo que estivesse satisfeita em fazer. Mas Katie estava certa. Era melhor pegar o touro pelos chifres.

No caso, ele se mostrou surpreendentemente maleável.

Ela falou francamente com ele no carro. George teria de dizer a verdade para o Dr. Barghoutian. Nada dessa besteira de insolação ou tonteira. Não poderia ir embora até o Dr. Barghoutian prometer tomar alguma providência. E depois teria de dizer a ela exatamente o que Dr. Barghoutian havia dito.

Lembrou a ele que o casamento de Katie estava chegando e que se ele não estivesse lá para conduzir a filha e fazer um discurso, teria que dar explicações sobre isso.

Ele pareceu se divertir com toda aquela pressão de um modo meio que perverso e prometeu fazer tudo o que ela pediu.

Sentaram-se um ao lado do outro na sala de espera. Ela tentou conversar. Sobre o arquiteto indiano que havia se mudado para o outro lado da rua. Sobre cortar a glicínia antes que chegasse debaixo do telhado. Mas ele estava mais interessado num número antigo da revista *OK*.

Quando o nome dele foi chamado, ela cutucou-o gentilmente na perna para lhe desejar sorte. Ele atravessou a sala, abaixando-se um pouco e mantendo os olhos firmemente fixos no tapete.

Ela tentou ler um pouco seu livro da P.D. James, mas não conseguiu se concentrar. Jamais havia gostado de salas de espera de médicos. Todas as pessoas pareciam tão desleixadas. Como se não tivessem tomado o devido cuidado consigo mesmas, o que provavelmente era verdade. Hospitais não eram tão ruins. Contanto que fossem limpos. Paredes brancas e linhas retas. Pessoas ficando dignamente doentes.

Ela não podia deixar George. O que ela sentia era irrelevante. Tinha de pensar em George. Tinha de pensar em Katie. Tinha de pensar em Jamie.

No entanto, quando imaginava não o deixar, quando se imaginava dizendo *Não* para David, era como uma luz no fim de um túnel escuro apagando-se.

Apanhou a revista *OK* de George e leu sobre o aniversário dos cem anos da Rainha Mãe.

Dez minutos mais tarde George reapareceu.

— Então? — ela perguntou.

— Podemos ir para o carro?

Foram para o carro.

O Dr. Barghoutian lhe dera uma receita com antidepressivos e havia recomendado que ele visse um psicólogo clínico na semana seguinte. O que quer que tivessem conversado, tinha sido claramente exaustivo para ele. Ela decidiu não sondar.

Foram à farmácia. Ele não quis entrar, murmurando alguma coisa que ela não pôde compreender sobre *livros a respeito de doenças*, então ela entrou e pegou um pouco de couve-de-bruxelas e cenouras da mercearia vizinha enquanto eles aviavam a receita.

Ele abriu a bolsa enquanto estavam indo para casa e passou um bom tempo examinando o vidro de remédio. Se estava aterrorizado ou aliviado, ela não podia dizer. De volta à cozinha, ela se encarregou da coisa toda: vigiou-o para que ele engolisse o primeiro comprimido com um copo d'água e depois colocou o resto no armário em cima da torradeira.

Ele disse "Obrigado" e retirou-se para o quarto.

Ela ficou lavando a louça, fez um café, preencheu o cheque e o formulário de encomenda para o pessoal do toldo, depois disse que tinha de sair para falar com a florista.

Foi para a casa de David e tentou explicar como era impossível tomar a decisão. Ele se desculpou por ter feito o convite num momento tão difícil. Ela lhe pediu para não se desculpar. Ele disse que nada tinha mudado e que ele esperaria quanto tempo ela precisasse.

Ele colocou os braços em torno dela e eles se abraçaram, e foi como chegar em casa depois de um dia difícil e longo, e ela percebeu que esta era uma coisa da qual nunca poderia abrir mão.

56

Jamie estava tomando um cappuccino na Greek Street enquanto esperava por Ryan.

Ele não estava sendo inteiramente honesto, sendo Ryan o ex de Tony. Ele sabia disso. Mas Ryan tinha concordado em vir, então Ryan também não estava sendo totalmente honesto.

Foda-se. O que era honestidade, afinal de contas? A única pessoa que ele conhecia dotada de verdadeira integridade era Maggie, e ela tinha passado sua vida depois do colégio pegando doenças graves nos cantões contaminados da África Ocidental. Nem sequer tinha sua própria mobília.

Além disso, Tony tinha lhe dado o fora. Se alguma coisa acontecesse com Ryan, o que havia de errado nisso?

Quinze minutos atrasado.

Jamie tomou um segundo café e reabriu *Consciousness Explained*, de Daniel Dennet, que havia comprado em um de seus periódicos acessos de autodesenvolvimento (o exercício com a bola, aquele CD de ópera estúpido...). Em casa ele estava lendo *Pet Sematary*, mas ler aquilo em público era como sair de casa de cuecas.

> Isso não significa que o cérebro nunca usa "bufffers de memórias" para amortecer a interface entre o processo interno do cérebro e o mundo assincrônico exterior. A "memória ecóica" com a qual preservamos breves padrões de estímulo enquanto o cérebro começa a processá-los é um exemplo óbvio (Sperling, 1960; Neisser 1967; ver também Newell, Rosenbloom e Laird, 1898, p. 1067).

Na contracapa do livro havia um comentário do *New York Review of Books* que descrevia a obra como "inteligente e engraçada".

Por um outro lado, ele não queria parecer alguém que estava tendo dificuldade para ler *Consciousness Explained.* Portanto, deixou os olhos caírem nas páginas, virando-as de instante em instante.

Pensou sobre o novo site e perguntou a si mesmo se a música de fundo tinha sido um engano. Lembrou-se da viagem do ano anterior a Edimburgo. Aquele som dos pneus raspando nas pedras do lado de fora do hotel. Imaginou Ryan pousando a mão por um instante em sua coxa e dizendo: "Estou muito contente que você tenha me procurado."

Vinte minutos atrasado. Jamie estava começando a se sentir impertinente.

Ele juntou suas coisas e comprou um *Telegraph* no jornaleiro da esquina. Pegou uma caneca de cerveja no pub da estrada, depois encontrou uma mesa vazia na calçada de onde podia vigiar o café.

Três minutos mais tarde, um homem usando calça de couro e uma camiseta branca deslizou para a cadeira à sua frente na mesa. Colocou o capacete da motocicleta na mesa, fingiu ter uma pequena arma na mão direita, apontou o cano para a cabeça de Jamie, engatilhou o polegar, fez um barulho de click e disse:

— Corretor de imóveis.

Jamie ficou um pouco perturbado.

— Lowe & Carter — disse o homem.

— Ah, é... — disse Jamie.

— Courier. Estamos no prédio do outro lado da rua. Apanho coisas lá onde você trabalha de vez em quando. Sua mesa é na ponta, perto de uma janela grande. — Ele estendeu a mão para cumprimentá-lo. — Mike.

Jamie apertou a mão dele.

— Jamie.

Mike pegou o *Consciousness Explained*, que Jamie havia deixado sobre a mesa, onde podia dar uma impressão geral sem que ele precisasse lê-lo efetivamente. Havia uma grossa tira céltica tatuada no alto do braço direito de Mike. Ele examinou o livro brevemente, depois o colocou na mesa.

— Uma obra-prima em tessitura de profundos insights.

Jamie se perguntou se o homem estava psiquiatricamente doente.

Mike riu tranqüilo.

— Li isso na contracapa.

Jamie virou o livro para verificar.

Mike tomou um pequeno gole de seu drinque.

— Prefiro dramas jurídicos.

Por um segundo, Jamie se perguntou se Mike queria dizer que gostava de coisas que acabavam nos tribunais.

— John Grisham, esse tipo de coisa — completou Mike.

Jamie relaxou um pouco.

— Estou com um pouco de dificuldade para ler esse livro, para ser honesto.

— Levou um bolo? — perguntou Mike.

— Não.

— Vi você sentado do outro lado da calçada.

— Bem... é.

— Namorado? — perguntou Mike.

— Ex-namorado do ex-namorado.

— Que bagunça.

— Provavelmente você tem razão — concordou Jamie.

Olhando por sobre o ombro de Mike, ele viu Ryan em pé do lado de fora do café, passando os olhos pela rua inteira. Ele parecia mais calvo do que Jamie se lembrava. Estava usando uma capa de chuva bege e uma pequena mochila azul.

Jamie virou-se.

— Conte-me um segredo — disse Mike. — Alguma coisa que você nunca tenha contado para ninguém.

— Quando eu tinha 6 anos, meu amigo Matthew apostou comigo que eu não faria xixi no vasinho de flor do quarto da minha irmã.

— E você fez xixi no vasinho de flor.

— Fiz xixi no vasinho de flor. — Pelo canto do olho, Jamie viu Ryan balançar a cabeça e começar a andar em direção à Soho Square. — Acho que não é um segredo, de fato, porque ela descobriu. Quer dizer, ficou cheirando muito mal depois de alguns dias. — Ryan tinha desaparecido. — Eu tinha uma pequena guitarra de plástico, que havia ganhado numas férias em Portugal. Ela a queimou. No jardim. Mas a guitarra queimou surpreendentemente bem. Quer dizer, Portugal provavelmente não ligava para padrões de mercadorias em 1980. Lembro o grito e o som dos cordões estalando. Minha irmã ainda tem uma cicatriz no braço.

Seus pais olhariam para Mike e achariam que ele roubava carros. O corte à navalha, os cinco brincos. Mas esta... esta coisa passando de um para o outro, esse algo sem nome que você podia sentir no ar... fazia tudo o mais parecer insípido e estúpido.

Mike olhou para ele e disse:

— Está com fome? — e pareceu querer dizer no mínimo três coisas.

Foram para um pequeno restaurante tailandês mais à frente, na Greek Street.

— Eu costumava trabalhar com telhas. Mercadorias de luxo. Cerâmica. Mármore. Ardósia. Cozinhas. Lareiras. Clientes cheios da grana. Aprendi a Técnica Alexander e fiz cursos de massagem. Agora vou virar freelance. Ganhar algum dinheiro, para poder voltar para o norte e conseguir um lugar para um consultório.

Uma chuva fina estava caindo na rua. Jamie já havia tomado três cervejas e as luzes refletindo dos carros molhados eram diminutas estrelas.

— Na verdade — disse Jamie — o que eu gosto mais em Amsterdã... bem, em toda a Holanda, na verdade, é... são aqueles prédios modernos incríveis em todos os lugares. Aqui, as pessoas constroem o mais barato possível.

Jamie tinha uma vaga idéia sobre o que era a Técnica Alexander. Não podia de fato imaginar Mike fazendo algum tipo de terapia. Arrogante demais. Mas vez por outra Mike tocava a mão de Jamie com dois dedos ou olhava para ele rindo e dizia alguma coisa, e havia uma ternura que parecia ainda mais sexy por ficar tão bem escondida o resto do tempo.

Braços bonitos também. Pequenas massas de carne sobre as veias, sem ser gordo. E mãos fortes.

A massagem. Ele conseguia imaginar isso.

Mike sugeriu que eles fossem a um clube. Mas Jamie não queria dividi-lo com ninguém. Olhou para o saleiro, encheu-se de coragem e perguntou se Mike queria ir à sua casa — e como sempre sentiu aquela breve tontura, meio excitado, meio em pânico. Como pular de pára-quedas. Mas muito melhor.

— Lá é como o sonho padrão de um corretor de imóveis? Bancada de aço? Cozinha em ilha com cercado de granito? Cadeiras de Arne Jacobsen?

— Terraço vitoriano com sofá branco e uma mesa de centro Habitat — disse Jamie. — E como você adivinhou sobre as cadeiras Arne?

— No meu tempo, estive em muitas casas bonitas, muito obrigado.

— A trabalho ou por prazer? — perguntou Jamie.

— Um pouco dos dois.

— Então foi um sim ou você está fazendo suspense?

— Vamos pegar o metrô — disse Mike.

Viram seus reflexos no vidro escuro diante deles quando o vagão do metrô passou pelo Tufnell Park e Archway, seus joelhos tocando-se e a eletricidade fluindo em ida e volta, outros passageiros entrando e saindo distraídos, Jamie ansiando dolorosamente por ser agarrado, mas mesmo assim querendo que a viagem durasse por horas para caso de o que viria depois não corresponder ao que estava retratando em sua cabeça.

Dois mórmons subiram no trem e sentaram-se em dois lugares na frente deles. Ternos pretos. Cortes de cabelo conservadores. Os pequenos distintivos de plástico com os nomes.

Mike curvou-se perto do ouvido de Jamie e disse:

— Quero meter na sua boca.

Ainda estavam rindo quando chegaram diante da porta do apartamento.

Mike empurrou Jamie contra a parede e beijou-o. Jamie pôde sentir o pau duro em seu jeans. Ele deslizou as mãos pela camisa de Mike e pela porta da sala de estar viu uma minúscula luz vermelha piscando.

— Espere.

— O que foi?

— Recado na secretária.

Mike riu.

— Trinta segundos. Depois vou pegar você.

— Tem cerveja na geladeira — disse Jamie. — Vodca e outras coisas no armário junto da janela.

Mike desvencilhou-se dele.

— Quer um baseado?

— Claro.

Jamie entrou na sala de estar e apertou o botão.

— Jamie. Oi. É Katie. — Ela estava bêbada. Ou apenas soava bêbada porque Jamie estava bêbado? — Você não está em casa, está? Merda.

Ela não estava bêbada. Estava chorando. Maldição.

— Dane-se... a boa notícia de hoje é que o casamento não vai mais acontecer. Isso porque Ray acha que nós não devemos nos casar.

Isso era bom ou ruim? Era como ver um trem ao lado começar a se mover. Ele se sentiu um tanto inseguro.

— Ah, e nós fomos para casa no fim de semana e papai está de cama. Teve um colapso nervoso. Quer dizer, de verdade! Com surtos de pânico, pesadelos sobre morrer e essa coisa toda. E mamãe está pensando em deixá-lo por aquele cara do escritório.

O primeiro pensamento de Jamie foi que a própria Katie estava tendo algum tipo de ataque de nervos.

— Então, achei melhor ligar para você, porque do jeito que as coisas vão ultimamente, é provável que você tenha se envolvido em algum acidente de estrada medonho e o motivo pelo qual não está atendendo ao telefone é porque está no hospital, ou morto, ou porque deixou o país ou por qualquer outra coisa... Me dá uma ligada, certo?

Bip.

Jamie sentou-se por um momento, deixando a coisa afundar nele, ou ir embora, ou o que quer que fosse acontecer. Então, se levantou e fez o caminho de volta para a cozinha.

Mike estava acendendo um baseado numa boca do fogão. Ele se levantou, fez uma pausa e segurou a fumaça com a obrigatória expressão de surpresa. Parecia um pouco como Jamie se sentia.

Mike suspirou.

— Quer um trago?

Ia ser uma cena daquelas, não ia? Você arrasta alguém pela metade do percurso da Linha Norte para fazer sexo, que não acontece, e de repente você fica com um estranho musculoso e desapontado em seu apartamento, que não tem mais razão para ser simpático com você.

Ele se perguntou se Mike já tinha roubado um carro.

— O que houve? — perguntou Mike.

— Problemas de família.

— Grande?

— Sim — disse Jamie.

— Morte? — Mike pegou um pires do secador e colocou a bagana na borda.

— Não. — Jamie sentou-se. — A menos que minha irmã mate o noivo. Ou que meu pai se suicide. Ou que meu pai mate o amante da minha mãe.

Mike abaixou-se e segurou o braço de Jamie. Jamie estava certo. Eram mãos surpreendentemente fortes.

Mike acalmou Jamie.

— Em minha opinião profissional... você precisa de algo para desligar-se dessas coisas. — Mike puxou-o para perto. Seu pau ainda estava duro.

Por um breve segundo, Jamie imaginou a profecia perturbadora de Katie se tornando realidade. Uma luta desigual. Jamie tombando e quebrando o crânio na beirada da mesa da cozinha.

Ele afastou-se.

— Espere. Não é uma boa hora.

Mike colocou uma mão atrás do pescoço de Jamie.

— Confie em mim. Será bom para você.

Jamie tentou se livrar da mão de Mike, mas ele não o soltou.

Então os olhos de Mike se tornaram meigos:

— O que você vai fazer se eu for embora? Sentar e se preocupar? É muito tarde para ligar para alguém. Venha. Alguns minutos, e você não estará pensando em nada fora desta sala. Eu lhe garanto.

E de novo foi como um pulo de pára-quedas. Só que ainda mais. A confusão do álcool melhorou brevemente e ocorreu a Jamie que fora esta a razão de Tony ter ido embora. Porque Jamie sempre quis estar no controle. Porque ele tinha medo de qualquer coisa diferente ou imprópria. E no que a confusão retornou, pareceu a Jamie que ele tinha de fazer sexo com esse homem para provar a Tony que ele podia mudar.

Ele deixou Mike puxá-lo.

Eles se beijaram novamente.

Ele colocou os braços em torno das costas de Mike.

Era bom ser abraçado.

Ele podia sentir alguma coisa derretendo e quebrando, alguma coisa que o havia aprisionado por muito tempo. Mike estava certo. Ele podia esquecer, podia permitir que as outras pessoas resolvessem seus próprios problemas. Pelo menos uma vez na vida, ele podia viver o momento.

Mike deslizou a mão para o pau de Jamie e Jamie sentiu seu pau endurecer. Mike abriu o botão, abaixou a parte de cima de seus shorts de boxeador e envolveu o pau de Jamie com a mão.

— Sentindo-se melhor? — perguntou Mike.

— Hum-hum.

Com a mão livre, Mike ofereceu a Jamie a bagana. Deram uma tragada cada um e Mike a colocou de volta no pires.

— Me chupe — disse Mike.

E foi a esta altura que os olhos de Mike fizeram algo totalmente diferente. Ele soltou o pau de Jamie e pareceu estar olhando para um objeto muitos quilômetros atrás da cabeça de Jamie.

— Merda — disse Mike.

— O que foi? — perguntou Jamie.

— Meus olhos.

— O que há de errado com seus olhos?

— Não consigo... — Mike balançou a cabeça. Ele estava começando a suar, pequenas gotas de transpiração caindo de sua testa em seus braços. — Merda. Não consigo ver nada direito.

— O que você quer dizer?

— Quero dizer que não posso ver nada direito. — Mike cambaleou para o lado e se arriou numa cadeira.

Katie estava certa. Estava acontecendo de uma forma diferente. Era Mike que estava tendo um colapso. Uma ambulância viria. Ele não sabia o nome nem o endereço de Mike...

Meu Deus. O baseado. Será que tudo bem ir enterrar o baseado no jardim enquanto alguém estava tendo um colapso? E se Mike se engasgasse com a língua enquanto Jamie estivesse fora?

Mike dobrou-se.

— Estou cego. Jesus. Meu estômago.

Seu *estômago*?

— Aqueles malditos camarões.

— O quê? — perguntou Jamie, que estava começando a se perguntar, pela segunda vez na noite, se Mike tinha algum tipo de problema mental.

— Tudo bem — disse Mike. — Já aconteceu antes.

— O que é?

— Me dê uma tigela.

O cérebro de Jamie estava tão perturbado que ele levou alguns segundos para entender que tipo de tigela Mike precisava. Enquanto tentava entender, Mike vomitou no chão diante da cadeira.

— Ah, que droga — disse Mike.

Jamie viu-se em sua própria cozinha olhando para uma grande omelete de vômito com seu pênis endurecido por sobre o cós da cueca, e de repente sentiu-se muito mal por ter saído do café antes de Ryan chegar, mesmo que Ryan usasse uma mochila horrível e estivesse com pouco cabelo, e soube que isso era sua punição. E ser nervoso e controlador era ruim, obviamente era péssimo, mas também era bom, porque se ele tivesse sido um pouco mais nervoso e controlador, isso não teria acontecido.

Ele se botou para dentro da calça.

— Eu lamento muito — disse Mike.

Jamie abriu o armário e deu a ele o pano de prato com o desenho do ônibus de Londres de que ele nunca tinha gostado muito.

Mike limpou o rosto.

— Preciso ir ao banheiro.

— Lá no alto da escada — disse Jamie.

— Onde está a escada? — perguntou Mike.

Querido Deus, o homem não conseguia enxergar.

Jamie ajudou Mike a subir as escadas, depois voltou para a cozinha para que não tivesse de cheirar nem ouvir o que estava a ponto de acontecer no banheiro.

Ele queria Mike fora do apartamento. Mas também precisava ser uma pessoa boa. E ser uma pessoa boa significava não querer Mike fora do apartamento. Ser uma pessoa boa significava tomar conta de Mike. Porque quando a merda acontecia para as boas pessoas, elas podiam dizer que fora um acidente, ou má sorte ou que apenas era a forma como o mundo funcionava. Mas quando a merda acontecia para as pessoas horríveis, elas sabiam que era culpa delas e isso fazia a merda ficar muito pior.

Pegou as luvas debaixo da pia. Pegou dois sacos de lixo no armário e colocou um dentro do outro. Pegou a espátula de bolo na gaveta de coisas variadas, ajoelhou-se e começou a raspar o vômito do chão e colocá-lo nos sacos. Não era uma tarefa agradável (sem dúvida teria sido pior lá em cima). Mas era bom ter uma tarefa desagradável para fazer.

Penitência. Era a palavra pela qual ele estava procurando.

Meu Jesus. O vômito estava descendo pelas fissuras entre as pranchas.

Ele limpou o chão com alguns pedaços do rolo de papel da cozinha e atirou-os nos sacos de lixo. Encheu uma botija com água ensaboada, esfregou as fissuras com a escova de vegetais, depois atirou a escova de vegetais nos sacos de lixo.

Escutou um barulho esquisito vindo do banheiro.

Jogou desinfetante no chão, esfregou sobre toda a área com pano absorvente de cozinha, depois colocou tudo nos sacos junto com a escova de vegetais. Limpou a espátula de bolos com um segundo pano absorvente e por um instante pensou em deixá-la durante a noite de molho em água com desinfetante, mas percebeu que provavelmente nunca a usaria novamente e jogou-a nos sacos de lixo com todo o resto. Amarrou a alça do saco interno, depois a alça do saco de fora, então colocou um terceiro saco, para o caso de haver algum vazamento, amarrou a alça do terceiro saco, levou-o para o vestíbulo, abriu a porta da frente e atirou-o na lata de lixo.

Escutou outro barulho esquisito vindo do banheiro.

Ele amava Tony. Isso ficou súbita e dolorosamente claro. Suas discussões estúpidas. Sobre o casamento. Sobre os binóculos. Sobre o ketchup. Não significavam nada.

Iria para o apartamento de Tony. Depois que saísse disso tudo. Nenhum problema com a hora. Pediria desculpas. Contaria tudo para ele.

Iriam ao casamento juntos. Não. Melhor do que isso. Levaria Tony a Peterborough na semana seguinte.

Só que papai estava tendo uma espécie de colapso. Ele precisava fazer algumas indagações sobre isso primeiro.

Não importava. Ele levaria Tony a Peterborough tão logo fosse possível.

Subiu até o banheiro e bateu devagar.

— Você está bem?

— Não tão horrível — respondeu Mike.

Mesmo através da porta, o cheiro não era nada bom. Perguntou a Mike, ainda que estremecendo, se ele precisava de ajuda, e ouviu Mike responder *Não*, com alívio considerável.

— Imodium — disse Jamie. — Tenho Imodium no quarto.

Mike não disse nada.

Alguns minutos mais tarde, Jamie estava sentado na cozinha com uma variedade de remédios espalhados à sua frente, como um comerciante nativo esperando pelos homens do grande navio.

Imodium. Comprimidos antiácidos. Paracetamol. Ibuprofen. Aspirina. Anti-histamínicos. (Os anti-histamínicos provocavam aquele tipo de reação alérgica? Ele não tinha certeza.)

Colocou a chaleira para ferver e verificou se tinha todos os chás e cafés necessários. Havia meio litro de semidesnatado na geladeira. Não havia nenhum achocolatado, mas havia uma lata fechada de chocolate em pó, parte de um abortado projeto de cozinhar.

Estava totalmente equipado.

Depois de dez minutos ou mais, ouviu o *ker-snick* da porta do banheiro sendo destrancado, então os pés de Mike nas escadas. Ele estava claramente descendo com algum cuidado.

A mão dele apareceu no vão da porta e em seguida Mike surgiu. Não parecia saudável.

Jamie estava quase perguntando o que ele podia oferecer em termos de remédios e bebidas quentes quando Mike disse:

— Lamento — e encaminhou-se para o corredor em direção à porta da frente.

Quando Jamie conseguiu se mexer, Mike já havia fechado a porta da frente. Jamie parou. Ser bom significava tomar conta das pessoas. Não significava mantê-las prisioneiras. E, obviamente, Mike já estava podendo enxergar. Ou ele não teria ido embora.

Teria?

Jamie foi para a janela e ergueu a ponta da cortina para olhar para os dois lados da rua. Estava vazia. Era razoavelmente certo que pessoas cegas não se movimentavam com aquela velocidade.

Subiu as escadas. O banheiro estava limpo.

Ele ainda estava bêbado demais para dirigir. Pegou suas chaves e o casaco e saiu pela porta da frente, trancando-a.

Ele podia ter chamado um táxi, mas não queria esperar. Levaria meia hora para andar até o apartamento de Tony, mas precisava de ar fresco. E se ele acordasse Tony, bem, isso era mais importante do que dormir.

Desceu a Wood Wave Gardens e saiu em Park Road em frente ao hospital. A chuva tinha parado e a maioria das luzes das casas estava apagada agora. As ruas estavam cheias de um brilho laranja sujo e as sombras embaixo dos carros eram densas e escuras.

Tony estava certo. Ele tinha sido egoísta. Você tem de fazer acordos se quer dividir sua vida com outra pessoa.

Atravessou a Priory Road.

Ligaria para Katie amanhã. Provavelmente ela estava exagerando tudo. O que era compreensível, se ela e Ray estavam tendo um final tumultuado. Seu pai enlouquecendo? Sua mãe se separando? Ele não sabia qual das duas coisas era mais difícil de imaginar.

Um ciclista bêbado passou ziguezagueando por ele.

Seu pai se preocupando demais e sua mãe dizendo que não agüentava mais. Isso, ele podia imaginar. Era uma situação bastante normal.

Ficaria tudo bem. Teria de ficar tudo bem. Ele iria àquele casamento com Tony, fizesse sol ou chuva.

Estava andando pela Allison Road quando um cachorro pequeno saiu do portão de um jardim. Não, não um cachorro. Uma raposa. Aquele trote sem peso. Aquele rabo cerrado.

Um motor de carro deu a partida e a raposa deslizou para dentro de um beco.

Ele alcançou Vale Road à meia-noite e meia.

Seu ânimo tinha se levantado durante a caminhada. Pensou em parecer triste, mas percebeu que era uma idéia estúpida. Ele não queria que Tony voltasse porque tinha tido uma noite horrível. Fora a noite horrível que o fizera perceber que queria Tony de volta. Para sempre. E aquele era um pensamento feliz.

Tocou a campainha e esperou por trinta segundos.

Tocou a campainha de novo.

Outros trinta segundos se passaram antes que ele ouvisse passos. Tony abriu a porta usando sua cueca de boxeador e nada mais. Havia uma expressão dura em seus olhos.

— Jamie...?

— Me desculpe — disse Jamie.

— Tudo bem. O que aconteceu?

— Nada. Quer dizer, desculpe por tudo. Tudo.

— Como assim?

Jamie reuniu forças. Ele devia ter planejado isso com um pouco mais de cuidado.

— Por fazer você ir embora. Por... Tony, olhe, eu tive uma noite horrível e isso me fez perceber um monte de coisas...

— Jamie, estamos no meio da maldita noite. Eu tenho de trabalhar de manhã. Do que se trata?

Suspiro profundo.

— Estou com saudades — disse Jamie. — E quero você de volta.

— Você está bêbado, não está?

— Não. Bem, eu estava. Mas não estou mais... Ouça, Tony. Estou falando sério.

A expressão de Tony não mudou.

— Vou voltar para a cama. Acho que seria bom você também voltar para a sua cama.

— Você está com alguém, não está? — Jamie estava começando a chorar. — É por isso você não quer que eu entre.

— Cresça, Jamie.

— Foda-se.

Tony começou a fechar a porta.

Jamie tinha achado que Tony pelo menos o deixaria entrar. Então, poderiam conversar. Era o mesmo egoísmo de novo. Pensar que tudo se ajustaria ao seu plano. Jamie podia ver isso agora. Mas era muito difícil dizer tudo em meio segundo.

— Espere. — Ele se colocou na soleira para impedir que Tony fechasse a porta.

Tony recuou levemente.

— Meu Deus. Você está cheirando a vômito.

— Eu sei — disse Jamie. — Mas não é o meu vômito.

Tony colocou a palma da mão no peito de Jamie e empurrou-o de volta.

— Boa noite, Jamie.

A porta fechou-se.

Jamie ficou no degrau por alguns minutos. Teve vontade de se deitar no estreito caminho de concreto, junto das latas de lixo, e dormir até amanhecer, quando então Tony viria e diria que tinha pena dele. Mas logo entendeu que isso era uma coisa estúpida, auto-indulgente e infantil, como todo o resto do seu plano estúpido, auto-indulgente e infantil.

Ele sentou-se no meio-fio e começou a chorar.

57

Jean ia organizar o casamento sozinha. Era óbvio que não ia conseguir muita ajuda do resto da família.

Honestamente. Ela amava a filha. Mas diante de toda aquela conversa de Katie sobre as mulheres serem tão boas quanto os homens, ela vez por outra se comportava de maneira heroicamente desorganizada.

Relaxada era a palavra que Katie usava.

Indo para casa da universidade com todas as roupas em sacos de lixo pretos e deixando-os na garagem aberta, o que fez com que os lixeiros levassem embora suas roupas. Derramando tinta no cachorro. Perdendo o passaporte em Malta.

Pobre George. Tinha dado uma senhora canseira nele. Eram como duas criaturas de planetas diferentes.

Doze anos discutindo sobre pasta de dentes. George percebendo que ela fazia aquilo deliberadamente para atormentá-lo. Cuspindo na pia e recusando-se a limpar, então tudo endurecia, virava torrões. Katie incapaz de acreditar que alguém em sã consciência pudesse criar caso por algo tão trivial.

Ela ainda fazia isso, na verdade. Tinha feito isso naquela manhã. Jean tinha limpado tudo. Como nos velhos tempos.

Na verdade, muito em segredo, Jean sentia orgulho pelo modo como Katie se recusava a obedecer a ordens de quem quer que fosse. É claro que havia momentos em que ela se preocupava. Porque Katie nunca conseguiria um emprego decente. Porque ficou grávida por acidente. Ou porque nunca encontrou um marido. Ou porque se meteu numa espécie qualquer de enrascada (ela uma vez tinha sido advertida por ter sido grosseira com um policial).

Mas Jean gostava do fato de que ela possuísse um espírito tão livre para o mundo. Olhava para a filha vez por outra e via pequenos gestos ou expressões que reconhecia como sendo dela própria, e se perguntava se poderia ter sido mais como Katie se tivesse nascido trinta anos mais tarde.

Como era irônico que Jamie fosse gay. Agora, se fosse ele a se casar, teria aprontado sua lista de convidados e mandado imprimir os convites com alguns anos de antecedência.

Não importa.

A primeira vez em que se meteu a organizar um casamento foi como planejar o desembarque do Dia D. Mas depois de trabalhar na livraria e ajudar na escola, percebeu que não era mais difícil do que comprar uma casa ou fazer reservas para as férias; apenas uma série de pequenas tarefas, que tinham de ser realizadas no tempo certo. Você escrevia uma lista das coisas a fazer. Você as fazia. Você as conferia.

Ela arrumou as flores. Separou o CD que Claudia havia usado no casamento de Chloe. Finalizou o menu com os fornecedores. Selecionou o fotógrafo.

Seria perfeito. Por ela mesma, se não importasse a mais ninguém. Tudo ia acontecer com precisão e todos iam se divertir. Ela ia colocar as pernas para cima no fim do dia e sentir um gosto de vitória.

Escreveu uma carta para Katie detalhando todas as coisas que ela ainda precisava fazer (música gravada para tocar no cartório de registros, o terno de Ray, presente para o padrinho, alianças...). Isso ia colocar Katie contra a parede, mas, considerando o desempenho de sua filha no fim de semana, parecia inteiramente possível que Katie realmente pudesse esquecer que estava se casando.

Ela mandou fazer os cartões que indicariam os lugares dos convidados à mesa. Comprou para si mesma um vestido novo e levou o terno de George para lavar a seco. Encomendou um bolo. Reservou três carros para trazer os familiares próximos de volta para o vilarejo. Colocou os nomes nos convites e sobrescreveu os envelopes.

Por alguns instantes, pensou em tirar David da lista. George insistira em convidá-lo depois daquele jantar. Alguma coisa sobre aumentar os convidados deles para evitar que fossem "atolados pelo clã de Ray". Mas ela não queria George fazendo perguntas inconvenientes. Então, enviou-lhe um convite. Isso não queria dizer que ele tinha de comparecer.

58

Fora quase divertido ver o Dr. Barghoutian.

Claro que o seu nível de definição do que era ou não divertido havia sido diminuído consideravelmente durante as últimas semanas. No entanto, conversar sobre seus problemas com alguém que estava sendo pago para ouvi-lo acalmava-o de um modo estranho. Acalmava-o mais do que assistir *Volcano* ou *O pacificador*, durante os quais ele sempre podia escutar uma espécie de nota de medo tocando em tom baixo, fervente, como se alguém estivesse fazendo alguma construção na rua.

Estranho descobrir que descrever seus medos em voz alta era menos amedrontador do que tentar não pensar neles. Algo como encarar seu inimigo de frente.

Os comprimidos foram menos úteis. Teve dificuldade para dormir na primeira noite e, sensivelmente, mais ainda na segunda. Chorou bastante e teve de brigar para se forçar a dar suas longas caminhadas nas primeiras horas de manhã.

Estava tomando duas codeínas no café-da-manhã agora, então tomava um uísque caprichado no meio da manhã e escovava os dentes vigorosamente depois para não despertar as suspeitas em Jean.

A idéia de ir para um hospital psiquiátrico estava começando a parecer mais e mais atraente. Mas como conseguir ir para um hospital psiquiátrico? E se ele enfiasse o carro no jardim do vizinho? E se pusesse fogo na cama? E se deitasse no meio da rua?

Contava se a pessoa fizesse essas coisas deliberadamente? Ou fingir estar maluco era, em si, um sintoma de insanidade?

E se a cama fosse mais inflamável do que ele esperava?

Talvez pudesse espalhar água num grande círculo do tapete em torno da cama para funcionar como um tipo de barreira.

A terceira noite foi muito mais insuportável.

Contudo, ele, teimosamente, continuou a tomar as pílulas. O Dr. Barghoutian tinha dito que poderia haver alguns efeitos colaterais e, em geral, George preferia tratamentos que envolvessem dor. Depois de cair da escada dobrável, ele fora ver uma quiroprática que fizera pouco mais do que bater com as mãos na parte de trás de sua cabeça. Depois de várias semanas de desconforto, havia ido a um osteopata, que o agarrara firmemente por trás e erguera-o violentamente, fazendo sua vértebra estalar. Em alguns dias, ele já estava andando normalmente de novo.

Entretanto, ficou satisfeito quando chegou o dia de sua consulta com o psicólogo, já no sexto dia da medicação.

Nunca tinha ido a um psicólogo, nem profissionalmente nem de qualquer outra forma. Na sua cabeça, eles não estavam muito longe das pessoas que liam cartas de tarô. Era inteiramente possível que lhe fosse perguntado sobre ver sua mãe nua e ser maltratado na escola (ele perguntou-se o que tinha acontecido com as infames gêmeas Gladwell). Ou aquilo era psicoterapia? Ele não tinha muita clareza sobre estas distinções.

No caso, seu encontro com a Srta. Endicott não incluiu nada daquela bobagem sobre sentimentos ao léu que ele estava esperando. Na verdade, sequer podia se lembrar da última vez em que havia tido uma conversa tão envolvente.

Conversaram sobre o seu trabalho. Conversaram sobre a sua aposentadoria. Conversaram sobre seus planos para o futuro. Conversaram sobre Jean, Jamie e Katie. Conversaram sobre o casamento que logo aconteceria.

Ela perguntou sobre os ataques de pânico, quando ocorreram, como foram, quanto tempo duraram. Perguntou se ele já tinha pensado em suicídio. Perguntou, precisamente, o que o amedrontava e foi inesgotavelmente paciente enquanto ele se esforçava para colocar em palavras coisas que eram difíceis de colocar em palavras (os ogros, por exemplo, ou a vez em que o chão pareceu desaparecer). E se ele ficou embaraçado em falar sobre algumas dessas coisas, a atenção dela foi séria e firme.

Ela perguntou sobre a lesão e disse que o Dr. Barghoutian podia recomendar a George um dermatologista, se isso fosse de alguma ajuda. Ele disse "Não" e explicou que ele sabia, em seu íntimo mais profundo, que aquilo não era apenas um eczema.

Ela perguntou se ele tinha amigos com quem pudesse conversar sobre estas coisas. Ele explicou que não conversava sobre estas coisas com os amigos. Claro que não ia querer que nenhum de seus amigos trouxesse problemas similares para ele. Era inconveniente. Ela balançou a cabeça concordando.

Ele saiu do consultório sem tarefas para desempenhar nem exercícios para fazer; apenas com a promessa de uma nova consulta no prazo de uma semana. No estacionamento, lembrou-se que tinha deixado de mencionar os efeitos colaterais do remédio. Então, começou a compreender que não era a pessoa que tinha subido no ônibus naquela manhã. Estava mais forte, mais estável, menos amedrontado. Podia lidar com os efeitos colaterais de alguns comprimidos.

Mais à tarde, estava na cama assistindo ao campeonato de golfe no BBC2. O jogo nunca o atraíra de fato. Mas havia alguma coisa tranqüilizadora naqueles comportados suéteres e em toda aquela paisagem verde que se estendia a distância.

Parecia injusto que todos os seus esforços para afastar os aspectos mentais do problema não tivessem dado resultado para afastar o aspecto físico do problema.

Ocorreu-lhe que se a lesão fosse num dedo do pé ou da mão, ele poderia simplesmente removê-la e tudo ficaria bem. Então, não teria de fazer nada, a não ser tomar os comprimidos e retornar ao consultório a cada semana até que tudo voltasse ao normal.

Um plano estava se formando em sua cabeça.

Um plano que lhe parecia bastante bom.

59

Katie postou os convites, deixou uma mensagem para Jamie e depois se sentou de volta à mesa.

Estava com vontade de quebrar alguma coisa. Mas não lhe era permitido quebrar coisas. Não depois de ter dado uma bronca em Jacob por ter chutado um gravador de vídeo.

Ela pegou uma faca grande e apunhalou a tábua de pão sete vezes. Na oitava punhalada, a lâmina se partiu e ela cortou a borda da mão na ponta que fora partida da tábua de pão. Havia sangue por toda parte.

Ela envolveu a mão numa toalha de papel, pegou a caixa de primeiros socorros, colocou dois grandes esparadrapos sobre a pele, depois limpou tudo e jogou fora a faca quebrada.

Era óbvio que não ia conseguir dormir. A cama significava deitar ao lado de Ray. E o sofá significava admitir a derrota.

Ela amava Ray?

Ela *não* amava Ray?

Não comia desde as 4 horas da tarde. Botou a chaleira para ferver. Pegou um pacote de biscoitos de chocolate, comeu seis em pé, sentiu-se levemente nauseada e colocou o resto no armário.

Como Ray podia dormir numa hora como aquela?

Ela já o havia amado? Ou era apenas gratidão? Porque ele se dava tão bem com Jacob. Porque ele tinha dinheiro. Porque ele podia consertar qualquer coisa na face da Terra. Porque precisava dela.

Mas, merda, aquelas eram coisas reais. Mesmo o dinheiro. Deus do céu, você podia amar alguém que era pobre e incompetente e compartilhar uma vida que descambava de um desastre para outro. Mas isso não era amor, era masoquismo. Como Trish. Desça a estrada e você terminará vivendo numa cabana em Snowdonia enquanto o Sr. Vibrational Healing entalha dragões usando cepos.

Ela não ligava a mínima para livros e filmes. Não se importava com o que sua família pensava.

Então por que era tão difícil dizer que o amava?

Talvez porque ele tivesse entrado na lanchonete como Clint Eastwood e arremessado uma lata de lixo rua abaixo.

De fato, agora que ela pensava sobre isso, ele tinha um gênio de cão. Havia desaparecido por três dias. Nem mesmo deixara que ela soubesse que estava vivo. Então, chegara de repente, pedira desculpas algumas vezes, dissera a ela que o casamento estava cancelado... e ainda esperava que ela dissesse que o amava.

Três dias. Meu Jesus.

Se você quer ser pai, tem de mostrar uma droga de um comportamento mais responsável.

Talvez eles não devessem se casar. Talvez fosse uma idéia ridícula, mas se ele estava tentando culpá-la...

Meu Deus. Estava se sentindo melhor. Muito melhor.

Ela colocou a caneca na mesa e subiu para acordá-lo e ler para ele a lei sobre distúrbios da ordem pública na rua.

60

George decidiu fazer aquilo na quarta-feira.

Jean estava numa viagem há muito planejada para ver sua irmã. Tinha mencionado vagamente cancelar tudo caso George necessitasse de companhia, mas ele insistira em que ela devia ir.

Quando ela finalmente ligou de Northampton para dizer que tinha chegado sem problemas e para verificar se George estava bem, ele reuniu o equipamento. Ele não teria muita energia nem muito tempo uma vez que tivesse iniciado, então tudo tinha que estar no seu lugar.

Ele engoliu duas codeínas com um grande copo de uísque. Empilhou três velhas toalhas azuis no banheiro. Colocou o telefone sem fio sobre a mesa da cozinha, encheu a bandeja da máquina de lavar com pó e deixou a porta aberta.

Pegou uma caixa vazia de dois litros de sorvete nos fundos da despensa, certificou-se de que a tampa fechava, então a levou para o andar de cima com alguns sacos de lixo. Depositou os sacos de lixo no chão e equilibrou a caixa de sorvete nas torneiras da banheira. Abriu o kit de primeiros socorros e colocou-o na prateleira do banheiro.

O uísque e a codeína estavam começando a fazer efeito.

Desceu as escadas, pegou a tesoura na gaveta e a afiou com a pequena pedra de amolar cinza que costumavam usar para a faca de trinchar. Para garantir, afiou a faca de trinchar também e levou ambas para cima, deixando-as na extremidade da banheira em frente às torneiras.

Estava com medo, naturalmente. Mas os remédios estavam começando a entorpecer o medo, e saber que seus problemas logo terminariam o revigoravam.

Fechou as cortinas do banheiro e as portas no vestíbulo. Apagou as luzes e esperou que seus olhos se acostumassem à escuridão. Então tirou a roupa, dobrou-a e deixou-a numa pilha bem-feita no topo da escada.

Já estava indo para o banheiro quando se deu conta de que não queria ser encontrado inconsciente, no chão de seu próprio banheiro, despido. Então colocou a cueca de volta.

Pôs o chuveiro para esquentar, apontou o jato de água para a parede distante e desceu a persiana de plástico.

O tapete era denso e macio. Poderia ser molhado? Ele não tinha certeza absoluta. Por segurança, removeu-o para o outro lado do banheiro.

Colocou o pé na banheira para testar a temperatura da água. Perfeita. Ele entrou.

Era isso. Uma vez começado, não havia retorno.

Ele fez uma verificação final para ver se tudo estava no lugar. A tesoura, a caixa de sorvete, os sacos de lixo...

A primeira parte, ele sabia, seria a mais difícil. Mas não duraria muito. Respirou profundamente.

Pegou a tesoura com a mão direita, depois percorreu com os dedos da mão esquerda o quadril, procurando pela lesão. Apertou a carne ao redor, e a pontada que se espalhou de seus dedos para seu braço (muito como se ele estivesse pegando uma aranha ou um cocô de cachorro), causando-lhe náuseas imediatas, apenas confirmou a necessidade do que ele estava fazendo.

Puxou a lesão, separando-a do corpo.

Olhou para baixo, depois desviou os olhos.

Sua carne estava estirada ao ponto máximo, como queijo quente numa pizza.

Abriu as lâminas da tesoura.

Respire profundamente, então, quando a dor vier, exale tudo. Era o que o osteopata havia dito.

Ele pressionou as lâminas da tesoura afiada em torno de pele estirada e apertou bastante.

Não precisou se lembrar de exalar. Aconteceu por conta própria.

A dor estava tão acima de qualquer dor que já tinha sentido antes que era como um avião a jato vindo aterrissar meio metro acima de sua cabeça.

Olhou para baixo de novo. Não esperava tanto sangue. Parecia coisa de filme. O sangue era mais espesso e escuro do que ele havia previsto, quase oleaginoso e surpreendentemente quente.

A outra coisa que observou quando olhou para baixo foi que não havia conseguido cortar completamente a carne em torno da lesão. Pelo contrário, a carne estava pendurada em seu quadril como um bife cru e pequeno.

Ele agarrou-a de novo, voltou a abrir a tesoura e tentou fazer uma segunda incisão. Mas o sangue fazia com que segurar fosse difícil, e a carne pareceu mais rija desta vez.

Curvou-se, deixou as tesouras na extremidade da banheira e pegou a faca de trinchar.

Quando endireitou o corpo, contudo, um enxame de luzes brancas minúsculas mergulhou no seu campo de visão e seu corpo pareceu-lhe mais distante do que deveria estar. Ele colocou a mão na parede azulejada para se firmar. Infelizmente, ainda estava segurando a faca de trinchar. A faca caiu na banheira e veio aterrissar com a ponta cravada na parte de cima do pé de George.

Neste momento, o cômodo inteiro começou a girar. O teto rodopiou para fora de sua visão, ele teve um intenso close daquele pequeno magneto verde-abacate que apoiava o sabão, depois a torneira quente golpeou-o na nuca.

Ele ficou de lado contemplando a extensão da banheira. Parecia que alguém havia tentado matar um porco ali dentro.

A lesão ainda estava presa ao seu corpo.

Sagrada Mãe de Deus. As células do câncer traumatizado sem dúvida estavam escorrendo pelo istmo de carne entre a aba solta e o quadril, fundando pequenas colônias em seus pulmões, em sua medula óssea, em seu cérebro...

Sabia, agora, que não teria forças para removê-la.

Tinha de ir para um hospital. Eles a tirariam dele. Talvez a extirpassem na ambulância, se ele explicasse a situação com todo o cuidado.

Muito lentamente, conseguiu ficar de quatro.

Suas endorfinas não estavam trabalhando muito bem.

Ele ia precisar negociar com as escadas.

Droga.

Devia ter feito a coisa toda na cozinha. Ele podia ter se arranjado naquela velha banheira de plástico que as crianças usavam no verão. Ou a tal banheira foi um dos objetos que ele retirou do fundo da garagem em 1985?

Muito possível.

Ele se debruçou sobre a borda da banheira e pegou uma das toalhas.

Então parou. Queria mesmo pressionar a toalha felpuda na ferida aberta?

Com todo cuidado, ficou de pé. As pequenas luzes brancas acendiam e apagavam sem cessar.

Olhou para baixo. Era difícil perceber o que era o que em toda a área ao redor da ferida, e olhar para aquilo deixou-o enjoado. Ele virou a cabeça e firmou os olhos brevemente nos azulejos manchados.

Respire. Segure. Expire. Três. Dois. Um.

Olhou para baixo de novo. Pegou a aba de carne pendente pelo lado externo e pressionou-a de volta no lugar. A coisa não se fixou muito bem. Na verdade, no momento em que ele a soltou, deslizou da ferida e ficou desagradavelmente pendurada pelo pequeno pedaço vermelho e úmido remanescente.

Alguma coisa estava realmente pulsando na ferida. Não era uma visão tranqüilizadora.

Ele pegou a carne de novo, botou-a no lugar, depois pressionou a toalha em cima.

Esperou um minuto, então endireitou o corpo.

Se chamasse uma ambulância logo, talvez eles viessem imediatamente. Ele faria um pequeno curativo primeiro, então telefonaria.

Antes de tudo, tinha de limpar o chuveiro.

Quando se esticou para alcançar a ducha do chuveiro, no entanto, pareceu-lhe mais alta do que ele se lembrava, e seu torso não estava bem o bastante para se esticar.

Ele deixaria tudo como estava e inventaria alguma história para Jean quando ela voltasse de Sainsbury.

Será que ela estava em Sainsbury? Estava tudo um pouco vago.

Decidiu que era melhor vestir as roupas.

Isso, também, ele percebeu, não ia ser fácil. Ele estava usando cuecas empapadas de sangue. Havia cuecas limpas nas gavetas da cômoda do quarto, mas estavam a dez metros de distância, num tapete cor de creme, e havia um volume considerável de sangue escorrendo por sua perna.

Ele devia ter planejado isso melhor.

Pressionou a toalha mais firmemente contra a ferida e limpou o sangue do chão ficando de pé sobre outras duas toalhas e esfregando-as devagar por todo o banheiro por alguns minutos. Tentou curvar-se para pegar as duas toalhas a fim de lançá-las na banheira, mas seu corpo não lhe obedecia o suficiente para se abaixar tanto assim nem para se esticar.

Decidiu minimizar suas perdas. Cambaleou até o quarto e discou 999.

Quando olhou para trás, em direção ao vão da porta, entretanto, viu que tinha deixado marcas no carpete creme. Jean ficaria muito triste.

— Polícia, bombeiro ou ambulância?

— Polícia — disse George, sem pensar. — Não. Espere. Ambulância.

— Um instante.

— Aqui é o serviço de ambulância. Pode me dar o seu número, senhor usuário?

Qual era o seu número de telefone? Parecia ter escapado de sua mente. Era tão raro usá-lo.

— Alô, senhor usuário? — perguntou a mulher do outro lado da linha.

— Lamento — disse George. — Não consigo lembrar o número.

— Tudo bem. Continue.

— Certo, sim. Parece que eu me cortei. Com um grande cinzel. Há muito sangue.

O número da Katie, por exemplo. Podia se lembrar dele sem nenhum problema. Podia? Para ser sincero, aquele número também parecia ter escapado de sua mente.

A mulher do outro lado da linha disse:

— Pode me dizer o seu endereço?

Isso, também, exigiu algum esforço para lembrar.

Depois de desligar o telefone, percebeu, é claro, que tinha se esquecido de encontrar o cinzel antes de entrar na banheira. Jean já ia ficar irritada demais. Se descobrisse que ele tinha feito toda aquela bagunça tentando extrair o câncer com suas tesouras especiais, ficaria furiosa.

O cinzel, contudo, estava no porão, e o porão era longe demais.

Ele se perguntou se tinha se lembrado de desligar o telefone.

Depois se perguntou se tinha conseguido se lembrar do seu endereço antes de desligar o telefone. Isso se tinha, de fato, desligado o telefone.

Eles podiam rastrear chamadas.

Ao menos faziam isso nos filmes.

Mas nos filmes você podia fazer alguém desmaiar simplesmente espremendo seu ombro.

Ele deu uma olhada em si próprio no espelho do corredor e perguntou-se por que um homem maluco, velho, nu e ensangüentado estava em pé junto da mesa de telefone.

Os degraus do porão eram realmente muito difíceis.

Antes que ele e Jean envelhecessem, podiam ter tido a idéia de colocar uma nova escada com uma inclinação menor. Um corrimão também seria oportuno.

Atravessando o porão, colocou os pés em alguma coisa que parecia muito com uma daquelas pequenas peças Lego que Jacob às vezes deixava espalhadas pela casa, aquelas com apenas um encaixe. Ele tropeçou e a toalha caiu. Pegou a toalha novamente. Estava coberta de serragem e de uma variedade de insetos mortos. Perguntou a si mesmo por que estava segurando uma toalha. Colocou-a em cima da geladeira. Por alguma razão, a toalha pareceu estar embebida de sangue. Tinha de falar com alguém sobre aquilo.

O cinzel.

Ele alcançou a pequena cesta verde e puxou-o de debaixo do martelo com uma extremidade em forquilha, especial para arrancar pregos, e da trena.

Virou-se para sair, seus joelhos curvaram-se sem força sob seu peso, e ele caiu de lado numa piscina escorregadia que eles mantinham semi-inflada para impedir que o mofo se formasse nas superfícies internas.

Estava olhando para a figura de um peixe muito de perto. Havia um esguicho de água vindo do topo da cabeça do peixe, o que sugeria que aquilo era uma baleia. Mas também era vermelho, o que sugeria que podia ser outro tipo de peixe totalmente diferente.

Ele podia sentir cheiro de borracha, ouvir o salpico de água e ver pequenos lampejos de sol com formato de vieiras dançando na sua frente, e aquela mulher jovem e muito atraente do hotel em Portugal com seu biquíni verde-limão.

Se sua memória estivesse funcionando perfeitamente, aquele era o lugar onde eles serviam sobremesa envenenada em abacaxis escavados.

Ele parecia estar com muita dor, embora fosse difícil dizer precisamente por quê.

Também estava muito cansado.

Dormiria um pouco, agora.

Sim, dormir parecia uma boa idéia.

61

Katie ia salvar seu relacionamento.

Ligou para o escritório às 8 horas. Estava planejando deixar uma mensagem e foi pega de surpresa quando Aidan atendeu (se ele não parecesse tão miseravelmente animado, ela talvez tivesse suspeitado que ele estava dormindo no escritório; Katie não podia imaginá-lo fazendo trabalho extra sem que outras pessoas estivessem observando).

— Deixe-me adivinhar — disse Aidan sarcasticamente. — Você está doente.

Teria sido simples dizer *Sim*, mas aquele era um dia para ser sincera. E, afinal de contas, ela jamais gostara de concordar com Aidan. Sobre qualquer coisa.

— Eu estou bem, na verdade. Mas preciso tirar o dia de folga.

— Não mesmo.

Havia um barulho gorgolejante ao fundo. Seria possível que ele estivesse urinando enquanto conversava no telefone sem fio?

— Você pode viver sem mim por um dia.

— O Henley recebeu uma inspeção do departamento de incêndio. A licença deles para o salão de baile foi revogada. Então, temos trabalho para fazer.

— Aidan? — disse ela, naquele tom de reprovação que se usa para fazer com que crianças desobedientes parem o que não estão fazendo direito.

— O que foi? — disse ele, naquela voz levemente tremida de crianças desobedientes quando se fala asperamente com elas.

— Vou ficar em casa. Explico mais tarde. Arranjo uma nova licença para você amanhã.

Aidan tentou se firmar:

— Katie, se você não estiver aqui às 10 horas...

Ela desligou. Era totalmente possível que ela não tivesse mais emprego. Isso não lhe pareceu tão terrivelmente importante.

Ray chegou pouco antes das 9 horas, depois de deixar Jacob na creche. Ligou para o escritório e conversou com algumas pessoas para ter certeza de que as coisas não quebrariam nem pegariam fogo em sua ausência. Então, disse:

— E agora?

Katie deu o casaco para ele.

— Vamos pegar o metrô para Londres. Você vai escolher o que faremos esta manhã. Eu vou escolher o que nós faremos à tarde.

— Está bem — disse Ray.

Eles iam começar tudo de novo. Mas desta vez ela não estaria solteira e desesperada. Descobriria se gostava dele, em vez de apenas precisar dele.

Eles podiam tratar dos acessos de raiva mais tarde. Além disso, se o casamento não fosse acontecer, essa tarefa seria de outra pessoa.

Ray quis ir na roda-gigante do Millennium. Compraram dois ingressos antecipados, depois tomaram sorvete sentados no banco observando a correnteza forte que ia para o mar do Norte.

— Lembra os wafers? — disse Katie. — Conseguia-se comprar aquele pequeno tijolo de sorvete encaixado entre os biscoitos quadriculados. Talvez se ainda possa encontrá-los.

Ray não estava realmente escutando.

— É como estar de férias.

— Que bom — disse Katie.

— O único problema com as férias é que você tem de voltar para casa depois.

— Dizem que sair de férias é a quarta coisa mais estressante que alguém pode fazer — disse Katie. — Depois da morte do cônjuge e de mudança de emprego. E mudar de casa. Se eu bem me lembro.

— Quarta? — exclamou Ray, olhando para a água. — E se seu filho morre?

— Certo. Talvez não seja a quarta.

— Esposa que morre. Criança com deficiência — disse Ray.

— Doença terminal — disse Katie. — Perda de membros. Batida de carro.

— Casa pegando fogo — disse Ray.

— Declaração de guerra — disse Katie.

— Ver um cachorro ser atropelado.

— Ver uma pessoa ser atropelada.

— Atropelar uma pessoa — disse Ray.

— Atropelar um cachorro.

— Atropelar uma família toda.

Estavam rindo de novo.

Ray estava desapontado com a roda-gigante. Bem construída demais, disse ele. Queria vento em seus cabelos, um corrimão enferrujado e a tênue possibilidade de a estrutura inteira se partir.

Katie estava pensando se deveria ter incluído um limite de altura em seus planos para o dia. Sentia-se muito mal. Marble Arch, Battersea Power Station, a torre Gherkin, algumas colinas verdes que pareciam estar no maldito Nepal. Ela olhou para a madeira clara do banco oval central e tentou se imaginar numa sauna.

Ray disse:

— Quando éramos crianças, tínhamos uns primos que moravam numa velha casa de fazenda. A gente podia sair pela janela da sala e pular para o telhado. Quer dizer, se mamãe e papai soubessem, teriam ficado malucos. Mas até hoje posso me lembrar de toda aquela sensação de estar acima de tudo. Telhados, campos, carros... Como ser Deus.

— Quanto tempo falta para nós?

Ray parecia estar se divertindo. Ele olhou para o relógio.

— Oh, temos mais 15 minutos.

62

Só que não era uma piscina porque o fundo verde-limão (seu nome era Mariana, ele lembrou-se) deslizou de lado para a direita e havia uma pancada rítmica que era o som de remos batendo na água porque ele estava assistindo à corrida de barcos na televisão (pensando bem, poderia ser Marlena), mas talvez não na televisão, pois ele estava se apoiando num balaústre de granito maciço, embora também pudesse sentir o carpete pressionando o lado de seu rosto, o que sugeria que, afinal de contas, ele podia estar dentro de casa, e o comentarista estava dizendo alguma coisa sobre a cozinha, e uma forma de desenhar uma seringueira seria fotografá-la e então projetar um slide num pedaço grande de papel com máscara de fita adesiva numa parede e traçá-la, o que muitas pessoas podiam considerar uma trapaça, embora Rembrandt usasse lentes, ou assim havia dito na revista *Sunday Times*, ou talvez tivesse sido Leonardo da Vinci, e ninguém o acusou de trapaça porque era o quadro que interessava, e eles estavam vestidos de branco e estavam erguendo-o, e não havia um círculo de luz, mais um retângulo vertical no topo de alguns degraus, embora agora que pensava no assunto, ele podia ter jogado fora o projetor de slides em 1985, junto com a banheira plástica, e alguém estava repetindo: *George...? George...?*, e então ele entrou no retângulo de luz brilhante e alguma coisa foi colocada em sua boca e as portas se fecharam e ele agora estava subindo numa espécie de cabo de cristal diretamente acima da casa, e quando olhou para baixo pôde ver o estúdio inacabado e um bloco de calha acima da janela do banheiro que ele realmente deveria ter removido, e a fumaça de trem da Nene Valley Railway e três lagos do parque do campo e o acolchoado dos campos e aquele pequeno restaurante em Agrigento e as borboletas nos Pireneus e as esteiras do avião cruzadas e o azul do céu se tornando lentamente mais escuro e os pequenos e intensos pontos de fogo das estrelas.

63

Jean sempre havia achado que sua irmã trabalhava muito. Mesmo antes de ela ter renascido. Para ser sincera, ela estava ligeiramente melhor depois de ter renascido. Porque então havia uma razão para Eileen trabalhar tanto. Você sabia que nunca se dariam bem porque ela estava indo para o céu e você não, de modo que você podia desistir de tentar.

Mas, meu Deus, a mulher podia fazer você se sentir sórdida e egoísta somente pela maneira como usava um cardigã castanho-claro sem corte.

Durante o almoço, ela ficou extremamente tentada a falar sobre David. Só para ver a cara da irmã. Mas provavelmente Eileen consideraria seu dever moral compartilhar a informação com George.

Nada disso tinha importância agora. O martírio estava superado por mais um ano.

Quando chegou em casa, ela esperava ansiosamente pela oportunidade de conversar com George. Sobre qualquer coisa.

Estava mexendo nas suas chaves, no entanto, quando percebeu que alguma coisa estava errada. Pôde ver, pelo pequeno quadrado de vidro fosco, que a mesa de telefone estava torta. E havia alguma coisa escura deitada ao pé das escadas. A coisa escura tinha braços. Ela pediu a Deus que fosse um casaco.

Jean abriu a porta.

Era um casaco.

Então, viu o sangue. Nos degraus. No tapete do corredor. Havia uma marca de mão com sangue na parede ao lado da porta da sala de estar.

Ela gritou o nome de George, mas não houve resposta.

Teve ímpetos de voltar-se, fugir e chamar a polícia da casa do vizinho. Então, imaginou a conversa pelo telefone. Ele incapaz de dizer onde estava nem o que tinha acontecido com ele. Ela tinha de ser a primeira a vê-lo.

Ela entrou, todos os pêlos do seu corpo arrepiados. Deixou a porta entreaberta. Para manter a conexão. Com o céu. Com o ar. Com o mundo comum.

A sala de estar estava exatamente como ela tinha deixado naquela manhã.

Foi para a cozinha. Havia sangue no assoalho. Ele devia estar lavando alguma coisa. A porta da máquina estava aberta e havia uma caixa de tabletes Persil sobre a bancada.

A porta do porão estava aberta. Ela desceu devagarinho os degraus. Mais sangue. Grandes nódoas de sangue por dentro da piscina de bebês e riscos de sangue percorrendo a lateral da geladeira. Mas nenhum corpo.

Ela estava tentando muito, muito, não pensar no que tinha acontecido ali.

Foi para a sala de jantar. Subiu as escadas. Entrou nos quartos. Então entrou no banheiro.

Era onde eles tinham feito a coisa. No chuveiro. Ela viu a faca e olhou ao redor. Cambaleou para trás, arriou na cadeira do vestíbulo e deixou os soluços tomarem conta do seu corpo.

Tinham-no levado para alguma lugar depois de tudo.

Ela precisava ligar para alguém. Endireitou-se e entrou no quarto tropeçando. Pegou o telefone, que de repente lhe pareceu estranho. Como se ela nunca tivesse visto um aparelho daqueles antes. As duas peças que se separavam. O barulho baixo que fazia. Os botões com números negros.

Não queria ligar para a polícia. Não queria ligar para estranhos. Não ainda.

Ligou para Jamie no trabalho. Ele estava fora do escritório. Ligou para o seu número de casa e deixou uma mensagem.

Ligou para Katie. Ela não estava. Deixou uma mensagem.

Não podia se lembrar dos números de celulares deles.

Ligou para David. Ele disse que estaria lá em 15 minutos.

Estava insuportavelmente frio na casa e ela estava tremendo.

Ela desceu as escadas, pegou seu casaco de inverno e sentou-se no muro do jardim.

64

A caminho de casa, voltando do apartamento de Tony, Jamie parou num posto de gasolina 24 horas e comprou um pacote de Silk Cut, um Twix, um Cadbury's Boost e um Yorkie. Quando pegou no sono, já havia devorado todos os chocolates e fumado 11 cigarros.

Quando acordou na manhã seguinte, alguém tinha enfiado um cabide no espaço entre seu cérebro e seu crânio. Estava atrasado, também, e não tinha tempo para uma chuveirada. Vestiu-se, tomou um café instantâneo com dois Nurofen, depois correu para o metrô.

Estava sentado no vagão quando se lembrou de que não tinha ligado de volta para Katie. Quando saiu do metrô, pegou seu celular no bolso, mas não conseguiu coragem para usá-lo. Ligaria à noite.

Chegou ao escritório e percebeu que devia ter feito a ligação.

Isso não podia continuar.

Era mais do que Tony. Ele estava numa encruzilhada. O que ele faria nos próximos dias estabeleceria o curso para o resto de sua vida.

Queria que as pessoas gostassem dele. E as pessoas gostavam dele. Ou antigamente era assim. Mas não era tão fácil agora. Não era automático. Estava começando a perder o benefício da dúvida de todos. Inclusive de si próprio.

Se não tivesse cuidado, se transformaria num daqueles homens que se importaria mais com a mobília do que com os seres humanos. Acabaria morando com outra pessoa que também se importaria mais com o ambiente do que com os seres humanos, e eles levariam uma vida que pareceria perfeitamente normal vista de fora, mas que na verdade era um tipo de morte em vida que deixava seu coração parecendo uma uva-passa.

Ou pior, ele resvalaria de uma ligação sórdida para outra, ficaria enormemente gordo porque ninguém daria uma merda para como ele estivesse, então pegaria alguma doença terrível em conseqüência de estar gordo e teria uma morte longa, demorada, na enfermaria de um hospital cheio de homens velhos e senis que cheirariam a urina e repolho e gemeriam à noite.

Ficou preso digitando os detalhes para três prédios novos de Jack Riley em West Hampstead. Sem dúvida, cometera algum erro de digitação ou incluíra uma fotografia mal legendada, de forma que Riley podia irromper furioso no escritório pedindo que a bunda de alguém fosse chutada.

Na última vez, Jamie tinha acrescentado a frase "propriedade com garantia de diminuição entre a permuta e a complementação", tinha imprimido os detalhes para divertir Shona, então teve de retirar tudo quando viu Riley em pé na recepção conversando com Stuart.

Quarto Um 4,88m (16'0") max x 3,40m (aa'2") max. Duas janelas de guilhotina deslizante para a frente. Chão de madeira sem tapete. Ponto de telefone...

Ele algumas vezes se perguntava por que, em nome de Deus, ficava neste trabalho.

Esfregou os olhos.

Tinha de parar de reclamar. Ia ser uma boa pessoa. E pessoas boas não reclamavam. Crianças estavam morrendo na África. Jack Riley não se envolvia no grande esquema das coisas. Algumas pessoas nem mesmo tinham emprego.

Apenas se empenhe.

Passou para as fotografias do interior.

Giles estava fazendo aquela coisa com a caneta na mesa em frente. Equilibrando-a entre o polegar e o dedo indicador e a seguir atirando-a no ar e deixando-a girar um mesmo número de vezes antes de pegá-la pela extremidade própria para segurá-la.

Como Jamie costumava fazer com os canivetes. Quando tinha 9 anos.

E talvez se ele fosse outra pessoa, Josh, Shona ou Michael, isso não tivesse importância. Mas era Giles. Que usava uma gravata. E tirava a embalagem de uma barra de chocolate, dobrava-a ao meio, depois envolvia a ponta da barra numa nova embalagem de dupla espessura, formando um tipo de cartucho de papel prateado para impedir que seus dedos ficassem sujos de chocolate, de modo que dava vontade de enfiar uma bala em sua cabeça. E ele estava fazendo aquele barulho, também, a cada vez que caneta caía de volta em sua mão. Aquele tênue *clop* com a língua. Como quando você imitava um cavalo para crianças. Mas somente um *clop* por vez.

Jamie preencheu alguns Contratos de Corretagem Comerciais e imprimiu três Descrições da Propriedade.

Não culpava Tony. Jesus Cristo, ele havia bancado o idiota. Tony teve razão de bater a porta na sua cara.

Que diabo, como é que se pode pedir a alguém para amar você quando nem mesmo você gosta de si próprio?

Digitou as cartas em anexo, colocou-as em envelopes e retornou uma série de chamadas telefônicas do dia anterior.

Ao meio-dia e meia saiu, comprou um sanduíche para almo çar e comeu-o sentado no parque, na chuva, debaixo do guarda-chuva de Karen, agradecido pela paz e quietude relativas.

Sua cabeça ainda estava doendo. De volta ao escritório, pediu dois Nurofen a Shona, depois gastou uma grande parte da tarde fascinado pela maneira como as nuvens se moviam de modo tão interessante, passando pela pequena janela nas escadas, querendo desesperadamente estar no sofá de sua casa com uma grande caneca de chá e um pacote de biscoitos.

Giles começou a fazer a coisa da caneta de novo às 14h39 e ainda estava fazendo às 14h47.

Havia alguém com Tony? Bem, Jamie realmente não podia reclamar. Somente camarões envenenados haviam impedido que ele trepasse com Mike. Por que, diabos, não deveria haver alguém lá com Tony?

Foi o que quis dizer, não foi? Sendo bom. Você não tinha que se afundar em Burkina Faso. Não tinha de dar sua mesinha de centro. Você tinha apenas de ver as coisas sob o ponto de vista das outras pessoas. Lembrar-se de que eles eram humanos.

Como Giles Mynott, o Merda, não fazia.

Clop. Clop. Clop.

Jamie precisava mijar.

Saiu de sua cadeira, virou-se e deu com Josh, que estava levando uma xícara de café surpreendentemente quente de volta para sua mesa.

Jamie ouviu-se dizendo, bem alto:

— Você. Total. Fodido. Estúpido.

O escritório ficou muito quieto.

Stuart se aproximou. Foi como observar o diretor da escola chegando ao playground depois de ele ter rasgado o blazer da Sharon Parker.

— Você está bem, Jamie?

— Lamento. Eu realmente lamento.

Stuart estava fazendo sua expressão à Mister Spock, não dando absolutamente nenhuma indicação do que estava pensando.

— Minha irmã acabou de cancelar o casamento dela — disse Jamie. — Meu pai teve um colapso nervoso e minha mãe está saindo com outro homem.

Stuart suavizou.

— Talvez você devesse tirar o resto da tarde de folga.

— Isso. Obrigado. Vou tirar. Obrigado. Lamento.

Ele sentou-se no metrô sabendo que estava indo para o inferno. A única maneira de diminuir o número de garfos quentes para quando chegasse lá era ligar para Katie e a mãe tão logo chegasse em casa.

Um velho com a mão esbranquiçada estava sentado na sua frente. Usava uma capa de chuva amarela e carregava uma bolsa gordurosa de papéis, olhando diretamente para Jamie e resmungando consigo mesmo. Jamie estava muito aliviado quando desceu na Swiss Cottage.

Ligar para a mãe ia ser complicado. Ele deveria saber que ela ia deixar o pai? Katie deveria saber? Ela podia ter ouvido por acaso uma conversa e tirado conclusões. Algo que ela estava sempre propensa a fazer.

Ligaria primeiro para Katie.

Quando chegou em casa, contudo, havia uma mensagem na secretária.

Ele apertou *Play* e tirou o casaco.

Primeiro ele pensou que fosse um trote. Ou um doido ligando um número errado. Uma mulher com taquicardia no telefone.

Então a mulher estava dizendo seu nome: "Jamie...? Jamie...?", e ele percebeu que era sua mãe e teve de se sentar muito rapidamente no braço do sofá.

— Jamie...? Você está aí? Alguma coisa terrível aconteceu com seu pai. Jamie...? Oh, droga, droga, droga, droga, droga.

A mensagem acabou.

Tudo ficou muito quieto e imóvel. Então ele atravessou correndo a sala, jogando o telefone no tapete.

O telefone de seus pais. Que merda, qual era o número deles? Deus, ele devia ter discado esse número setecentas vezes. Zero um sete três três... Dois quatro dois...? Dois quatro quatro...? Meu Deus!

Estava quase ligando para Auxílio às Listas quando se lembrou do número. Ligou. Contou os toques. Quarenta. Nenhuma resposta.

Ligou para Katie.

Secretária eletrônica.

— Katie. É Jamie. Droga. Você não está aí. Merda! Ouça. Recebi uma ligação assustada da mamãe. Me liga, tá? Não. Não me liga. Vou para Peterborough. Na verdade, talvez você já esteja lá. Vou falar com você mais tarde. Estou indo agora mesmo.

Alguma coisa terrível? Por que as pessoas velhas eram sempre tão vagas?

Ele subiu as escadas, pegou as chaves do carro e correu de novo, mas teve de se apoiar na parede do corredor por alguns segundos para evitar desmaiar, e ocorreu-lhe que de alguma forma obscura ele tinha provocado isso não ligando para Katie de volta, não suportando Ryan, não amando Tony, não dizendo a Stuart toda a verdade.

Mas quando atravessava a M25, já estava se sentindo surpreendentemente bem.

Ele sempre gostara mais de emergências. Das outras pessoas, pelo menos. Relativizavam seus próprios problemas. Era como estar numa barca. Você não tinha de pensar sobre o que tinha de fazer nem para onde tinha de ir nas próximas horas. Tudo era planejado para você.

Como eles diziam. Ninguém cometia suicídio em tempo de guerra.

Ele estava indo conversar com seu pai. Dignamente. Sobre tudo.

Jamie sempre tinha culpado o pai pela falta de comunicação entre eles. Sempre pensou em seu pai como um galho velho murcho. Isso era covardia. Ele podia ver isso agora. E conveniência. Apenas queria seus próprios preconceitos confirmados.

Baldock, Biggleswade, Sandy...

Mais quarenta minutos e estaria lá.

65

Katie e Ray estavam diante de uma escultura chamada *Lightning with Stag in its Glare*. Basicamente, era uma viga mestra fincada na parede com um espigão de metal preto pontudo balançando nela e algumas peças de sucata no chão próximo, que deveriam representar o cervo, um bode e algumas "criaturas primitivas", embora pudessem estar representando a crucificação ou a receita de um coelho Welsh do local onde Katie estava em pé observando.

O cervo de alumínio era, originalmente, feito de uma prancha de ferro. Ela sabia disso porque tinha lido com alguma atenção a nota explicativa de um pequeno cartão. Lera muito daquelas notas explicativas de pequenos cartões, e olhara muitas vitrinas e imaginara as possíveis vidas privadas de muitos dos visitantes ao redor porque Ray estava passando muito tempo examinando a peça de arte. E isso a estava irritando.

Havia ido lá por todas as razões erradas. Queria estar no elemento dela, mas não estava. E queria que ele saísse do elemento dele, mas ele não saiu.

Você podia dizer o que gostava em Ray, mas podia deixá-lo no meio do Turcomenistão e ele estaria num povoado próximo ao anoitecer, comendo cavalo e fumando o que quer que seja que eles fumassem lá.

Ele estava ganhando. E isso não era uma competição. Era infantil pensar nisso como uma competição. Mas ainda assim ele estava vencendo. E ela pretendia vencer.

Finalmente chegaram ao café.

Ele estava segurando um cubo de açúcar de forma tal que o ângulo de baixo estava apenas tocando a superfície de seu chá e um veio marrom estava aos poucos subindo pelo cubo. E estava dizendo:

— Obviamente, a maioria é lixo. Mas... é como as velhas igrejas e coisas assim. Fazem você diminuir a velocidade e olhar... O que foi, querida?

— Nada.

Ela podia ver agora. O arremesso de latas de lixo não era o problema. O problema era não ganhar.

Ela gostava do fato de ser mais inteligente que Ray. Gostava do fato de ela falar francês e ele não. Gostava do fato de ter opiniões sobre fazendas mecanizadas, e ele não.

Mas isso não contava. Ele era uma pessoa melhor do que ela. Em tudo o que era importante. A não ser em arremessar latas de lixo. E, na verdade, ela talvez tivesse atirado algumas latas de lixo quando era jovem se fosse um pouco mais forte.

Dez minutos mais tarde eles estavam sentados na grande ladeira, olhando para baixo, para o vasto espaço do corredor da turbina.

Ray disse:

— Eu sei que você está tentando muito, amor.

Katie não disse nada

Ray disse·

— Você não tem de fazer isso. — Ele parou. — Você não tem de casar comigo por causa de Jacob, da casa, do dinheiro e de tudo isso. Não vou jogar você na rua. O que quer que você queira fazer, eu faço a tentativa e dou um jeito de pôr para funcionar.

66

Jamie estava atravessando a sala de espera quando um homem elegante, de cerca de 60 e poucos anos, se levantou de uma das cadeiras de plástico verde e bloqueou seu caminho de uma maneira ligeiramente perturbadora.

— Jamie?

— Sim?

O homem estava usando um paletó de linho e um suéter escuro de gola rulê. Não parecia um médico.

— David Symmonds. Sou um amigo de sua mãe. Eu a conheci na livraria onde ela trabalha. Na cidade.

— Ah, sim.

— Eu a trouxe para cá — explicou o homem. — Ela me telefonou.

Jamie não tinha certeza do que devia fazer. Agradecer a ele? Pagá-lo?

— Acho que devo tentar encontrar minha mãe.

Havia alguma coisa embaraçosamente familiar no homem. Parecia um apresentador de notícias ou alguém de um anúncio da TV.

O homem disse:

— Sua mãe chegou em casa e descobriu que seu pai tinha sido levado para o hospital. Achamos que alguém havia arrombado a casa.

Jamie não estava ouvindo. Depois de suas ligações telefônicas em pânico de pé nos fundos da casa trancada no vilarejo, não estava com disposição para interrupções.

O homem continuou.

— E achamos que seu pai os havia surpreendido. Mas está tudo bem... Ah, desculpe. É uma palavra ridícula. Seja como for, ele está vivo.

Jamie sentiu-se repentinamente fraco.

— Havia muito sangue — disse o homem.

— O quê?

— Na cozinha. No porão. No banheiro.

— Do que você está falando? — perguntou Jamie.

O homem recuou um passo.

— Eles estão na cabine quatro. Olhe... é melhor que eu vá embora. Agora que você está aqui para tomar conta de sua mãe.

O homem estava apertando as mãos juntas como se fosse um padre. Havia vincos passados a ferro em suas calças de tecido grosso.

Alguém tinha tentado assassinar o pai de Jamie.

O homem continuou:

— Transmita a ela o meu desejo de que tudo acabe bem. E diga que estou pensando nela.

— Está bem.

O homem afastou-se e Jamie foi para o cubículo quatro. Ele parou do lado de fora da cortina e preparou-se para o que estava a ponto de ver.

Quando puxou a cortina, entretanto, seus pais estavam rindo. Bem, sua mãe estava rindo e seu pai parecia divertir-se. Era algo que ele não via há muito tempo.

Seu pai não tinha feridas visíveis e quando os dois se viraram para olhar para Jamie, ele teve a impressão surreal de que estava interrompendo um momento romântico.

— Pai? — disse Jamie.

— Olá, Jamie — disse o pai.

— Desculpe pela mensagem no telefone — disse a mãe. — Seu pai sofreu um acidente.

— Com um cinzel — explicou o pai.

— Um cinzel? — perguntou Jamie. O homem da sala de espera era um lunático?

Seu pai riu maliciosamente.

— Receio que tenha feito uma grande bagunça na casa. Tentando limpar a sujeira.

— Mas agora está tudo certo — disse a mãe.

Jamie teve a impressão de que ele podia desculpar-se pela intromissão e ir embora e ninguém ficaria ofendido nem minimamente chateado. Perguntou ao seu pai como estava se sentindo.

— Um pouco dolorido.

Jamie não pôde pensar em nenhuma réplica, então se virou para a mãe e disse:

— Tem um sujeito na sala de espera. Disse que trouxe você para cá.

Ele ia mencionar o recado de David, mas sua mãe se pôs de pé num pulo com uma expressão de surpresa no rosto e disse:

— Ah. Ele ainda está lá?

— Estava indo embora. Agora que você não precisa mais dele.

— Eu vou ver se ainda o pego — disse ela, desaparecendo na direção da sala de espera.

Jamie aproximou-se da cadeira ao lado da cama do pai e, ao se sentar, lembrou quem era David Symmonds. E o que Katie tinha dito na mensagem da secretária eletrônica. E veio-lhe à mente uma imagem da mãe atravessando correndo a sala de espera, saindo do hospital e pulando para o assento de passageiro de um pequeno carro esporte vermelho, a porta batendo, o motor sendo acelerado e os dois desaparecendo numa nuvem de descarga.

Assim, quando seu pai disse: "Na verdade, não foi um acidente", Jamie achou que ele estava se referindo ao caso e se aproximou para dizer alguma coisa muitíssimo estúpida.

— Estou com câncer — disse o pai.

— O quê? — perguntou Jamie, pois de fato não havia acreditado no que tinha acabado de ouvir.

— Ou, pelo menos, eu estava — disse o pai.

— Câncer? — perguntou Jamie.

— O Dr. Barghoutian disse que é um eczema — continuou o pai. — Mas eu não tenho certeza disso.

Quem era o Dr. Barghoutian?

— Então, tirei a coisa fora.

— Com um cinzel? — Jamie percebeu que Katie estava certa. Sobre tudo. Havia alguma coisa seriamente errada com seu pai.

— Não, com uma tesoura. — Seu pai parecia impassível sobre o que estava dizendo. — Parecia ser uma coisa lógica naquele momento. — Seu pai parou. — Na verdade, para ser sincero, não consegui cortá-lo completamente. É muito mais difícil do que eu imaginei. Cheguei a pensar que eles iam dar pontos e pôr a maldita coisa de volta. Mas aparentemente é melhor arrancar e deixar o ferimento granular de dentro para fora. Uma bonita médica explicou tudo. Indiana, eu acho. — Ele parou de novo. — Provavelmente é melhor não contar para sua mãe.

— Está bem — disse Jamie, não inteiramente certo de que devia concordar.

— Então — perguntou o pai —, como você está?

— Estou bem — respondeu Jamie.

Ficaram em silêncio por alguns momentos.

Então seu pai disse:

— Tive um pequeno problema recentemente.

— Katie me contou — disse Jamie.

— Está tudo resolvido agora. — Os olhos de seu pai estavam começando a se fechar. — Se você não se importa, vou tirar um cochilo rápido. Foi um dia exaustivo.

Jamie teve um momento de pânico, quando achou que seu pai podia estar morrendo inesperadamente na sua frente. Ele nunca tinha visto ninguém morrer e não tinha certeza dos sinais. Mas quando examinou o rosto do pai, achou que estava exatamente como quando ele cochilava no sofá de casa.

Em poucos segundos, seu pai estava ressonando.

Jamie segurou a mão do pai. Parecia a melhor coisa a fazer. Então sentiu como se isso fosse algo estranho e soltou-a.

Uma mulher estava gemendo num cubículo próximo, como se estivesse em trabalho de parto. Embora sem dúvida isso fosse uma coisa que acontecia em algum outro lugar, certo?

Que parte do corpo seu pai havia tentado cortar?

Isso importava? Não seria uma resposta para essa questão que faria tudo parecer normal.

Meu Jesus. Tinha sido seu pai quem fizera tudo aquilo. O homem que colocava os livros em ordem alfabética e dava corda nos relógios.

Talvez fosse o início da demência.

Jamie pediu a Deus que sua mãe não fosse embora. Ou ele e Katie teriam de tomar conta do pai quando ele começasse sua lenta descida em direção àquela pequena residência num lugar qualquer.

Era um pensamento sem um pingo de caridade.

Ele estava tentando duramente abandonar esse tipo de pensamento.

Talvez fosse disso que ele precisasse. Alguma coisa que o atingisse e esmagasse sua vida em pedaços. Voltar para o vilarejo. Tomar conta de seu pai. Aprender a ser um bom ser humano de novo. Uma coisa do tipo espiritual.

Sua mãe reapareceu, abrindo a cortina.

— Desculpe. Consegui alcançá-lo quando ele já estava saindo. Uma pessoa do trabalho. David. Ele me deu uma carona.

— Papai está dormindo — disse Jamie, pensando que isso era bastante óbvio pelo ronco.

Ela e aquele homem faziam sexo? Era o dia das revelações.

Sua mãe sentou-se.

Jamie deu um profundo suspiro.

— Papai falou que está com câncer.

— Ah, sim, isso... — disse a mãe.

— Então ele não está com câncer?

— Não, de acordo com o Dr. Barghoutian.

— Entendo...

Jamie queria contar a ela sobre a tesoura. Mas quando formulou a sentença em sua cabeça, pareceu-lhe algo muito bizarro para ser dito em voz alta. Um sonho acordado doentio que ele se arrependeria de contar por aí tão impetuosamente.

Sua mãe disse:

— Lamento tudo isso. Devia ter contado a você antes que viesse para cá.

Mais uma vez, Jamie não tinha plena certeza sobre o que ela estava se referindo.

— Seu pai não tem passado muito bem recentemente — disse ela.

— Eu sei.

— Nós esperamos resolver isto logo — disse a mãe.

Então ela não estava se mandando com o outro homem. Não num futuro imediato.

— Meu Deus. Tudo acontece ao mesmo tempo — disse Jamie.

— O que você quer dizer? — Sua mãe tinha um olhar preocupado no rosto.

— O cancelamento do casamento e tudo o mais — disse ele.

A expressão da mãe mudou de um tipo de preocupado para um tipo diferente de preocupado, e Jamie logo percebeu que ela não sabia que o casamento estava sendo cancelado, e que ele havia fodido com tudo, e que Katie iria matá-lo, e que sua mãe tampouco ficaria muito satisfeita, e que ele realmente devia ter retornado a ligação de Katie imediatamente.

— O que você quer dizer com o cancelamento do casamento? — perguntou a mãe.

— Bem... — Jamie pesou as palavras. — Katie mencionou alguma coisa no telefone... Deixou uma mensagem... Eu não falei com ela depois disso. É possível que eu tenha entendido errado.

Sua mãe balançou a cabeça tristemente e soltou um longo suspiro.

— Bem, acho que é uma coisa a menos com que temos de nos preocupar.

67

Katie e Ray passaram na creche no caminho de volta.

Jacob estava estranhamente interessado em por que os dois foram pegá-los juntos. Ele podia sentir que alguma coisa não estava bem. Mas ela teve êxito em distraí-lo, dizendo que tinham visto um grande piano pendurado no teto (*Concert for Anarchy*, 1990, de Rebecca Horn; Meu Jesus, ela provavelmente podia conseguir um trabalho no lugar), e Jacob e Ray logo estavam conversando sobre o fato de a Austrália estar de cabeça para baixo, mas só um pouco, e os homens da caverna existiram depois dos dinossauros, mas antes das carruagens puxadas a cavalo.

Quando chegaram em casa, ela verificou a secretária eletrônica e ouviu uma voz estranha dizendo que alguma coisa tinha acontecido com seu pai. Tão estranha que ela entendeu que o pai em questão era de outra pessoa. Então a mulher disse que ia ligar para Jamie, e Katie percebeu que era sua mãe, o que a fez se borrar de medo. Então, ela voltou a mensagem para ouvi-la outra vez. E continuava a mesma. E daí ela começou a entrar em pânico de verdade.

Mas havia outra mensagem. De Jamie.

— ... uma ligação assustada da mamãe. Me liga, tá? Não. Não me liga. Vou para Peterborough. Na verdade, talvez você já esteja lá. Vou falar com você mais tarde. Estou indo agora mesmo.

Jamie também não disse o que estava errado com papai.

Merda.

Ela disse a Ray que ia pegar o carro. Ray disse que ele a levaria até Peterborough. Ela disse que ele tinha de ficar para tomar conta de Jacob. Ray disse que eles levariam Jacob junto. Katie disse para ele não ser ridículo. Ray disse que não ia deixar ela pegar na direção estando tão nervosa.

Jacob ouviu a última parte da discussão.

Ray agachou-se diante dele e disse:

— Vovô está doente. Portanto, o que você acha de vivermos uma aventura, dirigirmos e vê-lo para ter certeza de que ele está bem?

— Ele quer chocolate? — perguntou Jacob.

— Possivelmente — disse Ray.

— Ele pode comer o resto dos meus botões de chocolate.

— Vou pegar os botões de chocolate — disse Ray. — Vá e pegue seu pijama, sua escova de dentes e calças limpas para amanhã, certo?

— Certo. — Jacob foi para o andar de cima.

Papai havia tentado cometer o suicídio. Ela não podia achar outra explicação.

Ray disse:

— Pegue suas coisas também. Vou pegar as minhas e as de Jacob.

O que mais poderia ter acontecido a ele, fechado naquele quarto? Comprimidos? Lâminas de barbear? Corda? Ela precisava saber para acabar com essas imagens em sua cabeça.

Talvez ele tivesse ido passear e tivesse sido atropelado por um carro.

Era culpa dela. Ele havia lhe pedido ajuda e ela passara o problema para a mãe, sabendo que ela estava totalmente perdida.

Merda, merda, merda.

Ela pegou uma jaqueta na gaveta e uma pequena mochila do guarda-roupa.

Será que ele ainda estava vivo?

Se tivesse conversado com ele um pouco mais. Se tivesse faltado ao trabalho e passado a semana com seus pais. Se tivesse pressionado a mãe de forma mais dura. Cristo, ela nem mesmo sabia se ele tinha ido ao médico. Nos últimos dias, nem tinha pensado nisso. Nem uma única vez sequer.

Ficou um pouco melhor no carro. E Ray estava certo. Ela já teria batido em alguém a essa altura. Ficaram brincando durante o caminho no final da hora do rush, congestionamento após congestionamento, sinal vermelho após sinal vermelho, Ray e Jacob recitando as várias centenas de versos de "The Wheels on the Bus".

Quando chegaram a Peterborough, Jacob estava dormindo.

Ray aproximou-se da casa e disse:

— Fique aqui — e saltou.

Ela queria protestar. Não era uma criança. E era o seu pai. Mas ela estava exausta e satisfeita que outra pessoa estivesse tomando as decisões.

Ray bateu à porta e esperou por um bom tempo. Não houve resposta. Ele foi para os fundos.

No fim da rua, três crianças estavam se revezando em descer de bicicleta uma pequena rampa feita de uma tábua e um caixote de madeira, como ela e Juliet faziam quando tinham 9 anos.

Ray estava demorando demais. Ela saiu do carro e estava na metade do caminho na lateral da casa quando ele reapareceu.

Ele segurou a mão dela.

— Não. Não vá lá.

— Por quê?

— Não tem ninguém lá.

— Como você sabe? — perguntou ela.

— Quebrei uma janela dos fundos e entrei. — Ele virou-se e caminhou com ela em direção ao carro.

— Você o quê?

— A gente vê isso mais tarde. Preciso ligar para o hospital.

— Por que eu não posso olhar dentro de casa? — perguntou Katie.

Ray segurou-a pelos ombros e olhou bem no rosto dela.

— Confie em mim.

Ele abriu a porta do motorista, tirou seu celular do porta-luvas e digitou o número.

— George Hall — disse Ray. — Está certo.

Aguardaram.

— Obrigado — disse Ray ao telefone.

— Bem? — perguntou Katie.

— Ele está no hospital — disse Ray. — Vamos lá.

— E o que eles disseram sobre ele?

— Não disseram.

— Por que não? — perguntou Katie.

— Eu não perguntei.

— Deus do céu, Ray.

— Eles não dizem nada a quem não é da família.

— Eu sou da porra da família — disse Katie.

— Desculpe — disse Ray. — Mas, por favor, entre no carro.

Ela entrou no carro e Ray arrancou.

— Por que você não me deixou ver a casa? — perguntou Katie — O que tinha lá?

— Um bocado de sangue — disse Ray, absolutamente calmo.

68

Pouco depois de Jean ter mandado Jamie procurar alguma coisa para comer na cantina do hospital, um médico apareceu. Estava usando um pulôver azul-escuro com decote em V sem gravata, do modo como os médicos se vestem atualmente.

— Sra. Hall? — disse ele.

— Sim?

— Meu nome é doutor Parris.

Ele apertou a mão dela. Era um homem muito interessante. Havia alguma coisa de jogador de rúgbi nele.

Ele disse:

— Nós podemos ir lá fora por um momento? — e disse isso tão educadamente que não lhe ocorreu ficar preocupada. Saíram.

— Então? — perguntou ela.

Ele fez uma pausa.

— Gostaríamos de manter seu marido internado esta noite.

— Tudo bem. — Parecia algo muito sensato.

Ele disse:

— Gostaríamos de fazer uma avaliação psiquiátrica.

Ela disse:

— Ah, sim, ele tem se sentido mal ultimamente.

Ela estava impressionada com a eficácia do hospital, mas intrigada sobre como haviam descoberto. Talvez o Dr. Barghoutian tivesse anotado alguma coisa nos registros médicos de George. O que era um tanto alarmante.

Dr. Parris disse:

— Se alguém se fere propositalmente, gostamos de saber por quê. Se já fez isso antes. E se há possibilidade de fazer novamente.

Jean disse:

— Ele quebrou o cotovelo há alguns anos. Normalmente, é muito cuidadoso com coisas desse tipo. — Ela realmente não estava entendendo aonde o Dr. Parris estava querendo chegar. Jean sorriu.

O Dr. Parris sorriu de volta, mas não era propriamente um sorriso:

— E ele quebrou o cotovelo...?

— Caindo de uma escada de mão.

— Não lhe contaram sobre a tesoura, contaram?

— Que tesoura? — perguntou ela.

Então ele lhe contou sobre a tesoura.

Ela queria dizer ao Dr. Parris que ele tinha confundido George com outra pessoa. Mas ele sabia sobre o sangue, o banheiro e o eczema. Ela se sentiu estúpida por ter acreditado naquela história idiota sobre cinzel. E temeu por George.

Ele estava perdendo a sanidade.

Ela queria perguntar ao Dr. Paris exatamente o que estava errado com George, se podia piorar, se era alguma coisa permanente. Mas eram perguntas egoístas, e ela não queria fazer papel de boba por uma segunda vez. Então, agradeceu-lhe por conversar com ela, voltou para a cadeira junto de George, esperou que o Dr. Parris deixasse a enfermaria e chorou um pouco num momento em que ninguém estava olhando.

69

Jamie sentou-se para tomar café e comer um pastel de queijo e cebola no Restaurante Kenco (*Especial do Chefe, Galetos e Carnes de Segunda a Sexta, Cozinha Internacional e muito mais!*).

Ele estava na maior merda. Queria somente ficar sentado ali até que Katie chegasse, e ela e sua mãe arrancassem alguns nacos uma da outra, depois entrassem numa espécie de trégua, tudo antes de ele se aventurar a retornar à área de risco.

Gostava bastante do Restaurante Kenco. Da mesma maneira que gostava de postos de gasolina em auto-estradas e salões de aeroportos. Da mesma maneira que outras pessoas preferiam visitar catedrais ou caminhar numa região rural.

As bandejas pretas de plástico, as plantas falsas e as pequenas treliças que instalavam para dar uma sensação de centro de jardim... Você conseguia pensar em lugares assim. Ninguém sabia onde você estava. Você não era abordado por colegas ou amigos. Estava sozinho, mas não solitário.

Nas festas da adolescência, ele estava sempre perambulando por algum jardim, sentado num banco no escuro, fumando cigarros, as janelas iluminadas atrás dele e débeis rastros de "Hi, ho, Silver" Lining martelando ao longe, observando as constelações e avaliando todas aquelas grandes questões sobre a existência de Deus, a natureza do demônio e o mistério da morte, questões que pareciam mais importantes do que qualquer coisa no mundo até poucos anos antes, quando algumas questões reais haviam sido despejadas em seu colo, como, por exemplo, de que forma ganhar a vida e por que as pessoas se apaixonam e se desapaixonam, e quanto tempo você podia continuar fumando e então desistir sem ter um câncer nos pulmões.

Talvez as respostas não fossem importantes. Talvez o importante fosse perguntar. Não assumir nenhuma certeza. Talvez fosse isso que impedisse a gente de envelhecer.

E talvez se pudesse realizar alguma coisa qualquer contanto que se tivesse meia hora por dia para ir a algum lugar como este e deixar a mente vagar.

Um velho com pele de lagartixa e um quadrado de gaze grudado em seu pomo-de-adão sentou-se com uma caneca de chá na mesa oposta. Os dedos da mão direita do homem estavam tão amarelos de nicotina que pareciam envernizados.

Jamie olhou para o seu relógio. Estava ali havia quarenta minutos. Repentinamente sentiu muita culpa.

Bebeu o último gole de seu café forte, levantou-se e desceu de volta o corredor principal.

70

Jean observava George dormindo.

Estava pensando no dia em que eles haviam visitado o tio de George naquele hospital pavoroso em Nottingham pouco antes de ele morrer. Aqueles homens velhos e melancólicos sentados diante da televisão, fumando e caminhando tropegamente pelos corredores. Era aquilo que ia acontecer com George?

Ela ouviu passos, e Katie surgiu entre as cortinas, corada e ofegante. Ela parecia muito triste.

— Como está papai?

— Seu pai está bem. Não há motivo para se preocupar.

— Ficamos tão assustados. — Ela estava sem fôlego. — O que aconteceu?

Jean explicou. Sobre o acidente com o cinzel. E agora que ela sabia que não era verdade, aquilo lhe pareceu ridículo e ela se perguntou por que fora tão facilmente seduzida pela idéia. Mas Katie parecia bastante aliviada por poder fazer perguntas.

— Agradeço a Deus por isso... Eu achei... — Katie se conteve e abaixou a voz, para o caso de George conseguir escutar o que ela estava dizendo. — Melhor nem falar sobre isso. — Ela coçou o rosto.

— Falar sobre o quê? — perguntou Jean, tranqüila.

— Eu achei que ele podia ter... Bem, você sabe — cochichou Katie. — Ele estava deprimido. Estava preocupado com a morte. Eu não podia achar nenhuma outra explicação para você estar em tal estado.

Suicídio. Era sobre o que o médico havia conversado, não era? Ferir a si próprio.

Katie tocou no ombro dela e perguntou:

— Você está bem, mamãe?

— Estou — respondeu Jean. — Bem, para ser sincera, não, não estou bem. Está sendo difícil dizer as mínimas coisas. Mas estou contente que você e Jamie estejam aqui.

— Falando nisso...

— Ele foi para a cantina — disse Jean. — Seu pai dormiu e ele não tinha comido. Então, mandei que ele fosse lá.

— Ray disse que a casa estava uma bagunça.

— A casa — murmurou Jean. — Meu Deus, eu me esqueci da casa.

— Lamento.

— Você vai voltar comigo, não vai? — perguntou Jean. — Eles querem manter seu pai aqui por esta noite.

— É claro — disse Katie. — Faremos o que for melhor para você.

— Obrigada — disse Jean.

Katie olhou para George.

— Bem, ele não parece estar com dor.

— Não.

— Onde ele se cortou?

— No quadril — disse Jean. — Acho que ele deve ter caído em cima do cinzel quando o estava segurando. — Ela se inclinou para a frente e tirou o cobertor para mostrar a Katie a ferida com o curativo, mas a calça do pijama estava muito puxada para baixo e deu para ver os pêlos púbicos. Então, ela rapidamente ajeitou o cobertor de novo.

Katie pegou a mão do pai e segurou-a.

— Pai? — disse ela. — É Katie — O pai murmurou alguma coisa incompreensível. — Você é um maldito idiota. Mas nós amamos você.

— Então, Jacob está aqui? — perguntou Jean.

Mas Katie não estava ouvindo. Ela sentou-se na outra cadeira e começou a chorar.

— Katie?

— Desculpe.

Jean deixou que ela chorasse um pouco, depois disse:

— Jamie me contou sobre o casamento.

Katie olhou para ela.

— O quê?

— Sobre vocês quererem cancelar o casamento.

Katie parecia perturbada.

— Tudo bem — disse Jean. — Sei que provavelmente vocês estão com receio de falar sobre isso. Devido ao acidente com seu pai. E com tudo sendo providenciado. Mas a pior coisa seria seguir adiante apenas porque vocês querem evitar estardalhaço.

— Tem razão — disse Katie, concordando com ela.

— A coisa mais importante é ver você feliz. — Ela parou. — Se isso faz você se sentir melhor, também tivemos nossas dúvidas o tempo todo.

— Como assim?

— Seu pai e eu. Obviamente Ray é um homem decente. E é claro que Jacob gosta dele. Mas nós sempre sentimos que ele não era o homem certo para você.

Katie não disse nada por um longo e aflitivo intervalo.

— Amamos muito você — disse Jean.

Katie interrompeu-a.

— E foi Jamie quem contou a você?

— Ele disse que você ligou para ele... — Era evidente que havia alguma coisa estranha, mas Jean não sabia exatamente o quê.

Katie levantou-se. Havia uma expressão dura em seu olhar. Ela disse:

— Eu volto logo — e desapareceu nas cortinas.

Na verdade, parecia muito furiosa.

Jamie ia ter problemas. Jean adivinhou isso. Ela recostou-se na cadeira, fechou os olhos e soltou um longo suspiro. Não tinha energia para isso. Não agora.

O filhos de fato nunca cresciam. Trintas anos, e eles ainda se comportam como meninos de 5. Num minuto, são seus melhores amigos. Então você diz uma coisa errada, e eles vão embora como bombinhas.

Ela se curvou e pegou a mão de George. Podia-se dizer de tudo sobre seu marido mas pelo menos ele era previsível.

Ou costumava ser.

Ela apertou os dedos de George e percebeu que não tinha a menor idéia do que estava indo na cabeça dele.

71

Quando Jamie entrou na sala de espera, viu Ray e Jacob sentados um diante do outro na extremidade da fileira de cadeiras verdes de plástico. Ray estava fazendo um truque de mágica com uma moeda. Aquele que os pais fazem pelo mundo afora desde o começo dos tempos.

Jamie sentou-se no assento próximo a Jacob e disse:

— Olá, pessoal.

Jacob disse:

— Ray sabe fazer mágica.

Ray olhou para Jamie e perguntou:

— Então...?

Por alguns segundos, Jamie não fez idéia do que Ray pudesse estar falando. Então se lembrou.

— Ah, sim. Papai. Desculpe. Eu estava na cantina. Ele está bem. Bom, na verdade, ele não está bem. Mamãe ligou para todo mundo porque... — Não havia forma de explicar por que a mãe ligara para todo mundo sem provocar pesadelos em Jacob. — Eu explico mais tarde.

— Vovô está morto? — perguntou Jacob.

— Ele está bastante vivo — disse Jamie. — Não há nada para você se preocupar.

— Que bom — disse Ray. — Muito bom. — Ele soltou um suspirou como alguém interpretando alívio numa peça.

Então Jamie se lembrou da história do casamento e sentiu-se pouco à vontade por não mencionar nada a respeito. Assim, perguntou:

— Como você está? — com um tom sugestivo, para indicar que era uma preocupação genuína, não apenas delicadeza.

E Ray respondeu:

— Estou bem — com um tom sugestivo, para indicar que sabia exatamente do que Jamie estava falando.

— Faz a mágica — disse Jacob. — Mágica. Mágica isso no meu ouvido

— Está bem. — Ray voltou-se para Jamie e havia uma fraca insinuação de sorriso, e Jamie permitiu-se considerar a possibilidade de Ray ser uma pessoa agradável e sensata.

A moeda era de vinte centavos. Havia uma moeda de vinte centavos no bolso de trás da calça de Jamie. Ele pescou-a disfarçadamente e escondeu-a na mão.

— Dessa vez — disse Jamie —, Ray vai fazer a mágica com a moeda que está na minha mão. — Ele esticou o pulso direito.

Ray olhou para Jamie e sem dúvida achou que Jamie estava tentando arrumar algum toque homem a homem, se é que o cenho dele dizia alguma coisa. Então compreendeu e riu, um riso pleno dessa vez, e disse:

— Vamos tentar.

Teatralmente, Ray colocou a moeda entre o polegar e o dedo indicador.

— Tenho de fazer o borrifo — disse Jacob, nitidamente aterrorizado com a possibilidade de outra pessoa borrifar primeiro.

— Vá em frente — disse Ray.

Jacob borrifou um pó mágico invisível sobre a moeda.

Ray fez um pequeno floreio com a mão livre, abaixou-a sobre a moeda como se fosse um lenço, pressionou-a no punho e balançou. A moeda havia desaparecido.

— A mão — disse Jacob. — Me mostra a mão mágica.

Ray abriu a mão devagar.

Nada de moeda.

Os olhos de Jacob estavam arregalados de admiração.

— E agora — disse Jamie, segurando o punho. — *Bzzzang*!

Ele estava a ponto de abrir a mão e mostrar a moeda quando Ray disse:

— Katie...?

E a expressão do rosto dele não estava nada boa. Jamie voltou-se e viu Katie marchando em sua direção, e a expressão em seu rosto também não estava nada boa.

Ele disse:

— Katie, olá — e ela socou-o na lateral da cabeça, derrubando-o da cadeira e fazendo-o cair no chão, onde se viu olhando bem perto para os sapatos de Jacob.

Ele ouviu uma pessoa ligeiramente insana aprovando a cena com alegre agitação do outro lado da sala e Ray dizendo:

— Katie... Que droga...?

E Jacob dizendo:

— Você machucou o tio Jamie — numa voz perplexa.

Escutou também o som de passos correndo.

Assim que ele se ajeitou de novo sentado, havia um guarda de segurança aproximando-se deles e dizendo:

— Ô, ô, ô, vamos ficar calmos aqui, pessoal.

Katie disse para Jamie:

— Que merda você contou para a mamãe?

Jamie disse para o guarda de segurança:

— Está tudo bem, ela é minha irmã.

Ray disse para Jacob:

— Acho que você e eu temos de ir ver vovó e vovô.

O guarda de segurança se afastou.

— Outra gracinha dessas e vou ter de tirar vocês daqui — mas ninguém o escutou realmente.

72

Cinco minutos mais tarde Jean ouviu uma segunda série de passos mais pesados do que de Katie. Primeiro, achou que fosse outro médico. Ela abraçou-se.

Mas quando as cortinas se abriram, era Ray com Jacob nos ombros.

Ela imediatamente percebeu o que tinha acontecido. Katie tinha contado a Ray. Sobre as dúvidas dela e de George. Sobre Ray não ser bom o suficiente para sua filha.

Ray colocou Jacob no chão.

Jacob disse:

— Olá, vovó. Eu ganhei... eu trouxe uns... umas gotas de chocolate. Para o vovô.

Jean não tinha idéia do que um homem como Ray podia fazer quando estava irritado.

Ela se levantou da cadeira e disse:

— Ray, eu lamento muito. Não é que não gostemos de você. Longe disto. Nós apenas... eu lamento.

Ela queria que o chão a engolisse, mas isso não aconteceu, então ela mergulhou nas cortinas e fugiu correndo.

73

Katie viu Jamie endireitar-se e três coisas então lhe ocorreram, em rápida sucessão.

Primeiro, ela teria de dar uma séria explicação para Jacob. Segundo, tinha perdido o último resto de superioridade moral sobre Ray. Terceiro, era a primeira vez que tinha socado alguém em cheio desde a discussão sobre as sandálias vermelhas com Zoë Canter na escola intermediária, e sentia-se terrivelmente radiante por isso.

Ela sentou-se perto do irmão. Nenhum deles falou por alguns momentos.

— Desculpe — disse ela, embora não sentisse culpa nenhuma. Não de verdade. — Estou passando por uma merda há algumas semanas.

— Idem — disse Jamie.

— Como assim?

— Tony me chutou.

— Merda. Eu lamento — disse Katie, vendo por sobre o ombro de Jamie uma mulher muito parecida com sua mãe correndo pelo corredor principal do hospital como se estivesse sendo caçada por um cão invisível.

— E não foi um cinzel — disse Jamie. — Ele estava *extirpando o câncer*, aparentemente. Com uma tesoura.

— Bem, isso faz um pouco mais de sentido — disse Katie.

Jamie parecia um tanto desapontado.

— Achei que ia conseguir de você uma reação melhor do que essa.

Então Katie explicou sobre sua visita à casa dos pais, os ataques de pânico e *Máquina mortífera*.

— Ah, eu me esqueci — disse Jamie. — Ele estava aqui.

— Quem?

— O queridinho da mamãe.

— O que você quer dizer com "ele estava aqui"?

— Acho que foi ele quem deu uma carona a ela. Estava se mantendo afastado, bastante discreto. Por razões óbvias. Encontrei com ele quando cheguei.

— Então, como ele é?

Jamie deu de ombros.

— Você treparia com ele? — perguntou ela.

Jamie soergueu as sobrancelhas e Jean percebeu que os recentes acontecimentos estavam fazendo com que ela ficasse um tanto louca.

— Compartilhar um amor bissexual maduro com minha própria mãe... — disse Jamie. — Acho que a vida já é complicada o bastante. — Ele parou. — Elegante. Bronzeado. Suéter de gola rulê. Um pouco de excesso de pós-barba.

Ela inclinou-se para a frente e pegou as mãos dele.

— Você está bem?

Ele riu.

— Sim. Surpreendentemente, estou.

Ela sabia precisamente o que isso significava. E naquele momento realmente estava tudo bem. Os dois sentados juntos, quietos. O olho da tempestade.

— Então, você vai se casar? — perguntou Jamie.

— Só Deus sabe. Mamãe está transtornada. É claro. Então, naturalmente, tem uma parte de mim que quer se casar com Ray apenas para irritá-la. — Ela ficou em silêncio por um momento. — Deveria ser muito simples, não é? Quer dizer, ou você ama alguém ou não. Não é exatamente uma teoria quântica. Mas eu não tenho a menor idéia, Jamie. Nenhuma pista.

Um jovem asiático de terno azul-escuro atravessou as portas duplas e foi até o balcão. Parecia sóbrio, mas sua camisa estava coberta de sangue.

Ela se lembrou daqueles cartuns de garotos sentados nas salas de espera do hospital com frigideiras na cabeça e se perguntou se realmente era possível fincar uma frigideira na cabeça de alguém.

Tirar o câncer com uma tesoura. Era algo completamente lógico quando você pensava no assunto. Um tratamento bastante forte para eczema, contudo.

O homem asiático caiu. Não de uma forma brusca. Mas rígido. Como um rodo ou o ponteiro grande de um relógio muito rápido. Fez um barulho alto quando bateu no chão. Foi engraçado e não foi engraçado ao mesmo tempo.

Ele ficou esticado.

Então Ray e Jacob apareceram.

Jacob disse:

— Ele estava... Tinha um... Vovô estava dormindo.

Ray perguntou:

— Você não viu a sua mãe passando, viu?

— Por quê? — perguntou Jamie.

— Ela ficou muito estranha, depois fugiu correndo.

Jacob olhou para Jamie.

— Mágica da moeda.

— Mais tarde, tá? — Ele levantou-se e remexeu nos cabelos de Jacob. — Vou encontrá-la.

Dez minutos mais tarde, estavam voltando para o vilarejo.

Levaram a mãe no carro deles. Katie foi no assento de trás com Jacob. A mãe não estava muito à vontade sentada na frente com Ray, mas, perversamente, Katie estava achando divertido ver os dois tentando sustentar uma conversa educada.

Além disso, gostou de ficar atrás com Jacob. Crianças. Sem responsabilidades. Os adultos resolvendo todos os problemas. Como naquele verão na Itália, quando o motor do Alfa Romeo quebrou perto de Reggio Emilia, e saíram para o acostamento da estrada, e o homem com um surpreendente bigode veio e disse que estava *completamente morto* ou alguma coisa do gênero, e papai vomitou na grama, embora na época isso fosse apenas mais uma amostra de comportamento paterno estranho, com mau cheiro, e ela e Jamie sentaram-se na beira da estrada brincando com os binóculos e um pequeno quebra-cabeça de madeira com flocos de neve, tomando um refrigerante sabor laranja sem se importarem com o mundo.

74

Jamie estava ajoelhado nas escadas com uma tigela de água com sabão, limpando o carpete manchado de sangue do pai.

Este era o problema com os livros e filmes. Quando um grande momento acontecia, subia a música de orquestra, todos sabiam onde conseguir um torniquete e nunca havia um caminhão de sorvete passando do lado de fora. Quando um grande momento acontecia na vida real, seus joelhos se esfolavam, o pano de limpeza se desintegrava em suas mãos e era óbvio que ia ficar uma mancha permanente de um tipo qualquer.

Jamie voltou para a casa primeiro, e quando Katie e Ray aproximaram-se do carro dele, a mãe disparou pela porta do passageiro como se o carro estivesse pegando fogo, o que foi um pouco estranho. E houve aquele pânico rolando, pois obviamente, Jacob não podia entrar em casa por conta do sangue (cuja descrição de Ray fez parecer mais uma redecoração do que uma hemorragia incontida). Mas o pânico eclodiu inteiramente por meio de gestos de mão, de modo que Jacob não percebeu o que estava acontecendo.

E Jamie pôde entender o que Katie queria dizer quando falava que Ray era habilidoso. Porque ele pegou uma barraca na mala do carro e disse para Jacob que os dois iam dormir no jardim, pois havia um crocodilo na casa e se Jacob estivesse realmente com sorte, não teria de ir lá dentro se lavar e poderia fazer xixi nos canteiros.

Mas não se tratava de um emprego. Ninguém casa com uma pessoa porque ela é habilidosa. Você casa com alguém porque está apaixonado. E havia alguma coisa de assexuado em ser habilidoso demais. Habilidade era uma coisa de pai.

Obviamente, no entanto, se Ray fosse o pai deles, ele teria ido ao médico. Ou usado as ferramentas certas de modo a não deixar nada semiligado ao corpo.

Jamie ainda estava ensaboando os degraus quando Katie apareceu na sua frente.

— Você acha que ele vai guardar isso? — Ela estava agitando uma caixa de sorvete vazia.

— O que é *isso*, a propósito? — perguntou Jamie.

— Quadril esquerdo — disse Jamie, fazendo um pequeno gesto com a tesoura perto do bolso da sua calça.

— Quanto? — perguntou Jamie.

— Um hambúrguer grande — disse Katie. — Aparentemente. Não vi a ferida ao vivo. Seja como for... o banheiro está feito. Mamãe terminou na cozinha. Deixe-me fazer isso aí e você pode ir lá fora e ver o que Ray e Jacob estão fazendo.

— Você prefere limpar o sangue do carpete a conversar com seu noivo?

— Se você quer ser sacana, pode ficar aí fazendo isso.

— Desculpe — disse Jamie. — Oferta aceita.

— Além disso — disse Katie —, por mais que me aborreça dizer isso, as mulheres são muito melhores na limpeza.

O céu estava nublado e o jardim estava escuro. Jamie teve de ficar no quintal por trinta segundos antes de conseguir enxergar alguma coisa.

Ray tinha fixado a barraca tão longe quanto possível da família de Katie. Quando Jamie chegou, uma voz falou:

— Olá, Jamie.

Ray estava sentado de costas para a casa. Sua cabeça era uma silhueta, a expressão de seu rosto, ilegível.

— Trouxe um café — ofereceu Jamie.

— Viva!

Ray estava sentado numa esteira de camping. Ele afastou-se para trás, oferecendo a Jamie o outro lado.

Jamie sentou-se. A esteira estava ligeiramente fria. De dentro da barraca vinha um ressonar baixo.

— Então, o que ele fez? — perguntou Ray.

— Merda — disse Jamie. — Ninguém disse a você? Sinto muito.

Jamie contou a história, e Ray soltou um longo assovio.

— Que doideira.

Ele pareceu impressionado e por alguns segundos Jamie sentiu-se estranhamente orgulhoso de seu pai.

Ficaram ali, sentados, em silêncio.

Era como aquela coisa de festa de adolescentes. Sem "Hi Ho Silver Lining". E Jamie não estava sozinho no jardim. Mas estava tudo bem. Ray tinha sido banido de um jeito obscuro, e isso o tornava um intruso também. Ainda mais que Jamie não podia vê-lo, então evitou usar tanto espaço quanto seria o normal.

Ray disse:

— Fiz uma besteira.

— Repita.

— Katie saiu para tomar café com Graham e eu os segui.

— Oh, isso não é bom!

— Queria matá-lo, para ser sincero — disse Ray. — Arremessei longe uma lata de lixo. Sabia que eu ia ferrar com tudo. Então eu me segurei. Dormi na casa de um sujeito do trabalho. — Ele parou. — É claro que foi pior do que segui-la até o café.

Jamie não sabia o que dizer. Conversar com Ray era bastante difícil sob um dia claro. Sem linguagem corporal, era muito mais difícil.

— Na verdade — disse Ray —, não foi Graham. Graham foi apenas um...

— Catalisador? — perguntou Jamie, satisfeito com a chance de dar uma contribuição.

— Um sintoma — disse Ray, educadamente. — Katie não me ama. Acho que ela nunca me amou. Mas está tentando de verdade. Porque está com medo que eu vá chutá-la de casa.

— Oh, oh — disse Jamie.

— Não vou chutá-la de casa.

— Agradeço por isso. — Soou estranho. Mas corrigir teria soado mais estranho ainda

— Mas você não pode casar com alguém a quem não ama, pode? — disse Ray.

— Não — disse Jamie, embora as pessoas obviamente fizessem isso.

Ficaram sentados escutando um trem distante (como era estranho que a gente só os escutasse à noite). Era estranhamente agradável. Ray estava um tanto desanimado. E Jamie sem conseguir enxergá-lo. Então Jamie disse:

— Deus, o famoso Graham — em voz alta como se estivesse conversando com um amigo.

Ele pôde sentir Ray encolhendo-se. Mesmo no escuro.

— Você o conheceu — disse Jamie. — Sabe como ele é.

— Vou tentar ser discreto sobre isso — disse Ray.

Jamie sorvia seu café em goles curtos.

— Bem, obviamente ele é muito bonito. — Talvez não fosse a melhor coisa para se dizer. — Mas é só o que ele é. É um chato. E superficial. E fraco. E, para falar a verdade, não é muito inteligente. Mas ninguém nota isso à primeira vista. Porque ele é bonito, seguro, autoconfiante. Assim, a gente acaba achando que ele tem algo grande em mente. — Ele deu uma olhada em direção à casa e notou uma vidraça quebrada na janela da cozinha que tinha sido nitidamente coberta com um retângulo de madeira. — Trabalha para uma companhia de seguros... Olha, é raro alguém ter um emprego que faz o meu parecer excitante.

Jamie estava se divertindo em conversar com Ray no escuro. A estranheza, o segredo. O modo como isso tornava as coisas mais fáceis de dizer. Por tudo isso, Jamie baixou a guarda e se viu tendo uma breve mas muito específica fantasia sexual com Ray e só percebeu o que estava fazendo depois de três segundos, o que foi como pisar numa lesma na cozinha à noite, pois aquilo era errado por várias razões.

Ray disse:

— Sua mãe não está muito contente em me ter na família.

E Jamie pensou, *Mas que diabo*, e disse:

— Não muito. Mas ela achou que o sol nascia da bunda do Graham. Então, realmente não se pode dizer que seja a melhor pessoa do mundo para julgar o caráter dos outros. — Isso foi sensato? Bem que ele queria ver a cara de Ray neste momento. — É claro que quando sem mais nem menos Graham abandonou Katie e Jacob, ela decidiu que ele era um servo de Satã.

Ray não estava falando nada.

Uma luz foi acesa no andar de cima, a mãe apareceu brevemente na janela do quarto e olhou para o jardim escuro. Ela pareceu pequena e triste.

Jamie disse:

— Não desista — e percebeu que ele queria que Ray e Katie ficassem juntos, sem estar inteiramente seguro de por quê. Porque ele precisava de alguma coisa indo bem quando todo o resto estava indo mal? Ou será que ele estava começando a gostar do cara?

— Obrigado, companheiro — disse Ray.

E Jamie parou e disse:

— Tony me deu o fora. — Ele não estava bem certo de por que tinha dito isso.

— E você quer voltar...

Jamie tentou dizer sim, mas o pensamento de dizer isso o fez sentir-se levemente engasgado, e ele não se sentiu próximo o suficiente de Ray para dizer aquilo.

— Hum-hum.

— Culpa sua ou dele?

Jamie decidiu ir em frente. Era um tipo de penitência. Como mergulhar numa piscina fria. Seria algo do tipo fortalecer seu caráter. Se chorasse, dane-se. Já tinha se feito de idiota vezes demais nesta semana.

— Eu queria estar com alguém. E eu queria estar solteiro ao mesmo tempo.

— Tipo... você poder ir atrás de outros caras?

— Não, nem é isso... — Estranhamente, ele não sentia vontade de chorar. De fato, pelo contrário. Talvez fosse a escuridão, mas era mais fácil falar disso para Ray do que para alguém de sua própria família. Inclusive Katie. — Eu não queria compromisso. Não queria compartilhar nada. Não queria fazer sacrifícios. E isso é estupidez. Agora entendo que era. — Ele parou. — Se você ama alguém, tem de abrir mão de algo.

— Isso mesmo — disse Ray

— Eu ferrei tudo — disse Jamie. — E não sei como consertar.

— Não desista, também — disse Ray.

Jamie espantou um inseto do rosto.

— A coisa estúpida... — disse Ray.

— Qual é a coisa estúpida? — perguntou Jamie.

— Eu a amo. Ela é danada de difícil, mas eu a amo. E sei que não sou muito brilhante. Sei que faço umas coisas idiotas. Mas eu quero cuidar dela. Quero de verdade.

No momento certo, a porta da cozinha se abriu e Katie apareceu trazendo um prato.

— Onde estão vocês? — Ela atravessou meio cambaleante a grama e pisou em alguma coisa. — Merda! — Em seguida curvou-se para pegar um garfo caído.

— Estamos aqui — disse Jamie.

Ela aproximou-se.

— Tem jantar lá dentro. Por que vocês dois não entram e comem alguma coisa e eu cuido do Jacob?

— Você pode me dar esse aí — disse Ray. — Vou ficar aqui fora.

— Tudo bem — disse Katie. Sua voz soou como de alguém que já tivera problemas demais por um dia. Ela deu o prato para Ray. — Espaguete à bolonhesa. Você tem certeza de que não quer uma porção de homem?

— Está bom assim — disse Ray.

Katie ficou de quatro no chão e enfiou a cabeça dentro da barraca. Aconchegou-se em Jacob e beijou sua bochecha.

— Durma bem, Banana. — Então se levantou e virou-se para Jamie: — Vamos. É melhor irmos fazer companhia para a mamãe.

Então dirigiu-se para casa.

Jamie se pôs de pé. Colocou a mão no ombro de Ray e deu-lhe tapinhas amigáveis, suavemente. Ray não reagiu.

Depois atravessou a grama úmida em direção à casa iluminada.

75

Katie sabia que haveria uma briga no jantar. Ela podia sentir no ar. Se as coisas corressem particularmente mal, podiam discutir sobre o seu próprio casamento, a saúde mental de papai e o amante de mamãe, tudo ao mesmo tempo.

No meio do espaguete à bolonhesa, mamãe disse que esperava sinceramente que papai não tivesse mais nenhum acidente estúpido. Havia um olhar levemente dissimulado em seu rosto e parecia bastante óbvio para Katie que ela sabia que a história do cinzel era invenção, mas queria ter certeza de que nenhum dos dois sabia disso. Fez-se um daqueles silêncios constrangedores durante os quais se pode ouvir todo mundo mastigando e o som dos talheres, mas Jamie salvou a situação dizendo:

— E se ele repetir a coisa, vamos esperar que seja no jardim — o que lhes permitiu aliviar a tensão com uma pequena dose de sorrisos forçados.

Estavam limpando os pratos quando mamãe jogou a maior de todas:

— Então, vai ter casamento ou não?

Katie cerrou os dentes.

— Eu ainda não sei, OK?

— Bem, vamos ter de saber logo. Quer dizer, tudo bem a gente ser solidário, mas tenho de dar alguns telefonemas difíceis e prefiro não deixar para fazê-los depois do que o necessário.

Katie abriu as mãos sobre a mesa para se acalmar.

— O que você quer que eu diga? Eu não sei. As coisas estão complicadas neste momento.

Jamie deteve-se no vão da porta com os pratos.

— Bem, você o ama ou não? — perguntou a mãe.

E foi aí que Katie perdeu a cabeça.

— Que diabos você sabe a respeito do amor?

Mamãe pareceu levar uma bofetada.

Jamie disse:

— Calma. Calma. Não vamos fazer uma disputa de gritos. Por favor.

— Não se meta — disse Katie.

A mãe sentou-se em sua cadeira, fechou os olhos e disse:

— Bem, se você está se sentindo assim, então eu acho que é mais seguro pressupor que não haverá casamento nenhum.

As mãos de Jamie estavam realmente tremendo. Ele colocou os pratos de volta na mesa.

— Katie, mamãe. Vamos deixar disso, OK? Acho que nós já penamos o suficiente por hoje.

— Que merda isto tem a ver com você? — disparou Katie. Ela sabia que isso era infantil e maldoso, mas precisava de solidariedade, não de uma porra de um sermão.

Então Jamie também perdeu a cabeça, o que ela não via fazia muito tempo.

— Tudo tem a ver comigo. Você é minha irmã. E você é minha mãe. E as duas estão ferrando com tudo.

— Jamie... — exclamou a mãe, como se ele tivesse 6 anos.

Jamie ignorou-a e virou-se para Katie.

— Passei os últimos vinte minutos sentado lá fora com Ray, e ele é realmente um cara legal e está torcendo as tripas para tornar a coisa mais fácil para você.

Katie disse:

— Bem, você mudou sua opinião.

— Cale a boca e ouça — disse Jamie. — Ele está tendo de agüentar esta merda toda. E está dando a você um lugar para viver, enquanto você quiser ficar lá. Isso, apesar de você não amar o cara. E porque ele se preocupa com você e com o Jacob. Dirigiu até aqui e está lá sentado no jardim porque ele sabe perfeitamente que mamãe e papai não gostam dele...

— Eu nunca disse isso — opôs-se a mãe debilmente.

— E eu fiquei com o papai hoje, conversei com ele e há algum problema muito grave com ele. Ele não teve um acidente com nenhuma merda de cinzel. Estava se mutilando com uma tesoura, e você ainda espera que tudo isso vá terminar sem mais nem menos. Bem, não vai ser assim. Ele precisa de alguém para ouvi-lo ou vai colocar a cabeça no forno, e nós todos vamos terminar nos sentindo uns merdas porque fingimos que não havia problema nenhum.

Katie estava tão atônita com a mudança repentina de Jamie que não escutou o que ele estava dizendo. Ninguém falou por alguns segundos, e então mamãe começou a chorar muito baixo.

Jamie disse:

— Vou levar um pouco de pudim para o jardim.

E saiu, deixando os pratos na mesa.

76

Jean foi para o andar de cima, deitou-se na cama e chorou até que suas lágrimas acabassem.

Sentia-se desesperadamente sozinha.

Por causa de Jamie, principalmente. Katie, ela podia entender. Katie estava passando por uma fase difícil. E Katie brigava com todo mundo e por qualquer motivo. Mas o que tinha acontecido com Jamie? Ele tinha alguma idéia do que ela havia passado hoje?

Não conseguia mais entender os homens de sua família.

Sentou-se e assoou o nariz num lenço de uma caixa da mesa-de-cabeceira.

E, para ser franca, ela já não tinha certeza se algum dia chegara a entendê-los.

Lembrou-se de Jamie aos 5 anos de idade. Indo para o seu quarto *para ficar sozinho*. Mesmo agora, quando conversavam vez por outra, era como conversar com alguém na Espanha. Somente o trivial. Conversa fiada. Coisas soltas. Mas havia todo um nível que você não entendia porque não falava a língua adequada.

E talvez tudo ficasse tudo bem caso ela pudesse apenas dar um abraço nele de vez em quando. Mas ele não era do tipo que se deixava abraçar. Não mais que George.

Ela encaminhou-se para a janela, puxou as cortinas e olhou para o jardim escuro. Havia uma barraca em algum lugar nas sombras debaixo das árvores, ao longe, no fundo.

A idéia de trocar de lugar com Ray de repente pareceu muito atraente... ficar lá embaixo, num saco de dormir com Jacob.

Longe da casa. Longe da sua família. Longe de tudo.

77

Quando George apareceu, todos já tinham ido embora. Jean, Katie, Jamie, Jacob, Ray. Para ser honesto, ele ficou bastante aliviado. Estava muito cansado, e sua família podia tornar as coisas mais difíceis. Especialmente em massa.

Estava começando a achar que podia ler um pouco e se perguntava como poderia conseguir pôr as mãos numa revista decente, quando as cortinas foram abertas por um homem grande com um jaleco amassado de tecido grosso. Era totalmente calvo e carregava uma prancheta.

— Sr. Hall? — Ele ergueu os óculos de aro para a testa brilhante.

— Sim.

— Joel Foreman. Psiquiatra.

— Achei que vocês iam para casa às 5 horas da tarde —, disse George.

— Seria ótimo, não? — Ele revirou alguns papéis que estavam na prancheta. — Lamentavelmente, as pessoas ficam mais e mais doidas à medida que o dia avança. Pelo menos, segundo minha experiência. Automedicação, em geral. Embora eu tenha certeza de que isso não se aplica a você.

— Certamente que não — disse George. — Embora eu esteja tomando alguns antidepressivos. — Ele decidiu não mencionar a codeína e o uísque.

— Qual sabor?

— Sabor?

— Qual é o nome?

— Lustral — disse George. — Fazem eu me sentir muito mal, para ser sincero.

O Dr. Foreman era um daqueles homens que faziam humor sem rir. Parecia um vilão dos filmes de James Bond. Era desconcertante.

— Choro constante, insônia e ansiedade — disse o Dr. Foreman. — Sempre me faz rir quando leio sobre esses possíveis efeitos colaterais. Para ser franco, eu não ligaria a mínima para isso.

— Como queira — disse George.

— Você esteve fazendo uma cirurgia amadora, pelo que eu soube.

George explicou, devagar e meticulosamente, numa voz temperada com um pouco de humor autodepreciativo, como tinha vindo parar no hospital.

— Tesouras. O método prático — disse Foreman. — E como está você agora?

— Não me sentia tão bem fazia tempo — disse George.

— Ótimo — disse o médico de novo — Mas mesmo assim vai continuar a ver o psiquiatra na sua clínica, não vai? — E a frase não era de fato uma pergunta.

— Vou.

— Ótimo — repetiu o Dr. Foreman, espetando o papel na prancheta com a ponta da caneta num pequeno gesto floreado. — Ótimo.

George relaxou um pouco. O exame tinha acabado e, a menos que estivesse muito enganado, havia sido aprovado.

— Há apenas uma semana eu estava pensando que talvez fosse melhor ser internado numa dessas instituições. Descansar do mundo. Coisas assim.

O Dr. Foreman não reagiu imediatamente e George se perguntou se tinha dado algum tipo de informação que mudaria o diagnóstico do médico. Como dar uma marcha a ré ainda do lado do examinador depois de um teste de motorista.

O Dr. Foreman colocou a prancheta debaixo do braço.

— Se eu fosse você, ficaria longe dos hospitais psiquiátricos. — Ele bateu os calcanhares de um jeito meio estranho. George se perguntou se o próprio Dr. Foreman não seria meio perturbado. — Fale com seu psicólogo. Coma direito. Vá para a cama cedo. Faça algum exercício regular.

— O que me lembra — disse George. — Sabe onde eu posso conseguir alguma coisa para ler?

— Verei o que posso fazer — disse o Dr. Foreman, e antes que George pudesse especificar o tipo de leitura de que gostaria, o psiquiatra já havia apertado sua mão e desapareceu através da cortina.

Meia hora mais tarde um auxiliar veio levá-lo para uma enfermaria. George sentiu-se um tanto ofendido com a cadeira de rodas até que tentou se levantar. Não era a dor em si, mas a sensação de que alguma coisa estava muito errada em sua região abdominal e a suspeita de que, se ficasse em pé, suas entranhas poderiam escapar pelo buraco que havia aberto mais cedo. Quando se sentou de novo, o suor escorria por seu rosto e seus braços.

— Você vai se comportar agora? — perguntou o auxiliar.

Duas enfermeiras apareceram e ele foi içado para a cadeira.

Foi de cadeira de rodas para uma cama vazia numa enfermaria aberta. Um pequeno homem oriental enrugado dormia na cama à sua esquerda, num berço de tubos e fios. À sua direita, um adolescente estava ouvindo música pelos fones de ouvido. Sua perna estava na tração e ele tinha trazido a maioria de suas coisas para o hospital: um estoque de CDs, uma câmera, uma garrafa de molho HP, um pequeno robô, alguns livros, um grande martelo inflável...

George, deitado na cama, olhava para o teto. Daria qualquer coisa por uma xícara de chá e biscoitos.

Estava à beira de tentar contato com o adolescente para ver se havia alguma ligação concebível em seus gostos literários quando o Dr. Foreman apareceu aos pés de sua cama. Ele deu a George dois livros de bolso e disse:

— Deixe-os com as enfermeiras quando tiver terminado, OK? Ou eu caçarei você como um cachorro doido. — O psiquiatra deu um breve sorriso, então se virou e foi embora, trocando algumas palavras com uma das enfermeiras numa língua que não era inglês nem nenhum idioma que George pudesse reconhecer.

George virou os livros para ver as capas. *Treason's Harbour* e *The Nutmeg of Consolation,* de Patrick O' Brian.

A eficiência da escolha era quase de dar calafrios. George tinha lido *O mestre dos Mares* no ano anterior e pretendia tentar alguns outros. Ele se perguntou se teria dito alguma coisa enquanto estava inconsciente.

Leu oito ou mais páginas de *Treason's Harbour,* jantou uma comida de hospital sem gosto — carne ensopada, vegetais cozidos, pêssegos e creme — depois mergulhou num sono sem sonhos, interrompido somente para uma ida longa e complexa ao banheiro às 3 da manhã.

De manhã, deram-lhe uma tigela de flocos de milho, uma caneca de chá e uma breve preleção sobre como cuidar do ferimento. A enfermeira encarregada perguntou se ele tinha um banheiro no andar térreo e uma esposa que pudesse conduzi-lo pela casa. Recebeu uma cadeira de rodas, pediram-lhe para devolvê-la quando pudesse andar sem ajuda e entregaram-lhe os papéis de alta.

Ele ligou para Jean e disse que podia ir para casa. Ela não pareceu muito animada com a notícia, e ele ficou um pouco chateado com isso até se lembrar do que tinha feito com o tapete.

Pediu a ela que lhe trouxesse roupas.

Ela disse que iriam buscá-lo tão logo fosse possível.

Ele sentou-se e leu mais setenta páginas de *Treason's Harbour.*

O capitão Aubrey estava escrevendo uma carta para casa sobre a caixa de rapé da sorte de Byrne quando George ergueu os olhos e viu Ray descendo a enfermaria. Seu primeiro pensamento foi de que alguma coisa horrível tinha acontecido com o resto de sua família. E, na realidade, a conduta amistosa-quase-íntima de Ray havia traído um quê de melancolia.

— Ray.

— George.

— Está tudo bem? — perguntou George.

Ray colocou uma pequena bolsa de roupas na cama.

— Suas roupas.

— Estou surpreso de ver você, só isso. Quer dizer, esperava que a Jean viesse me pegar. Ou o Jamie. Não quis ser indelicado. Apenas estou um pouco embaraçado por eles terem lhe pedido para fazer isso. — Ele tentou sentar-se. Doeu. Muito.

Ray ofereceu-lhe a mão e gentilmente puxou George para a vertical até que ele ficou sentado do lado da cama.

— As coisas estão bem, não estão? — perguntou George.

Ray soltou um suspiro de quem está cansado de viver.

— *Estão bem*? — disse. — Eu não iria tão longe. *Uma confusão danada*. É mais fiel à situação.

Será que Ray estava bêbado? Às 10 da manhã? George não sentiu cheiro de álcool, mas Ray não parecia totalmente dono de si. E era aquele homem que o levaria de carro para casa.

— Quer saber? — indagou Ray, sentando-se na ponta da cama ao lado de George.

— O quê? — disse George tranqüilamente, sem de fato querer saber a resposta.

— Acho que você pode ser o membro mais são da família — disse Ray. — À exceção de Jamie. Ele parece que teve a cabeça aparafusada apropriadamente. E ele é um homossexual.

O pequeno homem oriental estava olhando para eles. George cruzou os dedos e torceu para que seu inglês não fosse tão bom.

— Aconteceu alguma coisa em casa? — perguntou George de novo.

— Jean e Katie ficaram gritando uma com a outra durante o café-da-manhã. Sugeri que todos se acalmassem um pouco e me disseram: abre aspas "vá se foder", fecha aspas.

— Jean? — perguntou George, quase incapaz de acreditar nisso.

— Katie — respondeu Ray.

— E a discussão foi sobre o quê? — perguntou George. Estava começando a lamentar ter passado no teste do Dr. Foreman. Alguns dias a mais no hospital repentinamente lhe pareceram convidativos.

— Katie não quer se casar — disse Ray. — O que provavelmente é um alívio para você.

George não tinha idéia de como responder a ele. Brincou com a idéia de cair da cama, pois assim alguém viria e o salvaria, mas decidiu não fazer isso.

— Então eu disse que pegaria você. Pareceu muito mais fácil do que ficar em casa. — Ray deu um profundo suspiro. — Lamento. Não devia descarregar em você. Tudo tem sido um pouco estressante ultimamente.

Os dois se sentaram lado a lado por alguns momentos, como dois senhores idosos num banco de parque.

— Seja como for — disse Ray —, é melhor irmos para casa, ou todos ficarão se perguntando onde nos enfiamos. — Ele levantou-se. — Você vai querer ajuda para vestir as roupas?

Por uma fração de segundo, George achou que Ray estava prestes a tirar seu pijama de hospital, e a perspectiva foi tão enervante que George se ouviu emitindo um grito audível. Mas Ray, simplesmente, puxou as cortinas ao redor da cama de George e saiu para falar com uma enfermeira.

78

Katie sentia-se atormentada.

Era de se esperar uma crise para resolver as coisas, para relativizar tudo. Mas não eles. Quando eles estavam indo para Peterborough, ela havia imaginado ficar por alguns dias, uma semana talvez, apenas ela e Jacob. Dar uma olhada no pai para ter certeza de que ele não estava planejando cortar mais nada. Dar uma ajuda à mãe. Ser uma filha melhor e expiar a culpa por ter desaparecido da vez anterior.

Mas quando papai voltou com Ray e disse a todos que podiam ir para casa, ela ficou aliviada. Outro dia naquela casa, e eles iam começar a se matar.

A cadeira de rodas foi um choque, mas papai parecia estranhamente alegre. Até a mãe parecia entusiasmada por tomar conta dele sozinha em vez de ter de dividir a casa com os filhos.

Quando estavam indo embora, Katie tomou coragem e desculpou-se.

Mamãe disse:

— Vamos esquecer isso, tá?

E o pai mais do que compensou tudo dizendo:

— Obrigado por virem. Foi amável da parte de vocês — apesar do fato de que era a primeira vez que ele ficava realmente acordado na presença deles.

O que lembrou a Jacob que ele não tinha dado as gotas de chocolate para o vovô. Então Ray foi lá fora e retirou o pacote do porta-luvas do carro, e o pai fez um show para abri-lo, comeu algumas e declarou que eram deliciosas, embora aparentemente o aquecimento do carro as houvesse derretido, transformando-as em mingau amarronzado.

Entraram no carro e partiram, e Ray e Jacob jogaram I-Spy por meia hora, e ela descobriu que realmente estava ansiosa para voltar para casa da qual ela havia se sentido desesperada para se afastar somente alguns dias antes.

Quando chegaram, Ray e Jacob montaram o trem no chão do quarto enquanto ela foi fazer o jantar. Ela deu banho em Jacob, e Ray colocou-o na cama.

Nenhum deles tinha energia para discutir e passaram os próximos dias fazendo o papel de pais zelosos para não perturbar Jacob. E ela percebeu que, lentamente, voltavam a ser as pessoas que fingiam ser, o problema que precisavam resolver desviando-se vagarosamente para o fundo, os dois voltando a ser um time cujo trabalho era cuidar da criança e da família apesar do fato de não terem nada em comum, conversando sobre o que estavam precisando comprar no Tesco e o que fariam no fim de semana, indo para a cama e apagando a luz, e rolando para o lado, afastando-se um do outro e tentando não sonhar sobre a vida que podiam ter levado.

79

Jean cancelou o trabalho.

Ela realmente não sabia o que esperar quando George voltou do hospital. Durante o episódio, ele parecia surpreendentemente normal. Desculpou-se por todo o aborrecimento e disse que estava se sentindo bem, como não se sentia havia algum tempo.

Ela perguntou se ele queria conversar sobre o que tinha acontecido, mas ele disse que não havia necessidade de se preocupar. Ela disse que ele devia avisar se começasse a se sentir da mesma maneira novamente, e ele assegurou-lhe que não ia se sentir da mesma maneira novamente. Logo se tornou claro que o Dr. Parris tinha feito um retrato exagerado das coisas e que a imaginação paranóica dela era infundada.

Ele ainda estava com muita dor, obviamente. Mas estava determinado a não usar a cadeira de rodas. Assim, ela passou a maior parte da semana ajudando-o a sair da cama, a entrar e sair de seu banho de sal, segurando sua mão quando ele, cambaleando, descia as escadas, levando-o para a clínica para a troca de curativo e trazendo-o de volta.

Depois de três ou quatro dias, ele estava se movimentando sozinho, e no começo da segunda semana já era capaz de dirigir, de modo que ela voltou ao trabalho, dizendo-lhe que podia chamá-la a qualquer hora se precisasse de ajuda.

Ela ligou para os floristas, os fornecedores do bufê e para a companhia de aluguel de carro e cancelou-os. Os floristas foram explicitamente grosseiros, então ela se viu dizendo aos fornecedores do bufê e às pessoas do carro que sua filha tinha ficado gravemente doente, e eles foram compreensivos, o que a fez sentir-se pior do que se tivessem gritado com ela.

Não conseguia se ver telefonando para os convidados e dizendo-lhes que o casamento estava cancelado, de modo que decidiu deixar isso para alguns dias mais tarde.

E foi bom. Obviamente foi bom. Apenas alguns dias antes, ela achou que a vida deles estava se espatifando. Agora estavam, vagarosamente, voltando ao normal. Ela não podia ter pedido por mais nada.

Mas havia noites em que se sentava à mesa da cozinha, e pensar em lavar, cozinhar e limpar fazia com que sentisse algo sombrio e pesado sobre si, e apenas levantar-se para colocar a chaleira era como chapinhar em água profunda.

Estava deprimida. E depressão não era algo que estivesse acostumada a sentir. Ficava preocupada. Agüentava. Superava. E nunca ficava para baixo mais do que algumas poucas horas por vez.

Era desumano, mas ela não podia evitar desejar que houvesse mais algum problema com George. Que ele precisasse dela um pouco mais. Mas num abrir e fechar de olhos, ele havia voltado ao trabalho no estúdio, colocando tijolos e serrando madeira.

Ela se sentiu como se estivesse perdida no mar. George estava em sua ilha por lá. E David estava em outra ilha. E Katie. E Jamie. Todos eles com sólidos solos sob os pés. Já ela estava perambulando entre eles, a maré devagarinho carregando-a para cada vez mais distante.

Ela foi para a casa de David na semana seguinte e estacionou na esquina. Estava quase saindo do carro quando percebeu que não podia fazer isso. Quando ficaram juntos pela primeira vez, aquilo parecera o começo de uma nova vida, alguma coisa diferente e excitante, uma fuga. Mas agora ela podia ver o que era aquilo: um caso como qualquer outro caso, de mau gosto e barato, uma compensação egoísta pela merda na qual sua vida real havia transformado.

Ela se imaginou sentada na sala dos funcionários do St John's bebendo chá e comendo biscoitos com Sally, Bea e a Srta. Cottingham e pela primeira vez sentiu-se como se tivesse nascido com algum tipo de mancha e que quando olhassem para ela, seriam capazes de ver o que ela andava fazendo.

Estava sendo tola. E sabia disso. Elas não eram diferentes das outras pessoas. Ela sabia que o filho de Bea tinha algum problema com drogas. Mas parecia errado que fosse fazer amor com David numa tarde e ensinar às crianças a ler na manhã seguinte. E se ela tivesse de fazer a escolha entre os dois, teria escolhido David sem hesitação, mas isso parecia ainda pior.

Ela pegou o carro e foi embora dali, depois ligou para David para se desculpar. Ele foi charmoso e simpático e disse que entendia o que ela devia estar passando. Mas ele não entendia. Ela podia sentir isso em sua voz.

80

George estava deitado na cama sem calças, mudando de roupa.

A enfermeira era muito atraente, embora um pouco roliça nos lados. Ele sempre havia gostado de mulheres de uniforme. Samantha era o nome dela. Alegre, sem ser faladeira.

Na verdade, ele ia sentir falta dessas sessões quando chegassem ao fim em algumas semanas. Era como cortar o cabelo. Só que ele sempre cortava o cabelo com um velho cipriota — e cortar o cabelo era muito menos doloroso.

A enfermeira puxou a ponta da atadura.

— Muito bem, senhor Hall, é hora de apertar bem os dentes.

Ela puxou a outra ponta. Os primeiros dois metros de atadura rosa saíram suavemente. Então, parou. George fez anagramas da palavra *atadura* em sua cabeça. A enfermeira deu um puxão gentil, e as sobras da atadura soltaram-se da ferida, fazendo-o dizer algo que normalmente nunca diria na frente de uma mulher.

— Desculpe.

— Não precisa pedir desculpas.

A enfermeira segurava o curativo velho. Parecia uma grande castanha-da-índia que fora submersa em sangue e coágulos de limão. Ela jogou-o numa pequena lata suspensa junto da cama.

— Vamos limpar você.

George deitou-se de costas e fechou os olhos.

Ele gostava da dor, agora que tinha se acostumado. Sabia como ia ser e quanto tempo ia durar. E no que acalmava, sua mente ficava inaturalmente límpida por cinco ou dez minutos, como se seu cérebro tivesse passado por uma faxina.

De um quarto vizinho ele ouviu alguém dizer:

— Escoliose na espinha.

Estava aliviado a respeito do casamento. Era triste para Katie. Ou talvez fosse um alívio para ela também. Não puderam conversar muito durante a visita dela. E, para ser honesto, raramente conversavam sobre coisas desse tipo. Embora Ray parecesse um pouco estranho no hospital, o que só serviu para confirmar seu embaraço acerca do relacionamento.

Fosse como fosse, George estava satisfeito que a casa não fosse invadida por um toldo repleto de estranhos. Ainda se sentia frágil demais para apreciar a perspectiva de ficar em pé e fazer um discurso.

Jean também parecia ter ficado aliviada.

Pobre Jean. Ele realmente a havia feito passar por uma máquina de espremer suco. Não parecia ser ela mesma nos últimos dias. Era óbvio que ainda estava aborrecida com ele. Ver aquele tapete todos os dias provavelmente não ajudava nada.

Mas ele estava fora da cama, eles estavam conversando e ele já era capaz de fazer algumas tarefas na casa. Quando melhorasse um pouco, a levaria para jantar. Tinha escutado boas referências sobre aquele novo restaurante em Oundle. Peixe excelente, pelo que diziam.

— Pronto — disse Samantha. — Está feito.

— Obrigado — disse George.

— Venha, vamos pôr você sentado.

Ele compraria algumas flores para Jean no caminho para casa, algo que não fazia havia muito tempo. Isso a animaria.

Depois chamaria os instaladores de tapete.

81

Jamie aguardava um possível comprador num apartamento da Princes Avenue, aquele onde havia encontrado Tony pela primeira vez.

Os proprietários haviam se mudado para Kuala Lumpur. Eram organizados e não tinham crianças, graças a Deus. Nenhum abstrato rabisco expressionista à caneta nas portas dos armários, nem brinquedos largados no assoalho da sala de jantar (Shona estava mostrando a um casal o Quatro-Quartos da Finchley quando a mulher torceu o tornozelo numa miniatura de motocicleta de algum guerreiro-robô). Trabalhavam no Centro e mal haviam usado o lugar, pelo que ele estava vendo. Dava para se lamber o fogão. Móveis Ikea. Gravuras suaves em molduras de aço escovado. Sem alma, mas vendável.

Ele entrou na cozinha, passou a ponta dos dedos sobre a pintura e lembrou-se de observar Tony com uma escova na mão, antes de eles conversarem, quando ele ainda era um bonito desconhecido.

Jamie agora podia ver, com absoluta clareza, o que tinha feito. Dera adeus a tudo. Fora embora. Tinha construído um pequeno mundo no qual se sentia seguro. E este mundo estava orbitando longe, desconectado de todo mundo. Era frio e escuro, e ele não tinha idéia de como fazê-lo voltar a orbitar em torno do sol.

Houve um momento em Peterborough, pouco depois que Katie lhe deu o soco, que ele percebeu que precisava daquelas pessoas. Katie, sua mãe, seu pai, Jacob. Eles o deixavam maluco vez por outra. Mas tinham estado ao seu lado o tempo todo. Eram parte dele.

Agora ele havia perdido Tony e estava à deriva. Precisava de um lugar para onde pudesse ir quando estivesse com problemas. Precisava de alguém que pudesse chamar de madrugada.

Tinha ferrado com tudo. Aquelas horríveis cenas na sala de jantar. Sua mãe dizendo: "Vocês não sabem de nada." Ela estava certa. Eles eram estranhos. Ele tinha feito deles estranhos. Deliberadamente. Que direito ele tinha de lhes dizer como deviam levar a vida? Tinha deixado perfeitamente explícito que eles não tinham o direito de lhe dizer como ele devia levar a sua vida.

A campainha tocou.

Merda.

Respirou profundamente, contou até dez, colocou seu cérebro de vendedor em atividade e atendeu à porta, recebendo um homem com um topete abusivo.

82

Katie tinha terminado de lavar a louça.

Jacob estava na cama. E Ray esta sentado à mesa da cozinha, colocando baterias novas no telefone sem fio. Ela virou-se e apoiou-se na pia, enxugando as mãos numa toalha.

Ray colocou a tampa do telefone no lugar:

— Temos de fazer alguma coisa.

Ela disse:

— Eu sei — e isso a fez se sentir bem. Finalmente conversar sobre o assunto, em vez de disfarçar com corridas à creche e a falta de saquinhos de chá.

Ray disse:

— Não me importa como vamos resolver isso. — Ele inclinou a cadeira para trás e colocou o fone na base. — Contanto que não envolva ir para qualquer lugar perto da sua família.

Por uma fração de segundo, ela se perguntou se devia ficar ofendida. Mas não podia, porque Ray estava certo, o comportamento deles tinha sido abissal. Assim, isso bateu nela como algo muito engraçado, e ela percebeu que estava rindo.

— Lamento ter metido você nisso tudo.

— Foi... instrutivo — disse Ray.

Pela expressão de seu rosto ela não podia dizer se ele estava achando engraçado ou não, então parou de rir.

— Disse ao seu pai que ele parecia ser a pessoa mais sã da família toda. — Ray colocou uma das baterias velhas de pé. — Isso o animou um pouco. — Ray botou a outra bateria de pé junto à primeira. — Espero que ele esteja bem.

— Vou cruzar os dedos.

— Jamie é um cara decente — disse Ray.

— É, sim.

— Nós tivemos uma boa conversa. No jardim.

— Sobre? — perguntou Katie.

— Eu e você. Ele e Tony.

— Hum-hum. — Parecia bastante arriscado perguntar detalhes.

— Sempre achei, você sabe, sendo gay, que ele seria estranho.

— Provavelmente é melhor não dizer isso a ele.

Ray olhou para ela.

— Eu posso ser estúpido. Mas não tão estúpido assim.

— Desculpe. Não quis dizer...

— Venha aqui, você — disse Ray, empurrando a cadeira para trás.

Ela foi e sentou-se no colo dele, e ele colocou os braços em torno dela e foi isso. Como se o mundo se virasse pelo avesso.

Era onde ela queria estar.

Podia sentir todos os músculos do seu corpo relaxando. Ela tocou o rosto dele:

— Eu tenho sido horrível com você.

— Você ficou amedrontada — disse Ray. — Mas eu ainda a amo.

— Então me aperte. Só isso.

Ele puxou-a para si, ela enterrou o rosto no ombro dele e chorou.

— Está tudo bem — disse Ray, acariciando as costas dela gentilmente. — Está tudo bem.

Como ela tinha sido tão cega? Ele tinha visto a família dela no pior momento e levara tudo com boa vontade. Mesmo com o casamento cancelado.

Mas ele não tinha mudado. Era a mesma pessoa que tinha sido desde sempre. A pessoa mais amável, mais digna de confiança e mais honrada que já conhecera em sua vida.

Era esta a sua família. Ray e Jacob.

Ela sentiu-se estúpida, aliviada, culpada, feliz, triste e levemente insegura por sentir tantas coisas ao mesmo tempo.

— Eu amo você.

— Está tudo certo — disse Ray. — Você não tem de me dizer isso.

— Não. É verdade. É o que eu sinto.

— Não vamos dizer isso por um tempo, OK? Fica muito complicado quando nós discutimos.

— Eu não estou discutindo — disse Katie.

Ele ergueu a cabeça dela, colocou um dedo sobre seus lábios para fazê-la se calar e beijou-a. Era a primeira vez que eles se beijavam em semanas.

Ele a levou para o andar de cima e fizeram amor até que Jacob teve um pesadelo com um cachorro azul raivoso e eles tiveram de parar de repente.

83

Quando Jamie chegou em casa do trabalho, ligou para Tony. Ninguém atendeu. Ligou para o celular de Tony e deixou uma mensagem pedindo que ele ligasse de volta.

Limpou a cozinha e jantou assistindo a um filme sobre um jacaré gigante num lago no Maine. Tony não ligou.

Ele ligou para o apartamento de Tony na manhã seguinte, bem cedo. Ninguém atendeu. Ligou para o celular de Tony na hora do almoço e deixou outra mensagem, mantendo-a tão simples e sincera quanto possível.

Foi nadar depois do trabalho para evitar esperar pelo retorno do telefonema. Deu sessenta voltas e saiu sentindo-se exausto, depois ficou relaxando por cinco minutos inteiros.

Tentou ligar para o apartamento de novo quando chegou em casa, mas não adiantou.

Ficou tentado a ir até lá e bater à porta. Mas ele estava começando a achar que Tony o estava evitando e não queria outra cena.

Não era tristeza. Ou pelo menos não era a tristeza que ele tinha sentido antes. Era como se alguém tivesse morrido. Era somente uma coisa para ser vivida na esperança de que se tornaria menos dolorosa aos poucos.

Continuou ligando, toda manhã e toda noite. Mas já não esperava uma resposta. Era um ritual. Alguma coisa para dar forma ao dia.

Havia se retirado para uma pequena sala em algum lugar profundo de sua mente, seguindo em frente no piloto automático. Levantar. Ir para o trabalho. Voltar para casa.

Imaginou-se atravessando a rua sem olhar e sendo atingido por um carro, não sentindo nenhuma dor, nenhuma surpresa, nenhum sentimento de alguma coisa real, apenas um tipo de interesse desprendido pelo que estava acontecendo com aquela pessoa que, para ele, não era mais real.

No dia seguinte, teve a surpresa de receber um telefonema de Ian e concordou em sair para um drinque. Tinham se conhecido havia dez anos numa praia em Cornwall e se deram conta de que moravam a quatro ruas de distância um do outro lá em Londres. Treinando para ser um veterinário. Aos 25 anos o pobre sujeito se descobrira soropositivo depois de quatro anos de monogamia, entrara em parafuso e iniciara um lento e caro suicídio com cigarros, álcool, cocaína e sexo caótico até que perdera o pé num acidente de motocicleta, passara um mês no hospital e desaparecera na Austrália.

Jamie tinha recebido um cartão-postal de um marsupial poucos meses depois falando das coisas que ele estava vendo por lá, então nada durante dois anos. Agora, ele estava de volta.

Tinha passado por um período pior do que Jamie. Ou ele havia suportado estoicamente. Fosse como fosse, algumas horas em sua companhia prometiam fazer com que os problemas de Jamie ficassem manejáveis só pela comparação.

Jamie chegou atrasado e ficou aliviado por descobrir que tinha chegado primeiro. Estava comprando uma cerveja quando um homem bronzeado numa camiseta preta e apertada com uma claudicação não-discernível disse — *Jamie*! — e deu-lhe um grande abraço.

E por 15 ou 20 minutos tudo andou belamente. Foi bom ouvir a história de como Ian havia revertido a situação. E suas histórias sobre doenças bizarras de cavalos e grandes aranhas eram genuinamente engraçadas. Então, Jamie falou sobre Tony, e Ian trouxe à tona o tema de Jesus, o que não acontecia em bares com muita freqüência. Ele não era totalmente louco quanto a isso. Parecia mais uma nova e surpreendente dieta. Mas acoplada a um novo corpo era amedrontador. E quando Ian foi urinar, Jamie se viu olhando para dois homens do outro lado do bar, um vestido como um diabo (um *collant* de tecido aveludado vermelho, chifres, tridente), o outro como um anjo (asas, camiseta branca, camisa bufante), que sem dúvida estavam a caminho de uma festa à fantasia com o cowboy do bar (sobrecalça de couro, esporas), mas isso fez Jamie se sentir como se tivesse usado alguma droga que não devia — ou que todos também tivessem usado. E ele percebeu que deveria se sentir em casa naquele lugar, mas não se sentia.

Então Ian voltou para a mesa, notou que Jamie estava pouco à vontade e mudou o assunto para sua própria vida amorosa, aliás bastante ativa, o que pareceu contrário à maior parte dos ensinamentos do cristianismo, pelo menos segundo a compreensão de Jamie a respeito do assunto. Jamie estava começando a sofrer aquela incompreensão embriagadora que as pessoas velhas sentiam quando você falava com elas sobre a internet e se perguntou se havia perdido algo deixando de acompanhar o que estava acontecendo nas igrejas ultimamente.

Foi para casa, depois de um momento ligeiramente constrangedor com Ian durante o qual prometeu pensar seriamente sobre a possibilidade de comparecer a um encontro evangélico em King's Cross, e quando Ian lhe deu outro grande abraço, Jamie percebeu nisso apenas um abraço cristão, não real.

Algumas horas mais tarde teve um sonho no qual ia atrás de Tony através de uma série interminável de salas interconectadas, algumas de sua antiga escola, algumas das propriedades que tinha vendido nos últimos anos, e ele estava gritando, mas Tony não podia ouvi-lo, e Jamie não podia correr devido às pequenas criaturas nos pavimentos, como bebês pássaros com rostos humanos, que miavam e guinchavam quando ele os abalroava.

Quando finalmente acordou, às 7 horas, viu-se indo direto para o telefone ligar para Tony. Mas se segurou a tempo.

Ele ia resolver tudo isso. Iria ao apartamento de Tony depois do trabalho. Dizer o que tinha em mente. Dizer a ele *merda* por não atender o telefone. Verificar se ele tinha se mudado. O que quer que fosse. Colocar um ponto final nessa espera.

84

David estava às voltas com a instalação de um novo boiler, de modo que Jean estava sentada com ele no jardim do Fox e Hounds. Primeiro, a idéia a fez ficar nervosa, mas David estava certo. O lugar estava vazio e estavam a poucos metros do carro, para o caso de precisarem escapulir.

Ela estava bebendo gim-tônica, o que normalmente não fazia em seu caminho para casa na volta da escola. Se George fizesse perguntas, sempre poderia culpar Ursula. Precisava de uma coragem alemã. Sua vida estava uma confusão quase profana no momento, e ela precisava simplificar o que pudesse.

Ela disse:

— Não sei quando tempo nós podemos agüentar fazendo isso.

— Quer dizer que você quer parar? — perguntou David.

— Talvez. Sim — Aquilo soou muito áspero agora, dito em voz alta. — Ah, eu não sei. Eu simplesmente não sei.

— O que mudou?

— George — disse ela. — George ter ficado doente. Não é óbvio?

— Só isso? — perguntou David.

Ele parecia imperturbável, e ela estava começando a achar sua autoconfiança irritante. Como ele conseguia lidar com tudo aquilo?

— Não é pouca coisa, David.

Ele pegou a mão dela.

Ela disse:

— Parece diferente agora. Parece errado.

Ele disse:

— Você não mudou. Eu não mudei.

Às vezes aquilo a deixava exasperada. Aquele jeito dos homens de se mostrarem tão seguros. Eles colocavam palavras juntas como abrigos ou prateleiras, e você podia até ficar em pé sobre elas, que se mantinham sólidas. E aqueles sentimentos que haviam dominado você de madrugada viravam fumaça.

Ele disse:

— Não estou tentando intimidá-la.

— Eu sei. — Mas ela não tinha tanta certeza disso.

— Se você ficasse doente, se você ficasse seriamente doente, eu ainda a amaria. Se eu ficasse seriamente doente, espero que você ainda me amasse. — Ele olhou bem dentro dos olhos dela. Pela primeira vez, ele pareceu triste, e isso a fez ficar à vontade. — Amo você, Jean. Não são apenas palavras. É sincero. Eu vou esperar por você se for preciso. Vou suportar as coisas. Porque amor é isso. E eu sei que George está doente. E sei que isso torna a sua vida difícil. Mas é uma coisa com a qual podemos conviver e que podemos resolver. Não sei como faremos, mas faremos.

Ela se viu rindo.

— Qual é a graça?

— Eu — respondeu ela. — Você está absolutamente certo. E isso é enfurecedor. Mas ainda assim você está certo.

Ele apertou a mão dela.

Ficaram ali, sentados, em silêncio, por alguns momentos. David pescou alguma coisa do seu *shandy* e um veículo rural barulhento roncou do outro lado da ponte.

— Estou com medo — disse ela.

— Por quê? — perguntou ele.

— O casamento.

Ele pareceu aliviado.

— Eu estava tão desconcertada com o que estava acontecendo com George que eu... Katie deve estar passando por um momento terrível. Planejavam se casar. Então cancelaram o casamento. Os dois morando juntos. Eu devia ter sido solidária. Mas tudo o que fizemos foi brigar.

— Você já tem muito com que se preocupar.

— Eu sei, mas...

— Pelo menos o casamento foi cancelado —, disse David. Parecia uma coisa dura de se dizer.

— Mas é tão triste.

— Não tão triste quanto casar com alguém que você não ama — disse David.

85

Eles iam se casar.

Katie sentia-se animada de uma maneira que nunca havia se sentido. Sabia que estava fazendo a coisa certa desta vez. Eles próprios iriam se encarregar de tudo. Realmente, seria o casamento deles. E uma parte dela estava intimamente satisfeita que as notícias fossem irritar as pessoas.

Ela estava preocupada sobre perguntar a Ray. Será que ele acreditaria nela? Será que iria querer se arriscar a entrar numa fria pela segunda vez?

Então ela pensou: *Foda-se.* O que mais você pode fazer quando ama alguém e quer casar com ele? E se os convites já haviam sido enviados, bem, parecia sensato levantar a pergunta bem rapidamente.

Então ela arregaçou as mangas e o pediu em casamento. De joelhos diante dele. De um modo que poderia fazer piada sobre a cena, caso tudo corresse horrivelmente errado.

Ele iluminou-se.

— É claro que me caso com você.

Ela ficou tão surpresa que se viu tentando fazê-lo mudar de idéia.

— Você está absolutamente certo?

— Sim. — Ele apoiou-se nos ombros dela.

— O quê?

— Eu disse *sim*. Disse que quero me casar com você.

— Eu sei, mas...

— Você sabe o quê? — perguntou Ray.

— Mas...

— Sabe o que mais?

— O que foi?

— Você está de volta.

— O que significa isso?

— Você de sempre — disse ele.

— Então você realmente quer se casar? Daqui a duas semanas?

— Só se você me prometer não me pedir de novo.

— Eu prometo.

Ficaram se olhando por cinco segundos ou algo assim, deixando aquilo penetrar neles. Então, começaram a pular como crianças.

Ela esperava que a mãe ficasse irritada. Que criasse caso. Mas ela pareceu estranhamente resignada. Aparentemente, ainda não tinha comunicado aos convidados o cancelamento. Talvez suspeitasse que isso ia acabar acontecendo desde o princípio.

Katie disse que eles cuidariam de tudo. Tudo que ela precisava era dos números dos telefones. Não havia nada que a mãe tivesse de fazer.

— E Ray e eu vamos pagar as despesas. No final, vamos fazer o que parece justo.

— Bem, se você insiste — disse a mãe. — Embora eu não tenha certeza de como seu pai vai se sentir em relação a tudo isso.

— Mais rico — disse Katie, mas a mãe não riu. — A propósito, como está papai?

— Ele parece bem. — Ela é que não parecia muito feliz em relação a isso.

— Que bom — disse Katie. Talvez a mãe apenas tivesse tido um péssimo dia. — São realmente boas notícias.

Os floristas foram explicitamente grosseiros. Podiam, sim, enfiar de novo o serviço na agenda, mas custaria mais caro. Katie disse que conseguiria flores de alguém mais simpático e desligou o telefone, tomada de uma justa indignação que não sentia havia algum tempo, e pensou na floricultura Bugger. Ray sugeriu que eles colhessem um buquê na manhã do casamento, e isso pareceu muito engraçado.

Os fornecedores do bufê foram mais compreensivos. Na realidade, acharam que ela tinha acabado de sair do hospital, o que envolveu um certo jogo de cintura da parte de Katie, e quando ela murmurou alguma coisa sobre testes que haviam dado negativos, houve uma comemoração sincera no outro lado da linha.

— Ficaremos honrados em fornecer o bufê.

As pessoas do bolo não haviam sido comunicadas de que o casamento tinha sido cancelado e ficou evidente que acharam Katie uma maluca.

86

Quando George deu as flores a Jean, ela chorou. Não era a reação que ele estava esperando. E ela não estava chorando porque as flores eram especialmente bonitas, o que pareceria óbvio (ele tinha sido obrigado a comprá-las no pequeno supermercado perto do ponto de ônibus e até mesmo ele seria capaz de perceber que não eram flores das melhores).

Talvez ela ainda estivesse nervosa com o acidente dele no banho. Ou com o tapete (os instaladores só viriam na semana seguinte). Ou com a briga que havia tido com Katie e Jamie. Ou com o cancelamento do casamento. Ou com o casamento acontecendo de novo. Ou com o fato de Katie e Ray estarem agora eles próprios organizando tudo, de modo que ela já não tinha mais o controle do evento. As possibilidades eram numerosas. E, por sua experiência, sabia que mulheres às vezes ficavam nervosas com coisas nas quais os homens jamais haviam sequer pensado.

Ele decidiu não sondar.

Seus próprios sentimentos a respeito do casamento eram de aceitação contrariada. Esperaria para ver o que acontecia e lidaria com a coisa quando acontecesse. Se Katie e Ray fizessem de tudo uma confusão, pelo menos eram eles que pagariam por isso.

A idéia de fazer um discurso já era menos inquietante do que antes. Ele estava se sentindo forte agora, e o problema não era insuperável, como tinha parecido anteriormente.

Se soubesse que o casamento dela com Graham não duraria, teria guardado uma cópia do discurso que tinha feito daquela vez.

Talvez fizesse uma pequena biografia. Algo que ilustrasse como a pequena rebelde de 30 anos atrás tinha se transformado... em quê? *Numa jovem mulher bem-sucedida? Numa jovem mulher bem-sucedida e numa mãe maravilhosa? Na mulher que vêem diante de vocês?* Nenhuma das frases soava muito bem.

A melhor filha do mundo? Isso talvez fosse um pouco de exagero, considerando o caso.

A minha filha favorita. Era isso. Levemente humorístico. Lisonjeiro sem ser sentimental.

Talvez devesse checar o discurso com Jean. Para ser sincero, estilo nunca foi o seu forte. Dar um tom sério. Dar um tom irônico. E por isso que ele sempre se esquivou de fazer discursos em festa de despedida e de Natal. Havia sempre homens mais fluentes do que ele ansiosos para arrumar um lugar no palco.

Deixaria de lado o primeiro casamento e alguns dos desatinos adolescentes mais sérios. Ninguém ia achar divertido saber que Katie havia cuspido café numa falsa lareira de bar, o que provocara uma explosão que queimara todo o papel de parede. Ou será que iam? Era tão difícil ter discernimento em coisas assim.

Poderia contar-lhes sobre os planos dela de ser piloto de corridas de automóveis e sobre a manhã em que ela pegou as chaves do seu carro, soltou o freio de mão do Chevette Vauxhall e se enfiou na porta da garagem, chegando muito perto de cortar Jamie ao meio.

A única coisa que ele não ia fazer era escrever a coisa alcançando até dois dias antes do evento. Não queria assumir riscos com o destino, e sua filha era inteiramente capaz de cancelar o casamento uma segunda vez.

Outro assunto que devia evitar.

Ligou para o restaurante em Oundle e reservou uma mesa. Jean ainda estava deprimida e era evidente que um remédio mais forte do que flores precisava ser utilizado. E os relatos eram corretos. O peixe era muito bom mesmo. George comeu pargo com espinafre e sementes de pinha, tudo mergulhado numa daquelas poças de molho à *nouvelle cuisine*. Jean comeu truta.

Havia uma pequena nuvem escura sobre a cabeça dela durante o caminho. Então, quando a sobremesa chegou, ele tomou coragem e perguntou qual era o problema.

Ela levou um certo tempo para responder. O que George podia entender. Ele tinha sofrido de algumas oscilações mentais recentemente que não eram fáceis de colocar em palavras.

Finalmente, Jean falou.

— No hospital.

— Sim?

— Eu disse uma coisa para Katie.

— Sim? — George relaxou um pouco. Era coisa de mãe e filha. Alta temperatura, curta duração.

— Fui bastante estúpida.

— Tenho certeza de que não foi.

— Disse a ela que estava um pouco aliviada... — disse Jean — pelo fato do casamento ter sido cancelado.

— Tudo bem.

— Disse que tínhamos algumas dúvidas sobre Ray desde o começo.

— O que, claro, nós tínhamos mesmo.

— Ela contou ao Ray. Tenho absoluta certeza disso. Pude ver nos olhos dele.

George mastigou por um minuto ou dois. Quando os homens tinham problemas, queriam alguém para dar-lhes uma resposta, mas quando as mulheres tinham problemas, elas queriam que você dissesse que tinha entendido. Era algo que David tinha dito a ele no Shepherds, no verão em que o filho de Pam juntou-se àquele culto.

Ele disse:

— Está preocupada com a possibilidade de Ray odiar você.

— Na verdade, odiar nós dois. — O humor de Jean melhorou visivelmente.

— Bem, suspeito que ele sempre soube que não o víamos com bons olhos.

— Não é a mesma coisa que soletrar isso.

— Você está certa. E agora que estou pensando nisto, o comportamento dele estava um pouco estranho quando foi me pegar no hospital.

— Como assim? — Jean pareceu nervosa novamente.

— Bem... — George vasculhou rapidamente suas lembranças sobre o encontro para ter certeza de que não tinham nada que pudesse chatear Jean. — Ele disse alguma coisa sobre a casa estar numa confusão dos diabos.

— Bem, ele tinha razão.

— Ele disse que eu era a pessoa mais sã da família. Achei que fosse uma piada.

Obviamente era uma piada melhor do que George pensara, pois, Jean começou a rir disfarçadamente.

— Tenho de dizer que pareceu indelicado com você. — Ele segurou a mão de Jean. — É bom ver você rindo. Não a vejo rindo há algum tempo.

Ela começou a chorar novamente.

— Sabe o que eu vou fazer? — Ele soltou a mão dela. — Vou dar um telefonema para Ray. Vou ver se posso acertar as coisas diretamente.

— Você tem certeza de que é o mais conveniente?

— Confie em mim — disse ele.

Ele não sabia se era conveniente. Ou se ele próprio podia ser confiável. Para ser sincero, tinha pouca idéia de por que havia feito uma sugestão tão imprudente. Mas não havia volta. E se houvesse alguma pequena coisa que pudesse tornar Jean mais feliz, então era o mínimo que ele podia fazer.

87

Jamie chegou em casa do trabalho e encontrou uma mensagem de Katie dizendo que o casamento estava de pé novamente. Ela parecia decididamente em júbilo. E o ânimo dela o fez ficar mais otimista do que ele já tinha ficado havia tempo. Talvez a sorte de todo mundo estivesse voltando.

Estava tentado a ligar para ela de volta, mas precisava resolver uma coisa primeiro.

Estacionou na esquina do apartamento de Tony e organizou seus pensamentos, não querendo se ferrar desta vez.

Sete horas de uma noite de segunda-feira. Se houvesse uma hora para Tony estar em casa, seria agora.

O que Jamie ia dizer? Parecia tão óbvio o que ele sentia. Mas quando tentou colocar em palavras, ficou sem graça, sem poder de convencimento e sentimental demais. Se ao menos se pudesse erguer uma tampa no alto da cabeça e dizer: "Olhe aqui!"

Isso era irrelevante.

Ele bateu à porta e se perguntou se Tony realmente havia mudado de casa, porque a porta foi atendida por uma mulher jovem que ele nunca tinha visto antes. Ela tinha um cabelo longo escuro e estava usando calças de pijama masculino com sapatos desamarrados Doc Martens. Estava segurando um cigarro aceso numa das mãos e um livro de bolso gasto na outra.

— Estou procurando por Tony.

— Arrá! — exclamou ela. — Você deve ser o infame Jamie.

— Não tenho certeza sobre o *infame.*

— Estava me perguntando quando você ia desistir.

— Nós nos conhecemos? — perguntou Jamie, tentando fazer a pergunta soar bastante literal e não uma coisa fria. Estava começando a se sentir como no encontro com Ian. Sem saber o que, diabos, estava acontecendo.

A mulher juntou o livro na mão do cigarro e estendeu a outra para cumprimentá-lo:

— Becky. A irmã de Tony.

— Oi — disse Jamie, apertando a mão dela. E agora que parara para reparar, reconhecia seu rosto das fotos e lamentou não ter se interessado mais na época.

— Aquela que você tem evitado — disse Becky.

— Eu? — indagou Jamie. Embora fosse menos um caso de ter evitado. Mais um caso de deixar de fazer um esforço deliberado. — Bem, eu achava que você morava em... — Merda. Ele não devia ter começado a frase. Ela o deixou continuar sem ajuda. — Em algum lugar longe, muito longe.

— Glasgow. Depois Sheffield. Você entra ou nós vamos ficar conversando em pé?

— Tony está?

— Você só vai entrar se ele estiver aqui?

Jamie teve o senso de perceber que Tony não estava e que Becky ia submetê-lo a algum tipo de interrogatório, mas aquele não parecia ser o momento para deixar de ser gentil com qualquer membro da família de Tony.

— Eu vou entrar.

— Ótimo — disse Becky, fechando a porta atrás dele.

— Então, ele está?

Eles subiram os degraus do apartamento.

— Está em Creta — disse Becky. — Eu estou cuidando do apartamento. E estou trabalhando no Battersea Arts Centre.

— Ufa! — exclamou Jamie.

— Como assim? — perguntou Becky.

— É que eu tenho tentado ligar para ele. Achei que estava me evitando.

— E está.

— Ah.

Jamie sentou-se à mesa da cozinha, então percebeu que era o apartamento de Becky, pelo menos temporariamente, e que Tony e ele não estavam mais juntos, de modo que não devia se sentir em casa tão automaticamente. Levantou-se de novo, Becky lançou-lhe um olhar estranho e ele voltou a se sentar.

— Uma taça de vinho? — Becky balançou uma garrafa diante dele.

— Seria ótimo — disse Jamie, não querendo parecer rude.

Ela encheu uma taça.

— Eu não atendo telefone. Faz a vida ficar muito mais simples.

— É verdade. — A cabeça de Jamie ainda estava cheia de todas as coisas que tinha planejado dizer a Tony, e nenhuma delas era muito apropriada agora. — O Battersea Arts Centre. É um lugar de pinturas, exibições...

Becky cravou um olhar murcho em Jamie e encheu outra taça de vinho para ela.

— É um teatro. Eu trabalho no teatro. — Ela pronunciou a palavra *teatro* muito lentamente, como se conversasse com uma criança pequena. — Sou a gerente da casa.

— Ah, sim — disse Jamie. Sua experiência com teatro limitava-se a uma forçada visita a *Miss Saigon*, que ele não tinha apreciado. Parecia melhor não confidenciar isso a Becky.

— Você realmente não prestava muita atenção quando Tony conversava com você sobre a família, não é?

Jamie estava tendo dificuldade para se lembrar da conversa na qual Tony lhe dissera o que sua irmã fazia. Era possível que Tony nunca tivesse dito nada a ele sobre isso. Era mais uma coisa que parecia melhor guardar para si próprio.

— Mas... quando Tony vai voltar?

— Não sei direito. Acho que daqui a umas duas semanas. Foi tudo um tanto irrefletido.

Jamie fez um cálculo rápido em sua cabeça. Duas semanas.

— Merda.

— Merda por quê?

Jamie não tinha certeza se Becky era irritadiça no geral ou se ela estava se mostrando especificamente irritada com ele. Decidiu prosseguir com cuidado.

— Eu queria que ele fosse comigo a um evento. Um casamento, na verdade. O casamento da minha irmã. Ela vai se casar.

— Que bom para ela.

Jamie estava começando a entender por que Tony não tinha feito um grande esforço para apresentá-lo à irmã. Esta mulher era páreo para Katie.

— Nós tivemos uma briga.

— Eu sei.

— E foi culpa minha.

— Isso eu concluí — disse Becky.

— Mas eu estava pensando se podia convencê-lo a ir comigo ao casamento...

— Acho que era o casamento que ele estava evitando. Indo para Creta.

— Ah.

Becky atirou o cigarro no pequeno cinzeiro de vidro no centro da mesa e Jamie concentrou-se no trajeto da fumaça flutuando para cima e formando pequenos espirais para manter a mente fora do inconfortável silêncio.

— Ele o amava — disse Becky. — Você sabe disso, não é?

— Ele? — Era uma coisa estúpida para dizer. Mas Jamie ficou chocado demais para se importar sobre como ia soar.

Tony o amava. Por que Tony nunca havia dito isso? Jamie sempre havia assumido que Tony sentia exatamente o mesmo que ele. Não queria se envolver nem se comprometer.

Tony o amava. Ele amava Tony. Como, em nome de Deus, ele havia conseguido disfarçar uma coisa dessas tão espetacularmente?

— Você não percebia, não é? — perguntou Becky,

Não havia nada que Jamie pudesse dizer.

— Meu Deus — disse Becky. — Os homens às vezes são idiotas.

Jamie estava quase dizendo que se Tony tivesse lhe dito, então nada disso estaria acontecendo. Mas não soaria como uma resposta muito madura. Além disso, ele sabia precisamente por que Tony nunca tinha dito nada a ele. Porque ele nunca havia permitido que Tony lhe dissesse, porque nunca quisera que Tony lhe dissesse isso, porque sempre temera que Tony lhe dissesse isso.

— Como eu entro em contato com ele?

— Só Deus sabe — disse Becky. — Ele está com um amigo que tem um negócio de hospedagem por temporada por lá.

— Gordon.

— Parece que é esse. Ele achou que o celular funcionaria.

— Não funciona. Eu tentei.

— Droga — disse Becky.

— Preciso de um cigarro — disse Jamie.

Becky riu pela primeira vez. Ela lhe deu um cigarro e acendeu-o para ele.

— Você está nervoso, não está?

— Olhe — disse Jamie. — Se ele telefonar...

— Ele não vai telefonar.

— Mas se...

— Você está sendo sincero, não está? — disse Becky.

Jamie encheu-se de coragem.

— Eu o amo. Não tinha percebido isso até... Bem, meu Deus, até Tony me chutar. Então minha irmã cancelou o casamento. E meu pai teve um colapso nervoso e acabou no hospital. E todos fomos para Peterborough e, para resumir, cada um arrancou os olhos do outro fora. E foi horrível. Realmente horrível. Agora o casamento vai acontecer novamente.

— Vai ser um negócio muito engraçado!

— E eu percebi que Tony era a única pessoa que...

— Oh, meu Deus. Não chore, tá? Por favor. Homens chorando fazem minha cabeça doer. Tome outro drinque. — Ela derramou o resto do vinho em sua taça.

— Lamento. — Jamie limpou os olhos levemente úmidos e engoliu o nó na garganta.

— Mande um convite — disse Becky. — Escreva alguma coisa sentimental nele. Eu o colocarei no topo da pilha de correio dele. Ou sobre seu travesseiro. Qualquer coisa. Se ele voltar a tempo, vou chutar a bunda dele e fazê-lo aparecer por lá.

— Jura?

— Juro. — Ela acendeu outro cigarro. — Conheci os namorados anteriores dele. Doidões. Em minha humilde opinião. Obviamente você e eu não nos conhecemos, mas, acredite em mim, você parece ser o mais inteligente.

— Ryan pareceu simpático. — Em sua cabeça, Jamie estava apresentando Becky a Katie e se perguntando se as duas se tornariam amigas ou seria apenas um caso de combustão espontânea.

— Ryan. Deus. Que idiota. Odeia mulheres. Você sabe, você não pode trabalhar com elas porque elas não são duronas o suficiente e elas cismam de ter filhos. Provavelmente nem sequer gay. Não de verdade. Você conhece o tipo. Simplesmente não consegue digerir a idéia de fazer sexo com mulheres. Detesta crianças, também. Uma coisa que sempre me irrita. Quer dizer, de onde eles acham que os adultos vêm, pelo amor de Deus? Você quer motoristas de ônibus e médicos? Então, precisa de crianças. Estou satisfeita de não ter sido a desgraçada da mulher que teve a infelicidade de passar parte da vida limpando a bunda dele. Não gostava de cachorros também. Nem de gatos. Nunca confie em homens que não gostam de animais. É a minha regra. Você não gostaria de dividir um curry do Tesco comigo?

88

Jean ligou para David. O boiler estava consertado e ele tinha voltado para a casa, então ela foi visitá-lo quando voltava da livraria.

Contou-lhe sobre o casamento e ele riu. De certo modo:

— Rô-rô-rô! Vamos esperar que o evento em si seja menos cheio de acontecimentos do que os preâmbulos.

— Você ainda quer ir?

— Você gostaria que eu fosse?

— Sim — disse ela. — Gostaria, sim. — Ela não poderia abraçá-lo. Mas se Jamie e Ray tivessem uma briga, ou se Katie mudasse de idéia no meio da cerimônia, ela queria poder passar os olhos pela sala e ver o rosto de alguém que entendesse o que ela estava sentindo.

Ele deu-lhe um abraço, preparou-lhe uma xícara de chá, fez com que se sentasse na estufa e contou-lhe sobre o bombeiro extravagante que tinha trabalhado no boiler ("Culto, aparentemente. Formado em economia. Disse que já tinha andado pela Bretanha. Monastério na Alemanha. Colhido frutas na França. Com um ar travesso, entretanto. Não estou certo se acreditei totalmente nele.").

E por melhor que fosse conversar, ela percebeu que queria ser levada para um lugar longe onde esquecesse, embora brevemente, quem era e o que estava acontecendo com o resto de sua vida. E era um pouco assustador desejar uma coisa tão grande. Mas isso não evitava o desejo.

Ela segurou a mão dele, sustentou os olhos dele e esperou que ele percebesse o que ela estava pensando sem que ela precisasse dizer.

Ele sorriu, retribuindo o olhar, ergueu uma sobrancelha e disse:

— Vamos subir.

89

George faltou à sua segunda sessão de terapia porque estava no hospital. Assim, estava um tanto receoso sobre seu próximo encontro com a Srta. Endicott. Quase tão receoso quanto um dia tinha ficado ao ser mandado para o Sr. Love para explicar por que havia atirado a mochila de Jeffrey Brown no telhado.

Mas ela ouviu respeitosamente a história e fez algumas perguntas específicas sobre o que ele esperava conseguir e o que havia sentido nos vários momentos durante todo o episódio, e George teve a nítida impressão de que poderia ter dito que tinha comido sua esposa numa torta, que a Srta. Endicott teria perguntado sobre o tipo de molho que tinham servido, e ele não estava certo se aquilo era uma coisa boa ou não.

Estava começando a aborrecê-lo. Ele explicou que se sentia muito melhor agora, e ela perguntou precisamente em que sentido ele se sentia melhor. Ele descreveu seus sentimentos sobre o casamento de Katie, e a Srta. Endicott perguntou pela definição de "indiferença budista".

Quando, no fim da sessão, a Srta. Endicott disse que esperava vê-lo na semana seguinte, George fez um ambíguo "hum-hum", pois não tinha certeza se viria na semana seguinte. Ele meio que esperava que a Srta. Endicott desvendasse sua precipitada ambigüidade, mas os 45 minutos terminaram, e eles agora, sem rodeios, podiam permitir-se um comportamento de seres humanos normais novamente.

90

Jamie voltou tarde do apartamento de Tony. Tarde demais para ligar para pessoas com crianças, pelo menos. Então decidiu ir à casa de Katie e Ray no dia seguinte, pegar um convite e dar os parabéns pessoalmente.

Gostara de Becky. Ela tinha ficado mais suave durante o curry de microondas, mesmo que suas opiniões sobre corretores de imóveis não tivessem seguido o mesmo rumo. Ele gostava muito de mulheres lutadoras. Por ter crescido com Katie, sem dúvida. O que ele realmente não podia suportar eram as sedutoras inclinações de cabeça, chicotadas de cabelo e pêlo de cabra angorá rosa (por que elas agradavam aos jogadores de rúgbi e aos operários de andaimes era um mistério que ele nunca conseguiria desvendar). Por um momento ele se perguntou se ela era lésbica. Então se lembrou da história de Tony sobre ela e algum garoto quebrando o assento da privada do banheiro dos pais durante uma festa. No entanto, as pessoas mudavam.

Ele falou sobre o relacionamento montanha-russa de Katie e Ray e conseguiu convencê-la de que Ray era um candidato adequado para a castração, depois teve de conduzi-la cuidadosamente até fazê-la pensar que ele era um tipo de gay honrado, o que foi consideravelmente mais difícil, pois quando ele pensava no assunto, era muito difícil identificar precisamente o que tinha mudado.

Ela contou como foi crescer na Noruega. Os cinco cachorros. A alergia da mãe deles a serviço doméstico. A devoção patológica dos pais à fumaça dos trens. A batida de carro na Escócia ("Conseguimos nos arrastar para fora do carro e saímos sem um arranhão. Quando olhamos para trás, a traseira do carro fora arrancada e havia, literalmente, a metade de um cão na estrada. Tive alguns pesadelos sobre isso. Ainda tenho."). O garoto que eles adotaram que tinha obsessão com facas. A época em que Tony e um amigo puseram fogo em um aeromodelo a motor, lançaram-no pela janela do quarto e observaram-no cair bem devagar no fundo do jardim, incendiando-se dramaticamente, então fazer uma curva e voar para uma casa vizinha ainda semiconstruída...

Mal ou bem, Jamie já havia escutado a maioria das histórias. Mas ele estava ouvindo atentamente desta vez.

— Parece assustador.

— Na verdade, não — disse Becky. — É apenas a maneira que Tony conta isso.

— Eu achei que seus pais o haviam enxotado. Depois daquela coisa com ele e...

— Carl. Carl Waller. Sim. Mas Tony queria ser enxotado.

— É mesmo?

— Ser gay era uma dádiva de Deus. — Becky acendeu um cigarro. — Significava que ele podia ser um fora-da-lei sem ter de se injetar heroína nem roubar carros.

Jamie digeriu isso devagar. Uma centena de quilômetros separando-os, e ele sentiu-se mais próximo de Tony do que jamais tinha sentido.

— Mas você e Tony. Vocês estavam um tanto separados também, não estavam? E agora você está cuidando do apartamento dele.

— Nós nos encontramos quando me mudei para Londres. Há poucas semanas. De repente, percebi que gostávamos um do outro.

Jamie riu. De alívio, na verdade. Por Tony poder cometer o mesmo tipo de engano que ele.

— O que é tão engraçado? — perguntou Becky.

— Nada — disse Jamie. — É só que... Isso é bom. É bom mesmo.

A sorte de todos realmente parecia estar voltando. Talvez houvesse alguma coisa no ar.

Quando chegou à casa de Katie na tarde seguinte, a porta foi aberta por ela e Ray juntos, o que pareceu simbólico, e ele se viu dizendo:

— Parabéns — com uma sinceridade que não foi capaz de sentir na primeira vez.

Ele foi conduzido para a cozinha, onde recebeu um pequeno resmungo a título de cumprimento de Jacob, que estava profundamente envolvido no vídeo *Sam, o Bombeiro* na sala de estar.

Katie parecia um pouco atordoada. Como aquelas pessoas que você via sendo entrevistadas nos noticiários depois de terem sido içadas de alguma experiência horrível por um helicóptero.

Ray também parecia diferente embora fosse difícil dizer se era apenas porque Jamie o via de maneira diferente agora. Era evidente que ele e Katie estavam bem. Para começar, eles se tocavam, o que ele nunca tinha visto. Na verdade, quando *Sam, o Bombeiro* terminou e Jacob ficou procurando uma caixa de suco de maçã, houve uma tensão edipiana bem definida ("Pára de abraçar a mamãe... Eu quero abraçar a mamãe..."). E o pensamento que ocorreu a Jamie foi que Katie e Ray tinham se apaixonado somente depois de percorrerem toda a merda que a maioria das pessoas guarda para o final do relacionamento. O que era uma maneira de fazer as coisas.

Jamie pediu um convite para Tony, e Ray pareceu surpreendentemente animado com a possibilidade de ele comparecer.

— É um tiro no escuro. Quem sabe? — disse Jamie. — Ele está incomunicável na Grécia. Eu apenas torço para que ele volte a tempo.

— Poderíamos rastreá-lo — disse Ray com a certeza de uma eficiência que parecia não muito apropriada.

— Acho que temos de deixar isso ao capricho dos deuses — disse Jamie.

— Você é quem sabe — disse Ray.

E foi nesta altura que Katie gritou:

— Jacob! — e eles se viraram para vê-lo esvaziando deliberadamente a caixa de suco de maçã no chão da cozinha.

Ray o fez se desculpar, então o arrastou para brincar no jardim, para mostrar-lhe que padrastos tinham outras utilidades além de monopolizar as mães.

Jamie e Katie ficaram conversando sobre o casamento por dez minutos, quando então Katie atendeu a um telefonema de casa. Ela reapareceu poucos minutos mais tarde com uma expressão levemente perturbada.

— Era papai

— Como ele está?

— Parecia bem. Mas queria conversar com Ray. Não quis me dizer sobre o que era.

— Talvez ele queira bancar o homão e pagar toda a despesa.

— Provavelmente você está certo. Bem, vamos descobrir quando Ray desligar.

— Não que eu esteja apostando que ele consiga convencer Ray... — disse Jamie.

— Bem, e agora? — disse Katie. — O que você vai escrever para Tony?

91

O erro de George foi ficar nu diante do espelho.

Ele havia feito sua última visita à clínica. A ferida tinha criado casca e não precisaria mais de curativo diário. Agora ele apenas removia o curativo do dia anterior depois do café-da-manhã, entrava num banho de sal quente por dez minutos, saía, secava-se gentilmente e fazia um curativo novo.

Estava tomando os comprimidos e aguardando ansiosamente pelo casamento. Com Katie e Ray comandando o show, havia muito pouco para ele fazer. Um breve discurso parecia uma contribuição muito simples, considerando todos os procedimentos envolvidos.

O espelho parecia uma bravata louca em parte, uma celebração do fato de que ele tinha superado seus problemas e não ia deixá-los restringir seu comportamento.

Não que a razão importasse muito agora.

Saiu do banho, secou-se com a toalha, encolheu a barriga, botou os ombros para trás e ficou parado, atento, diante da pia.

Havia uma nuvem de pontos vermelhos em seu bíceps que capturaram sua atenção primeiro, aqueles que ele tinha visto no quarto do hotel e conseguira esquecer. Pareciam maiores e mais numerosos do que se lembrava.

Sentiu-se nauseado.

A coisa óbvia a fazer era afastar-se rapidamente do espelho, vestir-se, tomar duas codeínas e abrir uma garrafa de vinho. Mas ele se sentiu incapaz de parar.

Começou a examinar sua pele minuciosamente. Os braços. O peito. A barriga. Virou-se e olhou por sobre os ombros para poder ver as suas costas.

Não era uma boa coisa para se fazer. Era como olhar para uma cultura de laboratório numa placa de Petri. Cada centímetro examinado trazia um novo terror. Sinais marrom-escuros, enrugados como uvas sem sementes, sardas reunidas em arquipélagos de ilhas cor de chocolate, caroços de vários tons de cor de carne, alguns murchos, outros cheios de líquido.

Sua pele tinha se tornado um zoológico de formas de vida alienígenas. Se ele olhasse muito de perto, seria capaz de vê-las movendo-se e crescendo. Tentou não olhar tão de perto.

Devia ter voltado ao Dr. Barghoutian. Ou a um outro médico melhor.

Arrogantemente, achara que podia resolver seus problemas com longas caminhadas e palavras cruzadas. E todo o tempo a doença tinha caçoado dele e se espalhado, apertando-o, fazendo surgir outras doenças.

Ele só parou de se olhar no espelho quando sua visão ficou embaçada e seus joelhos cederam, derrubando-o no chão do banheiro.

A essa altura a visão da sua própria pele nua, ainda vívida no fundo de sua mente, transformou-se na pele das nádegas daquele homem subindo e descendo entre as pernas de Jean no quarto.

Ele podia ouvi-los de novo. Barulhos de animais. A carne enrugada sacudindo, balançando. As coisas que ele não tinha visto mas podia imaginar — e com demasiada nitidez. O órgão daquele homem entrando e saindo de Jean. Recuando, entrando. A prega rosada.

Nesta casa. Em sua própria cama.

Ele podia até mesmo sentir o cheiro. O odor do banheiro. Íntimo e sem lavar.

Ele estava morrendo. E ninguém sabia.

Sua esposa estava fazendo sexo com outro homem.

E ele tinha de fazer um discurso para o casamento de sua filha.

Estava agarrado à trave de baixo do trilho da toalha aquecida, como um homem que tenta não ser varrido pela enchente.

Era como antes. Mas pior. Não havia nenhum chão abaixo dele. O banheiro, a casa, a cidade, Peterborough... tudo tinha sido descascado, rasgado e expelido, não deixando nada, a não ser um espaço infinito, apenas ele e o trilho da toalha. Como se ele tivesse passado para fora de uma nave espacial e descoberto que a Terra tinha sumido.

Ele estava louco de novo. E não havia esperança desta vez. Achava que conseguira se curar. Mas fracassara. Não havia mais ninguém a quem pudesse recorrer. Ele permaneceria assim até morrer.

Codeína. Precisava de codeína. Não podia fazer nada sobre o câncer. Nem sobre Jean. Nem sobre o casamento. A única coisa que ele podia fazer era entorpecer tudo isso um pouco.

Mantendo-se agarrado ao trilho da toalha, começou a se endireitar. Mas conforme se endireitava, a carne flácida da sua barriga ficava exposta, e ele podia senti-la coçando e se contorcendo. Ele agarrou uma toalha e envolveu o abdome. Transferiu as mãos para a beirada da banheira e levantou-se.

Claro que conseguiria. Era uma coisa simples. Tomar os comprimidos e esperar. Era tudo o que ele tinha de fazer.

Abriu o armário e puxou o pacote para baixo. Tomou quatro comprimidos com água da torneira da banheira para evitar o espelho acima da pia. Tomar quatro era perigoso? Não tinha idéia e não se importava.

Cambaleou até o quarto. Soltou a toalha e de alguma maneira conseguiu se enfiar dentro das roupas, apesar da tremedeira nas mãos. Foi para a cama, colocou o edredom sobre a cabeça e começou a recitar rimas infantis até perceber que fora ali onde tudo havia acontecido, exatamente ali, onde sua cabeça estava apoiada, e sentiu vontade de vomitar. Sabia que tinha de fazer alguma coisa, qualquer coisa, para se manter em movimento e ocupado até que as drogas começassem a funcionar.

Livrou-se do edredom, endireitou-se e soltou uma seqüência de suspiros profundos para se equilibrar antes de descer as escadas.

Supondo que Jean estava ocupada, fazendo alguma coisa em outro lugar, planejou pegar uma garrafa de vinho e fugir direto para o estúdio. Se a codeína não funcionasse, ficaria bêbado. Não se importava com o que Jean pensasse.

Mas Jean não estava ocupada em outro lugar. Estava na metade das escadas quando ela apareceu contornando a balaustrada, brandindo o telefone e dizendo, exasperadamente:

— Aí está você. Estou chamando faz tempo. Ray gostaria de ter uma conversa com você.

George ficou paralisado, como um animal localizado por um pássaro predador, na esperança de que, se ficasse imóvel, pudesse ser confundido com o fundo da cena.

— Você vai atender ou não? — disse Jean, balançando o telefone diante dele.

Ele observou sua mão levantar-se para segurar o fone enquanto descia os últimos poucos degraus. Jean estava usando uma luva de borracha e segurava um pano de prato. Ela lhe passou o telefone, balançou sua cabeça e desapareceu na cozinha.

George botou o fone no ouvido.

As imagens em sua cabeça oscilavam atordoantemente de uma imagem grotesca para outra. O rosto do vagabundo na plataforma da estação. As coxas nuas de Jean. A sua própria pele nua.

Ray disse:

— George. É Ray. Katie me disse que você queria conversar comigo.

Foi como aqueles telefonemas que acordam você à noite. Era muito difícil lembrar-se do que precisava dizer.

Ele não tinha absolutamente nenhuma idéia do que queria conversar com Ray.

Isto estava realmente acontecendo ou ele tinha caído em algum tipo de estado delirante? Será que ainda estava deitado lá em cima na cama?

— George? — disse Ray. — Você está aí?

Ele tentou dizer alguma coisa. Um pequeno ruído miou de sua boca. Ele afastou o fone da cabeça e olhou para o aparelho. A voz de Ray ainda estava saindo pelos pequenos buracos. George não queria mais segurar aquilo.

Devagar, colocou o fone de volta na base. Virou-se e caminhou até a cozinha. Jean estava enchendo a máquina de lavar e ele não tinha energia para a discussão que se seguiria se ele fosse para a porta com uma garrafa de vinho.

— Foi rápido — disse Jean.

— Número errado — disse George.

Já estava quase no meio do jardim calçando apenas meias quando se deu conta de que talvez Jean não tivesse caído nesta brilhante peça de subterfúgio.

92

Jamie sentou-se com uma caneca de chá, sua melhor caneta e algumas folhas de papel que tinha encontrado no fundo da gaveta da mesa. Papel adequado, como o que ele usava para escrever cartas de agradecimento quando era criança.

Começou a escrever.

Querido Tony,

Eu amo você e quero que você venha ao casamento.
Estive em Peterborough na semana passada. Papai teve um colapso nervoso e acabou no hospital depois de cortar fora pedaços de si próprio com uma tesoura (explicarei depois). Quando estava no hospital, dei de cara com o homem com quem mamãe está tendo um caso (explicarei isso também). Katie e mamãe tiveram uma série de discussões sobre o casamento, que foi cancelado. Mas agora vai acontecer de novo
Explicarei...

Ele rasgou a merda de papel, amassou-o e começou novamente. Tony tinha gastado um monte de energia afastando-se de sua própria família. Este não era o momento para Jamie falar de seus próprios problemas.

Querido Tony,

Eu amo você e quero que você venha ao casamento.
Fui a Peterborough na semana passada e percebi que você é a minha família...

Sentimental demais.

Querido Tony,

Eu amo você.

O casamento estava cancelado. Agora vai acontecer de novo. Deus sabe o que vai acontecer no dia, mas quero que você esteja lá comigo...

Meu Deus. Agora ele estava vendendo a coisa como se fosse um espetáculo público.

Por que tinha esta maldita dificuldade?

Levou seu chá para o lado de fora, sentou-se no banco e acendeu um cigarro. Havia crianças brincando no jardim vizinho. Sete, 8 anos de idade. Ele se lembrou de quando era jovem. Piscinas rasas e corrida de barreiras olímpicas por cima de varas de bambu. Corridas de bicicleta e pular das árvores. Alguns anos mais, e aquelas crianças estariam fumando ou procurando uma lata de gasolina. Mas agora era um barulho bom. Como o zumbido de um cortador de grama ou o barulho de pessoas jogando tênis.

Era tão difícil porque ele não podia dizer isso na cara de Tony. Você dizia alguma coisa na cara de alguém, via como a pessoa reagia e ajustava um pouco o timão. Como vender uma casa ("É uma área muito cosmopolita." "Nós notamos isso." "Sinto muito. Conversa de corretor de imóveis. Força do hábito, receio.")

E Tony tinha mudado na sua ausência. Depois de todas as coisas que Becky havia contado. Quando ele visualizava Tony agora, via alguma coisa menos ordenada, mais vulnerável, alguém mais como ele próprio.

Jamie também tinha mudado.

Deus do céu, era como xadrez.

Não. Ele estava sendo estúpido.

Estava tentando reconquistar Tony. Seria bom se ele fosse ao casamento, mas se não fosse, e daí? Mais cedo ou mais tarde ele voltaria da Grécia.

Pensando melhor, se o casamento fosse um desastre, Tony não estar lá seria uma dádiva de Deus.

Resolvido.
Jogou o cigarro fora e continuou.

Querido Tony,

Por favor venha ao casamento. Fale com Becky. Ela sabe de tudo.
Eu amo você.
Jamie
Xxx

Colocou o bilhete num envelope, acrescentou uma cópia dos mapas da estrada, fechou, endereçou aos cuidados de Becky, selou e levou ao correio antes que pudesse mudar de idéia.

93

Em outras circunstâncias, George talvez tivesse cometido suicídio. Por duas noites seguidas tinha sonhado com afogamento em Peterborough, e em seu sonho o rio o chamava do mesmo modo que um imenso colchão de penas poderia chamá-lo, e mesmo no sonho era amedrontador o quanto ele queria se deixar ir e afundar no frio, no escuro, e acabar com tudo para sempre. Mas agora faltavam apenas seis dias para o casamento, e seria descortês fazer uma coisa dessas com sua filha.

Então, neste momento, ele tinha de descobrir uma forma de ir levando, dia após dia, até quando fosse aceitável fazer alguma coisa mais drástica sem azedar a atmosfera da celebração. Isso seria, sem dúvida, depois que Katie e Ray voltassem da lua-de-mel.

Depois de examinar-se no espelho, resolveu que estava prestes a sofrer algum tipo de falência orgânica. Parecia inconcebível que o corpo humano pudesse sobreviver à pressão criada por aquele tipo de pânico continuado sem que alguma coisa se rompesse ou parasse de funcionar. E, a princípio, isso se tornou mais um medo a ser acrescentado aos outros, como o medo do câncer, de ficar irreparavelmente insano, de sofrer um colapso na frente dos convidados do casamento. Mas depois de 24 horas, ele estava querendo que isso acontecesse. Um derrame. Um ataque do coração. Qualquer coisa. Ele realmente não se importava se sobreviveria ou não, contanto que ficasse inconsciente e fosse absolvido da responsabilidade.

Não conseguia dormir. Tão logo se deitava podia sentir sua pele sofrendo mutações por baixo das roupas. Ficava sem se mexer, esperando que Jean caísse no sono, depois se levantava da cama, tomava mais codeína e servia-se de uísque. Assistia aos estranhos programas que pipocam na televisão de madrugada. Documentários da universidade aberta sobre geleiras. Filmes em preto-e-branco da década de 1940. Notícias campestres. Chorava e ficava andando em círculos pelo tapete da sala de estar.

No dia seguinte, fechava-se no estúdio e inventava tarefas sem importância para se cansar e ocupar a mente (dois homens estavam colocando o novo tapete dentro de casa). Lixar as molduras da janela. Varrer o chão de concreto. Mover todos os tijolos espalhados, um por um, para o outro lado do estúdio. Fazer uma variedade de pequenas construções no estilo de Stonehenge.

Estava tendo um grande problema para comer. Alguns bocados, e se sentia enjoado, como se estivesse navegando em mau tempo. Forçou-se a comer torrada com manteiga para tranqüilizar Jean e teve de correr para o banheiro para vomitar na privada.

Começou a perder a cabeça no meio do segundo dia. Levantou-se da mesa de refeição no fim do almoço sem tocar na sobremesa, dizendo que tinha de ir a um lugar qualquer. Não sabia ao certo a que lugar tinha de ir. Lembrava-se de ter saído de casa pela porta da frente. Depois disso não se lembrava de nada do que havia acontecido por um tempo considerável. Um ruído de estática preencheu sua mente, não como o ruído de estática desagradável de uma televisão que não consegue sintonizar um canal específico, mas mais alto e muito insistente. Não era agradável, mas era melhor do que se debruçar na privada do banheiro para vomitar a torrada ou ficar deitado na cama sentindo as lesões se multiplicarem e se juntarem.

Era possível que tivesse pegado um ônibus. Embora não tivesse uma lembrança específica de estar num ônibus.

Quando se recobrou, estava de pé no consultório médico, diante da mesa de recepção. Uma mulher sentada no monitor do computador dizia:

— Posso ajudar o senhor?

Seu tom de voz sugeria que ela já tinha dito aquilo muitas vezes.

Ela se curvou para ele e repetiu a pergunta, mas ainda mais devagar e mais gentilmente, do jeito que se faz quando se percebe que a pessoa com a qual se fala não é uma perda de tempo, mas sofre de uma genuína deterioração mental.

— Quero ver o Dr. Barghoutian — disse George.

Sim, agora que ele estava aqui, parecia uma boa idéia. Talvez fosse a razão de ele ter vindo.

— O senhor marcou consulta?

— Eu não sei — disse George.

— Receio que o Dr. Barghoutian esteja com a agenda cheia hoje. Se for urgente, o senhor pode ver outro médico.

— Quero ver o Dr. Barghoutian.

— Lamento. O Dr. Barghoutian está vendo outros pacientes.

George não podia se lembrar das palavras que se usava para discordar polidamente de alguém.

— Quero ver o Dr. Barghoutian.

— Eu lamento realmente, mas...

O trajeto até o consultório tinha consumido toda a energia de George (talvez ele tivesse vindo a pé). Ele não tinha idéia do que estava planejando dizer ao Dr. Barghoutian, mas todo o seu ser parecia ter se concentrado em entrar naquela pequena sala. Agora que isso era impossível, ele simplesmente não podia conceber o que, então, podia fazer. Sentiu-se profundamente sozinho e com um estranho frio (sua roupa estava molhada; talvez estivesse chovendo lá fora). Abaixou-se até o chão, enroscou-se num ângulo entre o tapete e o painel de madeira da mesa de recepção e chorou um pouco.

Ele abraçou os joelhos. Não ia mais se mexer. Ele ia ficar ali para sempre.

Alguém colocou um cobertor sobre ele. Ou então ele sonhou que alguém estava colocando um cobertor sobre ele.

Lembrou-se de ter lido em algum lugar que pouco antes de morrer a pessoa sente-se agradavelmente quente e confortável, e isto é um sinal de que o fim está próximo.

No entanto, o fim não estava próximo. E ele não ia ficar naquela posição para sempre porque alguém estava dizendo:

— Sr. Hall...? Sr. Hall...? — e quando abriu os olhos, viu-se olhando para o Dr. Barghoutian, que estava agachado junto dele, e George estava tão distante que levou alguns segundos para se dar conta de onde estava e por que o Dr. Barghoutian estava lá também.

Ajudaram-no a se levantar e foi conduzido pelo corredor até o consultório do Dr. Barghoutian, onde o sentaram numa cadeira.

Não pôde falar por vários minutos. O Dr. Barghoutian não parecia desmedidamente preocupado. Ele apenas se sentou e disse:

— Quando você estiver pronto.

George reuniu todas as suas forças e começou a falar. Em qualquer outro dia, teria ficado transtornado com sua inabilidade em formar frases, mas não estava mais se preocupando com coisa alguma. Parecia um homem rastejando num oásis num desenho animado.

— Estou com câncer... Morrendo... Por favor... preciso de cuidados... O casamento da minha filha...

Dr. Barghoutian permitiu que ele continuasse falando dessa maneira por algum tempo. A pressão dentro da cabeça de George diminuiu um pouco e seu domínio sobre a sintaxe começou a voltar.

— Eu quero ir para um hospital... para um lugar seguro...

Dr. Barghoutian esperou que ele desse uma parada.

— Este casamento será no sábado, não é?

George assentiu com a cabeça.

O Dr. Barghoutian bateu de leve com o lápis nos dentes algumas vezes:

— Muito bem. Eis o que vamos fazer...

George sentiu-se melhor ouvindo-o dizer estas palavras.

— Você vai voltar aqui para me ver na segunda de manhã.

George piorou de novo.

— Mas...

O Dr. Barghoutian deteve o lápis. George fez uma pausa.

— Vou conseguir uma consulta para você com um dermatologista. E se você ainda estiver se sentindo ansioso, tentaremos conseguir uma ajuda psiquiátrica mais forte para você.

George sentiu-se um pouco melhor outra vez.

— Enquanto isso, vou receitar Valium para você, certo? Tome tanto quanto precisar, embora eu sugira que você se mantenha longe do champanhe durante o casamento. A menos que queira terminar debaixo de uma mesa.

O Dr. Barghoutian escreveu a receita.

— Agora, tenho uma forte suspeita que você vai estar se sentindo bem mais calmo quando nos encontrarmos na próxima consulta. Se não estiver, faremos alguma coisa a esse respeito.

Não era a solução que George tinha esperado. Mas a idéia de um outro encontro na segunda-feira e a promessa de uma ajuda psiquiátrica mais forte eram tranqüilizadoras.

Ele encontraria alguma forma de evitar o dermatologista.

— Agora, como você se sente sobre ir para casa? Gostaria que a recepcionista ligasse para sua esposa para ela vir apanhá-lo?

O pensamento de ligarem para Jean para dizer que ele tinha passado mal no consultório médico fez com que ele recobrasse o juízo mais abruptamente do que qualquer outra coisa.

— Não. Garanto. Estou bem agora.

Ele agradeceu ao Dr. Barghoutian, levantou-se e percebeu que ainda estava enrolado no cobertor verde.

— Às 10 horas da manhã de segunda-feira — disse o Dr. Barghoutian, entregando-lhe a receita. — Pedirei à recepcionista para agendá-lo. E passe numa farmácia no caminho para casa.

Ele saiu do consultório e atravessou a rua para Boots, examinando o modelo do chão ladrilhado para evitar contato visual com panfletos. Deu três voltas no parque, entrou numa farmácia com a receita, engoliu dois comprimidos de Valium e pegou um táxi de volta para casa.

Tinha se perguntado o que poderia dizer a Jean para explicar sua excursão não planejada, mas quando entrou em casa, viu a pequena mochila do Homem-Aranha no corredor e percebeu que Katie tinha chegado com Jacob para supervisionar os preparativos finais, e quando os três entraram, vindos do jardim, Jean não pareceu intrigada com a notícia de que ele tinha saído para uma longa caminhada e perdido a noção de tempo.

Jacob disse:

— Vovô, vovô, vem me pegar.

Mas George não estava com humor para correr atrás de crianças. Ele disse:

— Talvez possamos brincar de algo calmo mais tarde — e se deu conta de que estava sendo sincero. O Valium evidentemente estava fazendo algum efeito. Um fato que foi confirmado quando ele subiu as escadas e caiu num sono profundo em sua cama.

94

Katie tinha marcado horário no cabeleireiro.

Mas tão logo isso foi providenciado, ela ficou em dúvida. Não havia nada errado com seu cabelo que não pudesse ser resolvido com um rápido corte com tesouras de banheiro e um condicionador decente. Era evidente que ela tinha estado funcionando no piloto automático enquanto organizava tudo.

Agradeceu a Deus por não ter convidado ninguém para dama de honra.

Disse a Ray que ia cancelar a hora marcada, ele perguntou por que, e ela respondeu que não queria se fantasiar de uma dessas coisas do catálogo de moda nupcial. E Ray disse:

— Vá lá. Dê um trato em si mesma.

E ela pensou: *Por que não? Vida nova. Cabelo novo.* E foi, e o cabelo foi muito cortado. Cabelo de menino. Orelhas à mostra pela primeira vez em sete anos.

E Ray estava certo. Foi mais do que um trato. A pessoa no espelho não era mais simplesmente a mãe de um menino pequeno. A pessoa no espelho era uma mulher assumindo o controle do seu próprio destino.

Mamãe ficou horrorizada.

Não por causa do cabelo especificamente. Mas pela combinação do cabelo, das floristas canceladas e da decisão de não chegar ao cartório de limusine.

— Eu apenas me preocupo com...

— Com o quê? — perguntou Katie.

— Estou preocupada que não seja... que não seja um casamento adequado.

— Por que eu não tenho cabelo suficiente?

— Você está sendo petulante.

Verdade, mas mamãe estava sendo... estranho que não houvesse uma palavra para isso, visto que muitos pais agem desse modo. Traduzir cada preocupação numa preocupação sobre alguma coisa não sendo feita de modo adequado. Não comer de modo adequado. Não se vestir de modo adequado. Não se comportar de modo adequado. Como se o mundo pudesse ser conduzido por direitos com decoro.

— Bem, será mais adequado do que o último casamento.

— Então você e Ray...?

— Estamos melhor do que nunca.

— Isso não chega a ser de fato um bom motivo.

— Nós nos amamos.

A mãe encolheu-se por um breve instante, depois mudou de assunto, como Jacob fazia quando uma palavra o incomodava:

— Seu pai e Ray, a propósito...

— Meu pai e Ray, a propósito, o quê?

— Eles não conversaram, não é?

— Quando? — perguntou Katie.

— Um dia desses. Ao telefone.

Mamãe parecia bastante perturbada com essa possibilidade. Katie quebrou a cabeça e nada lhe ocorreu.

— Ray ligou para conversar com seu pai. Mais tarde, seu pai disse que tinha sido alguém ligando para um número errado. E eu me perguntei se não tinha havido um grande mal-entendido sobre alguma coisa.

Um homem barbudo apareceu na porta para perguntar sobre a posição das cordas.

Katie endireitou-se.

— Mãe, olhe, se isso a faz se sentir melhor, por que não telefona para algumas floristas? Veja se alguém pode fazer alguma coisa assim em cima da hora.

— Muito bem — disse a mãe.

— Mas não os Buller.

— Certo.

— Eu xinguei os caras, mãe — informou Katie.

— Certo.

Katie foi para o jardim com o homem barbudo. O mastro central estava no extremo do jardim e lonas cor de creme estavam sendo erguidas por outros cinco homens com camisas verde-garrafa. Jacob estava correndo para dentro e para fora dos rolos de corda e das cadeiras empilhadas como um boneco maluco, absorvido por alguma fantasia complexa de super-herói, e Katie recordou como era mágico para ela no passado ver um espaço comum como este ser transformado assim. Um sofá virado para baixo. Um quarto cheio de bolas de gás.

Então, Jacob escorregou, bateu num cavalete de mesa, seus dedos ficaram presos nas dobradiças dos pés, ele berrou muito e ela pegou-o, abraçou-o, levou-o para o quarto, pegou os curativos, e Jacob foi corajoso e parou de chorar, e mamãe apareceu e disse que tinha resolvido o problema das flores.

As duas sentaram-se junto uma da outra na cama enquanto Jacob transformava seu robô vermelho num dinossauro e vice-versa.

— Então, finalmente vamos conhecer o namorado de Jamie — disse a mãe, e a pausa antes da palavra *namorado* foi tão pequena que foi quase imperceptível.

Katie examinou as próprias mãos e disse:

— É! — e ficou triste por Jamie.

O dia avançava. Ela e Jacob foram de carro para a cidade para pegar o bolo e deixar a fita cassete no cartório. Ela queria começar com um pouco de "Royal Fireworks", então seguir direto para "I Feel Good" tão logo os votos fossem feitos, mas a mulher, ao telefone disse, arrogantemente, que eles não "faziam direto", e Katie percebeu que, no final das contas, podia ser complicado demais. Alguma tia-avó passaria mal e teriam de socorrê-la com James Brown gritando como um cachorro no cio. Então, resolveram colocar a peça de Bach para dois violinos da compilação de um CD que papai tinha dado a ela de Natal.

Foram à Sandersons e à Sticky Fingers para pegar a caneca personalizada e os chocolates belgas de tamanho industrial para Ed e Sarah, depois voltaram para casa, quase destruindo o bolo quando uma bola chutada por um grupo de garotos passou na frente do carro.

Sentaram-se para jantar, os quatro, a mãe, o pai, ela e Jacob, e foi bom. Sem discussões. Nem provocações. Nem assuntos difíceis de se conversar.

Ela colocou Jacob na cama, ajudou a mãe a lavar os pratos e os céus se abriram. A mãe aborreceu-se, do jeito como os pais sempre se aborrecem com tempo ruim. Mas Katie foi para o sótão, abriu a janela acima do jardim e ficou lá, enquanto o toldo estalava e batia e o vento rugia como ondas arrebentando nas árvores negras.

Adorava tempestades. Trovão, raio, chuva caindo. Alguma coisa a ver com o sonho de infância que ela costumava ter sobre morar num castelo.

Lembrou-se do último casamento. Graham com uma estranha reação alérgica ao xampu dela na véspera. Sacos de gelo. Anti-histamínicos. Aquela van arrancando o pára-lama do Jaguar do tio Brian. A mulher esquisita com problemas mentais que entrou trôpega e cantando na festa.

Ficou se perguntando qual seria a confusão desta vez, então percebeu que estava sendo estúpida. Como a mãe e a chuva. O medo de não ter nada para lamentar.

Fechou a janela, esfregou o peitoril com a manga e desceu para ver se tinha sobrado algum vinho na garrafa.

95

George percebeu que o Dr. Barghoutian não era tão estúpido assim.

O Valium era bom. O Valium era muito bom, na verdade. Ele desceu, pegou uma caneca de chá e ficou jogando cartas com Jacob.

Depois que Katie foi para a cidade, ele se espremeu para passar junto ao toldo e dar uma olhada no estúdio. Então percebeu que, com os fundos do jardim bloqueados, o estúdio havia se tornado um lugar secreto, bem do tipo que as crianças adoravam e do qual, para ser honesto, ele também gostava muito. Pôs a cadeira dobrável para fora e sentou-se por agradáveis dez minutos até que um dos trabalhadores surgiu disfarçadamente, contornando o toldo, e começou a urinar no canteiro. George decidiu que tossir para fazer sua presença ser notada era mais educado do que observar alguém urinando em silêncio, então tossiu e o homem desculpou-se e sumiu, mas George sentiu que seu espaço secreto de alguma forma tinha sido violado e voltou para casa.

Entrou e fez um sanduíche de presunto e tomate, que comeu com leite.

O único problema com o Valium era que não encorajava um pensamento racional. Foi somente depois do jantar, quando o efeito dos dois comprimidos que tinha tomado à tarde começaram a diminuir, que ele fez as contas. Para começar, havia somente dez comprimidos no vidro. Se continuasse a tomá-los neste ritmo, acabariam antes de o casamento começar.

Só então entendeu que, embora o Dr. Barghoutian fosse sábio, não tinha sido generoso.

Teria de parar de tomar os comprimidos agora mesmo. E precisaria evitar tomá-los no dia seguinte.

O rótulo do pequeno vidro marrom avisava sobre os perigos de ingerir álcool enquanto estivesse tomando os comprimidos. Dane-se. Quando se sentasse depois de seu discurso, ia virar a primeira taça em que pusesse as mãos. Se passasse suavemente para o estado de coma, tudo bem para ele.

A dificuldade era chegar até o sábado.

Ele podia sentir a coisa chegando neste exato instante, enquanto se sentava no sofá com Jacques Loussier tocando no estéreo e o *Daily Telegraph* dobrado em seu colo, do mesmo jeito que eles haviam visto a tempestade vindo do mar em St. Ives alguns anos atrás, uma parede cinzenta de luz intensa a um quilômetro de distância, a água escura por trás dela, todo mundo em pé observando, sem perceber como ela se movia rápido, até que foi tarde demais, e todos saíram correndo e gritando, enquanto a chuva de granizo descia horizontalmente, como projéteis de arma de fogo, sobre a praia.

Seu corpo estava começando a mudar e a se agitar, todos os mostradores avançando firmemente em direção ao vermelho. O medo estava voltando. Ele queria coçar o quadril. Mas se houvesse sobrado algum câncer, a última coisa que queria era mexer naquilo.

Era muito tentador tomar mais Valium.

Deus todo-poderoso. A gente podia falar sobre tudo de que gostava na razão, na lógica, no senso comum e na imaginação, mas quando as fichas estavam na mesa, a única habilidade de que se precisava era a de não pensar em absolutamente nada, fosse lá o que fosse.

Ele se levantou e desceu o corredor. Sobrara vinho do jantar. Ele terminaria a garrafa, depois tomaria algumas codeínas.

Quando entrou na cozinha, no entanto, as luzes estavam apagadas, a porta para o jardim estava aberta, e Katie estava em pé na entrada olhando a chuva cair e bebendo direto da garrafa o que sobrara do vinho.

— Não beba isso — disse George, mais alto do que pretendia.

— Lamento — disse Katie. — Pensei que o senhor estivesse na cama. De qualquer forma, estava planejando terminá-lo. Assim o senhor não tem de se preocupar em pegar minhas bactérias.

George não podia achar nenhuma forma de dizer *Me dê essa garrafa*, sem parecer enlouquecido.

Katie bebeu um gole de vinho.

— Deus meu, eu amo a chuva.

George ficou olhando para ela. Ela bebeu mais vinho. Depois de um breve intervalo, ela virou-se e viu que ele continuava ali em pé olhando para ela. Ele percebeu que estava agindo de um modo um tanto estranho. Mas precisava de companhia.

— Scrabble — disse ele.

— O quê? — perguntou Katie.

— Eu estava imaginando se você não queria jogar Scrabble. — De onde tinha tirado aquilo?

Katie balançou a cabeça devagar de um lado para o outro, avaliando a idéia.

— OK.

— Ótimo — disse George. — Você pega a caixa no armário. Eu só vou pegar codeína. Estou com dor de cabeça.

George estava no meio das escadas quando se lembrou do último jogo de Scrabble que haviam jogado. Tinha sido interrompido por um debate muito acirrado sobre o uso inteiramente legal de George da palavra *zho*, um animal que seria o cruzamento entre uma vaca e um iaque.

Mas, bem, isso manteria sua mente ocupada.

96

Era tudo um tanto desgastante.

Por uma terça parte de suas horas de acordado, Jamie conseguia deixar de pensar totalmente em Tony. Na outra terça parte, imaginava Tony voltando a tempo e os dois juntos em várias cenas melodramáticas. Na terça parte final, era a vez dos pensamentos chorosos de ir para Peterborough sozinho e conseguir muita solidariedade, ou nenhuma, e ter de ficar alegre por amor a Katie.

Estava planejando sair cedo na sexta-feira à tarde para escapar do tráfego. Na noite de quinta, comeu uma massa do Tesco e uma salada de frutas assistindo ao vídeo de *A bruxa de Blair*, que era mais aterrador do que ele tinha previsto, razão pela qual teve de interromper a fita no meio, fechar todas as cortinas e trancar a porta da frente.

Achava que teria pesadelos. Então, foi com alguma surpresa que se viu tendo um sonho sexual com Tony. Não estava se queixando. Foi enlouquecido, coisa de quem acabou de sair da prisão ou algo assim. Mas o que foi levemente perturbador foi que a coisa toda estava acontecendo na sala de estar de seus pais durante um coquetel. Tony empurrando seu rosto no sofá, metendo três dedos em sua boca e fodendo-o sem quaisquer preliminares. Todos os detalhes muito mais vívidos do que se esperava que fossem nos sonhos. A curva do pau de Tony, as manchas de tinta em seus dedos, o estampado de parreira da almofada pressionada contra a cara de Jamie em radicais closes, o alarido das vozes conversando, o tilintar das taças de vinho. Tão vívido de fato que em vários momentos durante a manhã seguinte ele se lembrou do que tinha acontecido e desatou num suor frio por uma fração de segundo antes de se lembrar que não fora real.

97

Jean não percebeu o quanto aquilo estava ruim até que desceu as escadas e percorreu o gramado debaixo da chuva fina ainda de penhoar.

Havia água parada no toldo. E setenta pessoas comeriam ali embaixo no dia seguinte.

Ela não podia evitar sentir que se ainda estivesse organizando o casamento, aquilo não estaria acontecendo, embora obviamente não possuísse mais controle sobre o clima do que Katie e Ray.

Sentiu-se... velha. Era o que sentia.

Não era apenas a chuva. Era George também. Nas últimas poucas semanas ele parecera estar bem. Mas depois do jantar, tudo se esvaíra. Ele não queria conversar. Não queria ajuda. E ela não tinha absolutamente idéia de por quê.

Ela devia ficar preocupada, não triste. Sabia disso. Mas como se podia ficar preocupada quando não se sabia qual era o problema?

Arrastou-se de volta para a cozinha, fez torradas e café.

Katie e Jacob apareceram meia hora mais tarde. Ela contou para Katie sobre o toldo e ficou irritada porque Katie se recusou a entrar em pânico.

Katie não entendia. Não estava acontecendo no jardim dela. Se as pessoas se vissem escorregando na lama, iam culpar Jean. Era uma coisa egoísta de se pensar, mas era verdade.

Ela tentou tirar o pensamento da cabeça.

— Então, pequeno... — Ela remexeu os cabelos de Jacob. — O que nós podemos fazer para o seu café-da-manhã?

— Eu quero ovo — disse Jacob.

— Eu quero ovo, o quê? — cobrou Katie, muito séria.

— Eu quero ovo, *por favor* — disse Jacob.

— Mexido, frito ou cozido? — perguntou Jean.

— Como é frito? — perguntou Jacob.

— Ele quer mexido — disse Katie, distante.

— Mexido então. — Jean beijou o alto da cabeça dele. Pelo menos havia alguma coisa que ela podia fazer por alguém.

98

Mamãe estava certa. Um casamento sem desastres obviamente quebraria alguma regra não-escrita do universo. Como neve no Natal. Ou parto sem dor.

Ela telefonou para o pessoal do toldo e ficou tudo bem. Eles chegaram com esfregões e aquecedores no mesmo dia.

Então tia Eileen e tio Ronnie apareceram com o labrador na guia, pois a pessoa que cuidava do cachorro deles estava no hospital. Infelizmente Jacob odiava cachorros. Então o cão foi deixado do lado de fora para manter Jacob feliz. Só que começou a latir e a tentar arrombar um caminho através da porta dos fundos.

Então os fornecedores do bufê ligaram para dizer que precisavam mudar o menu, uma vez que um problema na energia deixara o freezer desligado durante toda a noite. Sadie ligou para dizer que tinha acabado de voltar da Nova Zelândia, vira o convite na caixa de correio e poderia vir. E Brian e Gail também telefonaram para dizer que o hotel tinha perdido suas reservas e, obviamente, alguém tinha de resolver o problema para eles. Alguém como a noiva, por exemplo. Ou os pais da noiva.

Katie desistiu de atender às chamadas telefônicas, subiu as escadas e encontrou papai trancado no banheiro, possivelmente escondido de Eileen e Ronnie; então usou a privada de cima, fez xixi, deu a descarga e ouviu o macerador triturando tudo, depois viu a água subir até faltar um centímetro para ultrapassar a beira do vaso. A esta altura, algum tipo de desejo de morte apoderou-se dela e, em vez de ligar para o bombeiro, pensou: “Vou dar a esta coisa uma segunda chance”, e deu a descarga de novo, com os resultados previsíveis.

Dois segundos mais tarde, estava ajoelhada no chão, fazendo a contenção de um pequeno lago de urina diluída com uma barragem de toalhas cor de creme e dizendo:

— Sua burra, vá se foder, sua merda... — que foi quando Jacob apareceu atrás dela e reclamou porque a mãe estava dizendo palavrões.

— Jacob, você pode chamar papai e pedir para ele trazer alguns sacos de lixo?

— Cheira mal.

— Jacob, por favor, vá buscar seu avô ou você não terá mais dinheiro no bolso. Nunca mais.

Mas o labrador havia voltado para dentro de casa, e Jacob se recusava a ir a qualquer lugar do andar térreo, então foi ela que desceu, para encontrar mamãe e papai no corredor em meio a uma briga sobre papai fazer corpo mole, mas isso num tom de cochicho exaltado, presumivelmente para Eileen e Ronnie não ouvirem. Katie disse que a privada tinha transbordado. Mamãe disse a papai para resolver o problema. Papai se recusou. E mamãe disse alguma coisa muito indelicada para papai que Katie não pegou porque Ray apareceu na outra ponta do corredor, dizendo:

— Espero que vocês não se importem, seus tios me deixaram entrar.

Mamãe se pegou num espantado duplo movimento, no qual se desculpou profusamente por discutir ainda — mais uma vez — na presença de Ray e ao mesmo tempo perguntou se podia fazer uma gostosa xícara de chá para ele, e Katie lembrou que a privada ainda estava transbordando, e sentiu-se extremamente irritada por Ray ter passado a última noite em Londres organizando alguma coisa secreta, e papai aproveitou que ninguém estava prestando atenção nele para escapulir, e Ray subiu correndo as escadas, e mamãe disse que tinha colocado a chaleira para ferver, e Katie foi pegar sacos de lixo na cozinha para transportar as toalhas encharcadas de mijo até a máquina de lavar, e no caminho notou marcas de patas enlameadas na sala de jantar, e jogou um pano para Ronny e disse a ele para limpar o seu maldito cachorro, o que ele teve de fazer porque era um cristão.

O homem do macerador disse que chegaria em uma hora, Eileen e Ronnie levaram Roover para fora para uma longa caminhada apesar da chuva, e tudo estava bem até que Katie pegou seu vestido na maleta para passar e descobriu metade de um frasco de loção de banho de côco derramado na bainha, e xingou tão alto que Eileen e Ronnie provavelmente ouviram, mesmo à distância de muitos quarteirões.

Então Ray juntou as mãos e disse:

— Bata em mim. — O que ela fez, e repetidamente, por um tempo considerável, até que Ray disse: — Está bem, pare de me machucar agora.

Ele sugeriu que ela fosse à cidade para comprar outro vestido e ela estava prestes a lhe dizer desaforos por achar que todos os problemas femininos podiam ser resolvidos no shopping, quando ele disse, calmamente:

— Compre um vestido novo. Vá a um café. Sente-se com um livro e uma xícara de chá e volte depois de algumas horas, enquanto eu resolvo tudo por aqui.

Ela beijou-o, pegou sua bolsa e saiu.

99

Ingenuamente, George tinha pressuposto que quando Katie e Ray disseram que cuidariam das coisas, isso significava que ele não teria de fazer nada.

Jean não entendia que se ele fosse à cidade para tratar das flores, talvez continuasse até chegar a Aberdeen. Ela não entendia que ele precisava ficar parado, sentado em algum lugar, calmamente, fazendo muito pouco.

Então o banheiro de cima inundou e tudo ficou muito agitado, de modo que ele foi se deitar em sua cama. Só que Jean entrou no quarto para pegar lençóis e toalhas para Ronnie e Eileen e foi bastante grosseira com ele. Então, ele se fechou no banheiro, até que Jean obrigou-o a sair porque as pessoas precisavam usar o banheiro. A esta altura, rapidamente ficou claro para George que estas complicações só se multiplicariam no dia seguinte e que logo, logo ele não seria capaz de agüentar mais nada.

Ele havia sido extremamente irrealista. Não havia jeito de conversar com aquelas pessoas, ficar em pé diante delas e fazer um discurso.

Não queria embaraçar Katie.

Era óbvio que não podia ir ao casamento dela.

100

Jean se equivocara em relação a Ray.

Uma hora depois da sua chegada, todas as coisas estavam de novo nos eixos. Katie tinha sido despachada para a cidade. Um homem estava vindo consertar o banheiro, e Eileen e Ronnie tinham sido solicitadas a pegar as flores com o bendito cachorro a reboque.

E, estranhamente, ele parecia ter controle sobre o clima. Ela estava preparando uma xícara de chá para ele logo depois de sua chegada quando olhou pela janela e viu que a chuva tinha parado e que o sol tinha aparecido. Uma hora e meia depois, o homem do toldo chegou para secar o lugar, e ele estava no jardim organizando tudo como se estivesse administrando sua companhia.

Verdade, ele às vezes era um pouco impetuoso. Não era um de nós, caso se quisesse colocar as coisas assim. Mas ela estava começando a achar que *ser um de nós* não era necessariamente uma boa coisa. Depois de tudo, era óbvio, sua família estava fracassando na tarefa de organizar o casamento. Talvez uma pequena dose de impetuosidade fosse o que se precisava.

Ela começou a ver que Katie podia ser mais sábia do que ela e George tinham imaginado.

No meio da tarde, seu irmão e a mulher chegaram e ofereceram-se para levá-la e a George para jantar.

Ela explicou que George estava um pouco deprimido.

— Bem, se George não se importar, você podia vir conosco —, disse Douglas.

Ela estava prestes a recusar educadamente, quando Ray disse:

— A senhora vai. Vamos nos assegurar de que alguém fique de guarda no posto.

E pela primeira vez ela ficou satisfeita que Katie estivesse se casando com este homem.

101

Jamie entrou na cidade e sentiu aquela coisa que afundava muito de leve em sua barriga sempre que ele voltava aqui. A coisa da família. Como se tivesse novamente 14 anos. Estacionou na rua diante de casa, desligou o motor e tomou fôlego.

O segredo era lembrar que você era um adulto agora, que todos eram adultos, que não havia mais necessidade de enfrentar as batalhas que você havia enfrentado quando tinha 14 anos.

Deus, queria que Tony estivesse com ele.

Olhou para a casa e viu tio Douglas saindo do portão lateral com sua mulher. Mary. Ou Molly. Era melhor verificar com alguém antes que metesse os pés pelas mãos.

Abaixou-se no assento para não ser visto e esperou até que eles alcançassem o carro.

Deus, ele odiava tias. O batom. O perfume de lavanda. As histórias hilariantes sobre como você se mijou todo durante a missa de Natal.

Eles se foram.

O que ele ia dizer sobre Tony?

Esse era o problema, não era? Você sai de casa. Mas nunca se torna um adulto. Não de verdade. Você apenas se fode das mais diferentes e complicadas maneiras.

A esta altura, Katie chegou e estacionou ao lado dele. Saíram de seus carros simultaneamente.

— Olá — disse Katie. Eles se abraçaram. — Sem Tony?

— Sem Tony.

Ela esfregou os braços dele.

— Eu sinto muito.

— Ouça, eu ia falar com você sobre isso. Quer dizer, o que você falou para a mamãe?

— Eu não disse nada.

— Tudo bem.

— É só dizer a verdade para eles — disse Katie.

— Tá bom.

Katie cravou os olhos nos dele.

— Eles vão ficar bem. Vão ter de ficar bem. Eu vou ser a rainha este fim de semana. E ninguém vai sair da linha, OK?

— OK — disse Jamie. — Ótimo corte de cabelo, por falar nisso.

— Obrigada.

Entraram na casa.

102

Katie entrou na cozinha com Jamie e encontrou a Abençoada Santa Eileen sentada na mesa cercada por uma pequena floresta.

— Fomos buscar suas flores — disse Eileen, pondo-se de pé.

Por um momento, Katie pensou que fosse um presente dela.

— Alô, doçura — disse mamãe, beijando Jamie.

Eileen virou-se para Jamie e disse:

— Nós não vemos esse seu rapaz desde... bem, nem sei há quanto tempo.

— Há muito tempo — disse Jamie.

— Então... — disse mamãe, parecendo levemente desconfortável. — Onde está Tony?

Katie percebeu que mamãe estava reunindo forças para a inconveniente aparição do namorado de seu filho diante de sua despreparada irmã evangélica. O que a fez sentir pena de Jamie e de mamãe. Claro que ser rainha por um fim de semana não lhe dava o poder de resolver todas as coisas.

— Receio que ele não venha — disse Jamie. Katie podia senti-lo criando coragem. — Tivemos alguns problemas. Para encurtar a história, ele foi para Creta, que, segundo dizem, é muito bonita nesta época do ano.

Katie deu uma discreta cutucada nas costas de Jamie.

— Que pena — disse mamãe, parecendo sincera.

Então Eileen perguntou, inocentemente e de olhos arregalados:

— Quem é Tony? — E bastou isso para espalhar um sensível calafrio pela sala.

— Seja como for — disse mamãe, ignorando completamente a irmã e esfregando as mãos. — Temos muito o que fazer.

— Tony é meu namorado — disse Jamie.

Então Katie pensou que se tudo desse errado, se o cartório pegasse fogo ou se ela quebrasse o tornozelo no caminho para lá, tudo teria valido a pena só pela expressão do rosto de Eileen naquele momento.

Ela parecia estar recebendo instruções de Deus sobre como proceder.

Era muito difícil saber o que mamãe estava pensando.

— Nós somos homossexuais — disse Jamie.

Isso, pensou Katie, já era um pouco de exibicionismo. Ela empurrou-o em direção ao corredor.

— Vamos.

E um homem apareceu na porta da cozinha dizendo:

— Vim consertar a privada.

103

Jamie e Katie foram para o quarto e arriaram de costas na cama. Estavam rindo demais para explicar a razão para Ray e Jacob. E, na verdade, era como ter 14 anos de novo. Mas de uma forma boa desta vez.

Então Jamie precisou urinar e atravessou o corredor. No que saía do banheiro, seu pai apareceu e disse:

— Jamie, preciso conversar com você. — Sem cumprimentos. Sem piadas. Somente um cochicho conspiratório e a mão no cotovelo de Jamie.

Ele acompanhou George até o quarto de seus pais e empoleirou-se na poltrona.

— Jamie, olhe...

Jamie ainda estava de bom humor devido à conversa na cozinha e havia alguma coisa tranqüilizadora na voz calma e calculada de seu pai.

— O câncer — disse George, estremecendo de uma forma levemente embaraçosa. — voltou. Estou com medo.

Jamie percebeu que alguma coisa muito séria estava acontecendo ali e sentou-se mais reto.

— O câncer voltou?

— Estou com medo, Jamie. Com muito medo. De morrer. De câncer. Quase o tempo todo. É desagradável. Totalmente. Não consigo dormir. Não consigo comer.

— O senhor conversou com a mamãe?

— Eu a estou irritando — disse George. — Não estou conseguindo ajudar em nada por aqui. Na verdade, preciso ficar num lugar quieto. Sozinho.

Jamie teve vontade de se inclinar e afagar seu pai, do mesmo modo que se acaricia um cachorro aflito. Era um impulso peculiar, mas provavelmente não um gesto sábio. Ele disse:

— Tem alguma coisa que eu possa fazer para ajudar?

— Bem, sim — disse George, iluminando-se sensivelmente. — Veja, o negócio é que eu realmente não posso comparecer ao casamento.

— Como?

— Eu não posso ir ao casamento.

— Mas o senhor tem de ir ao casamento — disse Jamie.

— Tenho mesmo? — disse o pai, debilmente.

— É claro que tem — disse Jamie. — O senhor é o pai da noiva.

George pensou sobre isso.

— Você está absolutamente certo, é claro.

Houve uma breve pausa, então George começou a chorar.

Jamie nunca tinha visto seu pai chorar. Nunca tinha visto nenhum homem de idade chorar. A não ser na televisão, durante as guerras. Isso fez com que se sentisse nauseado, amedrontado e triste, e ele teve de lutar contra a tentação de dizer ao pai que ele não precisava ir ao casamento. Embora, se o fizesse, Katie nunca mais fosse falar com nenhum dos dois pelo resto da vida.

Jamie saiu de sua poltrona e acocorou-se em frente de George.

— Papai, olhe. — Ele afagou o antebraço do pai. — Ficaremos ao seu lado. Estaremos todos lá para segurar a sua mão. E quando o senhor entrar debaixo do toldo, vai poder entornar algumas taças de vinho... Ficará tudo bem. Eu prometo.

George concordou.

— Ah, e vou falar com a mamãe — disse Jamie. — Vou dizer a ela que o senhor precisa de paz e tranqüilidade.

Ele se levantou. Seu pai já estava num mundo somente seu. Jamie tocou seu ombro.

— O senhor está bem?

George ergueu o olhar.

— Obrigado.

— Dê um grito se precisar de alguma coisa — disse Jamie.

Ele saiu do quarto, fechou a porta cuidadosamente atrás de si e foi procurar pela mãe.

Estava descendo as escadas, entretanto, quando lançou um olhar para seu antigo quarto e viu malas na cama. Como estava pensando no bem-estar mental do pai, na hora ele não considerou as implicações das malas até que encontrou a mãe no corredor segurando flanelas de limpeza.

— Mamãe, ouça. Acabei de ter uma conversa com o papai e...

— Sim...?

Jamie parou, avaliando o que queria dizer e como falar sobre o assunto. Enquanto fazia isso, outra parte considerável de seu cérebro refletia sobre as implicações das malas, e ele se ouviu dizendo:

— Aquelas malas em meu quarto...

— O que tem?

— Quem está lá?

— Eileen e Ronnie — disse Jean.

— E eu vou ficar...?

— Reservamos para você um bom bed-and-breakfast em Yarwell.

E foi nesse instante que Jamie deu um ataque nada característico. Sabia que era o momento errado para algo desse tipo, mas não havia muito o que pudesse fazer sobre isso.

104

Jean estava procurando por Jamie. Para se desculpar por toda aquela confusão na cozinha. Para dizer o quanto estava triste por Tony não vir ao casamento.

Encontrou-o descendo as escadas. E, evidentemente, ninguém lhe havia dito nada sobre Eileen e Ronnie ficarem no seu quarto.

Jean estava prestes a explicar-lhe que havia passado uma longa e irritante manhã na biblioteca da cidade para encontrar um bed-and-breakfast especial onde ele e Tony não se sentissem deslocados. Estava muito orgulhosa por ter conseguido isso e esperava que Jamie ficasse agradecido.

Mas ele não estava disposto a se sentir agradecido.

— Você não queria que eu e Tony dormíssemos nesta casa, não é?

— Não é nada disso, Jamie.

— Eu sou seu filho, meu Deus do céu.

— Por favor, Jamie, não fale tão alto. E, seja como for, agora que Tony não está aqui...

— É, isso resolveu todos os seus problemas, não foi?

Uma porta se abriu em algum lugar próximo e os dois ficaram quietos.

Ray, Katie e Jacob apareceram no topo dos degraus. Felizmente, pareciam não ter ouvido a discussão.

— Ah, Jamie — disse Ray — é bem o cara que estamos procurando.

— Eu colori um Power Ranger — disse Jacob, segurando uma revista.

— Precisamos de um favor — disse Katie.

— Que favor? — perguntou Jamie, que ficou claramente irritado por ter sido interrompido no meio de uma discussão.

Ray disse:

— Katie e eu vamos sair para comer e Jean vai se encontrar com o irmão. Será que você poderia tomar conta do Jacob?

— Ah, receio que eu não vá ficar aqui esta noite — disse Jamie, virando-se para Jean com um sorriso sarcástico.

— Talvez seu pai possa tomar conta de Jacob — disse Jean, tentando desviar a atenção de Jamie. — Acho que é hora de ele arregaçar as mangas e fazer alguma coisa útil por aqui.

— Ah, não, que merda! — disse Jamie.

— Jamie — disse Jean. — Olha a língua.

— Ele disse um palavrão! — denunciou Jacob.

— Eu fico com o Jacob — disse Jamie. — Desculpem. Esqueçam o que eu disse sobre não ficar aqui. Não estava pensando direito. Desculpem mesmo. Sem problemas. Vamos, homenzinho, vamos dar uma olhada em seu Power Ranger.

— É um Ranger amarelo — disse Jacob.

E os dois subiram as escadas juntos.

— O que houve por aqui? — perguntou Katie.

— Oh, nada — disse Jean. — Então, onde vocês vão jantar? Ou é uma grande surpresa?

105

No meio da refeição, Ray deu uma olhada no relógio.

Katie advertiu-o de que um cavalheiro não deveria fazer isso durante um jantar à luz de velas com sua noiva. Ray desculpou-se, mas não se desculpou o suficiente. Ficou evidente que ele achara que ela estava brincando, o que não era verdade, e Katie ficou dividida entre ficar genuinamente aborrecida e não querer ter uma briga em público na noite da véspera do seu casamento.

Poucos minutos antes das 9 horas, no entanto, Ray curvou-se sobre a mesa, pegou as mãos dela e disse:

— Trouxe um presente para você.

E Katie murmurou:

— Hum? — não parecendo nada animada, ainda por causa da olhadela no relógio, mas também porque Ray não era especialmente brilhante em presentes.

Ray não disse nada.

— E daí...? — perguntou Katie.

Ray ergueu o dedo num gesto de *Espere* ou *Fique quieta*. E isso era estranho também.

— Tudo bem — disse Katie.

Ray olhou para a janela, portanto Katie também olhou para a janela, e Ray disse:

— Cinco, quatro, três, dois, um... — e não aconteceu absolutamente nada por alguns segundos, e Ray disse: — Merda — baixinho, e então fogos de artifício irromperam da área próxima ao restaurante, cobras brancas silvando, ouriços-do-mar roxos, estrelas amarelas estourando, salgueiros-chorões de luz verde incandescente. E aqueles estrondos como alguém batendo em caixas de papelão com um bastão de golfe que a transportaram direto de volta para fogueiras e batatas assadas em chapas de prata e para o cheiro de fumaça faiscante.

Todos no restaurante estavam observando, e cada explosão era seguida de um pequeno *Ooh* ou *Aah* de algum lugar da sala. Então Katie disse:

— Mas isso é...

— É!

— Meu Deus, Ray, que maravilha!

— Não há de quê! — disse Ray, que absolutamente não estava olhando para os fogos de artifício, mas observando o rosto dela enquanto olhava para os fogos de artifício. — Era isso ou um Chanel n.5. Achei que você iria preferir isso.

106

Jean raramente via Douglas e Maureen. Em parte porque eles moravam em Dundee. E em parte porque... bem, para ser franca, porque Douglas era um pouco parecido com Ray. Só um pouco. Para começar, dirigia uma companhia de transportes. Um daqueles homens grandalhões, orgulhosos de não serem afetados e de serem grosseiros.

Sua opinião sobre pessoas como Ray, entretanto, tinha mudado nas últimas 24 horas, e ela estava se divertindo muito com a companhia de Douglas esta noite.

Ela já tinha tomado duas taças de vinho quando Maureen perguntou qual era o problema de George, então ela pensou *Que vá para o inferno* e disse a eles que ele estava com estresse.

Ao que Maureen replicou:

— Doug também teve isso há alguns anos.

Douglas terminou seu coquetel de camarões, acendeu um cigarro, colocou o braço em torno de Maureen e deixou-a falar por ele.

— Teve um desmaio dirigindo o Transit pouco ao norte de Edimburgo. Rodopiou e bateu no cerca de segurança da área entre as duas vias a mais de cem por hora. Exames no cérebro. Exames de sangue. O doutor disse que era tensão.

— Então, vendemos um dos Artics e nos mandamos para Portugal por três semanas — disse Douglas. — Deixei Simon tomando conta do escritório. Saber quando soltar as rédeas. O negócio é esse.

Jean estava prestes a dizer "Eu não sabia", mas eles sabiam que ela não sabia. E sabiam o porquê. Porque ela nunca se interessara. E ela sentiu-se culpada por isso. Ela disse:

— Sinto muito mesmo. Eu deveria ter convidado vocês para ficar lá em casa.

— Com Eileen? — perguntou Maureen, erguendo as sobrancelhas.

— No lugar dela — disse Jean.

— Espero que ela não leve aquele maldito cachorro para o casamento — disse Douglas, e todos riram.

E por um instante Jean se perguntou se poderia contar a eles sobre a tesoura, mas logo decidiu que isso seria levar as coisas um pouco longe demais.

107

Jamie nunca tinha tomado conta de criança antes. Não para valer.

Havia tomado conta de Jacob algumas vezes quando ele era menor. Por uma hora ou duas. Na maior parte do tempo, enquanto o menino estava dormindo. Tinha até mudado uma fralda. Que de fato não precisava ter mudado. Tinha se enganado quanto ao cheiro e, quando tirou a fralda, estava vazia. Simplesmente não conseguiu se obrigar a recolocar algo contendo urina.

Mas não ia tomar conta de crianças novamente. Não até Jacob ter 12 anos, no mínimo.

Percebeu isso razoavelmente rápido quando Jacob o chamou ao banheiro, tendo terminado de fazer cocô, e Jamie observou-o deslizar do assento da privada um pouco precipitadamente, arrastando a última seção pelo assento e deixando-a pendurada na beirada como uma úmida estalactite de chocolate.

Não era cocô de bebê. Mas fezes humanas reais. Algo que lembrava um cachorro.

Jamie armou-se com uma rudimentar luva de forno feita de papel higiênico e apertou o nariz.

E, obviamente, havia tarefas piores no mundo (apanhador de ratos, astronauta...), mas Jamie nunca havia percebido o quão baixo estava na escala o trabalho de criar filhos.

Jacob estava extraordinariamente orgulhoso de sua conquista e as demais atividades da tarde (ovos mexidos com torrada, *Mr. Gumpy's Outing*, um banho muito, muito ensaboado) foram pontuadas por Jacob recontando sua aventura no banheiro no mínimo vinte vezes.

Jamie não teve sequer uma oportunidade de conversar com a mãe sobre o estado mental do pai. E talvez fosse melhor dessa forma. Menos uma pessoa para se preocupar. Quando ele saísse à noite, poderia pedir a Ray para dar uma olhada.

Seu pai passou o resto da tarde no quarto. Parecia bem.

Depois que Jacob finalmente foi para a cama, Jamie postou-se com os pés para o alto diante de *Missão impossível* (por alguma inexplicável razão, havia uma pilha de vídeos de ação debaixo da televisão).

No meio do filme, Jamie interrompeu o vídeo, foi urinar e dar uma olhada no pai. Seu pai não estava no quarto. Nem no banheiro. Não estava em nenhum dos quartos, nem no andar de cima nem no de baixo. Jamie voltou, abriu os armários, olhou debaixo da cama, petrificado pelo pensamento de que o pai tivesse feito alguma coisa estúpida.

Estava à beira de chamar a polícia quando olhou para o jardim às escuras e viu o pai sentado no meio do gramado. Ele abriu a porta e saiu. Seu pai estava balançando-se levemente.

Jamie adiantou-se e colocou-se ao lado dele.

— Como vão as coisas?

O pai olhou para o céu.

— Incrível pensar que tudo vai terminar.

Ele tinha bebido. Jamie podia sentir o cheiro. Vinho? Uísque? Era difícil dizer.

— Música. Livros. Ciência. Todas as conversas sobre progresso, mas... — Seu pai ainda estava olhando para o alto.

Jamie colocou a mão no braço do pai para evitar que ele caísse para trás.

— Em poucos milhões de anos, tudo isso será uma imensa rocha vazia. Nenhum sinal de nós termos existido. Ninguém para reparar que não há esses sinais. Ninguém vai procurar sinais. Apenas... espaço. E mais algumas rochas grandes. Rodopiando ao redor.

Jamie não ouvia ninguém falar desse jeito desde que tinha ficado totalmente chapado junto com Scunny na faculdade.

— Talvez devêssemos entrar.

— Não sei se é aterrorizante ou tranqüilizador — disse o pai. — Você sabe, tudo sendo esquecido. Você. Eu. Hitler. Mozart. Sua mãe. — Ele olhou para baixo e esfregou as mãos. — Que horas são, a propósito?

Jamie consultou seu relógio.

— Dez e vinte.

— Melhor entrarmos.

Gentilmente, Jamie conduziu o pai em direção à luz da porta da cozinha.

Ele parou na entrada e virou-se para Jamie.

— Obrigado.

— Por quê?

— Por ouvir. Acho que se não fosse por isso, eu não ia agüentar.

— Não tem de quê — disse Jamie, trancando a porta enquanto o pai seguia em direção às escadas.

Quando todos voltaram para casa, Jamie chamou Ray em separado e disse que seu pai estava parecendo um pouco perturbado. Perguntou se Ray poderia dar uma olhada nele durante a noite sem dizer nada a Katie. Ray disse que não haveria problema.

Então, Jamie entrou no carro e foi para o bed-and-breakfast em Yarwell, onde a porta trancada foi aberta por uma pessoa corpulenta usando cafetã e de sexo indeterminado, que ficou bastante irritada por Jamie não ter ligado avisando que chegaria tão tarde.

108

Na manhã seguinte, Jean despertou, fez suas abluções e abrigou-se de novo no quarto.

George estava sentado na beirada da cama com o ar de cachorro abandonado que costumava exibir nos últimos dias. Ela fez o que pôde para ignorá-lo. Se ela dissesse alguma coisa, ia perder a paciência.

Talvez fosse insensível, talvez fosse antiquada, mas parecia-lhe que não havia nada tão pesado que alguém não pudesse pôr de lado no dia do casamento de sua filha.

Ela estava ajeitando a fronha, quando ele disse:

— Sinto muito. — Ela voltou-se e percebeu que ele estava sendo sincero. — Eu sinto muito mesmo, Jean.

Ela não tinha certeza do que deveria dizer. Que estava tudo bem? Porque não estava tudo bem. Ela podia ver isso.

Ela sentou-se, pegou a mão dele e segurou-a. Talvez fosse tudo o que pudesse fazer.

Ela se lembrou dos filhos — quando eram pequenos, quando os ensinou a se desculparem quando batiam uns nos outros ou quebravam alguma coisa. E sinto muito era apenas uma expressão para eles. Um pouco como chorar sobre o leite derramado. Então você ouvia alguém dizer *sinto muito* sinceramente e percebia o quanto era forte. A chave mágica que abria a porta da caverna.

— O que eu posso fazer? — perguntou ela.

— Acho que não há coisa alguma para se fazer — disse George.

Ela sentou-se ao lado dele na cama e colocou os braços ao seu redor. Ele não se mexeu.

Ela disse:

— Vamos superar tudo isso.

Segundos mais tarde, Katie estava batendo à porta.

— Mãe...? Alguma chance de me dar uma ajudazinha?

— Me dê um minuto.

Ela vestiu o resto de suas roupas, beijou George e disse:

— Vai ficar tudo bem. Eu prometo.

Então saiu para tomar conta do resto de sua família.

109

Jamie saiu da cama e arrastou-se para o banheiro.

Havia capas azuis-bebê tricotadas cobrindo os rolos sobressalentes de papel higiênico e um conjunto de pratos de parede pintados à mão, de Costa Brava.

Havia acordado várias vezes durante a noite, perturbado por uma série de sonhos nos quais ele falhava em evitar que coisas horríveis acontecessem com seu pai. Num deles, Jamie olhava para baixo de uma janela de um andar de cima e via o pai, da metade do seu tamanho normal e sangrando fartamente, sendo arrastado no jardim por um lobo. Conseqüentemente, Jamie estava bastante cansado e quando pensou no tipo de café-da-manhã que o esperava lá embaixo (bacon frito com pequenas massas de cartilagem branca, chá requentado com leite gorduroso...), isso pareceu-lhe mais do que ele poderia suportar.

Dormiria no sofá de seus pais naquela noite. Ou debaixo do toldo.

Pegou suas malas, verificou se não havia ninguém à vista, então desceu as escadas na ponta dos pés. Estava abrindo a porta quando a criatura corpulenta apareceu na porta da cozinha dizendo:

— O senhor gostaria de tomar o seu café-da-manhã...? — e Jamie simplesmente correu.

110

Katie estava deitada numa espreguiçadeira no terraço. Estava observando Barcelona. Mas o terraço era o terraço do lado de fora de seu quarto daquele hotel em San Gimignano. E ela podia ver o oceano, o que não se podia ver em San Gimignano. Havia no ar um cheiro de alguma coisa meio entre loção bronzeadora e um creme muito gostoso de baunilha. Jacob estava dormindo, ou tinha ficado com mamãe e papai na Inglaterra, ou apenas estava ausente de uma forma que não a fazia ficar ansiosa. E na verdade ela estava numa rede e não em uma espreguiçadeira.

Então Ray pisou no cavaleiro Playmobil e gritou, e Jacob gritou porque Ray tinha quebrado o cavaleiro Playmobil, e Katie estava acordada e ia se casar hoje, e provavelmente este era um momento em que se tinha de parar para saborear, mas saborear não era realmente possível, pois enquanto ela estava escovando os dentes e lavando o rosto, os fornecedores do bufê já estavam lá embaixo se perguntando o quanto da cozinha podiam ocupar, de modo que ela teve de acionar mamãe, e então Jacob ficou nervoso porque Ronnie tinha acabado com o Bran Flakes e, em vez de se desculpar ou se oferecer para sair e comprar algum coisa na cidade, estava dando a Jacob um pequeno sermão sobre não se poder ter o que se quer, embora o problema tivesse sido causado por Ronnie ter feito precisamente isso. Então Ed apareceu e pisou na monumental pilha de cocô que seu maldito cachorro havia deixado no meio do caminho, e tornou-se evidente que tudo seria assim mesmo até o fim do dia.

111

Jamie arrancou tão rápido com o carro que o pneu guinchou ao deixar a rua sem saída. Continuou sentindo-se embaraçado pelo seu comportamento até alcançar a estrada principal, quando então desacelerou e lembrou a si mesmo que aquele lugar era uma verdadeira porcaria de um bed-and-breakfast, que o proprietário era tão grosseiro quanto estranho (de feminino a macho transexual era o palpite de Jamie, mas não seria um palpite muito forte), e Jamie só tinha ficado lá porque havia sido, ignominiosamente, posto para correr de seu próprio quarto. (Tinha se esquecido de pagar, não tinha? Droga, resolveria aquilo mais tarde.) Então ele parou de se sentir envergonhado e sentiu-se indignado, o que era mais sadio.

Então se imaginou contando toda a história para Katie (completa, incluindo os rolos de papel higiênico com capinhas tricotadas e o guincho do pneu) e se perguntou em voz alta exatamente qual guia para turistas sua mãe havia consultado na biblioteca, e sua indignação transformou-se em piada, o que era ainda mais saudável.

Quando chegou à casa dos pais, já estava se sentindo bem consigo próprio. Fugir não era algo que ele fizesse com freqüência. Já havia se ajeitado em quartos de hotel horríveis e se conformado em assistir filmes ruins — e, vez por outra, já havia fingido para outras pessoas que Tony era apenas um grande amigo. O que não fora bom para sua alma.

Costumava ficar aborrecido quando Tony reclamava nos restaurantes ou segurava a sua mão ostensivamente em lugares públicos. Mas agora que Tony não estava ali, Jamie podia ver como tudo isso era importante. Ocorreu-lhe que havia duas partes para ser uma pessoa melhor. Uma parte era pensar nas outras pessoas. A outra parte era não dar a mínima para o que as outras pessoas pensavam. Mandar todo mundo ir às favas e dar beijo de língua onde se tivesse vontade.

Um encadeamento de pensamentos que lhe vinham num ritmo crescente enquanto ele entrava na cozinha, onde, como era de se esperar, Eileen e Ronnie estavam tomando o café-da-manhã. A esta altura sentia Tony ao seu lado, em espírito se não em corpo, e percebeu que o que quer que Eileen e Ronnie tivessem pensado (que ele precisava ser salvo, ou castrado, ou ir a julgamento), bem em seu íntimo haviam ficado aterrorizados com ele. O que o fez sentir-se um pouco como Batman, que parecia diabólico, embora na verdade fosse bom.

Então ele disse:

— Alô, Eileen. Alô, Ronnie — e deu-lhes um largo sorriso. — Espero que tenham dormido bem.

Então fez um afago no ombro de ambos e deu meia-volta, e o ar da cozinha encheu sua capa preta e ele precipitou-se, majestaticamente, pela sala de jantar, com suas botas de couro e seus calções apertados, depois seguiu pelo corredor até o banheiro de baixo.

O que pareceu agir como numa máquina do tempo de curto alcance, pois quando deu descarga no banheiro e saiu para o corredor foi como um encontro em Euston, Eileen indo para um lado, sua irmã e a mãe indo para o outro, Jacob sendo um avião de caça, o cão cristão uivando e duas mulheres chocantemente ruivas, que ele não conhecia, em pé no vão da porta da cozinha, usando uniformes brancos.

Katie disse:

— Oi, Jamie — e desapareceu.

Ray desceu as escadas, aproximou-se e cochichou:

— Nem um único pio de seu pai na noite passada.

— Obrigado — disse Jamie. — Vou subir para dizer alô.

— Como foi a noite no hotel? — perguntou Ray.

— Nada boa — respondeu Jamie.

— Katie me contou que seu quarto foi seqüestrado pelo casal de felizes beatos — disse Ray. — Acho que eles podem tê-lo exorcizado.

Jamie chegou lá em cima e percebeu que tinha sido um pouco distraído e não tinha respondido à piada de Ray, o que provavelmente parecera rude. Não importava. Seu pai era mais importante agora.

Bateu à porta do quarto.

— Entre — disse o pai. Pareceu contente.

Jamie entrou e encontrou-o sentado, inteiramente vestido, na beirada da cama.

— Ah, aí está você — disse o pai. — Que bom. — Ele bateu com as mãos nos joelhos com jeito de quem estava pronto para agir.

— Como você está? — perguntou Jamie.

— Mudei de idéia — respondeu o pai.

— Sobre o quê?

— Não posso mesmo ir ao casamento.

— Espere um instante — disse Jamie.

— Bem, eu poderia ir para um hotel — disse o pai. — Mas, para ser honesto com você, já agüentei o bastante de hotéis recentemente.

Jamie não sabia ao certo como responder a isso. Seu pai parecia e soava completamente são. Mas, na verdade, não estava.

— Obviamente, não posso pegar o carro porque sua mãe vai precisar dele para ir ao cartório. E se eu simplesmente saísse andando daqui, correria o risco de ser reconhecido por alguém. — O pai tirou um mapa do exército de sob o colchão. — Mas você tem um carro. — Ele desdobrou o mapa e apontou para Folksworth. — Se você me deixasse em algum lugar por aqui, eu poderia pegar vias de pedestres por 15 ou vinte quilômetros sem atravessar uma estrada principal.

— Tem razão — disse Jamie.

— Se você puder colocar meu relógio à prova d'água e uma garrafa térmica com chá numa sacola, vou lhe ser grato. — O pai dobrou o mapa do exército e colocou-o de volta debaixo do colchão. — Alguns biscoitos também cairiam bem, se for possível.

— Alguns biscoitos — disse Jamie.

— Coisa simples. Digestivos. Algo assim. Nada muito achocolatado.

— Digestivos.

O pai pegou a mão de Jamie e ficou segurando-a.

— Obrigado. Isso faz com que eu me sinta muito melhor.

— Que bom — disse Jamie.

— É melhor que você desça e fique com os outros — disse o pai. — Não quero que ninguém suspeite.

— Não — disse Jamie.

Ele ficou de pé e foi para a porta. Então, voltou-se rapidamente. Seu pai estava olhando pela janela, batendo um pé no outro.

Jamie saiu para o corredor, fechou a porta atrás de si, desceu as escadas, pegou seu celular, fechou-se no banheiro por uma segunda vez e ligou para o consultório do médico. Sua chamada foi passada para uma espécie de central de fim de semana. Ele explicou que seu pai estava perdendo o juízo. Falou da tesoura, do casamento, do plano de fuga e de toda a lamentação. Eles disseram que o médico estaria lá em 45 minutos.

112

Jean encontrou Ray na tenda, onde ele estava supervisionando os preparativos finais para a arrumação dos lugares (um de seus amigos tinha tropeçado e quebrado o dente da frente numa bacia naquela manhã).

— Ray? — chamou ela.

— O que posso fazer por você?

— Lamento perturbá-lo — disse Jean. — Mas não sei a quem mais pedir.

— Diga — disse Ray.

— É George. Eu estou preocupada com ele. Ele falou comigo esta manhã. Ele realmente não parecia estar lúcido.

— Eu sei — disse Ray.

— Sabe?

— Jamie disse que ele estava estranho ontem. Pediu-me para dar uma olhada nele.

— Jamie não me disse nada.

— Provavelmente não queria preocupá-la — disse Ray. — Seja como for, Jamie conversou com George esta manhã. Apenas para verificar.

Ela sentiu um alívio tomar seu corpo.

— É muito gentil da sua parte.

— É a Jamie que você deveria agradecer.

— Você está certo — disse Jean. — Vou fazer isso.

Ela teve a chance de agradecer alguns minutos mais tarde, quando topou com Jamie no corredor na hora que ele saía do banheiro.

— De nada — disse Jamie.

Ele pareceu bastante preocupado com alguma coisa.

113

George apoiou-se na beira do vaso sanitário e gemeu.

Jamie tinha saído havia vinte minutos, o que era mais do que tempo suficiente para fazer o chá e trazer os biscoitos.

Começou a se tornar claro para George que seu filho não o ajudaria.

Ele estava se balançando para trás e para a frente como os ursos polares daquele zoológico ao qual haviam ido com as crianças. Amsterdã. Ou Madri, talvez.

Será que ele estava assustando as pessoas? Tentara conversar com Jean naquela manhã, mas ela saíra apressada para passar uma calça ou limpar o traseiro de alguém.

Ele mordeu seu antebraço com força, logo acima do punho. A pele estava surpreendentemente firme. Mordeu com mais força. Seus dentes atravessaram a pele e alguma outra coisa também. Ele não tinha certeza do quê. Soou como se fosse aipo.

Ele se endireitou.

Teria de fazer as coisas por si próprio.

114

As Gêmeas Ginger as haviam expulsado da cozinha, então Katie e Sarah estavam em pé na varanda da tenda, Sarah virando-se para soprar a fumaça de seu cigarro no jardim para evitar envenenar a atmosfera nupcial.

Um adolescente estava varrendo as tábuas do chão que haviam acabado de secar. Buquês estavam sendo colocados em vasos de ferro fundido anelados. Um homem estava agachado para verificar o alinhamento das mesas, como se estivesse se preparando para dar uma tacada de sinuca particularmente difícil.

— E Ray...? — perguntou Sarah.

— Ele tem sido brilhante, realmente — disse Katie.

Uma mulher estava pegando talheres de um engradado de plástico e segurando-os na luz antes de deixá-los na mesa.

— Eu lamento — disse Sarah.

— Por quê?

— Por ter pensado que você podia estar cometendo um erro.

— Então você pensou que eu estava cometendo um erro? — perguntou Katie.

— Dane-se. Eu já me senti culpada o bastante. Você é minha amiga. Eu só queria ter certeza. Agora, tenho. — Sarah parou. — Ele é um bom homem.

— É mesmo.

— Acho que até mesmo Ed pode ser um bom homem. — Ela virou-se para olhar para a grama. — Bem, talvez não tão bom assim. Mas tudo bem. Melhor do que aquele pilantra bêbado que eu encontrei na sua casa.

Katie virou-se também e viu Ed brincando de avião com Jacob, girando-o pelos braços.

— Olha! — gritou Jacob. — Olha!

— Ed — gritou Katie —, tome cuidado.

Ed olhou para ela, apavorou-se um pouco, relaxou o aperto e soltou a mão esquerda de Jacob, que deslizou na grama úmida com sua calça de casamento Rupert Bear.

— Opa, desculpe —, gritou Ed, içando Jacob do chão com uma das mãos como um coelho que tivesse levado um tiro.

Jacob guinchou e Ed conseguiu colocá-lo de pé.

— Droga — murmurou Katie, aproximando-se e se perguntando se as Gêmeas Ginger a deixariam usar a máquina de lavar.

A esta altura, ela olhou para cima e viu seu pai fazendo polichinelos no banheiro, o que era estranho.

115

O ideal era que Jamie tivesse ficado sentado no quarto com seu pai. Mas não se podia ver a estrada do quarto. E Jamie não queria o médico chegando sem ser anunciado.

Se o médico pudesse resolver o problema de seu pai, então talvez eles pudessem superar aquilo sem ninguém dar chiliques.

Assim, Jamie apoiou-se no peitoril da janela da sala de estar fingindo ler a revista de *Telegraph*. E foi somente quando estava fazendo isso que começou a se perguntar se seu pai poderia acabar sendo internado, o que não lhe havia ocorrido quando dera o telefonema.

Meu Deus, ele devia ter falado com alguém mais antes de decidir resolver o problema sozinho.

Mas ninguém podia ser internado a não ser que tivesse tentado se matar, podia? Ou pelo menos tentado matar alguém. Para ser honesto, o conhecimento de Jamie destas coisas vinha quase inteiramente dos filmes dramáticos de TV.

Era absolutamente possível que o médico não fosse capaz de fazer nada.

Muitos médicos são inúteis, é claro. Nada como passar três anos com estudantes de medicina para minar sua fé na profissão. Aquele garoto Markowicz, por exemplo. Engessado até o pescoço, então se sufocou com seu próprio vômito.

Um homem saiu de um Range Rover azul. Mala preta pequena. Merda.

Jamie pulou do sofá, disparou pelo corredor e saiu pela porta da frente para interceptá-lo antes que ele fizesse uma grande entrada.

— O senhor é o médico? — Jamie sentiu-se como alguém num filme medíocre. *Traga toalhas quentes*!

— Dr. Anderson. — O homem estendeu a mão. Era um homem magro e comprido, que cheirava a sopa.

— É meu pai — disse Jamie.

— Entendo — respondeu o Dr. Anderson.

— Ele está tendo uma espécie de colapso nervoso.

— Talvez nós devêssemos conversar com ele.

O Dr. Anderson virou-se para caminhar. Jamie o interrompeu.

— Antes, tem uma coisa que eu deveria explicar. Minha irmã vai se casar hoje.

O Dr. Anderson deu tapinhas de leve no nariz e disse:

— Como aquela comédia teatral, *Mum's the word*.

Jamie não tinha certeza se estavam numa comédia.

Subiram para o quarto dos pais. Infelizmente, seu pai não estava no quarto dele. Jamie disse ao médico para sentar-se na cama e esperar.

Jamie estava verificando a sala de estar quando percebeu que sua mãe poderia muito bem entrar no quarto e encontrar um homem estranho sentado na cama dela. De fato, ele deveria ter deixado o Dr. Anderson no banheiro de baixo.

Seu pai não estava na casa. Ele perguntou pelo pai a Eileen. Perguntou para a mulher da comida. Perguntou para o padrinho do noivo, cujo nome tinha esquecido. Verificou atrás da tenda e então percebeu que já havia procurado em todos os lugares, o que significava que seu pai tinha fugido, o que não era realmente nada, nada, nada bom, e fez com que ele disparasse pelo gramado dizendo: "Merda, merda, merda, merda, merda..." um tanto alto demais para estar falando para si próprio. Esbarrou em Katie pelo caminho e não quis preocupá-la, de modo que soltou uma risada e disse a primeira coisa que lhe veio à cabeça, que por acaso foi:

— O pombo fugiu — uma frase que Tony usava vez por outra e que Jamie nunca tinha entendido, portanto Katie também não entenderia, mas Jamie agora já estava no meio das escadas.

E ele irrompeu no quarto e o Dr. Anderson pulou da cama, adotando uma postura defensiva que de longe tinha um quê das Forças Especiais.

— Ele desapareceu — disse Jamie. — Não consigo encontrá-lo em lugar nenhum. — E então teve de se sentar e colocar a cabeça entre os joelhos, pois estava um pouco tonto.

— OK — disse o Dr. Anderson.

— Ele queria que eu o levasse de carro para o interior — disse Jamie. — Para que ele não tivesse de aparecer no casamento. — Ele sentou-se, sentiu-se trêmulo e colocou a cabeça entre os joelhos novamente. Olhando para o lado, viu um pedaço de cartão rosa debaixo do colchão. Esticou-se e pegou o mapa do exército. Seu pai tinha partido sem ele.

— O que é isso? — perguntou o Dr. Anderson.

— É para onde ele queria ir — disse Jamie, desdobrando o mapa e apontando para Folksworth. — Talvez ele tenha tomado um táxi. Vou procurá-lo.

O Dr. Andersen tirou um pequeno cartão do casaco e entregou-o a Jamie.

— Na verdade, estou proibido de fazer isso. Mas se você encontrá-lo, me telefone, tá?

— Obrigado. — Jamie colocou o cartão no bolso da calça. — É melhor eu ir procurá-lo.

No meio das escadas, esbarraram com Ray.

O Dr. Anderson riu e disse:

— Eu sou o fotógrafo.

— Olá — disse Ray, parecendo um pouco confuso, possivelmente pelo fato de Jamie e o fotógrafo terem estado no andar de cima juntos.

Jamie virou-se para o Dr. Anderson.

— Tudo bem, ele sabe.

— Neste caso, eu sou um médico — disse o Dr. Anderson.

— Papai sumiu — disse Jamie. — Estou indo procurá-lo. Explico tudo mais tarde. — Então ele se lembrou de que era o casamento de Ray, também. — Eu lamento essa confusão.

— Ligo para você se ele aparecer — disse Ray.

116

Jean estava se vestindo e se perguntando onde, pelo amor de Deus, George teria se metido, quando a campainha da porta da frente tocou e, claro, ninguém foi atender, de modo que ela tirou seus sapatos bons do fundo do armário, desceu os degraus e abriu a porta.

— Alan Phillips — disse o homem. — Pai de Ray. Esta é minha esposa, Barbara. Você deve ser Jean.

— Como vai? — disse Barbara.

Jean convidou-os a entrar e pegou seus casacos.

— É muito bom conhecer você depois de todo este tempo — comentou Alan. — Lamento que tenha sido no último minuto.

Ela esperava um homem maior, alguém com mais vozeirão. Então se lembrou de Katie comentando alguma coisa sobre a fábrica de chocolates, o que pareceu engraçado na época, mas bastante apropriado agora. Ele era o tipo de homem que se podia imaginar brincando com trens ou cultivando cravos.

— Sentem-se.

— É uma casa adorável — disse Barbara, e ela parecia realmente sincera, o que Jean achou bastante comovente.

Havia alguma coisa formal nos dois, e isso era um alívio (nos momentos mais pesados, ela tinha imaginado, bem... algumas coisas que era melhor esquecer). Por outro lado, eles não pareciam pessoas do tipo que se podia deixar na sala de estar enquanto se fazia outras coisas.

Onde estava todo mundo? George, Jamie, Eileen, Ronnie. Pareciam ter desaparecido no ar rarefeito.

— Posso lhes servir um pouco de chá? — perguntou Jean. — Ou café? — Ela podia desenterrar a cafeteira.

— Oh — disse Barbara —, nós não queremos dar nenhum trabalho.

— Não é trabalho — disse Jean, embora, para ser honesta, fosse um pouco inconveniente no momento.

— Neste caso, duas xícaras de chá seria ótimo — disse Barbara. — Alan gosta de um pouco de açúcar.

Jean foi salva, mais uma vez, por Ray, que veio do carro carregando um pequeno boneco de ação amarelo.

— Barbara. Papai. — Ele beijou Barbara na bochecha e apertou a mão do pai.

— Já ia preparar uma xícara de chá para seus pais — disse Jean.

— Eu faço isso — disse Ray.

— É muita bondade sua — disse Jean.

Ray estava quase se virando para dirigir-se à cozinha, quando ela disse tranqüilamente:

— Você viu o George? Apenas para saber. Ou o Jamie, a propósito?

Ray ficou calado por algum tempo, o que a perturbou ligeiramente. Ele estava quase respondendo quando Ed surgiu da cozinha comendo um pãozinho, e Ray disse:

— Ed.

— Sr. e Sra. Phillips — disse Ed, mastigando o pãozinho.

Alan e Barbara levantaram-se.

— Ed Hobbay — disse Alan. — Deus. Eu não o reconheci.

Ed limpou as migalhas da boca e estendeu a mão.

— Mais gordo, mas mais sábio.

— Oh, não — disse Barbara. — Você está apenas um pouco cheinho.

Ray tocou o ombro de Jean e disse calmamente:

— Venha até a cozinha.

117

Quando George alcançou o fim do povoado, estava se sentindo um pouco mais calmo.

Estava a meio caminho de atravessar o terreno junto à linha de trem, contudo, quando viu Eileen e Ronnie vindo na sua direção. Estavam puxando o cachorro por uma escada que atravessava a cerca e ele tinha quase certeza de que não o haviam visto. Ele se agachou numa depressão junto a um espinheiro, de modo a ficar fora da visão deles.

O cachorro estava latindo.

Ele não conseguiria retornar sem ser visto, e uma sebe de amoreiras silvestres impedia-o de atravessar a linha férrea. Sentiu um aperto no peito.

Seu braço ainda estava sangrando no ponto onde ele o havia mordido.

O latido ficou mais alto.

Ele deitou e rolou para uma vala de drenagem onde a grama afundava antes de avançar para debaixo da cerca. Seu casaco estava verde. Se ele ficasse deitado imóvel, talvez não o vissem.

Estava agradável na vala e surpreendentemente confortável. Interessante, também, encontrar-se olhando a natureza tão de perto, algo que não fazia desde que era um garotinho. Deveria haver umas quarenta ou cinqüenta espécies de plantas ao seu alcance. E ele sabia o nome de nove. A não ser as urtigas. Se fossem mesmo urtigas. E a salsa. Se fosse mesmo salsa.

Seis anos atrás, Katie havia lhe dado um cheque-livro de Natal (um presente preguiçoso, mas bem melhor do que aquelas ridículas taças de vinho suecas que você pendura no seu pescoço apenas num cordão). Ele o havia usado para comprar o *Reader's Digest Book of British Flora and Fauna* com a intenção de pelo menos aprender os nomes das árvores. A única informação da qual agora ele se recordava de ter lido no livro era que uma colônia de cangurus-pequeninos vivia, em estado selvagem, nos Cotswolds.

Ele percebeu que não tinha de ir para um lugar específico para fugir do casamento. Na realidade, ir embora atrairia mais atenção. Melhor simplesmente ficar deitado aqui ou em algum lugar depois da vegetação rasteira. Ele podia reaparecer à noite.

Então Eileen estava dizendo:

— George...? — e ocorreu a ele que se ele simplesmente não se movesse, ela poderia simplesmente se afastar.

Mas ela não se afastou. Disse seu nome de novo, então gritou quando ele não respondeu:

— Ronnie. Venha aqui.

George revirou-se para provar que ainda estava vivo.

Eileen perguntou a George o que tinha acontecido. George explicou que tinha saído para dar uma volta e torcera o tornozelo.

Ronnie ajudou-o a ficar de pé, George fingiu coxear, o que foi suportável por alguns minutos porque, apesar do fosso ser confortável, a idéia de passar as próximas dez horas sozinho não era. E, para ser honesto, estava bastante aliviado de se encontrar na companhia de outros seres humanos.

Mas Eileen e Ronnie o estavam levando para casa, e aquilo não era bom, e conforme eles progressivamente se aproximavam, ele se sentiu como se alguém estivesse enfiando um saco plástico de lixo preto em sua cabeça.

Estava prestes a fugir correndo quando alcançaram a estrada principal. Na hora não se importou com a possibilidade de o cachorro ser treinado para atacar. Não se importava com o constrangimento de ser perseguido por um cachorro, com Ronnie atrás, através do vilarejo (uma corrida que tinha quase certeza de que poderia ganhar; havia tanta adrenalina em seu organismo que ele poderia correr mais que uma zebra). Era simplesmente a única opção que tinha.

A menos que não fosse.

Havia outra opção; uma opção tão óbvia que ele não podia acreditar que tivesse esquecido dela. Ele podia tomar o Valium. Ele podia tomar todo o Valium tão logo voltasse para casa.

Mas e se alguém tivesse jogado o vidro fora? E se alguém tivesse dado a descarga com as pílulas no vaso sanitário? Ou tivesse escondido os comprimidos para impedir que fossem engolidos acidentalmente por uma criança?

Ele desatou a correr.

— George — gritou Ronnie. — Seu tornozelo.

Ele não tinha absolutamente nenhuma idéia do que o homem estava falando.

118

Quando Jean entrou na cozinha, Ray virou-se para ela e disse:

— Temos um grande problema.

— Que tipo de problema? — perguntou Jean.

— George — disse Ray.

— Ah, meu Deus. — Ela teve de se sentar imediatamente. O que George tinha feito contra si próprio dessa vez?

— Receio que ele tenha sumido — disse Ray.

Ela sentiu que ia desmaiar. Na frente dos fornecedores de bufê. Na frente de Ray. Ela soltou um profundo suspiro e a cabeça de George passou de repente pela janela como algum tipo de aparição sobrenatural. Ela achou que estava perdendo o juízo.

A porta da cozinha foi escancarada e George atravessou-a intempestivamente. Ela gritou, mas ele não escutava mais o que quer que fosse; simplesmente disparou a toda velocidade pelo corredor e subiu as escadas.

Jean e Ray trocaram um olhar por alguns segundos.

Ela ouviu Ed dizer:

— Este, eu acho, era o pai de Katie.

Ray disse:

— Vou subir e ver o que está acontecendo.

Ela ficou sentada por um minuto ou dois, juntando suas forças. Então a porta foi escancarada com uma pancada pela segunda vez, e foi a vez de Eileen, Ronnie e seu abençoado labrador entrarem, e pensando que George poderia estar morto àquela hora e apavorada pelo próprio George, ela fuzilou-os com os olhos e berrou:

— Tire essa porra desse cachorro da minha cozinha — o que não foi nada diplomático.

119

Katie fez sua maquiagem e deixou Sarah negociar com Jacob.

— Acho que, na verdade, você terá de ir.

— Quero ficar aqui — disse Jacob.

— Vai ficar sozinho — disse Sarah.

— Quero ficar aqui — disse Jacob.

Ainda não era um acesso de raiva, apenas um pedido para que prestassem atenção nele. Mas elas precisavam interromper aquilo, antes que ganhasse impulso. E provavelmente Sarah tinha uma chance melhor que Katie. Quantidade desconhecida. Menos potência.

— Quero ir para casa — disse Jacob.

— Vai ser uma festa — disse Sarah. — Vai haver bolo. Você só vai ficar lá umas horinhas.

Umas horinhas? Sarah não tinha muita experiência com crianças e medida de tempo. Jacob era de fato incapaz de fazer distinção entre a última semana e a extinção dos dinossauros.

— Quero um biscoito.

— Jacob... — Sarah pegou sua mão e acariciou-a. Se Katie tivesse feito aquilo, ele seria capaz de lhe dar uma mordida. — Sei que você não está aqui com os seus brinquedos, seus vídeos e seus amigos. E sei que todo mundo está ocupado e não pode brincar com você no momento...

— Eu odeio você — disse Jacob.

— Não, você não me odeia — respondeu Sarah.

— Odeio — disse Jacob.

— Não, você não me odeia — disse Sarah.

— Odeio — disse Jacob.

— Não, você não me odeia — disse Sarah, que parecia ter alcançado o fim do seu repertório.

Felizmente, a atenção de Jacob foi desviada por Ray, que chegou desabando pesadamente na cama.

— Acredite se quiser!

— O que houve? — perguntou Katie.

— Não sei se realmente você gostaria de saber.

— Diga — pediu Katie. — Eu bem que preciso de um pouco de diversão.

— Não tenho certeza se as notícias são divertidas — disse Ray, que lhe pareceu preocupado e sombrio.

— Talvez seja melhor você me contar mais tarde — disse Katie. — Quando determinadas pessoas não estiverem por perto.

Sarah colocou-se de pé.

— Certo, jovenzinho. Vamos brincar de esconde-esconde. Se você me encontrar em dez minutos, vai ganhar vinte centavos.

Jacob saiu do aposento quase instantaneamente. Era evidente que Sarah sabia mais sobre lidar com criança do que Katie havia imaginado.

— E então? — perguntou Katie.

— Acho que você vai descobrir mais cedo ou mais tarde — disse Ray, sentando-se.

— Descobrir o quê?

— Seu pai fugiu.

— Fugiu? — Katie parou de fazer a maquiagem.

— Ele estava um pouco inseguro. Você sabe, como quando nós estivemos aqui da última vez. Um pouco tenso sobre o casamento, eu acho. Jamie chamou um médico...

— Um médico...? — A cabeça de Katie se acelerou.

— Mas, quando ele chegou, seu pai havia desaparecido. Então Jamie foi procurar por ele.

— Mas onde está papai agora? — Katie estava um pouco trêmula a esta altura.

— Ah, ele voltou. Disse que apenas foi andar e encontrou com Eileen e Ronnie. O que talvez seja verdade. Mas eu estava na cozinha quando ele voltou, e ele estava na velocidade *Mach-3*.

— Ele está bem? — perguntou Katie.

— Parece bem. Tomou Valium, receitado pelo clínico dele.

— Mas não tomou uma overdose ou...

— Não, acho que não — disse Ray. — Tomou dois comprimidos. Parecia feliz apenas segurando o vidro.

— Meu Deus — disse Katie e fez algumas respirações profundas, esperando que seu coração se desacelerasse. — Por que ninguém me contou?

— Jamie não queria preocupar você.

— Eu devia conversar com papai.

— Você fica aqui. — Ray endireitou-se, aproximou-se e ajoelhou-se em frente a ela. — Provavelmente é melhor fingir que não sabe de nada.

Katie segurou a mão de Ray. Ela não sabia se devia rir ou chorar.

— Deus. Hoje é o dia do nosso casamento.

Então Ray disse alguma coisa sábia, o que a deixou surpresa.

— Somos somente aquelas pessoas em cima do bolo. Casamentos são assunto de família. Você e eu, nós temos o resto da nossa vida juntos.

E então Katie chorou um pouco.

E Ray disse:

— Ah, merda! O Jamie. Ele ainda está procurando por seu pai. Qual é o número do celular dele?

120

Quando George alcançou a cama, experimentou uma onda de alívio tão profunda que sentiu seus intestinos se soltarem um pouco.

Então, de repente, esqueceu onde tinha escondido o Valium, e um pânico o invadiu como uma inundação, a água espessa, fria e rápida, e ele teve de lutar para manter a respiração.

Ele sabia que sabia onde o vidro estava. Ou melhor, sabia que sabia isso há dez minutos, porque como esqueceria uma coisa tão importante? E sabia que estava em algum lugar totalmente lógico. Era uma simples questão de encontrar o compartimento em sua cabeça onde tinha armazenado a informação. Mas o interior de sua cabeça estava virado pelo avesso e sacudindo violentamente, e os itens de outros compartimentos estavam saindo e se amontoando.

Ele se endireitou, encarou a janela e agachou-se um pouco para ajudar a respiração.

Debaixo da cama...? Não. Na cômoda de gavetas...? Não. Atrás do espelho...?

Estava no banheiro. Ele não tinha escondido o vidro. Por que o teria escondido? Não havia necessidade de escondê-lo.

Correu para o banheiro, seus intestinos soltando-se levemente de novo. Abriu o armário. Estava na prateleira de cima, atrás dos esparadrapos e do fio dental.

Tentou girar a tampa, e continuou tentando, e sentiu o pânico voltando, até que percebeu que a tampa era à prova de criança e que ele precisava apertá-la. Ele a apertou e torceu e quase a deixou cair quando viu Ray no espelho, em pé atrás dele, somente a poucos centímetros, agora no banheiro, dizendo:

— George? Você está bem? Eu bati, mas você não me ouviu.

George quase engoliu o conteúdo todo do vidro, e rápido, para o caso de Ray tentar detê-lo.

— George? — disse Ray.

— O que é? — perguntou George.

— Você está bem?

— Bem. Absolutamente bem — disse George.

— Você parecia um pouco agitado quando entrou correndo pela cozinha.

— É mesmo? — George estava morrendo de vontade de tomar as pílulas.

— E Jamie ficou preocupado com você.

Calmamente, George colocou dois comprimidos na palma da mão e engoliu-os casualmente. Como as pessoas fazem com amendoim nas festas.

— Disse que você não tem se sentindo bem.

— É Valium — disse George. — O médico me receitou. Eles me ajudam a ficar um pouco mais calmo.

— Que bom — disse Ray. — Então não está planejando dar outra volta? Quer dizer, hoje. Antes do casamento.

— Não — disse George, forçando um risinho. Será que aquela conversa era para ser engraçada? Ele não tinha certeza disso. — Eu lamento se causei algum problema.

— Nenhum problema — disse Ray.

— Sem dúvida vou ao casamento — disse George. Precisava usar a privada logo.

— Que bom — disse Ray. — Muito bom mesmo. Bem, é melhor eu botar o terno e os sapatos.

— Obrigado — disse George.

Ray saiu e George aferrolhou a porta abaixou a calça, sentou-se no vaso sanitário, esvaziou os intestinos e engoliu os seis comprimidos que restavam, fazendo-os descer pela garganta com água de sabor levemente desagradável de uma caneca de escova de dente, sem parar para pensar sobre o que havia no fundo da caneca.

121

Jean desculpou-se com Eileen por sua explosão e Eileen disse:

— Eu a perdôo — de uma forma que fez com que Jean sentisse vontade de dizer mais alguma grosseria.

Ronnie disse:

— Espero que George esteja bem.

E Jean percebeu que foi sua culpa. Ele tinha ficado parado, sentado na cama, parecendo amedrontado, pedindo silenciosamente para conversar com ela, então Katie tinha enfiado a cabeça na porta, ela tinha corrido para os arranjos finais e não tinha voltado para perguntar o que o estava atormentando.

— Desço de novo em alguns minutos — disse ela e subiu, sorrindo polidamente para Ed, Alan e Barbara quando passou pela porta da sala de estar.

Eles não tinham tomado o chá, tinham?

Ah, bem, ela tinha coisas mais importantes para fazer.

Quando chegou ao quarto, George estava colocando as meias. Ela sentou-se ao lado dele.

— Desculpe, George.

— Por quê?

— Por ter fugido esta manhã.

— Você tinha coisas para fazer — disse George.

— Como você está se sentindo agora?

— Muito melhor — disse George.

Não havia dúvida de que ele parecia bem. Talvez Ray tivesse exagerado as coisas.

— Seu braço.

— Ah, sim. — George ergueu o braço. Havia um grande talho em seu punho. — Acho que arranjei isso na cerca de arame farpado.

Numa primeira olhada, parecia uma mordida. Será que o cachorro não o havia atacado?

— Deixa eu resolver isso antes que o sangue manche suas roupas.

Ela entrou no banheiro, pegou a pequena caixa verde de primeiros socorros e colocou o esparadrapo, enquanto ele permanecia pacientemente sentado na cama. Ela desejava poder fazer mais coisas desse tipo. Ajudar de uma forma prática.

Ela colocou uma segunda tira de esparadrapo para segurar o pequeno pedaço de gaze no lugar.

— Pronto.

— Obrigado. — George colocou sua mão na dela.

Ela segurou-a.

— Lamento ter sido tão inútil.

— Como assim? — perguntou George.

— Sei que você não tem se sentido bem — disse Jean. — E sei... que algumas vezes não tenho prestado atenção o bastante. Isso não está certo. Eu apenas... acho isso difícil.

— Bem, você não tem que se preocupar mais comigo agora — disse George.

— Como assim?

— Quero dizer que não precisa mais se preocupar comigo. Eu me sinto muito mais feliz agora.

— Fico satisfeita — disse Jean.

E era verdade. Ele parecia muito relaxado, mais do que lhe parecia já havia algum tempo. — Mas se alguma coisa começar a aborrecer você, me deixe saber, tá bom?

— Eu vou ficar bem.

— Estou falando sério — disse Jean. — É só você dizer uma palavra, e eu paro o que quer que esteja fazendo. Sinceramente.

— Obrigado — disse George.

Eles ficaram parados ali, sentados por alguns minutos, então um telefone começou a tocar.

— Não é o nosso telefone? — perguntou George.

Não era.

— Espere por mim aqui. — Jean se pôs de pé e saiu para o corredor. O barulho estava vindo de um celular apoiado no peitoril da janela.

Ela pegou-o, apertou um pequeno botão verde e apoiou-o no ouvido:

— Alô?

— Jamie? — disse uma voz de homem. — Sinto muito. Acho que disquei um número errado.

— Ray? — disse Jean.

— Jean? — disse Ray.

— Sim — disse Jean. — É você, Ray?

— Onde você está? — perguntou Ray.

— No corredor — disse Jean, um pouco desorientada.

— Estava tentando ligar para Jamie — disse Ray.

— Ele não está aqui —, disse Jean, que sempre achou celulares um pouco embaraçosos.

— Sinto muito — disse Ray, e desligou.

Ela olhou para o relógio. Mais vintes minutos e teriam de sair. Ela ia deixar George pronto e depois ia cuidar da tropa.

Colocou o telefone de volta onde estava, abriu o armário do corredor para pegar sua estola e quase teve um ataque do coração quando viu Sarah olhando para ela por detrás dos casacos.

— Esconde-esconde — disse Sarah.

122

Katie disse à mamãe que Jamie ainda estava procurando por papai. Katie assegurou-lhe que Jamie sabia onde o cartório ficava. Ele podia estar se dirigindo para lá naquele exato momento. Mamãe parou com seu pânico.

Estavam todos em pé do lado de fora da casa. O ar estava cheio de loção pós-barba, perfume, fumaça do cigarro do tio Doug e o perfume de bola de naftalina dos melhores casacos. Era triste ou engraçado Jamie faltar ao casamento? Ela não sabia ao certo.

Sarah e Jacob estavam sentados um perto do outro no muro. Ele não tinha encontrado o esconderijo dela, mas ela havia lhe dado os vinte centavos mesmo assim. Se ele fosse mais velho, Katie teria chamado aquilo de algo como *tesão*.

— Restos de traseiro de cachorro — disse Sarah.

— Cocô de cavalo — disse Jacob, rindo como um maníaco.

— Restos de traseiro de cachorro e o grande pinico da velhinha — disse Sarah.

Katie aproximou-se de George.

— Como está indo? — Ela tentou fazer a pergunta soar natural para que ele não percebesse o quanto ela sabia.

Ele se virou para ela, pegou suas mãos, olhou dentro de seus olhos e pareceu quase choroso:

— Minha maravilhosa, maravilhosa filha — algo que a fez ficar emocionada também, e eles se abraçaram brevemente, uma coisa que não faziam muito.

Então Jean olhou para o relógio e oficialmente desistiu de esperar pela chegada de seu filho e a tensão se soltou de vez e todos correram para os carros.

123

Jamie já deveria estar voltando para casa a esta altura. Mas para quê? O casamento não ia acontecer sem seu pai. Não havia nada para o que se atrasar.

Ele estava de pé numa pista lamacenta em Washingley, depois de ter corrido como uma galinha sem cabeça para cima e para baixo, atravessado todas as trilhas de pedestres ao sul de Folksworth. Sua calça estava coberta de lama, tinha rasgado a manga de seu casaco no arame farpado e se sentia um merda.

Era a pessoa a quem seu pai tinha confidenciado o que ia fazer. Era a pessoa que não conseguia evitar que seu pai fizesse precisamente o que tinha dito que faria. Era a pessoa que tinha fodido com o casamento de sua irmã.

Agora percebia como fora estúpida a idéia de procurar por seu pai daquela maneira. Seu pai podia ter seguido em qualquer direção.

Ele tinha de explicar para todos o que tinha acontecido. Tinha de informar a polícia. Tinha de se desculpar. Retornou para o carro, colocou uma bolsa de plástico no assento do motorista, entrou e foi para casa.

Soube que alguma coisa estava errada assim que chegou. Não havia carros à vista. Estacionou e encaminhou-se para a porta da frente. Estava trancada. Tocou a campainha. Ninguém atendeu. Ele olhou pelas janelas. A casa estava vazia.

Talvez Ray tivesse contado a eles o que tinha acontecido. Talvez estivessem fora procurando por seu pai. Talvez o tivessem encontrado. Talvez todos estivessem no hospital.

Ele tentou não pensar nestas coisas.

Tinha perdido seu celular. Tinha de entrar na casa. Se pelo menos encontrasse um telefone e uma calça seca. Ele tentou o portão lateral. O cachorro de Eileen e Ronnie atirou-se contra o portão, do outro lado, latindo e arranhando a madeira com suas garras. Ele girou o puxador. Estava trancado.

Ah, bem, sua calça já estava mesmo ferrada...

Agarrou-se ao poste, colocou o pé em um dos sulcos do muro de pedra e se içou. Não fazia uma coisa assim havia muitos anos e precisou de três tentativas, mas finalmente enganchou-se montado, desconfortavelmente, em cima do portão.

Estava olhando para baixo, perguntando-se qual seria a melhor forma de negociar a longa queda com o cachorro doido, quando alguém disse:

— Posso ajudá-lo?

Ele virou a cabeça e viu-se olhando para um homem idoso, que ele reconheceu vagamente. O homem estava usando um suéter Shetland e segurando uma tesoura de jardim.

— Está tudo bem, obrigado — disse Jamie, embora sua presença em cima do portão levasse o cachorro a um frenesi.

— É você, Jamie? — perguntou o homem com a tesoura.

— Sim — respondeu Jamie. Sua virilha estava começando a doer.

— Desculpe — disse o homem. — Não o reconheci. Não o vejo há muito tempo. Pelo menos desde que você era um adolescente. Sou Derek West. Moro do outro lado da rua.

— Isso — disse Jamie. Ele tinha de se arriscar, apesar da possibilidade de quebrar um tornozelo, apesar do risco de esmagar o cachorro da tia ou de ser comido vivo. Ergueu um pouco seu centro de gravidade.

— Você não tinha de estar no casamento? — perguntou o homem.

— Tinha — disse Jamie. O homem obviamente era um idiota.

— Eles saíram há cinco minutos.

— O quê?

Jamie levou poucos segundos para processar a informação.

— E estavam indo para o cartório?

— Aonde mais estariam indo? — perguntou o homem.

A verdade começava a aparecer.

— Com meu pai?

— Eu acho que sim.

— Mas você realmente o viu?

— Bem, não os conferi numa lista, na verdade. Não. Espere. Eu o vi. Porque me lembro dele caminhando meio hesitante pela calçada. E sua mãe colocou-o no assento do passageiro para que ela pudesse dirigir. Por isso prestei atenção, porque quando eles saem de carro juntos, geralmente é seu pai que dirige. O que fez com que eu me perguntasse se ele estaria com algum problema. Ele está com algum problema?

— Que merda! — disse Jamie.

O que fez o Sr. West se calar.

Ele levantou seu centro de gravidade de outro jeito e pulou, rasgando seu casaco pela segunda vez. Correu até o carro, deixou cair as chaves, pegou as chaves, entrou no carro e saiu dirigindo em alta velocidade.

124

Jean sentia-se péssima.

Jamie foi a gota d'água. Tudo estava horrível. George. Eileen e Ronnie. Alan e Barbara. Era o dia do casamento de Katie. Era para ser um dia especial. Era para correr tudo tranqüilo. Era para ser romântico.

Então alguma coisa aconteceu no carro.

Havia trabalhadores na estrada duplicada e tiveram de parar quando o tráfego se afunilou para uma pista única. George disse:

— Receio não estar sendo um bom marido.

— Não seja ridículo — disse Jean.

George estava olhando fixamente para a frente, como que atravessando o pára-brisa. Havia gotas de uma chuva fina no vidro.

— Sou um homem muito frio. Um homem muito duro. Sempre fui. Posso ver isso agora.

Ela nunca o havia ouvido falar dessa maneira. Era a loucura voltando? Ela não sabia o que pensar.

Ela ligou os limpadores de pára-brisa.

— E imagino que essa frieza, esta dureza tenham sido a raiz de muitos dos meus problemas mais recentes. — George tirou um fiapo de flanela da porta do porta-luvas.

O tráfego começou a mover-se de novo. Jean engrenou o carro e avançou.

George apoiou a mão sobre a dela, o que fez com que mudar a marcha ficasse um pouco mais difícil.

— Eu amo você — disse George.

Eles não se diziam essa frase um ao outro havia algum tempo. Formou-se um nó na garganta de Jean.

Ela olhou para o lado e viu que George estava olhando para ela sorrindo.

— Ultimamente, tenho tornado as coisas terrivelmente difíceis para você.

— Não há necessidade de se desculpar — disse Jean.

— Mas eu vou mudar — disse George. — Estou cansado de me sentir amedrontado. Estou cansado de me sentir sozinho.

Ele colocou a mão na coxa dela, recostou-se e fechou os olhos.

E ela percebeu que sua aventura estava chegando ao final. Que ela e David não podiam fazer amor de novo. Mas estava tudo bem.

Sua vida com George não era uma vida excitante. Mas a vida com David não se tornaria igual mais cedo ou mais tarde?

Talvez o segredo fosse parar de procurar a grama mais verde. Talvez o segredo fosse fazer o melhor do que tinha ao seu alcance. Se ela e George conversassem um pouco mais. Se tirassem um pouco mais de férias...

A chuva tinha parado. Jean desligou o limpador de pára-brisa e o cartório apareceu no lado direito da estrada.

Ela ligou a seta e entrou no estacionamento.

125

Na verdade, George estava tendo um ótimo dia.

Estacionaram o carro e ele caminhou com Jean em direção ao arco de pedra dos fundos do cartório, onde todos estavam reunidos para fotografias.

— Venha, papai. — Katie pegou seu outro braço e conduziu-o pelo pequeno caminho.

Ele era o pai de Katie. Sentiu-se bem por ser o pai de Katie.

Estava conduzindo sua filha ao altar. E era uma sensação boa, também. Porque estava entregando-a a um bom homem. *Levando-a ao altar.* Que estranha frase. Ligeiramente antiga. *Compartilhar.* Seria uma palavra melhor. Embora soasse um pouco estranha também.

Mas onde estava Jamie?

Ele perguntou para Katie.

— Está procurando por você — respondeu Katie, rindo de uma maneira que era bastante difícil de interpretar.

Por que Jamie estava procurando por ele? Ele estava a ponto de perguntar, quando o fotógrafo puxou Katie para a frente e ela começou a conversar com Ray. Mentalmente, George registrou que precisava fazer esta pergunta a ela mais tarde.

O fotógrafo parecia muito ser o padrinho de Ray. Qual era o seu nome mesmo? Talvez, na verdade, fosse o padrinho de Ray. Talvez não tivessem um fotógrafo oficial.

— Vamos, gente — disse o fotógrafo. — Tentem não ficar tão sérios.

Sua câmera era muito pequena. Provavelmente não era um fotógrafo de verdade.

Ed. Era este o seu nome.

George riu.

Ed tirou quatro fotografias, depois pediu a Katie e Ray para ficarem diante da arcada.

Quando estavam indo para o lado, o homem ao lado de George apresentou-se. George apertou a mão dele. O homem desculpou-se por não ter se apresentado mais cedo. George disse que ele não se preocupasse. O homem apresentou sua esposa. George apertou a mão dela. Pareciam pessoas muito simpáticas.

Uma mulher apareceu de dentro do cartório. A princípio George achou que ela fosse uma comissária de bordo.

— Que tal entrarmos?

George afastou-se das senhoras, então entrou no cartório com os homens.

Era possível que o simpático casal fossem os pais de Ray. Isso explicaria por que estavam todos juntos tirando fotografias. Ele verificaria com Jean quando se acomodassem lá dentro.

126

Estavam no carro a meio caminho do cartório quando Katie olhou pela janela e viu um mendigo urinando no ponto de ônibus da Thorpe Road, o que não era uma coisa que se visse com freqüência, e aquilo lhe pareceu um sinal de Deus, que obviamente a) tinha senso de humor, e b) concordava com Ray. Bastava esperar que o dia se desenrolasse com dignidade e eficiência, que alguém sempre ia ferrar com tudo. Melhor ficarem juntos por vinte anos e rir sobre isso do que fazer a coisa correr com regularidade e precisão e acabar em 12 meses.

Pobre Jamie. No mínimo, teria uma boa história para contar.

Talvez pudessem ir ao apartamento dele depois de Barcelona. Fazer os votos de novo. Conseguir alguns confetes. Jacob ia gostar disso.

Um chuvisco fino começou a salpicar a janela. Não importava. Neve, granizo, chuva de vento. Ela entendia agora. Você se casa apesar do seu casamento, não por causa disso. Olhou para Ray e ele sorriu para ela sem tirar os olhos da estrada.

Pelos próximos minutos foi como se eles vivessem numa pequena bolha inteiramente separada do mundo úmido em torno deles. Então o cartório surgiu logo à frente, eles atravessaram o portão de entrada e a multidão de convidados parecia um cardume de peixes exóticos, encostada na parede de tijolos do prédio.

Eles entraram no estacionamento e saltaram, e o chuvisco tinha parado, e mamãe e papai estavam saindo do carro perto deles. E papai estava com os olhos fixos no ar tão intensamente que Katie também olhou, esperando ver um balão de ar quente ou um bando de pássaros, mas não havia nada, absolutamente nada.

Mamãe segurou o braço de papai e conduziu-o em direção à arcada de pedra nos fundos do prédio.

Sarah estava cantando uma versão de *Jingle Bells*:

— Toca o sino, Batman fede, Robin também. — E balançando Jacob numa poça: — O Batmóvel perdeu uma roda e o Coringa quebrou a perna.

Ray pegou-a pelo braço e seguiram mamãe e papai. Foram localizados por tio Douglas, que estava fumando a favor do vento, e todo mundo caiu numa boa risada.

Alcançaram a arcada, Sandra correu para eles e abraçou-a, então Mona abraçou-a e tio Doug deixou seu cigarro aceso fora da vista e disse:

— Você tem certeza sobre isso, moça? — e ela quase fez uma observação espirituosa (tio Doug era um tanto brincalhão), mas percebeu que ele estava falando sério.

Mona já estava monopolizando Ray para uma conversa rápida, já que ainda não o conhecia, a multidão se abriu, se ela viu Jenny numa cadeira de rodas, o que foi um choque. Katie curvou-se, abraçou-a e Jenny disse:

— Fui um pouco relapsa. Lamento — e Katie de repente se deu conta de por que ela precisava de um segundo convite, e Jenny disse: — Este é Craig — e Katie estendeu a mão para o jovem atrás da cadeira e torceu para que fosse um relacionamento de verdade, pois isso seria brilhante, embora agora não fosse hora para perguntas.

Então Ed começou a enfileirá-los para as fotos, e Katie ficou com Ray, prestando atenção em todos, e foi como estar no meio de um tiroteio, todo aquele calor sendo dirigido a eles, embora Eileen e Ronnie parecessem um pouco azedos, provavelmente porque não estavam numa igreja, e as outras pessoas estavam se divertindo.

Então o escrivão apareceu usando um terno azul-marinho algo desalinhado e uma daquelas gravatas de seda que todos tinham parado de usar no fim da Segunda Guerra Mundial, e os deixaram entrar no prédio, que era um pouco parecido com a clínica médica dela em Londres. Tudo pintado em creme com pequenas folhas combinando e pesados tapetes resistentes. Mas havia um grande vaso de flores e o escrivão estava realmente bastante animado e disse:

— Se a noiva e o noivo puderem vir comigo e os convidados seguirem o meu colega...

O escrivão repassou para eles rapidamente como seria a cerimônia. Então, ouviu-se uma peça de Bach para Dois Violinos, que soou como algo que saísse da trilha sonora de um filme. Carruagem levada por cavalos, uma casa grande, batinas. E Katie achou que, no fim das contas, podiam muito bem ter recorrido a James Brown do início ao fim. Mas era tarde demais agora.

Contornaram o canto para o salão grande no final e esperaram lá fora enquanto o escrivão entrava, dizendo:

— Posso pedir a todos vocês para que se levantem para a entrada dos noivos? — e eles foram na sala onde tudo aconteceu; uma sala muito elegante com cortinas de veludo rosa. E mamãe sorriu para ela. E Katie sorriu de volta. E papai pareceu estar verificando um ingresso antigo qualquer que havia encontrado em seu bolso.

No que alcançaram a frente, Katie viu, na mesa, uma almofada de seda debruada com falsos diamantes nas pequenas borlas. Para as alianças, presumivelmente.

— Por favor, sentem-se — pediu o escrivão.

Todo mundo sentou-se.

— Bom dia, senhoras e senhores — disse o escrivão. — Peço para começar dando boas-vindas a vocês todos ao cartório de Peterborough, para o casamento de Katie e Ray. A data de hoje marca o início da vida desses dois jovens juntos...

Katie fechou os olhos para a leitura de Sarah e todo o tipo de rumor em sua mente, de modo que não precisasse escutar de fato ("Seu amigo é a resposta para suas necessidades. É o campo que você semeia com amor e colhe dando graças..."). Ela se perguntou se não poderia fazer um pequeno bolo de casamento para uma segunda cerimônia na cozinha de Jamie. Recheado de tâmara e nozes. Um pequeno Batman de açúcar no alto para Jacob.

— No orvalho das pequenas coisas, o coração se encontra amanhecendo e refrescando.

Sarah sentou-se, o escrivão ficou de pé e disse:

— É um dos meus deveres informar aos senhores que esta sala na qual nos encontramos agora foi devidamente sancionada de acordo com a lei para a celebração de casamentos. Os senhores estão aqui como testemunhas no casamento de Ray Peter Jonathon Phillips e Katie Margaret Hall. Se alguém aqui presente souber de algum impedimento legal para que estas duas pessoas não se unam em casamento, deve mencionar isso agora.

E algo aconteceu no coração de Katie, e ela percebeu que não eram apenas duas pessoas se unindo, nem mesmo duas famílias. Sentiu como se estivesse juntando as mãos com todos que tinham feito isto antes dela, exatamente como se sentira dando à luz Jacob, um sentimento de que ela finalmente pertencia a alguma coisa, que era parte de um empreendimento integral, um tijolo no grande arco que crescia no escuro atrás de você, que vibrava sobre sua cabeça e curvava-se para o futuro, e ela estava ajudando a manter isso forte e sólido, e ajudando a proteger a todos sob este sentimento.

O escrivão pediu a ela e a Ray para que dessem as mãos, e havia lágrimas nos olhos de Katie. O escrivão disse:

— Antes de vocês se unirem no matrimônio aqui hoje, tenho de lembrá-los do caráter solene, de compromisso, dos votos que estão a ponto de fazer... — mas Katie não estava, realmente, ouvindo mais nada. Estava lá, olhando para baixo, e a sala cheia de pessoas estava tão pequena que ela podia encaixá-la na palma da mão.

127

Jean ouviu um pequeno guincho assim que Katie e Ray iniciaram seus votos. Ela se virou e viu Jamie deslizar discretamente para dentro da sala e se colocar atrás de uma jovem senhora na cadeira de rodas.

Agora tudo estava perfeito.

— Eu, Katie Margaret Hall — repetiu Katie.

— Uno-me aqui em matrimônio — disse o escrivão.

— Uno-me aqui em matrimônio — repetiu Katie.

— A Ray Peter Jonathon Phillips — disse o escrivão.

Jean virou-se para dar uma olhada em Jamie uma segunda vez. Mas, por Deus, o que havia acontecido com ele? Parecia que tinha sido arrastado à força através de uma cerca viva nos fundos de um jardim qualquer.

— A Ray Peter Jonathon Phillips — repetiu Katie.

O coração de Jean apertou-se um pouco.

— Agora chegou o momento solene — disse o escrivão — para Ray e Katie, que vão contrair matrimônio diante de vocês, testemunhas, família e amigos.

Então Jean lembrou que não era permitido que seu coração se apertasse. Não agora. Jamie estivera fazendo uma boa coisa. E estas pessoas eram boas pessoas. Teria a solidariedade de todos ali.

— Então, peço a todos para que se levantem — disse o escrivão — e se juntem à celebração do casamento.

Todos se levantaram.

Eles voltariam para casa e Jamie poderia colocar roupas novas, e tudo ficaria perfeito novamente.

— Ray — disse o escrivão —, você quer receber Katie como sua esposa, dividir sua vida com ela, amá-la, apoiá-la e confortá-la no que quer que o futuro possa trazer?

— Eu quero — disse Ray.

— Katie — disse o escrivão —, você quer receber Ray como seu marido, dividir sua vida com ele, amá-lo, apoiá-lo e confortá-lo no que quer que o futuro possa trazer?

— Eu quero — disse Katie.

De muitas filas atrás, Jean ouviu Douglas gritar:

— Valeu, garota!

128

George examinou a sala e sentiu-se estranhamente ligado àquelas pessoas.

Não era algo que estivesse acostumado a sentir nas reuniões familiares.

Ele apertou a mão de Jean. Estava apaixonado por sua mulher. Isso o fez sentir-se aquecido por dentro.

Tudo seria diferente de agora em diante.

O que, afinal de contas, havia na morte para se ter medo? Chegava para todos, mais cedo ou mais tarde. Era parte da vida. Como ir dormir sem acordar.

E lá estava Jamie, chegando atrasado, como as crianças freqüentemente fazem.

Jamie era um homossexual. E o que tinha de errado nisso? Nada, enfim. Contanto que se fosse higiênico.

E havia seu marido ao lado dele. Namorado. Companheiro. Fosse qual fosse a palavra. Perguntaria sobre isso a Jamie mais tarde.

Não. Aquele era o homem que estava conduzindo a cadeira de rodas da garota aleijada, não era? Roliço. Cabelo despenteado. Barba. Obviamente não era um homossexual, agora que George pensava melhor sobre isso.

Mesmo Douglas e Maureen eram pessoas boas, na verdade. Um pouco vulgares. Um pouco chulos. Mas todos tinham suas culpas.

E, olhe só, havia luzes fluorescentes na sala, o que significava que se você abrisse a mão e acenasse de um lado para outro na freqüência correta, podia fazer parecer como se tivesse seis dedos. Não era estranho? Como movimentar uma roda de bicicleta para fazer parecer como se você não estivesse se movimentando.

129

Jamie perguntou à mulher atrás da mesa onde era o casamento e realmente pôde vê-la procurando uma arma. Ele olhou para baixo, viu sangue em suas mãos e tentou explicar que seu pai havia fugido, mas isso não fez a mulher relaxar. Então impostou a voz, como costumava fazer com clientes difíceis, e disse:

— Minha irmã, Katie Hall, está se casando com Ray Phillips aqui, neste momento, e se eu não estiver lá para testemunhar, a senhora ouvirá notícias do meu advogado.

Meu advogado? Que merda era essa?

Ela ou acreditou nele ou ficou bastante amedrontada por discutir com ele estando ali sozinha, porque quando ele saiu à procura do casamento, ela ficou na cadeira dela.

Ele parou na porta do fim do corredor, abriu-a um pouco e viu uma mulher vagamente parecida com a tia Maureen e um par de seios que, definitivamente, pertenciam à esposa de tio Brian. Então, deslizou para dentro, enquanto o escrivão dizia:

— ... constitui um compromisso formal e público do amor de um ao outro. Agora eu vou pedir a cada um de vocês...

Seu pai estava perto de sua mãe rindo bondosamente, e Jamie sentiu uma estranha combinação de excitação e anticlímax tendo passado o dia supondo-se o centro das atenções e então descobrindo que não era, de modo que em vez de pular sem parar e contar para alguém sua ridícula aventura, teve de se calar e agüentar firme.

O que provavelmente foi a razão de ter rido e acenado para Katie sem pensar quando cruzou o olhar com ela, fazendo-a colocar a aliança no dedo errado, embora isso tenha sido mais engraçado do que outra coisa. E quando Jacob correu para abraçá-la, ele não pôde resistir e correu para abraçá-la, e o escrivão pareceu um pouco desconcertado com isso, mas como outras pessoas fizeram a mesma coisa, ela teve de aturar.

Correram para o estacionamento, um amigo de Katie perguntou o que ele tinha feito para ficar em tal estado e ele disse:

— O carro quebrou. Tive de tomar um atalho. — Os dois riram e Jamie concluiu que provavelmente poderia dizer que tinha sido atacado por um leopardo e todos aceitariam isso sem problemas em meio à atmosfera de carnaval, embora sua mãe estivesse muito preocupada com que ele trocasse de roupas e ficasse o mais elegante possível na primeira oportunidade.

— Como está papai? — perguntou Jamie.

— Em excelente forma — disse ela, o que alarmou Jamie levemente pois ele não podia se lembrar de sua mãe dizendo algo positivo sobre seu pai mesmo quando ele estava inteiramente são.

Então ele se aproximou do pai e perguntou como ele estava, e o pai disse:

— Você está com um cabelo muito estranho — o que era tecnicamente correto, mas não a resposta que Jamie estava esperando.

Jamie perguntou se ele tinha bebido.

— Tomei um pouco de Valium — disse o pai. — O Dr. Barghoutian. Perfeitamente seguro.

— Quanto?

— Quanto o quê? — perguntou seu pai.

— Quanto de Valium? — perguntou Jamie.

— Oito, dez — respondeu seu pai. — O suficiente. Vamos colocar assim.

— Oh, meu Deus — exclamou George.

— Gostaria muito de conhecer o seu namorado — disse George. — Que tal isso?

— O senhor está planejando fazer um discurso na recepção?

— Um discurso? — perguntou George.

— O senhor está sangrando — disse Jamie.

George ergueu a mão. Havia sangue pingando de sua manga.

— Ora, isso é estranho.

130

George sentou-se sobre a privada do banheiro de cima enquanto Jamie colocava um novo curativo no seu punho e o ajudava a vestir uma camisa branca limpa.

Ele agora se lembrava. Jean tinha feito o primeiro curativo mais cedo naquele dia. Ele tinha se cortado numa cerca de arame farpado. Embora a forma precisa como ele havia entrado em contato com a cerca de arame farpado não estivesse claro.

— Então você não escreveu um discurso — disse Jamie.

É claro. Ele lembrou agora. Hoje era o casamento de Katie.

— Papai?

— O quê?

Jamie enrubesceu.

— OK. Olhe. Katie casou-se esta manhã...

George ergueu as sobrancelhas.

— Eu não sou um imbecil total.

— Está havendo uma recepção no jardim — disse Jamie. — Depois da refeição, geralmente o pai da noiva faz um pequeno discurso.

— Ela se casou com Ray, não foi? — perguntou George.

— Isso mesmo. Então vou lhe dizer o que nós vamos fazer.

— O que nós vamos fazer?

— Vou conversar com Ed — disse Jamie.

— Quem é Ed? — perguntou George. O nome não lhe dizia nada.

— Papai — disse Jamie —, apenas ouça. Tudo bem. Ed é o padrinho do noivo. Depois do almoço, ele vai anunciar que você fará um discurso. Então você tem de se levantar e propor um brinde. Depois você vai se sentar.

— Está bem — disse George, perguntando-se por que Jamie estaria tão nervoso a respeito disso.

— Você consegue propor um brinde?

— Isso depende de a quem eu deva brindar — disse George, muito orgulhoso de ter detectado o ardil na pergunta.

Jamie respirou bem fundo, como se estivesse a ponto de levantar algo muito pesado.

— Você se levanta e diz: *Eu gostaria de propor um brinde a Katie e Ray. Eu gostaria de dar as boas-vindas...* Não. Muito complicado.

Isso sugeriu a George que Jamie estava um pouco perturbado.

— Você se levanta — disse Jamie. — Daí, diz: *Para Katie e Ray.* Daí se senta.

— E não faço discurso — disse George.

— Não — disse Jamie. — Apenas um brinde. *Para Katie e Ray.* Então se senta de novo.

— Por que eu não faço um discurso? — perguntou George, que estava começando a se perguntar por que devia seguir as instruções de uma pessoa perturbada.

Jamie enrubesceu de novo.

— Katie e Ray querem fazer tudo do modo mais breve e simples.

George digeriu isso.

— Tudo bem.

— Você se levanta — disse Jamie. — Aí diz...

— *Para Katie e Ray* — disse George.

— E se senta.

— Eu me sento — disse George.

— Magnífico — incentivou Jamie.

George permaneceu no banheiro por alguns minutos depois que Jamie saiu. Ele se sentia ligeiramente insultado por lhe estar sendo negada a oportunidade de falar, afinal de contas. Mas quando tentou imaginar especificamente o que poderia dizer, seus pensamentos ficaram um pouco vagos. Então talvez fosse melhor seguir a linha da menor resistência.

Ele saiu do banheiro, esperou sua mente clarear e desceu as escadas.

Alguém lhe deu uma taça de champanhe.

Era prudente beber champanhe quando já tinha tomado Valium? Tinha pouca experiência nestas coisas. Talvez houvesse um médico entre os convidados a quem pudesse perguntar.

Gail materializou-se na sua frente.

— Brian está muito triste por você não ter ido a Cornwall com ele.

Era difícil não olhar para os seus seios.

— Ele estava aguardando ansiosamente por um pouco de vida de escoteiro — disse Gail. — Fogueiras. Sacos de dormir. — Ela estremeceu. — Eu vou para lá no próximo mês. Quando o chuveiro elétrico estiver funcionando e os tapetes tiverem sido colocados.

O que, em nome de Deus, aquele homem estava fazendo ali?

Do outro lado da sala.

George se perguntou se poderia estar tendo alucinações.

— Você está bem, George? — perguntou Gail.

Não estava tendo alucinações. Era ele, sem dúvida. David Symmonds. O homem que ele tinha visto tendo relações sexuais com Jean no quarto deles. Agora estava invadindo o casamento de Katie. Será que o sujeito não tinha nenhuma decência?

O mundo estava voltando ao foco. Era como aquela noite em Glasgow. Estando muito bêbado para conversar. Então vendo chamas no corredor e ficando instantaneamente sóbrio.

— Você parece um pouco distraído — disse Gail.

Ele não estava suportando aquilo. Empurrou Gail para um lado e caminhou em direção à multidão. Ele pediria ao Sr. Symmonds para sair.

Com sorte, não seria necessário bater nele.

131

Jamie arrumou-se e desceu, cruzando os dedos para que seu pai se lembrasse de suas instruções.

Tinha de falar com Ed.

O que Ed diria? Que o pai de Katie estava se sentindo um pouco deprimido? Talvez não precisasse dizer nada. *Agora, o pai de Katie gostaria de propor um brinde.* Pelo menos pareceria coerente. Era melhor se colar o máximo possível à verdade.

Ele atravessou a casa à procura de Ed, pensando no quanto queria — mesmo, de verdade — que Tony estivesse aqui, sem se preocupar com o que estivessem falando nem com quem estivesse falando. E o retrato de Tony em sua cabeça era tão vívido que quando saiu da casa, e viu Tony entrando pelo portão do outro lado do gramado, aquilo lhe pareceu a coisa mais natural do mundo.

Ele deteve os passos. Tony deteve os passos.

Tony estava usando Levis e aquela camisa, uma camisa muito bonita, azul floral, e um paletó de camurça que Jamie nunca tinha visto antes. Estava uns três quilos mais magro e muito bronzeado. Estava absolutamente lindo.

E então ele se deu conta. Tony estava ali. No casamento. E a multidão pareceu fazer parte do mar Vermelho, e Jamie e Tony estavam olhando um para outro num longo corredor de convidados. Ou talvez apenas fosse parecesse dessa forma.

Jamie queria correr. Mas Tony não era mais o seu namorado. Eles não se falavam desde aquele encontro horrível à noite, nas escadas do apartamento de Tony.

Só que ele estava ali. O que devia significar...

Jamie estava correndo. Ou pelo menos andando realmente rápido. E mesmo enquanto o fazia, Jamie percebera que aquela era uma cena de novela de TV, mas não estava se importando com isso podia sentir seu coração se expandindo no peito.

Então eles caíram um nos braços do outro, e a boca de Tony tinha gosto de chiclete de menta e tabaco, e Jamie viu a câmera girando em torno deles, e sentiu os músculos das costas de Tony sob suas mãos, e sentiu o cheiro da nova loção de banho que ele havia começado a usar, e o quis nu, e foi como chegar em casa depois de uma centena de anos e, no silêncio ao redor deles, ouviu uma voz de mulher dizendo tranqüilamente:

— Bem, isso eu não estava esperando ver.

132

Jean estava no corredor ouvindo um jovem que trabalhava com Ray. Embora estivesse, na maior parte do tempo, com os olhos mergulhados na multidão crescente de pessoas. Porque, para ser honesta, ele era um desses homens que esperava que você calasse a boca, assentisse com a cabeça e emitisse um grunhido qualquer de apreciação de vez em quando.

E era bom deixar os olhos mergulharem na multidão crescente. Ela se sentia suficiente merecedora do crédito por eles estarem se divertindo (Judy estava rindo; Kenneth estava sóbrio). Mas não tanto a ponto de imaginar todos os possíveis desastres e evitá-los.

E lá estava Jamie dirigindo-se à cozinha num bonito terno azul-escuro e uma camisa branca (o corte em seu queixo lhe fazia parecer mais viril).

Ela podia ver David conversando com a madrinha de Katie e parecendo ligeiramente pouco à vontade. Ela sentiu como se o estivesse observando de uma longa via distante.

— Há cinco anos — disse o homem que trabalhava com Ray —, seu sinal de televisão vinha pelo ar e o sinal do telefone vinha pelo chão. Daqui a cinco anos, seu sinal de TV virá pelo chão e o sinal do telefone virá pelo ar.

Ela pediu licença e escapou para o jardim.

No que fez isso, viu um homem jovem entrando pelo portão lateral carregando uma pequena mala de viagem verde-escura. Casaco de camurça, camisa floral. Ele pareceu-lhe vagamente familiar.

Ela estava se perguntando se seria um amigo de Katie e Ray quando ele deixou cair a mala e alguém veio abraçá-lo, e logo estavam rodopiando juntos, e todos estavam observando, e ela percebeu que era Jamie, o que significava que o rapaz devia ser Tony, e a seguir estavam se beijando na frente de todos... de boca aberta.

Seu primeiro pensamento foi que ela tinha de evitar que as pessoas vissem aquilo atirando alguma coisa sobre eles, como uma toalha de mesa, por exemplo, ou gritando alguma coisa bem alto. Mas todo mundo já tinha visto, e agora (o maxilar de Brian estava, literalmente, pendendo, aberto) nada, a não ser uma metralhadora, iria distrair a atenção das pessoas.

O tempo começou a andar mais devagar. As únicas coisas que se moviam no jardim eram Jamie e Tony... e a cinza caindo do cigarro de Ed.

Ela tinha de fazer alguma coisa. E tinha de fazer agora.

Ela caminhou até Jamie e Tony. Eles se separam e Tony olhou para ela. Ela sentiu o dia balançar, como um carro na beira de um penhasco.

— Você deve ser Tony — disse ela.

— Sou — disse Tony, deliberadamente mantendo um braço em torno da cintura de Jamie. — A senhora deve ser a mãe de Jamie.

— Isso.

Ele estendeu a mão livre.

— É um prazer conhecê-la.

— É um prazer conhecê-lo também. — Ela estendeu os braços para abraçá-lo, para mostrar que estava sendo sincera e para mostrar a todos que ele devia ser bem-recebido. E Tony finalmente soltou Jamie, botou os braços ao redor dela e abraçou-a.

Ele era bem mais alto do que parecia a distância, então foi muito engraçado. Mas ela podia sentir a atmosfera do jardim se tornando mais acolhedora, menos tensa.

Estava planejando apenas abraçá-lo por alguns segundos, mas teve de manter seu rosto pressionado à camisa de Tony por um longo tempo, pois estava chorando, o que a pegou completamente de surpresa, e enquanto ela queria que todo mundo soubesse que ela estava dando as boas-vindas a Tony em sua família, não queria, realmente, que vissem o seu choro indefeso nos braços de alguém que ela tinha conhecido havia dez minutos.

Então ouviu Katie rindo agradavelmente:

— Tony. Puta merda! Você veio, afinal — o que distraiu a atenção das pessoas.

133

George deteve-se diante de David do outro lado da sala de estar e postou-se de pé, as pernas separadas e os punhos cerrados.

Infelizmente, David estava olhando para a direção oposta e não percebeu que George estava atrás dele. George não queria pedir a ele para se virar porque pedir qualquer coisa sugeriria que David era o animal dominante. Como cachorros. E George queria ser o animal dominante.

Também não queria agarrar David pelo ombro e forçá-lo a se virar porque era o que as pessoas faziam em lutas de bares, e ele queria que a batalha fosse concluída com o menor rebuliço possível.

Então ele se manteve de pé tenso, por alguns segundos, até que a mulher com a qual David estava conversando disse:

— George — e David virou-se e disse:

— George — e riu e passou a cigarrilha para a mão que segurava seu drinque, liberando a outra, que estendeu para cumprimentar George.

George viu-se apertando a mão de David e disse:

— David — o que não fazia parte do plano.

— Você deve estar de fato muito orgulhoso. — disse David.

— Não é esta a questão — disse George.

A mulher afastou-se.

— Não — disse David. — Você está certo. Todo mundo diz isso. Mas é uma forma egoísta de entender um momento assim. A questão é se Katie está feliz. É isso que é importante.

Deus do céu, ele era bastante escorregadio. George estava começando a ver como ele tinha conseguido conquistar a afeição de Jean.

E pensar que ele tinha trabalhado com aquele homem por 15 anos.

David ergueu uma sobrancelha.

— Ora, Sarah estava me contando que Katie e Ray estão eles próprios pagando por tudo. — Ele correu a sala com um gesto do braço como se fosse o dono da casa. — Bem, isso foi bastante inteligente, George.

Ele tinha de agir, e agora.

— Eu receio...

Mas David o interrompeu, dizendo:

— Como está o resto da vida? — e a cabeça de George estava começando a girar um pouco, e David parecia tão sincero e tão cuidadoso que George teve de lutar contra o impulso de confessar a David que tinha se cortado com uma tesoura e terminara no hospital depois de encontrar sua mulher tendo relação sexuais com outro homem.

Ele percebeu que não ia pedir a David para ir embora. Não tinha energia para isso. Nem moral, nem física. Se tentasse expelir David, ele provavelmente causaria uma comoção e embaraço para Katie. Talvez não fazer nada fosse o melhor. E, certamente, hoje, entre todos os dias, era um daqueles dias em que ele devia colocar seus próprios sentimentos de lado.

— George? — perguntou David.

— Como?

— Eu estava perguntando como as coisas vão indo — disse David.

— Bem — disse George. — Está tudo bem.

134

Katie tirou o salmão de seu alcance.

Ela apreciaria muito a idéia de terminar o dia do seu casamento sem se sentir abarrotada e queria deixar um pouco de espaço para o tiramisu.

Ray estava totalmente relaxado, coçando a perna por debaixo da mesa. À sua esquerda, mamãe e Alan estavam conversando sobre heléboros e brássicas ornamentais. À sua direita, Barbara estava contando a papai sobre as alegrias da viagem em caravanas. Na verdade, papai parecia muito contente, de modo que devia estar pensando em alguma outra coisa.

Estavam sentados num plano 15 centímetros mais elevado que os demais. Era como alguma coisa a distância, na televisão. As garçonetes com seus casacos brancos. O tilintar dos talheres finos. O ruído baixo da lona.

Era estranho ver David Symmonds sentado do outro lado da tenda, conversando com Mona e alisando os cantos da boca com um guardanapo. Ela mostrou-o para Ray e agora iria ignorá-lo, como estava ignorando o latido do cachorro de Eileen e Ronnie, que tinha sido levado para um jardim próximo e estava absolutamente furioso por conta disso.

Ela lambeu os dedos e limpou os restos do pão de seu prato.

Tony e Jamie ainda estavam de mãos dadas, ostensivamente, na mesa. O que era meigo. Até mamãe pensava assim. Os pais de Ray pareciam distraídos. Talvez seus olhos não fossem apurados o bastante para enxergar coisas assim. Ou talvez todos os homens se dessem as mãos em Hartlepool.

Papai tocou seu braço.

— E aí?

— Tudo bem — disse Katie. — Tudo ótimo.

O tiramisu chegou e foi um pouco de anticlímax, francamente. Mas os chocolates servidos com o café estavam fantásticos. E quando Jacob veio aconchegando-se em seu colo, ficou apenas ligeiramente desapontado ao descobrir que ela já tinha comido os seus (Barbara, generosamente, deu-lhe os seus em nome da paz).

Então houve uma pancada alta na mesa, a conversa baixou e Ed ergueu-se.

— Senhoras e senhores, é uma tradição nos casamentos que o padrinho se levante e conte histórias grosseiras e piadas ofensivas que façam todos se sentirem bastante constrangidos.

— Isso mesmo — gritou tio Douglas.

Risos nervosos cruzaram o toldo.

— Mas este é um casamento moderno — disse Ed. — Assim, vou dizer coisas bonitas sobre Katie e coisas gentis sobre Ray. Vou ler alguns telegramas e transmitir alguns agradecimentos. Então, Sarah, a madrinha de Katie, vai se levantar e contar as histórias grosseiras e as piadas ofensivas que vão fazer todos se sentirem bastante constrangidos.

Mais risadas nervosas percorreram a tenda.

Jacob chupou seu polegar e ficou brincando com a aliança dela, e Ray colocou o braço em torno dela e disse, tranqüilamente:

— Eu amo você, esposa.

135

George deu um pequeno gole no seu vinho de sobremesa.

— Seja como for, ela soltou a orelha dele — disse Sarah. — Então o tal guarda teve de procurar por todo o assoalho do carro. E eu não sei quantos de vocês já se sentaram naquele Fiat Panda, mas dá para se perder, digamos, um cachorro no chão daquele carro. Restos de miolo de maçã. Pacotes de cigarro. Migalhas de biscoitos.

Judy estava com um guardanapo apertado na boca. George não tinha certeza se ela tentava conter o riso ou se se preparava para vomitar.

A amiga de Katie falava surpreendentemente bem em público. Embora George achasse difícil acreditar na história de Paul Harding. Seria mesmo possível que um jovem subisse na janela do quarto de Katie, caísse do telhado da cozinha e quebrasse o tornozelo sem que George percebesse? Talvez fosse. Tantas coisas pareciam ter sido ocultadas dele ou simplesmente escapado de sua observação.

Ele tomou outro gole do vinho de sobremesa.

Jamie e Tony ainda estavam de mãos dadas. Ele não tinha absolutamente nenhuma idéia de como reagir a isso. Há apenas alguns meses, teria evitado que acontecesse para impedir que as outras pessoas se sentissem ultrajadas. Mas andava menos seguro de suas opiniões ultimamente e menos seguro de sua habilidade de evitar que qualquer coisa acontecesse.

Seu domínio sobre o mundo estava se afrouxando. O mundo era dos jovens agora. Katie, Ray, Jamie, Sarah, Ed. Era o que tinha mesmo de acontecer.

Não se importava de envelhecer. Era tolice se importar com isso. Acontecia com todo mundo. Mas não se fazia sem dor.

Ele só desejava inspirar um pouco mais de respeito. Talvez fosse sua própria culpa. Recordou-se de ter passado algum tempo daquela manhã deitado numa vala. Não parecia uma atividade terrivelmente digna. E se você não age com dignidade, como pode exigir respeito?

Ele se abaixou, pegou a mão de Jacob e apertou-a gentilmente, pensando em como eram parecidos, ambos circulando em alguma órbita no espaço, centenas de quilômetros distante do centro ilustre onde as decisões eram tomadas e o futuro estava sendo formado. Embora estivessem se movendo em direções opostas, é claro, Jacob em direção à luz e ele se distanciando dela.

A mão de Jacob não respondeu. Parecia mole e sem vida. George percebeu que seu neto estava dormindo.

Soltou a mão de Jacob e esvaziou sua taça de vinho.

A verdade nua e crua é que tinha falhado. E bastante, em todas as coisas. Casamento. Paternidade. Trabalho.

Nunca começaria a pintar de novo.

Então Sarah disse:

— ... algumas palavras do pai da noiva — o que o pegou totalmente de surpresa.

Felizmente, houve um aplauso introdutório, durante o qual ele foi capaz de juntar seus pensamentos. Foi quando se lembrou da conversa que tivera com Jamie antes do almoço.

Ele se endireitou e olhou para os convidados. Sentiu-se bastante emocionado. Precisamente que emoções ele sentia, era difícil de dizer. Havia uma quantidade variada delas, e isso, em si, já era confuso.

Ele ergueu uma taça.

— Eu gostaria de propor um brinde. Para minha filha maravilhosa Katie. E para seu elegante marido, Ray.

As palavras "Para Katie e Ray" ecoaram nas suas costas.

Ele começou a sentar-se de novo, mas parou. Ocorreu-lhe que estava fazendo uma espécie de performance de despedida, que ele nunca mais teria, sessenta ou setenta pessoas aguardando cada palavra sua. E não agarrar esta oportunidade parecia uma admissão da derrota.

Ele empinou o corpo de novo.

— Passamos a maior parte do tempo no planeta pensando que vamos viver para sempre...

136

Jean segurou-se na ponta da mesa.

Se estivesse um pouco mais próxima, poderia se esticar para forçar o ombro de George para baixo e obrigá-lo a se sentar de novo, mas Katie e Ray estavam no caminho, todos o estavam observando, e ela não via uma maneira de intervir sem tornar as coisas piores.

— Como alguns de vocês devem saber, eu não estive bem recentemente...

Deus do céu, ele vai falar que se feriu, que foi internado num hospital e que se consultou com um psiquiatra? E ia fazer isto na frente de todas as pessoas que conheciam. Isso ia fazer da cena de Jamie beijando Tony café pequeno.

— Todos aguardamos ansiosamente a aposentadoria. Fazer o próprio jardim. Ler aqueles livros que ganhamos de aniversário e de Natal que nunca conseguimos ler. — Algumas pessoas riram. Jean não tinha idéia do porquê. — Pouco depois que eu me aposentei, descobri um pequeno tumor no meu quadril.

Wendy Carpenter estava no meio da quimioterapia agora. E Kenneth tinha tirado um caroço da garganta em agosto do ano anterior. Deus sabia o que eles estariam pensando.

— E percebi que ia morrer.

Jean concentrou-se numa tigela de açúcar e tentou fingir que estava num simpático hotel em Paris.

137

Jamie estava vendo seu pai chorar na frente de setenta pessoas e experimentando algo que sentiu como se fosse apendicite.

— Eu. Jean. Alan. Barbara. Katie. Ray. Todos vamos morrer. — Uma taça rolou de cima da mesa e estilhaçou-se em algum lugar na parte de trás da tenda. — Mas não queremos admitir isso.

Jamie olhou para o lado. Tony estava observando seu pai. Ele parecia que havia sido eletrocutado.

— Não percebemos como é importante. Este... este lugar. Árvores. Pessoas. Bolos. Então, tudo nos é tirado. E percebemos nosso equívoco. Mas é tarde demais.

Num jardim próximo, o cachorro de Eileen latiu.

138

George tinha perdido um pouco o fio da meada.

O vinho de sobremesa não tinha afiado sua mente. Ele tinha tornado a coisa um bocado mais emocional do que pretendia. Tinha mencionado o câncer, o que não era divertido. Era possível que estivesse bancando o idiota?

Parecia melhor terminar seu discurso tão rápido e elegantemente quanto pudesse.

Virou-se para Katie e pegou sua mão. Jacob estava cochilando no ombro dela, então o gesto ficou um pouco mais desajeitado do que tinha planejado. Mas ia ter de ser assim mesmo.

— Minha filha amada. Minha filha muito, muito amada. — O que ele estava tentando dizer precisamente? — Você, Ray e Jacob. Nunca. Nunca pensem que nada pode separá-los uns dos outros.

Essa soou melhor.

Ele soltou a mão de Katie e passou os olhos em torno da tenda pela última vez, antes de retomar ao seu assento e ver David Symmonds parado no canto oposto. O sujeito tinha ficado de rosto virado para o lado o tempo todo durante a refeição. Conseqüentemente, George tinha se poupado de olhar para ele enquanto estava comendo.

Ocorreu a George não somente que ele podia ter feito papel de idiota, mas que podia ter feito isso diante de David Symmonds.

— Pai? — chamou Katie, tocando seu ombro.

George estava paralisado a meio caminho entre sentar-se e levantar-se.

O sujeito parecia tão satisfeito, tão saudável, tão malditamente garboso.

As imagens começaram a voltar. Aquelas que ele tinha tentado não visualizar já havia tanto tempo. As nádegas caídas do homem subindo e descendo à meia-luz do quarto. O vigor em suas pernas. Aqueles escroto de galináceo.

— Pai? — chamou Katie de novo.

George não podia mais suportar aquilo.

139

Jean gritou. Um pouco porque George estava subindo na mesa. Um pouco porque ele tinha chutado o bule de café e o líquido marrom quente estava escorrendo nela. Ela pulou para trás e outra pessoa gritou. George pulou da mesa e começou a andar pela tenda.

Ela se virou para Ray.

— Pelo amor de Deus, faça alguma coisa.

Ray parou por um segundo, então saiu de seu lugar e caminhou em direção a George.

Foi tarde demais.

Jean viu para que direção George estava indo.

140

George parou na frente de David.

Estava muito, muito silencioso na tenda.

George fez pontaria e arremessou o punho contra a cabeça de David. Desafortunadamente, Davi esquivou-se no último minuto, George errou o alvo e foi obrigado a se agarrar no ombro de alguém para não cair.

Por sorte, então, quando David se levantou para fugir, seus pés se emaranharam na cadeira e ele caiu desajeitadamente para trás, seus braços debatendo-se ferozmente enquanto ele tentava sair do alcance de George por sobre a toalha da mesa.

Isso deu a George uma segunda oportunidade para esmurrá-lo. Mas esmurrar alguém era consideravelmente mais difícil do que se via nos filmes, e George tinha muita pouca prática nessa área. Conseqüentemente, seu segundo soco atingiu David no peito, o que não foi satisfatório.

A cadeira estava no caminho. Este era o problema. George chutou-a para um lado. Ele abaixou-se, agarrou as lapelas do casaco de David e deu uma cabeçada nele.

Depois disso ficou difícil saber quem estava golpeando quem. Mas havia muito sangue à vista e George tinha absoluta certeza de que era de David, então isso era bom.

141

A imagem que se fixou na mente de Jamie foi a de um tiramisu e as colheres que o acompanhavam rodopiando no ar num movimento de câmara lenta à altura de sua cabeça. Seu pai e David Symmonds haviam caído de costas na mesa. A lateral próxima havia desmoronado e a lateral mais distante oscilava como uma gangorra, projetando no ar uma variedade de objetos (uma das amigas de Katie ficou muito orgulhosa de ter conseguido pegar um garfo).

Deste ponto em diante, a percepção registrava tudo como acontece num acidente de estrada. Tudo muito nítido, solto e lento. Nenhuma dor abdominal a mais. Apenas uma série de tarefas que tinham de ser feitas para impedir um ferimento mais extenso.

Ray abaixou-se, tentando desvencilhar o pai de Jamie de David Symmonds. O rosto de David Symmonds estava coberto de sangue. Jamie estava bastante impressionado que um homem da idade de seu pai fosse capaz daquele tipo de coisa.

Jamie e Tony trocaram um olhar e tomaram uma daquelas decisões em silêncio: decidiram ajudar. Eles se puseram de pé e saltaram por sobre a mesa, o que teria sido uma cena à Starsky e Hutch se Jamie não tivesse grudado um pãozinho amanteigado na perna de sua calça.

Alcançaram o lado oposto da tenda juntos. Tony ajoelhou-se próximo de David porque ele tinha feito um curso de primeiros socorros e porque David parecia ter ficado pior. Jamie saiu para conversar com o pai.

Quando ele chegou, Ray estava dizendo:

— Pelo amor de Deus, por que você fez isso? — E seu pai estava a ponto de replicar quando o cérebro de Jamie trabalhou em alta velocidade e logo compreendeu que ninguém sabia por que seu pai tinha feito aquilo. Somente ele e Katie, sua mãe e seu pai. E David, obviamente. E Tony, porque Jamie o havia posto a par de tudo na conversa antes do almoço. E a razão de sua mãe ter fugido correndo da tenda foi porque ela achava que agora todos iam descobrir. Mas se Jamie agisse rapidamente, eles podiam pôr a culpa do incidente em uma espécie de loucura induzida por remédio. Porque depois daquele discurso, era evidente para todo mundo que seu pai não estava em seu juízo perfeito.

Assim, quando seu pai disse:

— Porque... — Jamie enfiou a mão na boca dele para evitar que dissesse qualquer coisa mais, e talvez tenha feito isso com um pouco de força demais, pois o slapt do tapa foi bastante alto e Ray e seu pai se voltaram para ele com olhos arregalados, mas pelo menos ele conseguiu evitar que seu pai falasse.

Jamie abaixou-se junto a ele e cochichou:

— Não diga nada.

Seu pai murmurou:

— Nuunnnn.

Jamie virou-se para Ray e disse:

— Leve-o para dentro. Lá para cima. Para o quarto. É só... só mantê-lo lá, certo?

Ray disse:

— Certo — como se Jamie tivesse lhe pedido para guardar um saco de batatas.

Agarrou o pai de Jamie e saiu da tenda com ele.

Jamie foi ver Tony.

David estava dizendo:

— O sujeito ficou doido.

Jamie disse:

— Eu sinto muito sobre isto, de verdade. — Então se virou para Tony e disse tranqüilamente: — Leve-o para a sala de estar e chame uma ambulância.

Tony disse:

— Eu acho que ele não precisa de uma ambulância.

— Ou um táxi ou o que quer que seja. Só faça com que ele saia da casa.

— Ah, OK! Entendi. — Disse Tony. Ele colocou a mão sob o braço de David. — Venha, companheiro.

Jamie levantou-se, virou-se e percebeu que tudo aquilo tinha levado somente uma questão de segundos e que os convidados que permaneceram ali estavam sentados, ainda em choque e completamente sem fala, mesmo tio Douglas, que era uma peça rara. E obviamente estavam esperando algum tipo de explicação ou anúncio, e Jamie era a pessoa que estavam esperando que fizesse isso, mas ele tinha de conversar com sua mãe primeiro. Portanto, ele disse:

— Eu voltarei em poucos minutos.

E deixou a tenda. Encontrou a mãe em pé do outro lado do gramado, sendo amparada por uma mulher que ele não reconheceu, enquanto Ray e Tony conduziam o pai e David para dentro da casa, ambos agarrando firmemente suas respectivas cargas para impedir que um se aproximasse do outro novamente.

Sua mãe estava chorando. A mulher, que ele não reconheceu, a estava abraçando.

Jamie disse:

— Eu preciso conversar com minha mãe sozinho.

A mulher idosa disse:

— Eu sou Ursula. Sou uma amiga dela.

— Volte para dentro da tenda — disse Jamie. A mulher não se mexeu. — Desculpe. Soou grosseiro. E eu não quero ser grosseiro. Mas você realmente tem de sair daqui agora.

A mulher saiu, dizendo:

— Tudo bem — naquela voz cuidadosa que se usa com psicopatas para tranqüilizá-los.

Jamie segurou os braços da mãe e encarou-a.

— Vai ficar tudo bem.

— Posso explicar tudo — balbuciou a mãe. Ela ainda estava chorando.

— Não precisa — disse Jamie.

— Mas... — começou a dizer Jean. — Aquele homem, o que seu pai atacou...

— Eu sei — disse Jamie.

Sua mãe ficou paralisada por um segundo, depois disse:

— Ah, meu Deus.

Suas pernas ficaram um pouco moles e Jamie teve de ampará-la por alguns segundos para mantê-la de pé.

— Mãe...

Ela apoiou com uma das mãos no braço dele.

— Como você sabe?

— Explico mais tarde — disse Jamie. — Felizmente ninguém mais sabe. — Ele não se lembrava da última vez em que se sentira tão másculo e competente. Tinha de agir rápido antes que o feitiço se quebrasse.

— Nós vamos voltar. Eu vou fazer um pronunciamento.

— Um pronunciamento? — Sua mãe pareceu petrificada.

Jamie também estava um pouco nervoso.

— Um pronunciamento sobre o quê? — perguntou a mãe.

— Sobre papai — respondeu David. — Confie em mim.

Agradecida, sua mãe pareceu incapaz de discordar, e quando ele colocou o braço em torno dos ombros dela e a conduziu pela grama, Jean deixou-se levar.

Entraram na tenda parte porta da frente, a conversa morreu instantaneamente e eles avançaram devagar em meio a um silêncio muito prenhe. Retomaram seus lugares, seus sapatos fazendo barulho nas tábuas sob seus pés.

Katie estava segurando Jacob no colo. Quando Jamie e a mãe alcançaram a mesa, Jacob disse:

— Vovô brigou — e por sobre seu ombro Jamie ouviu alguém reprimir uma risadinha nervosa.

Jamie acariciou a cabeça de Jacob, acomodou a mãe e virou-se para encarar as pessoas. A quantidade de convidados presentes parecia ter dobrado magicamente nos últimos poucos minutos. Sua mente ficou vazia e ele se perguntou se ia bancar o idiota da mesma maneira que seu pai tinha feito.

Então seu cérebro voltou a funcionar e ele percebeu que depois do que o pai havia feito, ele podia muito bem enfileirar duas palavras juntas e todos iam ficar mais aliviados.

Disse então:

— Lamento tudo isso. Não fazia parte do programa da festa.

Ninguém riu. Era compreensível. Ele teve de falar um pouco mais sério.

— Meu pai não tem passado muito bem ultimamente. Como vocês provavelmente já concluíram.

Ele ia mencionar o câncer? Sim, ele ia. Não havia outra forma.

— Todos ficarão aliviados em ouvir que ele não está com câncer.

Foi mais eficaz do que tinha esperado. A atmosfera na tenda era palpavelmente fúnebre. Ele olhou para a mãe. Ela estava olhando para baixo e apertava seu guardanapo para transformá-lo numa bola tão pequena quanto possível em seu colo.

— Mas ele tem estado muito deprimido. E ansioso. Particularmente sobre o casamento. Particularmente sobre fazer um discurso no casamento.

Ele estava ganhando confiança agora.

— Ele tem um médico muito bom. Seu médico receitou-lhe Valium. Ele tomou muitos comprimidos esta manhã. Para ajudar a relaxá-lo. Acho que provavelmente exagerou.

De novo, ninguém riu, mas desta vez havia um tipo de zumbido resmungante que parecia promissor.

— Felizmente, ele agora está lá em cima, na casa, dormindo.

E foi então que Jamie percebeu que precisaria enfrentar não somente o fato de que seu pai fizera um discurso amalucado, mas também tinha quebrado a cara do amante de sua mãe na frente de todos. E isso seria um bocado mais difícil. Ele parou. Por um longo tempo. E a atmosfera começou a esquentar de novo.

— Não tenho absolutamente nenhuma idéia de por que meu pai atacou David Symmonds. Para ser sincero, não sei se meu pai sabia que era David Symmonds que ele estava esmurrando.

Ele se sentiu como alguém esquiando montanha abaixo numa velocidade altamente perigosa através de uma floresta de árvores sólidas plantadas muito próximas umas das outras.

— Eles trabalharam juntos no Shepherds alguns anos atrás. Não sei se tornaram a se ver depois. Suponho que a moral seja: se você não se dá bem com alguém no trabalho, provavelmente não é sensato convidá-lo para o casamento de sua filha, principalmente tendo antes tomado uma grande quantidade de remédios, mesmo que receitados.

A esta altura, graças a Deus, o murmúrio transformou-se numa risada verdadeira. Da maior parte dos presentes, pelo menos (Eileen e Ronnie pareciam estar congelados). E Jamie percebeu que finalmente tinha alcançado uma terra firme.

Virou-se para Katie e viu Jacob sentado no colo dela. Os braços de Katie estavam em torno dele, que enterrara a cabeça no peito dela. Pobre guri. Ia precisar de um bocado de conversa pesada quando tudo isso tivesse acabado.

— Mas este é um dia especial para Katie e Ray — disse Jamie, aumentando a voz e tentando soar animado.

— Prestem atenção! Prestem atenção! — gritou tio Douglas, erguendo sua taça.

E era óbvio pela reação de surpresa que muitos dos convidados haviam esquecido que estavam num casamento.

— Infelizmente, o noivo está tomando conta do pai da noiva neste momento...

Ray apareceu na porta da tenda.

— Minto...

Todos os olhos giraram em direção a Ray, que deteve os passos e ficou surpreso por ser o centro da atenção.

— Então, em nome de Katie e Ray, acho que devíamos deixar os acontecimentos dos últimos dez minutos para trás e ajudá-los a celebrar o casamento. Katie e Ray... — Ele pegou uma taça pela metade da mesa. — Desejamos a vocês toda a felicidade. E vamos torcer para que o resto do casamento de vocês seja menos agitado.

Todos ergueram suas taças e houve uma onda de animação levemente confusa, e Jamie sentou-se, e todos ficaram em silêncio, e Sarah começou a bater palmas, então todos começaram a bater palmas, e Jamie não estava muito certo se era para Katie e Ray ou se estava sendo congratulado por sua atuação, do que ele ficou orgulhoso.

De fato, ele estava tão satisfeito com o sentimento geral de alívio que ficou surpreso quando se virou para a mãe e a viu ainda chorando.

Ela olhou para Katie e disse:

— Sinto muito. Foi tudo culpa minha. — Ela esfregou os olhos com um guardanapo, ajeitou-se e disse: — Preciso ir e conversar com seu pai.

E Katie preocupou-se:

— A senhora tem certeza...? — mas ela já tinha saído.

Ray apareceu ao lado deles e disse sarcasticamente:

— Sério, eu agora estou realmente ansioso para ir para Barcelona.

E Jacob disse:

— Vovô brigou.

E Ray disse:

— Eu sei. Eu vi tudo.

E Katie disse:

— O homem que ele atacou. Era ele que...

— Eu sei — disse Ray. — Seu pai explicou. Com alguns detalhes. O que é uma das razões de eu estar ansioso para ir para Barcelona. Aliás, ele está tirando um cochilo. Acho que ele não está com nenhuma pressa de descer de novo.

E, repentinamente Jamie se deu conta do único detalhe óbvio, oculto, que de alguma forma lhe havia escapado até agora. Que seu pai sabia o tempo todo. Sobre sua mãe e David Symmonds.

Sua cabeça rodopiou um pouco.

Ele virou-se para Katie.

— Então mamãe sabia que papai sabia que mamãe e David Symmonds estavam...?

— Não — disse Katie, ainda mais sarcástica do que Ray. — Papai, obviamente, escolheu o nosso casamento para pô-la a par da alegre notícia.

— Meu Deus — disse Jamie. — Por que eles convidaram o cara?

— Esta — disse Katie — é uma das muitas coisas que estou planejando perguntar mais tarde. Caso não tenham se matado um ao outro.

— Você acha que nós deveríamos...? — Jamie saiu de seu lugar.

— Não, não acho — disse Katie, acidamente. — Eles podem resolver isso sozinhos.

Ray afastou-se para verificar se os pais tinham sobrevivido à experiência, e Tony apareceu trazendo uma garrafa de champanhe e algumas taças. Ele sentou-se na cadeira vazia de Jean e disse para Katie:

— Este é o primeiro casamento a que já assisti. Tenho de dizer, foi muito mais divertido do que imaginei.

O que bateu em Jamie como um risco considerável dado o estado mental de Katie. Mas ele evidentemente conhecia o terreno, talvez por conta de ter Becky como irmã, porque Katie tirou a garrafa de champanhe da mão de Tony, tomou um gole onipotente e disse:

— Você sabe qual foi o melhor momento?

— Qual? — perguntou Tony.

— Você estar aqui.

— Você é muito simpática — disse Tony. — Embora eu não esperasse que o impacto da minha chegada fosse ser ultrapassado tão drasticamente.

— Meu Deus —, disse Katie. — Eu preciso seriamente dançar.

— E David? — perguntou Jamie.

— Saiu direto no carro dele — disse Tony. — Acho que quis evitar um segundo round. O que deve ter sido bastante sensato, considerando as circunstâncias.

A esta altura, um homem carregando um enorme alto-falante com as palavras Top Sounds apareceu como um anjo obeso no vão da porta da tenda.

Mas Jamie estava mais preocupado com seu pai do que Katie, e menos entusiasmado com a idéia de deixar que seus pais resolvessem sozinhos a barafunda, então pediu licença a Tony e deslizou para dentro de casa, parando no caminho para falar com alguns amigos e parentes que seu pai estava bem e, sinceramente, esperava que ele estivesse mesmo.

Ele bateu à porta do quarto dos pais. As vozes fracas silenciaram do outro lado. Ele aguardou um instante, então bateu novamente.

— Quem é? — perguntou o pai.

— Sou eu. Jamie. Só queria saber se estava tudo bem. — Houve uma breve pausa. Obviamente eles não estavam bem. Era uma coisa estúpida para se dizer. — As pessoas estão preocupadas. É natural, não é?

— Receio que tenha feito uma grande trapalhada — disse o pai.

Era difícil saber como responder a isso por trás de uma porta.

— Você pode dizer a Katie e Ray que eu lamento muitíssimo toda essa confusão que eu causei? — pediu o pai.

— Eu direi — disse Jamie.

Houve um breve silêncio.

— David está bem? — perguntou o pai.

— Está — respondeu Jamie. — Já foi embora.

— Que bom — disse o pai.

Jamie percebeu que ainda não havia escutado a voz da mãe. E pareceu-lhe muito improvável que algo terrível tivesse acontecido com ela, mas queria estar absolutamente certo desta vez.

— Mãe?

Não houve resposta.

— Mãe...?

— Eu estou bem — disse a mãe. Havia uma nota de irritação em sua voz, que era estranhamente tranqüilizadora.

Jamie estava a ponto de perguntar se eles precisavam de alguma coisa... Então se perguntou o que alguma coisa poderia ser (vinho? bolo de casamento?) e decidiu acabar com a conversa.

— Vou descer agora.

Não houve resposta.

Ele voltou para o andar de baixo e atravessou o gramado, tranqüilizando mais pessoas pelo caminho sobre o estado do seu pai. A *disco music* tinha começado. Ele deslizou para a tenda e sentou-se ao lado de Tony, que estava conversando sobre tetos de ripa e de reboco com Ed.

Ed afastou-se e Jamie pegou um cigarro do maço de Tony, acendeu um, e Tony encheu uma taça de vinho de sobremesa, e os dois ficaram observando tio Douglas dançando como uma raposa machucada, e era bom que houvesse música, pois isso preenchia todas aquelas pequenas brechas durante as quais as pessoas ficavam tentadas a se perguntar sobre as implicações do que havia acontecido mais cedo, embora se você realmente soubesse o que havia acontecido mais cedo, talvez devesse tentar não ouvir as letras com muita atenção ("Groovy kind of love", "Congratulations", "Stand by your man"...)*.

Nas últimas duas semanas, ele tinha estado desesperado para falar com Tony. Agora, ficar ali sentado junto a ele era o suficiente, tocando-o, respirando o mesmo ar. Da última vez que estiveram juntos, pareciam duas pessoas separadas. De alguma forma, neste ínterim, tinham se tornado um... o quê? Um *casal*? A palavra parecia equivocada agora que ele finalmente estava do lado de quem tinha de agüentar o tranco.

Talvez fosse bom ser alguma coisa à qual não soubesse que nome dar.

---

*Em português, "Um amor descolado", "Parabéns" e " Apóie seu companheiro". (*N. do E.*)

Conversaram com Mona sobre os perigos de trepar com o patrão (o que ela tinha feito, inadvertidamente). Conversaram com os pais de Ray, que estranhamente não se perturbaram com a natureza não-ortodoxa da recepção (o irmão de Ray estava na prisão, pelo que parecia, o que Katie tinha deixado de mencionar, e o ex-marido de Barbara uma vez havia sido encontrado pela polícia dormindo numa caçamba). Conversaram com Craig, o acompanhante gay de Jenny, que, tecnicamente, não deveria ficar conversando com pessoas por sua própria conta enquanto estava em serviço, mas, dane-se, Jenny estava irritada e visivelmente se dando bem com o sujeito espetacularmente maçante do escritório de Ray.

Cerca de meia hora mais tarde sua mãe entrou na tenda. E foi um pouco como a rainha entrando na sala: as pessoas de repente pararam de dançar, ficaram quietas e ligeiramente inseguras sobre como deveriam se comportar. Mas o homem do Top Sound não sabia o que tinha acontecido mais cedo, então Kylie Minogue continuou cantando "The Locomotion" muito alto.

Jamie estava prestes a saltar de sua cadeira, correr até ela e salvá-la de toda aquela atenção desnecessária, mas Ursula (que tinha feito uma performance surpreendentemente atlética de "Locomotion" com um grupo de amigos de Katie e Ray) chegou junto dela e abraçou-a, e Jamie não quis encontrar com ela uma segunda vez. Em poucos segundos, Douglas e Maureen se juntaram a ela, e sua mãe logo se sentou na ponta da mesa, com gente cuidando dela.

Conseqüentemente, quando seu pai entrou na tenda poucos minutos mais tarde, criou-se um pouco menos de rebuliço. De novo, Jamie se perguntou se deveria tomar conta dele. Mas o pai foi direto até Katie e Ray e, presumivelmente, fez algum tipo de pedido de desculpas direto por seu comportamento anterior, e deve ter se saído razoavelmente bem, pois o encontro terminou num abraço, depois do qual seu pai foi, similarmente, conduzido para uma mesa por Ed, que parecia começar uma amizade intergeração firme (mais tarde, Jamie descobriu que Ed havia tido um estresse poucos anos antes e não tinha saído de casa durante alguns meses). E isso foi um pouco estranho: seus pais sentados em mesas diferentes. Mas teria sido mais estranho ainda vê-los juntos, o que nunca tinham feito em nenhuma reunião, então Jamie decidiu parar de se preocupar com eles até o dia seguinte.

E quando Jamie e Tony saíram da tenda um pouco mais tarde, a luz estava diminuindo e alguém tinha acendido luzes multicoloridas nos canos de bambu em torno da grama, o que ficou mágico. E o dia, finalmente, pareceu ter sido tão bem corrigido quanto possível.

Eles brincaram de esconde-esconde com Jacob e encontraram Judy olhando miseravelmente para a cozinha porque Kenneth estava em estado de coma no banheiro de baixo. Então, pegaram uma chave de parafuso, tiraram a fechadura e o ajeitaram numa posição para se recuperar no sofá da sala de estar com uma manta sobre ele e um balde próximo, no tapete, antes de arrastar Judy para fora, para dançar.

E então era hora de Jacob dormir. Assim, Jamie leu para ele *Pumpkin Soup* e *Curious George Takes a Train*, desceu, dançou com Tony, e tocou "Three Times a Lady", de Lionel Richie, e Jamie riu, e Tony perguntou por que, e Jamie apenas o puxou para perto e beijou-o e abraçou-o no meio da pista de dança por três minutos inteiros, e três minutos inteiros do pau de Tony pressionando-o era mais do que ele realmente podia suportar, e ele estava bêbado o suficiente agora, então levou Tony para cima e disse-lhe para não fazer nenhum barulho ou ele o mataria, e eles foram para o seu antigo quarto, e Tony fodeu-o bem na cara da Big Giraffe e do conjunto de caixas do Dr. Dolittle.

142

Katie ficou aliviada que Jacob estivesse sentado no seu colo quando tudo aconteceu.

Ray, Jamie e Tony pareciam estar conduzindo tudo muito bem, e só o que ela fez foi abraçar Jacob e torcer para que ele não ficasse muito perturbado com o que estava testemunhando.

Na hora, ele pareceu estranhamente sereno. Nunca tinha visto dois adultos lutarem na vida real. Aparentemente, vovô e aquele homem estavam agindo como Power Rangers. Embora Katie tivesse dificuldades para se lembrar de sangue de verdade num vídeo dos Power Rangers e papai não tivesse dado nenhum salto mortal nem nenhum golpe de caratê.

Se Jacob não estivesse sentado em seu colo, ela não tinha idéia do que teria feito. Era evidente que papai estava sofrendo horrivelmente e que eles deveriam ter dado mais atenção à sua tentativa de fuga e ao fato de ter tomado o Valium. Por outro lado, era de se esperar que você pudesse muito bem aguardar até o almoço terminar para só depois levar um cara para a rua e socá-lo, em vez de foder com a recepção do casamento da sua filha, por mais que você estivesse se sentindo mal.

E claro que mamãe ficou horrorizada por descobrir que papai sabia de David Symmonds. Mas, para começar, por que, em nome de Deus, ela havia convidado o cara para o casamento?

No final das contas, Katie estava agradecida por não ter demonstrado o que sentia sobre todas essas coisas enquanto confortava ambos, seu pai e sua mãe, ou ela bem que poderia ter virado uma Power Ranger também.

Foi Jamie que salvou o dia (O *nome do jogo*, como Ray muito sabiamente denominou). Ela não tinha absolutamente idéia do que o irmão ia dizer quando se levantou para fazer o discurso (mais tarde, Jamie confessou que ele também não tinha idéia), e ela estava nervosa, embora não tão nervosa quanto mamãe, que administrava suas lágrimas com um guardanapo de tecido enquanto Jamie estava falando, obviamente convencida de que ele estava a ponto de explicar para todos precisamente por que papai tinha feito o que fez.

Mas a tal história sobre desavenças no trabalho foi um golpe de gênio. Na realidade, as pessoas ficaram tão entusiasmadas com a idéia que depois, à noite, Katie recebeu várias explicações inteiramente diferentes sobre o porquê do rancor do papai contra seu ex-colega. De acordo com Mona, David tinha espalhado rumores para impedir que ele conseguisse o cargo de diretor-administrativo. De acordo com tio Douglas, David era um alcoólatra. Katie decidiu não discordar. Sem dúvida, já pelo fim da tarde, ele teria assassinado um dos trabalhadores da fábrica e enterrado o corpo num bosque próximo.

Ela comentou com Ray sobre o comportamento dos pais, o que não foi proveitoso. Mas ele apenas riu para ela, envolveu-a em seus braços disse:

— Podemos tentar nos divertir apesar de sua família?

Como um gesto de boa vontade, sendo o casamento deles, ela decidiu admitir que ele estava certo. Não em voz alta, obviamente. Mas sem dar nenhuma resposta ríspida.

Ele sugeriu que ela ficasse bêbada, o que lhe pareceu uma boa idéia, pois quando papai reapareceu e veio desculpar-se, ela já estava quase no ponto de ter se esquecido do que havia ocorrido, que dirá de se importar com aquilo, e foi até mesmo capaz de lhe dar um abraço, o que, provavelmente, foi o mais diplomático de todos os resultados.

Deu 11 horas da noite e eles estavam sentados num pequeno círculo na beira do gramado. Ela, Ray, Jamie, Tony, Sarah, Mona Estavam conversando sobre o irmão de Ray estar na prisão. E Jamie lamentava que ninguém tivesse lhe dado essa informação emocionante antes. Então Ray lançou-lhe um olhar ligeiramente sentido por conta de não querer que isso se tornasse tema de fofocas, e contou a todos sobre as drogas, os carros roubados, o dinheiro, o tempo e o sofrimento que seus pais passaram tentando fazê-lo retornar ao caminho direito e honesto.

Sarah disse:

— Maldita Nora.

E Ray disse:

— No final, a gente percebe que os problemas das outras pessoas são problemas das outras pessoas.

Katie abraçou-o e, de pilequinho, disse:

— Você não é somente um rosto bonito.

— Bonito? — disse Tony. — Eu não estou certo de ir tão longe. Vigoroso, talvez. Masculino, definitivamente.

Ray tinha tomado cerveja o suficiente a esta altura para tomar isso como um elogio.

E Katie estava um bocado triste por eles não levarem Jamie e Tony para Barcelona.

143

Jean parou na metade das escadas e apoiou-se no corrimão. Sentia-se zonza, como às vezes ficava no topo de edifícios altos.

Repentinamente, tudo ficou muito claro.

Seu relacionamento com David estava acabado. Quando George o esmurrou, foi com George que ela se preocupou. Que ele tivesse ficado maluco. Que estivesse se fazendo de maluco na frente de todos os seus conhecidos.

Ela nem sequer sabia se David ainda estava na casa.

Se ao menos ela tivesse percebido na véspera, ou na semana passada, ou no mês passado. Podia ter dito a David. Ele não teria vindo ao casamento e nada disso teria acontecido.

Há quanto tempo George sabia? Foi saber de tudo que fez com que ele ficasse deprimido? Aquela coisa terrível que ele fez consigo próprio no chuveiro. Foi culpa dela?

Talvez seu casamento também estivesse acabado.

Ela atravessou o corredor e bateu à porta do quarto. Houve um grunhido do outro lado.

— George?

Outro grunhido.

Ela abriu a porta e entrou no quarto. Ele estava deitado na cama, semi-adormecido.

Ele disse:

— Ah, é você — e moveu-se devagar, ficando sentado.

Ela sentou-se na poltrona:

— George, olhe...

— Eu lamento — disse George. Estava pronunciando as palavras devagar. — Foi imperdoável. O que eu fiz na tenda.

Com o seu... seu amigo. Com David. Eu realmente não devia ter feito isso.

— Não — disse Jean. — Eu sou a única que... — Ela estava achando difícil falar.

— Estava com medo. — George parecia não estar ouvindo. — Medo de... Para ser honesto, não estou bem certo do que estava com medo. De ficar velho. De morrer. Morrer de câncer. Morrer, em geral. Fazer discurso. As coisas começam a ficar um pouco vagas. Eu esqueci que todos estavam lá.

— Há quanto tempo você sabia? — perguntou Jean.

— Do quê?

— De... — Ela não podia dizer.

— Ah, já sei do que você está falando — respondeu George. — Na verdade, isso não importa.

— Eu preciso saber.

George pensou nisso por algum tempo.

— O dia em que eu devia ir para Cornwall. — Ele estava se balançando um pouco.

— Como? — perguntou Jean, confusa.

— Eu voltei. E vi vocês. Aqui. Na cama. Marcado a ferro e fogo na minha retina. Como dizem por aí.

Jean sentiu ânsias de vômito.

— Na realidade, deveria ter dito alguma coisa naquele momento. Você sabe, tirar isso do meu peito.

— Lamento, George. Eu lamento muito.

Ele apoiou as mãos nos joelhos para estabilizar o corpo.

Ela disse:

— O que vai acontecer agora?

— O que você quer dizer?

— Conosco.

— Eu não sei direito — disse George. — Não é uma situação na qual eu tenha experiência.

Jean não tinha certeza se George havia tentado ser engraçado.

Ficaram em silêncio por alguns instantes.

Ele os havia visto nus.

Fazendo amor.

Fazendo sexo.

Era como um carvão em brasa ardendo dentro de sua cabeça, e queimava, e escaldava, e não havia absolutamente nada que ela pudesse fazer porque ela não podia dizer aquilo para ninguém. Nem para Katie. Nem para Ursula. Ela, simplesmente, ia ter de conviver com isso.

Jamie bateu à porta. Tiveram uma breve conversa com ele, e ele foi embora.

Ela sentiu-se mal por não agradecer. Agora podia ver como ele tinha sido bom, fazendo aquele discurso. Teria de dizer isso a ele mais tarde.

Ela olhou para George. Era muito difícil saber o que ele estava pensando. Ou se ele estava pensando sobre o que quer que fosse. Ainda estava se balançando levemente. Não parecia muito bem.

— Talvez eu consiga um café para você — disse Jean. — Talvez eu consiga um café para nós dois.

— Sim, parece ótimo — disse George.

Ela saiu e ajeitou duas xícaras de café de uma cozinha misericordiosamente deserta.

George esvaziou sua xícara num longo gole.

Ela precisava conversar sobre David. Precisava explicar que estava tudo terminado. Precisava explicar por que tinha acontecido. Mas estava razoavelmente segura de que George não queria conversar sobre esse assunto.

Depois de alguns minutos, ele disse:

— Achei o salmão bom.

— Sim — disse Jean, embora ela tivesse dificuldades para se lembrar como o salmão estava.

— E os amigos de Katie eram um grupo simpático. Acho que já conhecia alguns deles, mas não sou muito bom em guardar rostos.

— Pareceram simpáticos — comentou Jean.

— Triste ver aquela jovem senhora na cadeira de rodas — disse George. — Ela parecia muito bonita. Que pena!

— Sim — disse Jean.

— Bem... — disse George. E se pôs de pé.

Jean ajudou-o.

— Melhor descermos — disse George. — Não podemos evitar. Nós sentados aqui. Provavelmente vamos criar um pouco de clima.

— Está bem — disse Jean.

— Obrigado pelo café — disse George. — Sinto-me um pouco mais sóbrio agora. — Ele parou na porta. — Por que você não desce primeiro? Preciso ir ao banheiro. — E ele desapareceu.

Então Jean desceu, foi para a tenda, e George estava certo em relação ao clima, pois todos pareciam estar esperando por ela, o que a fez sentir-se muito constrangida. Mas Ursula apareceu, abraçou-a, e Douglas e Maureen levaram-na para uma mesa e ofereceram-lhe outro café e mais vinho, e poucos minutos mais tarde George apareceu e sentou-se em outra mesa, e Jean tentou concentrar-se no que Ursula, Douglas e Maureen estavam dizendo, mas era muito difícil. Porque ela sentia como se tivesse acabado de escapar de um edifício em chamas.

Olhou para Jamie e Tony e pensou o quanto o mundo tinha mudado. Seu pai tinha dormido com a vizinha por vinte anos. Agora seu filho estava dançando com outro homem, e ela era a única cuja vida estava desabando.

Ela se sentia como aquele homem da história de fantasmas na televisão, o único que não percebia que estava morto.

Ela desculpou-se com Katie e Ray. Agradeceu a Jamie pelo discurso. Desculpou-se com Jacob, que realmente não entendeu por que ela estava se desculpando. Dançou com Douglas. E teve uma conversa com Ursula.

A dor diminuiu no que a tarde foi passando e o álcool foi fazendo seu trabalho, e perto da meia-noite, quando os convidados foram se reduzindo, ela percebeu que George havia desaparecido. Então deu vários boas-noites e foi a vez dela subir, para encontrar George dormindo na cama.

Tentou conversar com ele, mas ele estava morto para o mundo. Ela se perguntou se poderia dormir na mesma cama. Mas não havia outro lugar para dormir. Então, tirou a roupa, colocou o pijama, escovou os dentes e deslizou para o lado dele.

Ela olhou para o teto e chorou um pouco, em silêncio, para não acordar George.

Perdeu a noção do tempo. A música parou. As vozes sumiram. Ela ouviu passos subindo e descendo as escadas. Então, silêncio.

Olhou para o despertador na mesa ao lado. Eram 1h30.

Levantou-se, colocou os chinelos, vestiu um roupão e desceu as escadas. A casa estava vazia. Cheirava a fumaça de cigarro, vinho velho, cerveja e peixe cozido. Ela destrancou a porta da cozinha e foi para o jardim, pensando que bem poderia ficar parada sob o céu da noite e clarear um pouco a cabeça. Mas estava mais frio do que esperava. Estava começando a chover de novo e não havia estrelas.

Ela voltou para dentro de casa, subiu as escadas, foi para a cama e ficou lá até que o sono, finalmente, a encontrou.

144

George acordou de um sono longo, profundo e sem sonhos, sentindo-se contente e relaxado. Ficou deitado por alguns momentos contemplando o teto. Havia uma rachadura tênue na argamassa em torno da luminária que parecia um pequeno mapa da Itália. Precisava de ir ao banheiro. Jogou as pernas fora da cama, colocou os chinelos e deixou o quarto caminhando com vigor.

No meio do corredor, contudo, lembrou-se do que tinha acontecido no dia anterior. Isso o fez se sentir nauseado e ele foi forçado a se apoiar no corrimão por alguns segundos enquanto se recuperava.

Então, voltou para o quarto para conversar com Jean. Mas ela ainda estava profundamente adormecida, com o rosto virado para a parede, ressonando calmamente. Ele percebeu que ia ser um dia difícil para ela e pareceu melhor não acordá-la. Voltou para o corredor e fechou a porta devagar atrás de si.

Pôde sentir o cheiro de torrada, bacon, café e alguns outros odores menos agradáveis. Vários tocos de cigarros estavam flutuando numa xícara de café pela metade no peitoril da janela. Agora que ele pensava a esse respeito, estava um pouco aturdido. Devia ser efeito do Valium misturado ao álcool.

Tinha de conversar com Katie.

Foi para o banheiro para se aliviar, depois desceu as escadas.

A primeira pessoa que viu no vão da porta da cozinha, contudo, não foi Katie, mas Tony. Isso o desconcertou um pouco. Tinha se esquecido de Tony.

Tony estava fazendo uma rudimentar escultura de cachorro de pedaços de torrada para divertir Jacob. Ele e Jamie teriam passado a noite na casa? Não era importante agora, George percebeu isso. E ele não estava em posição de fazer preleção sobre moralidade. Mas sentiu sua mente pequena, e a questão bloqueou-a um pouco.

Quando entrou na cozinha, a conversa parou e todos se viraram para ele. Katie, Ray, Jamie, Tony, Jacob. Tinha planejado se sentar com Katie tranqüilamente, somente os dois. Era evidente que isso não seria possível.

— Olá, papai — disse Jamie.

— Olá, George — disse Ray.

Eles pareciam bastante tensos.

Ele arregaçou as mangas.

— Katie. Ray. Quero me desculpar por meus atos de ontem. Estou envergonhado, aquilo não deveria ter acontecido. — Ninguém falou nada. — Se houver alguma coisa que eu possa fazer para consertar...

Todos estavam olhando para Katie. George notou que ela estava segurando uma faca de pão.

Ray disse:

— Você não está planejando apunhalar seu pai, está?

Ninguém riu.

Katie olhou para a faca.

— Ah, desculpe. Não.

Ela largou a faca e fez-se um silêncio embaraçoso.

Então Tony saiu de sua cadeira e puxou-a para trás para que George pudesse se sentar, dobrou um pano de prato no braço e disse:

— Temos café fresco, chá, suco de laranja, torrada de trigo, ovos mexidos, ovos cozidos...

George se perguntou se aquilo era algum tipo de brincadeira homossexual, mas nenhum dos outros estava rindo, então ele considerou o oferecimento sincero, sentou-se, agradeceu a Tony e disse que apreciaria um pouco de café preto e ovos mexidos, se não desse muito trabalho.

— Eu ganhei um cachorro feito de torrada — anunciou Jacob.

Devagar, a conversa recomeçou. Tony contou uma história sobre como tinha caído de sua motocicleta em Creta. Ray explicou como tinha organizado a exibição dos fogos de artifício para Katie. Jacob anunciou que sua torrada de cachorro se chamava Toasty, então arrancou a cabeça com uma mordida e riu como um maluco.

Depois de vinte minutos mais ou menos, os homens foram arrumar as malas e George se viu sozinho com a filha.

Katie bateu de leve em sua testa e perguntou como ele estava ali. Ele bateu de leve em sua testa e disse que estava bem ali. Explicou que os acontecimentos do dia anterior tinham soprado as teias de aranha para longe. Obviamente, havia alguns problemas com os quais ainda teria de lidar, mas o pânico tinha diminuído. Ele tinha eczema. Entendia isso agora.

Ela parou, coçou seu braço e, de repente, pareceu bastante séria. George temeu que ela fosse começar a conversar sobre Jean e David Symmonds. Ele não queria falar sobre Jean e David Symmonds. Seria mais feliz se conseguisse evitar falar sobre esse assunto pelo resto da vida.

Pegou a mão de Katie e apertou-a suavemente.

— Vá. É melhor vocês cuidarem de suas coisas juntos.

— É mesmo — disse Katie. — Provavelmente, você está certo.

— Vá — disse George. — Eu lavo tudo por aqui.

Meia hora mais tarde, Jean finalmente acordou. Ela parecia ferida e exausta, como alguém que estivesse se recuperando de uma operação no hospital. Falou muito pouco. Ele perguntou se ela estava bem. Ela disse que estava. Ele decidiu não interrogá-la mais.

No meio da manhã, todos se reuniram no vestíbulo para se despedirem. Katie, Ray e Jacob estavam indo para Heathrow, e Jamie e Tony estavam voltando para Londres. Foi um momento levemente triste e a casa pareceu anormalmente silenciosa quando eles se foram.

Ainda bem que os fornecedores do bufê vieram buscar o equipamento dez minutos mais tarde, seguidos pela Srta. Jackson e uma jovem mulher com um brinco no lábio que veio limpar a casa.

Quando a sala de estar tinha sido limpa, ele e Jean se recolheram no sofá com uma chaleira de chá e um prato de sanduíches enquanto a cozinha era lavada. George desculpou-se uma vez mais por seu comportamento e Jean informou-lhe que ela não veria David de novo.

George disse:

— Obrigado — Pareceu uma coisa graciosa para se dizer.

Jean começou a chorar. George não sabia ao certo como lidar com isso. Colocou a mão no braço dela. Pareceu não fazer qualquer efeito, então ele se afastou de novo.

Ele disse:

— Eu não vou deixar você.

Jean assoou o nariz num lenço de papel.

— E eu não vou lhe pedir para me deixar — acrescentou George, para que ela soubesse precisamente em que posição se encontrava.

Seja como for, era uma idéia ridícula. O que ele faria se fosse embora? Ou se Jean fosse embora? Ele estava velho demais para começar uma nova vida. Ambos estavam.

— Que bom — disse Jean.

Ele lhe ofereceu outro sanduíche.

A tenda foi retirada durante a tarde e, assim, George pôde trabalhar algumas horas no estúdio antes do jantar. Percebeu que ia ficar desapontado quando a construção estivesse terminada. Obviamente, teria então um lugar em que poderia desenhar e pintar. Mas precisaria de outros projetos para preencher seu tempo, e se a sua batalha com a seringueira não desse em nada, levaria alguns meses para que o desenho e a pintura o satisfizessem totalmente.

Começaria a nadar na piscina local algumas vezes por semana. Parecia uma boa idéia. Isso o manteria em forma e o ajudaria a dormir.

Agora que tinha começado a pensar nisso, talvez Jean quisesse se juntar a ele. Isso talvez a ajudasse a se animar um pouco. Ela sempre gostou de piscinas nas férias da família. Obviamente já haviam se passado alguns bons anos, e ela talvez se sentisse pouco à vontade em usar um traje de banho em público. Mulheres, ele sabia, preocupavam-se mais com estas coisas do que os homens. Mas falaria da idéia com ela e veria o que ela achava.

Ou um longo fim de semana em Bruges. Era outra possibilidade. Tinha lido alguma coisa sobre o lugar no jornal recentemente. Era na Bélgica, se a sua memória funcionava corretamente, o que significava que podiam conseguir ir para lá sem sair do chão.

Ele estremeceu. Estava frio e já escurecia. Então, guardou com capricho os materiais de construção e dirigiu-se para casa. Vestiu roupas limpas e desceu para a cozinha.

Jean estava preparando lasanha. Ele fez uma xícara de chá para si mesma, sentou-se à mesa e começou a folhear o *TV Guide.*

— Você pode me dar a panela de alumínio do armário? — perguntou Jean.

George curvou-se para trás, pegou a panela e deu para ela. No que fez isso, captou o cheiro suave do perfume floral que Jean usava. Ou talvez fosse o xampu de laranja de Sainsbury. Era muito agradável.

Ela agradeceu e ele ficou olhando o *TV Guide.* Viu-se olhando para a fotografia de duas jovens mulheres, que estavam unidas pela cabeça. Não era um retrato agradável e não o fez se sentir bem. Começou a ler. As mulheres iam ser retratadas num documentário do canal 4. O documentário terminaria com a filmagem da operação na qual elas seriam cirurgicamente separadas. A cirurgia era de alto risco, aparentemente, e assim uma — ou ambas — das garotas poderia morrer. O artigo não revelou o resultado da operação.

O chão da cozinha inclinou-se muito levemente.

— Como você quer sua lasanha? — perguntou Jean. — Ervilhas ou brócolis?

— O quê? — perguntou George.

— Ervilhas ou brócolis? — perguntou Jean.

— Brócolis — respondeu George. — E talvez nós pudéssemos abrir uma garrafa de vinho.

— Brócolis e vinho, isso — disse Jean.

George olhou de novo para o *TV Guide*.

Era hora de parar com toda aquela besteira.

Virou a página e levantou-se para pegar um saca-rolhas.

Este livro foi composto na tipologia Minion,
em corpo 11/14, e impresso em papel off-white 80g/m^2
pelo Sistema Cameron da Distribuidora Record
de Serviços de Imprensa S.A.